태양의 그늘 1

태양의 그늘 1

박종휘 장편소설

arte

차례

제1장

팔천 겁의 인연

남문옥 — 9

사선대의 눈물 — 25

서암리의 유월 — 39

청혼 작전 — 51

용호상박 — 65

금산사와 뽕나무 — 79

제2장

신혼

마을 끝 상수리나무집 — 93

빛의 웅변 — 111

아름다운 여인 — 121

채봉학당 — 131

제3장

조국

말다툼 — 145

얻은 것과 잃은 것 — 155

빛줄기 — 171

법과 정의 — 181

정부를 위한 정부 — 190

제4장

잔인한 가을

좌우의 공존 — 207

사형선고 — 220

차출 — 235

방문자 — 244

어머니의 죽음 — 253

제5장

운장산

붉은 태양 — 265

허운악 — 279

번민 — 287

편지 — 295

서글픈 출산 — 306

제6장

죄와 벌

여맹위원장 — 319

권학순 — 331

가야산 움막 — 343

역(逆)피난 — 357

송낙바위 — 375

추천의 말

되살아난 역사와 살아남는 힘 — 392

작가의 말

두 달간 이어진 가슴 아픈 이야기 — 395

작가의 말

감사를 깨닫게 해주는 글쓰기 — 399

인물 소개 — 402

주요 인물 계보 — 407

제1장

팔천 겁의 인연

약속 시간보다 조금 일찍 가는 건 늦는 거에 비해
크게 결례되지 않을뿐더러, 시간에 딱 맞추는 것보다
자신감도 있어 보이고 저쪽의 허를 찌르는 효과도 있다.

남문옥

"아니, 야가!"

정임의 눈이 똥그래졌다.

둘째아들 재명이가 만주에서 인편에 보낸 포대 안에는 작은 보따리들이 들어 있고, 그 안에 다시 한지로 둘둘 말아서 묶은 돈다발들이 가득 채워져 있었다. 얼핏 봐도 백여 다발 이상은 되어 보였다. 재빨리 돈다발을 덮은 다음 바깥쪽을 쳐다보던 정임은 돈을 다시 포대에 넣고 단단히 묶어 다락 안쪽에 밀어 넣었다.

'박하 장사로 이렇게 많은 돈이 벌어지는 거여?'

마당에서는 박 서방이 두툼한 대비를 양손으로 말아 잡고 날리는 흙먼지를 재워가며 말 꼬리 흔들듯이 지푸라기를 살살 쓸고 있다. 문이 열린 안방 앞 토방을 지날 때는 아예 비질을 멈추고 허리를 굽혀 손바닥으로 주워 모은다. 정임이 마당을 흘깃 보고 경대를 끌어 무릎 앞에 놓으면서 박 서방을 불렀다. 박 서방은 하던 일을 멈추고 공손히 대답했다.

"채봉이 별채에 있는가? 있으믄 이리 좀 오라고 혀."

박 서방은 빗자루를 토방 턱에 세워 두고 별채로 달려갔다.

"채봉 아가씨, 마님이 찾으시는고만요."

"안녕하세요, 고창 할아버지. 그런데 아가씨 소리 좀 허지 마세요. 지금은 세상이 변했다고요."

채봉이 유리 미닫이문을 열고 나오면서 싱긋거렸다.

"허허, 그러믄 뭐라고 혀?"

"채봉아! 어머니가 찾으신다, 어서 가 봐라, 그러셔요."

"아무리 그려도 그러믄 쓰간디?"

"꼭요! 아셨죠? 그리고 이거 채봉이 선물이에요."

채봉이 손가락을 거는 척, 박 서방의 손에 캐러멜을 쥐어주었다. 박 서방은 주름진 얼굴에 웃음을 가득 담고 채봉의 뒷모습을 바라봤다. 채봉은 빠른 걸음으로 마당을 지나 안방 문을 열었다. 머리를 만지고 있던 정임이 거울 속으로 힐끗 바라봤다.

"어머니 어디 가게?"

정임은 대답 대신 채봉에게 외출할 일이 있는지부터 확인한 다음 몸을 비스듬히 돌려 앉았다.

"너는 전문학교꺼정 나왔음서 책이 지겹지도 않냐? 어디 나갈 생각도 안 허고."

"나는 책 말고는 취미가 없나 봐."

"얼굴 단장도 안 허고……."

"누구한테 예뻐 보이려고? 나는 사내들을 보면 다 어린애들 같아. 아버지만 빼고."

정임이 아버지 말고는 오빠들도 다 그러냐며 실소했다. 채봉은 선뜻 대답하지 못하고 고개를 옆으로 돌려 눈만 깜빡였다.

"그래 갖고 남편은 어떻게 섬긴다냐?"

"섬기긴? 애기 하나 데려다 기른다 생각혀야지."

"그러믄 팔자가 고달퍼져, 이것아. 그냥 허란 대로 험서 의지허고 사는 게 편허지."

"어머니처럼?"

"그려. 나 시방 전주 가는디, 너도 갈래?"

은비녀를 꽂고 있던 정임은 말이 길어지는 게 싫은 듯 짧게 대답하고 거울 속으로 채봉을 바라보며 물었다.

"전주에는 뭐 하러?"

"재명이가 사뒀다는 집 한번 가볼라고."

"오빠 서울서 이사 와?"

"만주서 돌아오믄 필요헐지 몰라 사둔 거야."

정임이 고개를 돌려가며 머릿기름을 찾자 채봉이 경대 옆에 있던 걸 찾아 얼른 집어준다.

"그래, 같이 가. 어머니, 연지도 조금 찍어."

"할머니가 무슨……. 아버지 보시믄 노망났다고 헐 거다."

"표 안 나게 살짝 찍어. 이리 와봐!"

채봉이 정임의 볼에 연지를 살짝 발라주고 바라보면서 십 년은 젊어졌다고 하자 어색한 듯 얼른 딴소릴 했다.

"너 그 원피스 지난번에 산 거잖여? 참 곱다!"

정임이 단장을 마치고 일어서면서 자기보다 훌쩍 큰 딸을 흐뭇하게 올려다보았다. 채봉은 키를 낮춰 정임의 어깨를 잡고 장롱 거울에 모습을 비춰보고는 방문을 나섰다.

정원에 소담스럽게 피어있는 붉은 장미가 상큼한 향기를 뿜어내고, 담장에 길게 늘어진 하얀 덩굴장미는 단풍나무 가지를 비켜 흐드러진 자태를 뽐낸다.

"민 주사 아저씨, 안녕하셔요?"

사랑채 앞에서 채봉이 고개를 수그려 안쪽을 바라보고 인사를 하자 장부를 뒤적이고 있던 민기식이 정임을 보고 자리에서 벌떡 일어나 마루로 나왔다.

"어르신은 금산 가셨구먼요."

"알지요. 혹시 나 찾으시믄 전주 고사동 갔다고 혀줘요. 그렇게 말허믄 아실 거구만요."

민기식은 공손히 대답하고 채봉 쪽으로 고개를 돌리더니 눈을 휘둥그레 뜨고 눈부신 흉내를 냈다.

"야, 채봉이 정말 눈부시게 예쁘다!"

"고마워요, 아저씨."

중문을 지나 마당을 지나는데 연못가에 늘어진 버드나무가 바람에 한들거리며 알은체를 한다.

대문 밖은 산들바람과 함께 오월의 풋풋한 향이 너울거리고 있었다. 모녀는 향교 앞으로 이어진 신작로 길을 따라 걸었다. 가는 동안 정임을 알아보고 인사하는 사람이 대여섯이 넘었는데, 하나같이 오랜만에 보는 채봉에게 예쁘다는 칭찬을 아끼지 않았다. 어머니를 쏙 **빼닮았다**고 하는 사람도 있었고 누가 될지 신랑 될 사람은 복이 많다고도 했다. 표정이 없고 입이 무겁기로 소문난 정임은 그때마다 딸을 바라보면서 흐뭇한 미소를 지었다. 두 사람은 기분 좋은 발걸음으로 배차장에 들어갔다.

버스에 오른 모녀는 의자에 머리를 기대고 멀리 모악산을 올려다 보았다. 산 정상으로 이어진 남 봉과 북 봉이 번갈아 나타나, 바다 빛 하늘을 헤치고 버스와 함께 달렸다. 채봉이 정임의 손을 살짝 잡으면서 고개를 돌려 바라봤다.

"어머니, 나 공부 좀 더 허면 안 될까?"

"아, 인자 시집가야지."

"일본 가서 조금 더 공부하고 싶어."

"내가 보내준다고 혀도 아버지가 허락 안 하실 거여. 그런 소리 허덜 말어."

"그러시겄지?"

"아버지도 인자 늙으셨어. 막내딸이니께 시집갈 때까지라도 너를 옆에 두고 싶으신갑더라. 어지간허면 아버지 말에 순종허고 속상허시지 않게 해드려. 잉?"

"허긴 나도 애들하고 정이 들어서 쉽게 떠나지는 못헐 것 같아."

버스의 방향이 바뀌면서 모악산은 더 이상 보이지 않았고 끝없이 이어진 초록 지평선이 하늘과 맞닿은 채 돌고 있었다. 정임의 머릿속에 얼핏 시집간 지 육 년이 넘었는데도 아직껏 애가 없는 큰딸 옥봉의 얼굴이 떠올랐다.

"채봉아, 나는 느 언니가 걱정이여."

"언니한테 무슨 일 있어? 애 안 생겨서 그런 거지?"

"그려, 손 귀한 집에서……."

"시어머니가 구박이라도 허셔?"

"대놓고 그러실 분이야 아니지만 왜 안 기다리시겠어. 내가 면이 안 서 죽겠다. 너라도 얼른 시집가서 언니 몫까지 낳아버려라. 아버지 속 좀 후련허시게."

채봉은 정임 앞으로 얼굴을 들이밀고 어이없는 표정을 지었다.

"어머니는, 시집도 안 간 딸한테 벌써 무슨 애기 타령이여?"

정임은 좀 심했다 싶었는지 입을 다문 채 웃음 짓고는 슬그머니 꼬리를 내렸다.

"아 너도 시집은 갈 거 아녀?"

"그건 그때 얘기지. ……언제 보낼 건데?"

채봉은 멋쩍어하는 정임의 손을 잡고 흔들다가 어리광을 부리듯 물으면서 분위기를 바꿨다.

"보내긴 누가 보내? 니가 갈 생각을 혀야지. 아버지가 니 뜻 안 묻고 혼처를 정헐 사람이냐?"

정임이 볼멘소리로 맞서자 채봉은 마주 앉듯 몸을 돌려 의아한 표정을 내비치며 말했다.

"그런데 나는 아직 이 남자 참 좋다, 허고 느껴본 적이 한 번도 없었어. 내가 이상한 건가?"

"인연이 될라믄 다 좋아지게 되아 있어."

"그럴라나? 우리 모내기는 다 끝났어? 어머니, 꼭 잡어!"

차가 급커브를 돌면서 사람들이 한쪽으로 쏠렸다.

"뭔 차가 이렇게 흔들린디야? ……벌써 끝났지. 인자 우리가 짓는 논은 얼마 안 되야. 다 넘 줘서 짓고 있지."

정임이 채봉을 빤히 바라보다가 빙긋이 웃고는 말을 덧붙였다.

"너도 그런 농사일에 관심이 가냐?"

"그러엄, 나도 농사꾼 딸인데."

"워낙에 귀허게 키워서 공주놀이만 허고 살 줄 알았더만."

"어머니, 그런 소리 허지 마. 나만큼 소박하고 우리 고장 좋아하는 처녀도 흔치 않을걸?"

정임은 입가에 웃음을 가득 담고 채봉의 손을 어루만졌다. 둘은 화제를 바꿔 길에서 만난 동네 사람들의 말을 꺼내며 으스대다가 서로 말꼬리까지 잡으며 웃음을 터뜨렸다.

"니가 에미를 꼭 빼닮았다잖여."

"어머니 자랑여, 딸 자랑여?"

채봉이 살짝 정임의 허리를 간질였고, 둘은 옆 좌석 눈치를 봐가면서 연신 웃어젖혔다. 벽골제가 멀리 밀려나고, 차창 너머로 모내기가 끝나가는 김제평야의 푸른 들판이 끝없이 이어졌다. 오월의 햇볕이 달리는 버스의 유리창을 뚫고 두 사람의 얼굴을 따뜻하게 비추었다.

모녀는 한낮 점심때쯤 전주에 도착했다. 남문시장은 장터에 들어서기 전부터 사람들로 북새통을 이루고 있었다. 길목에서부터 온갖 종류의 푸성귀며 살림 도구를 팔고 있는 사람들이 빼곡했다. 짐자전거가 따르릉 소리를 요란하게 울리며 바쁘게 지나가다 채봉의 오른 팔에 살짝 부딪혔다. 정임이 자전거를 험하게도 탄다고 나무라자 채봉은 바쁜 일이 있어서 그런가 보라고 두둔해줬다. 정임은 소리 없이 웃으며 딸의 등을 토닥였다.

"채봉아, 우리 남문옥에 가서 냉면 먹고 가자."

채봉도 활짝 웃으며 좋아하다가 눈을 껌벅이며 정임을 봤다.

"재중 오빠네 집은 안 가고? 오빠 보고 싶은데……"

"거근 오늘 안 갈란다. 재중이가 제지공장 일이 많이 바쁜게 벼."

정임은 채봉의 팔을 잡고 북적이는 사람들을 비집고 나아갔다.

* * *

남문옥은 구수한 메밀 냄새가 홀 안에 가득했다. 맛이 있기로 소문난 데다가 오래된 집이어서 멀리서 일부러 오는 손님도 있고, 장날에 오면 으레 먹고 가는 사람들도 많았다. 둘은 방 안을 기웃거리다가 입구에서 조금 떨어진 홀에 자리를 잡았다. 자리가 있어 다행이라면서 마주보고 앉는데 갑자기 쨍그랑! 하며 그릇 떨어지는 소리가 울려 퍼졌다. 손님들의 시선이 일제히 소리 나는 쪽으로 몰리고 홀 안이 소란스러워졌다. 냉면 그릇을 두 겹으로 올리고 나르던 종업원 아주머니가 넘어질 뻔하다가 쟁반을 바닥에 쏟은 것이다. 바로 옆 의자에 앉아 있던 한 남자의 바지가 흥건히 젖었다.

"아저씨, 왜 발을 걸어요?"

아주머니가 냉면 그릇을 치우다 말고 일어서서 손을 허리에 붙이고 소리쳤다.

"이 아주머니가 미쳤나? 발 치고 냉면 쏟은 게 누군디 댑대로 큰 소리여, 시방?"

와이셔츠에 윤기 나는 조끼를 입고 모자를 쓴 삼십 대 초반의 사내가 금방이라도 주먹으로 갈길 것처럼 벌떡 일어나 씩씩댔다.

"아저씨가 발을 걸었잖여, 시방!"

아주머니는 분해서 못 견디겠다는 듯 맞섰다.

"내가 언제 발을 걸었어, 이 여자야!"

카운터에 앉아 있던 주인이 엉거주춤 다가갔다.

"손님, 죄송합니다."

"죄송허면 다요? 이거 어쩔 거요?"

모자 쓴 사내가 젖은 바지를 가리키면서 주인에게 따졌다. 그때 채봉이 갑자기 큰 소리로 외쳤다.

"주인아주머니, 저기 카운터의 돈 통 잘 지키셔요."

홀이 어수선한 틈을 타, 검정색 점퍼를 입은 남자가 카운터 안쪽의 돈 통에 손을 대려던 찰나였다.

"아저씨, 그러시면 안 되죠!"

"당신 시방 나보고 허는 소리여? 누가 뭘 어쨌다고 그려? 씨발!"

사내는 채봉을 쏘아보면서 씹어대듯 묻더니 앞으로 바싹 다가와 주먹으로 탁자를 내리쳤다.

"너 말조심혀! 재수 없게 헛소리하고 지랄여, 씨발!"

정임이 뭔가 대꾸하려는 채봉의 무릎을 엄지손가락으로 꾹 눌러 입을 막았다. 점퍼 사내는 채봉을 노려보면서 카운터에 음식값을 거칠게 던지고 밖으로 나갔다. 냉면 국물에 바지가 젖은 모자 사내도 일어나 재수 없다는 듯 바지를 털면서 계산을 하고 나가려, 주인이 돈을 되돌려주자 낚아채듯 받아서 나갔다. 주인은 카운터에서 채봉 쪽을 향해 고맙다는 표현을 했다. 홀 안의 사람들도 수군대다가 이내 원래의 분위기로 돌아갔고 모녀도 아무 말 없이 수육이 듬뿍 올려져 나온 냉면을 먹기 시작했다. 냉면을 다 먹은 뒤, 정임이 속삭이듯 채봉에게 물었다.

"채봉아, 너 정말 봤다냐?"

"봤지, 그럼."

"고사동 사시오?"

노인은 아무 일 없었다는 듯 채봉을 보고 웃으며 물었다.

"김제 삽니다. 오늘 오빠 집에 가는 길입니다."

"그려요? 김제 어디요?"

"서암리에 삽니다."

이번엔 정임이 대답했다. 노인은 더 이상 다른 말을 하지 않고 앞서 걸어 나갔다. 시야가 탁 트이고 부드러운 바람이 얼굴을 스치는 방천길로 접어들었다.

"이제 저희끼리 가도 되겠습니다. 정말 감사합니다."

정임이 밝아진 표정으로 말했다.

"어르신, 진심으로 감사드립니다. 안녕히 가세요!"

채봉도 정중하게 허리 숙여 인사했다.

"그럼 안녕히 가시오."

모녀와 헤어지자마자 공 씨가 노인의 얼굴을 빤히 쳐다봤다.

"헌디 어르신, 아까 그 녀석들이 흉기를 들고 있었습니다."

"자네도 봤는가?"

"아니, 어르신은 보시고도 따귀를 치셨습니까?"

"보여줬으니까 봤지, 아니믄 어떻게 봤겠는가?"

"그게 무슨 말씀이신지요?"

"모르겠는가? 흉기를 사용헐 계획이었으믄 애당초 보여주지를 않는 벱이거든."

"아무리 그렇다 혀도 어떻게 순간적으로 그렇게 위험헌 일을 허셨습니까?"

"판단이 섰으면 다음은 실행에 옮기는 것밖에 더 있는가?"

노인이 양손을 털면서 아무렇지 않은 듯 대답했다. 그 순간 난데 없이 뾰족하고 작은 칼날이 노인의 뒤쪽 허리를 향해 돌진해왔다. 노인은 재빨리 몸을 돌려 칼을 든 사내의 목을 수도로 내리쳐 한방에 고꾸라뜨리고 오른발로 가슴패기를 눌렀다. 허공에 치켜든 손은 바로 목덜미를 가격할 자세다.

"사, 살려주십시오."

조금 전 노인에게 따귀를 맞은 사내였다. 다른 한 사내는 상황을 보고 반대편으로 도망가고 있었다.

"네놈이 끝내 치도고니를 당허고 싶은 거고나!"

"아닙니다, 죄송헙니다. 정말 몰라뵈었습니다. 용서하십시오!"

사내는 노인이 손과 발을 떼자 저만큼 떨어진 칼을 주워들고 쏜살같이 달아났다. 공 씨는 한동안 입을 열지 못하다 한참 후에야 겨우 입을 뗐다.

"어르신의 택견이 대단허시다는 말은 들은 적 있습니다만……."

"놀랐는가? 늦었네, 어서 가세!"

"정말 큰일 날 뻔했잖습니까, 어르신."

"그래도 그 모녀 안 따라가고 우릴 따라온 거이 다행 아닌가?"

방천길을 맴돌던 봄바람이 소리 없이 쫓아와 노인의 두루마기를 조용히 흔들었다.

* * *

"채봉아, 너 앞으로는 그렇게 함부로 나서지 마. 그 양반들 아니었으믄 멋모르고 걸어가다가 칼 맞을 뻔했어, 이것아!"

"그래도 아닌 건 아닌 거지. 알았어, 어머니. 조심헐게."

"오늘 일진이 나쁜갑다."

"일진이 좋은 거지."

"좋긴 뭐가 좋아. 큰일 날 뻔했잖여?"

"내 말이 그 말이여. 큰일 날 뻔하다가 아무 일도 안 났잖여."

채봉의 말에 정임은 할 말이 없는 듯 혀를 찼다. 방천길 아래 냇물에 하얀 은하수처럼 떠 있는 햇볕 조각들이 무리 지어 반짝거렸다.

"어머니, 지금 알고 가는 거여?"

방천 아래에서 놀고 있는 아이들을 쳐다보던 채봉이 불현듯 물었다. 정임은 들은 바 있는 쪽을 두리번거리다가 행인에게 물었다.

"길 좀 물읍시다. 여기 학 집이라고 혹시 알아요?"

"저기 큰 소나무 보이지라우? 저 집이어요."

아낙이 가리키는 방향에 큰 소나무 한 그루가 기와지붕 틈새로 머리를 내밀고 두 사람을 마주보고 있었다.

"작은 집이 아니구만!"

걸음을 멈추고 집을 바라보던 정임이 채봉을 보면서 혀를 내둘렀다. 대문은 닫혀 있었는데 손으로 밀자 문소리를 내며 그대로 열렸다. 문간채 마당 한가운데에 사철나무로 가려진 작두 펌프가 있고, 그 오른편으로는 운치 있게 징검다리처럼 박힌 돌길이 보였다. 돌길을 따라 들어가는 안채 작은 문 옆에는 오래된 석류나무가 보기 좋게 구부러져 있었다.

사람을 찾아보려고 문간채를 향해 발을 옮기는데 언제 나왔는지 꼬마 아이가 마루 기둥에 서서 정임과 채봉을 지켜보고 있었다. 정임이 반색을 하며 다가가자 머리에 수건을 맨 젊은 아주머니가 뒤쪽 부엌에서 나왔다. 문간채에 세 들어 사는 사람이었다. 정임이 먼저 집 주인의 어미 되는 사람이라고 밝히자 이미 알고 있었다는 말과 함께 보증금은 먼저 살던 사람한테 주라고 해 그대로 했고 집주인한테 받을 영수증은 복덕방 통해서 미리 받았노라고 자세히 설명했다. 그런 다음 서둘러 안채로 들어가는 작은 문을 열어줬다.

정임은 집을 둘러보며 놀라워했다. 못 되어도 삼십 칸은 넘는 일자집에다 마당 뒤는 정원으로 꾸며져 있었는데, 동백나무, 사철나무, 보리수나무 등이 군데군데 석등이며 석상과 어울리게 자리 잡혀 있고, 집 뒤쪽에는 지붕보다 두 배는 더 높아 보이는 소나무가 솟아 있었다. 두 사람은 집 안팎을 둘러보다가 긴 앞마루에 앉아 정원을 바라보았다.

"집이 참 좋아. 마당만 좀 넓으면 우리 집만 허겄어, 어머니."

"그런디 니 오빠는 꼴난 박하 장사 헌담서 어떻게 이렇게 돈을 버는지 모르겄다."

정임이 흐뭇해하면서도 한편으로 걱정스러운 표정을 지었다.

"나라를 팔아먹는 것도 아닌데 뭘 그런 거까지 걱정혀? 그냥 돈 버는 재주가 좋은 거지."

채봉과 함께 안방이며 대청마루 등 집 안 여기저기를 둘러보던 정임이 다시 이마에 주름살을 만들었다.

"아버지가 그러시는디 만주가 요즘 많이 위험허담서?"

"마적 떼도 있고 일본인들의 행패도 점점 심해진다고는 허지만 걱정허지 마. 작은오빠가 얼마나 약은 사람인데."

"허기야 재명이가 약기는 허지."

"재중 오빠는 제지공장 잘 허고 있어?"

"그냥저냥 하고는 있는 모양인디 왠지 마음이 안 놓여."

그러면서 정임은 얼마 전에 공장에 가봤을 때의 얘길 들려줬다. 생각보다 사람도 많고 일도 무척 힘든 거 같아 보여 아버지한테 얘기했더니 쓸데없는 걱정하지 말라고는 했지만 재중이가 마음도 여리고 착하기만 해서 걱정이라는 것이다.

"그건 그렇지만 아버지가 그걸 다 아시니까 일부러 훈련시키고 있는지도 모르잖여."

"글쎄다. 허지만 천성이 쉽게 고쳐지겠냐."

"그럼 셋째오빠가 와서 함께 공장 운영허면 안 될까? 큰오빠는 지물 공장 일이 워낙 바쁘니까 안 될 테고."

"갸는 아버지 간섭받기 싫어서 그런지 서울을 안 떠날라고 혀."

채봉은 여러 가지로 걱정이 많아 보이는 정임의 마음을 편하게 해 주려고 애를 썼다.

"어머니, 이것저것 쓸데없이 걱정허지 마. 아, 아버지 계시는데 어머니가 뭘 걱정여? 나헌테도 그러라면서."

그때 학 한 마리가 어디서 날아왔는지 날갯짓을 하면서 높은 소나무 둥지 위에 살짝 앉았다.

"얼래! 학이 정말 사네!"

둘은 마당에 나와 둥지를 한참 동안 올려다봤다. 잠시 후 또 한 마리가 긴 다리를 뻗어 둥지 옆 가지에 조심스럽게 내려앉았다.

사선대의 눈물

대문 양쪽에서 대야를 펼쳐놓고 물건을 팔고 있던 아주머니, 할머니가 벌떡 일어나 인사를 했다.

"장날인게 여그서 쪼까 팔게 해주셔라우."

"괜찮어요. 자전거 지나댕기게 문 앞에만 터주믄 되야요."

주장 마당으로 들어선 상백은, 멍석 위에 김을 내며 펼쳐져 있는 밥알을 주워 입에 넣고 앞니로 씹어보다가 곧 표정이 일그러졌다. 마당 저쪽에서 상백을 본 공 씨가 다소 불안해하면서 다가왔다.

"이 밥 먹어보게."

공 씨는 상백이 건네는 고두밥을 받아 눈을 깜박이며 앞니로 눌러 맛을 봤다.

"이 밥 너무 물렀어. 안 그려?"

상백의 목소리가 카랑카랑해졌다.

"아, 예. 조금 그런 것 같습니다, 어르신."

"꼬두밥이 이렇게 퍼지믄 술이 텁텁혀지는 걸 몰라?"

공 씨는 몸 둘 바를 몰라 하면서 멍석 위에 펼쳐진 고두밥을 맥없는 눈으로 둘러봤다.

"이 밥은 식혜나 만들어서 밖에 장사허시는 할머니들이랑 막걸리 받으러 온 사람들헌테 나눠주게."

"저 밥을 다 말씀입니까?"

"그럼 다지, 남겨뒀다 썩히게?"

"그런디 지금 술이 다 떨어져가서…… 도매 손님들 땜시……."

공 씨가 손등을 비비면서 조심스럽게 말했다.

"술 떨어지믄 떨어졌다고 혀."

상백이 그 말을 들을 리 없다. 자르듯 그냥 술 떨어졌다고 하라는 말에 공 씨는 어깨가 들릴 만큼 한숨을 쉬었다. 상백이 감정을 삭이면서 다시 말을 이었다.

"요즘 장수 술맛이 좋아졌어. 엊그제 먹어본 전주 막걸리도 그렇고 말여. 안 그려?"

공 씨도 내심 그렇다고 여기고 있던 터였다.

"당장 파는 것도 중요허지만 술맛이 우선이여. 지금 당장 다시 찌라고 시키게."

상백은 대님을 고쳐 매고 일어서면서 지시했다. 그리고는 관촌 다녀와서 집에 있을 테니 쌀 쪄지거든 부르라고 했다. 목소리는 한결 부드러워졌지만 표정은 여전히 딱딱하다. 밖으로 나가자 정문 옆 점방 자리에서 약방을 하는 주헌창이 밖을 내다보고 있다가 일어나서 인사를 했다. 그는 막내아들 평우의 친구다.

"관촌에 좀 갈라고."

"인자 유월인데 한여름 날씨여요. 요새는 버스가 생겨서 좋긴 헌데 자리를 못 잡아서 아쉬워요."

"혀서 관촌 갈 적에는 여그서 타고 전주 갈 적에는 차부 가서 타는구먼."

"버스 옵니다. 다녀오십시오, 어르신!"

버스 안은 바깥 날씨보다 한결 덥고 서 있는 사람이 많아 혼잡했다. 차가 막 출발하려 할 때 뒷자리에서 누군가 부르는 소리가 들렸다. 처가 이모의 아들 장한길이었다. 수년 전까지 임실군 오수에서 살았기 때문에 오수 장 씨로 통한다.

"어디 가신당가요? 이쪽으로 오시지요."

"관촌 가는디 그리 멀지 않응게 이대로 가도 되야."

"아, 그려도 이쪽으로 오시지라우. 여기 앉으실 수 있응게요."

흔들리며 뒤쪽으로 걸어간 상백에게 한길이 일어나 자리를 권했다. 괜찮다고 사양하는데도 막무가내로 일어나는 바람에 어쩔 수 없이 자리에 앉았지만 상백의 체구가 작아 한길도 의자 모퉁이에 엉덩이를 조금 걸칠 수 있었다.

"전주 가는가?"

상백이 한길의 허리를 당기면서 물었다.

"당숙 어른이 도립병원에 입원을 혔는디 얼마 못 사실 거라고 혀서요."

"그려? 그 양반 오래 사셔야 헐 터인디……. 이모님은 건강허신가?"

"예, 형님이 고기를 두 번씩이나 보내주셔서 얼마나 맛있게 드셨는지 모른당게요."

얼마 전 처이모가 몸져누웠다는 소리를 들은 적이 있었다. 찾아가는 것도 자칫 폐가 될지 몰라 공 씨를 시켜 고기라도 좀 보내도록 하고 넘겼었다. 그런데 나중에 들어보니 돼지고기 두 근을 보냈다고 해서 좀 부족하다 싶은 마음에 다시 소고기 세 근하고 사골 한 짝을 사서 보냈었다.

"내가 찾아뵈었어야 허는디, 그러지 못 혀서 미안허구만."

"아니랑게요. 신경 써주신 것만도 정말 감사혀요, 형님."

"몸이 아플수록 잘 드셔야 병을 이기는 거구만."

한길은 그렇다며 상백을 향해 연신 부채질을 했다. 버스는 뿌얀 흙먼지를 뒤로하고 덜컹거리며 달렸다. 차가 달리자 열어놓은 창문으로 바람이 들어와 생각보다 시원하게 관촌에 도착했다. 한길이 일어나 길을 터주면서 사람들 틈새에서 정중하게 고개 숙여 인사했다. 상백은 자리를 물려주고 관촌 배차장에서 내려 사선대 방향으로 걸어갔다. 오원강에 비친 사선대 누각이 한 폭의 동양화처럼 선명하게 자취를 드러냈다. 바삐 걸음을 옮기는데 난쟁이 영감 심부섭이 지나가다가 상백을 보고 꾸벅 인사를 했다.

"함 사장 만나러 오셨구먼요? 요즘은 관촌에 잘 안 들르시는 것 같습니다."

"예, 그리 되었구만이라우."

상백은 뒤뚱뒤뚱 걸어가는 그의 뒷모습을 보면서 잠시 옛날 일을 회상했다.

* * *

사환 일을 하는 남상백이 거금을 내놓자 조합장은 두 눈을 휘둥그레 뜨고 돈과 상백을 번갈아 쳐다봤다. 상백은 두 손을 바르게 내리고 정중하게 고개를 숙였다.

"조합장님! 이 돈을 맡아서 불려주시면 감사허겄습니다."

"아, 우리야 돈 맡기면 고맙지. 아버님이 재산을 물려주셨는가?"

조합장은 그때까지 짠돌이로 소문난 상백이 먹고살 길 없어 청소하고 잔심부름하는 사환 일을 하는 것으로만 알았었다.

"아닙니다. 되레 빚을 좀 물려받았지라우."

"그런디 어떻게 이만큼 모을 수 있었는가? 설마 말허기 곤란헌 돈은 아니겄지?"

"물으시는 취지는 이해허겄습니다. 이 돈은 제가 이제껏 남들 놀 때 놀지 않고 쉴 때 쉬지 않고, 십이 년 동안 머슴살이에, 봇짐장수를 혀서 번 돈입니다."

조합장은 놀라운 듯 상백을 바라봤다. 상백은 한술 더 떠 예사롭지 않은 자신의 견해까지 피력했다. 돈이라는 것은 남보다 많이 벌고 적게 쓰는 것도 중요하지만 무엇보다도 남에게 사기당하지 않아야 모을 수 있더라는 것이다. 게다가 아버지의 남은 빚도 다 정리했으니 걱정하지 말고 삼 년만 관리해달라고 부탁했다. 조합장은 눈치 빠른 상백을 보고 고개를 끄덕이며 조합에서 돈을 불리는 방법에 관해 설명했다.

하나는 조합 돈으로 관리하는 방법이고, 또 하나는 조합에 예금 형식으로 맡겼다가 돈을 갚지 못해 담보가 넘어가는 사람에게 차용 금액을 대납해주고 사례금을 받는 방식인데 그건 돈을 많이 벌 수도 있지만 떼일 수도 있고, 그렇게 해서 손해를 보는 건 조합에서는 전혀 책임이 없다는 것이다.

"나중 방식으로 투자를 허되 투자헐 사람을 제가 고를 수는 없겠습니까?"

"그렇게 혀도 되지. 그럴 거면 사람의 눈빛만으로도 속을 들여다 볼 줄 아는 통찰력이 중요허네."

"제가 떠돌이 생활을 십 년 이상 허면서 사람 볼 줄은 좀 알게 되었습니다."

"인자 보니께 자네 여그서 사람을 관찰헐라고 사환을 자청한 것이구만."

상백은 즉석에서 시인하고 그동안 자신은 우물 안의 개구리였으며 조합장을 보면서 사람 보는 눈이나 대하는 법을 비로소 알게 되었다고 털어놓았다.

그렇게 삼 년이 지나 약속한 날이 되어 조합장이 상백을 불렀다.

"내가 이 일 허믄서 자네같이 판단력이 예리하고 배포 있는 사람을 본 적이 없네. 그뿐만 아니라 자네는 재운 또한 대단히 좋은 거 같네그려. 자네 돈은 이제 이 조합에 투자하고 있는 사람 중에서 조선인으로서는 좌산 박 주사 어른 다음으로 최고일세."

"다 조합장님 덕분입니다. 이 은혜는 평생 잊지 않겠습니다."

상백이 머리를 숙여 진심으로 감사해하자 조합장은 진지한 목소리로 제안을 했다.

"이제 어떻게 허겠는가? 계속 이 일을 헐 텐가, 아니믄 자네 사업을 헐 텐가?"

그러면서 사업을 하겠다면 고향인 마령에 현대식 정미소를 하나 인수할 수 있도록 도와주겠다고 했다. 상백은 감사해하며 즉석에서 제안을 받아들였다.

정미소를 인수한 상백은 눈코 뜰 새 없이 바쁜 나날을 보냈다. 과거 그에게서 도움을 받았던 사람들은 보름 이상을 기다리면서까지 그의 정미소에서 도정을 해갔다. 정미소에서 돈을 벌어 주장을 추가로 넘겨받았고, 사업은 날로 번창했다. 그리고 가정을 꾸려 딸 하나와 아들 넷을 낳았다.

함춘식은 상백이 금융조합투자를 정리하고 자신의 사업을 계획한 후 뒤늦게 그의 돈을 빌려 위기를 모면한 사람이었다. 평소 고작 인사 정도 나누던 춘식의 급박한 사정을 듣고 상백이 흔쾌히 대출금을 대납해주겠다고 했을 때 춘식은 그 말을 순수하게 받아들이지 않았다. 오히려 지능적인 고리대금업자가 분명하다고 생각했다. 그러면서도 당장은 다른 방도가 없어 우선 눈앞에 있는 급한 불은 끄고 보자는 심산으로 상백의 제안을 받아들여 일을 해결하긴 했지만 걱정이 태산이었다. 그도 그럴 것이 투자한 돈 다 회수하고 정미소 계약까지 한 판국에 이자 몇 푼 받자고 거금을 내놓았을 리 없다고 생각했기 때문이다.

그러나 상백은 차용금을 돌려받자 약정한 내용 이상의 다른 일은 벌이지 않은 채 담보물건을 돌려줬다. 춘식은 그 후 아내와 두 아들을 데리고 사선대가 있는 산자락에서 남부럽지 않게 살게 되었고, 그의 동생이 경찰이라 정미소와 주장을 운영하는 상백에게도 여러모로 도움이 되었다. 상백과 춘식은 혈육 이상으로 절친한 친구가 되었으며 가끔씩 사선대에 올라 옛날이야기를 나누곤 했다. 그러던 중 어느 날, 춘식은 자신의 집을 찾아온 상백과 함께 사랑에서 술을 마시게 되었다.

"이보게, 상백. 자네 오늘이 무슨 날인 줄 아나?"

상백은 짐짓 모르는 표정을 짓고 춘식의 다음 말을 기다렸다.

"오늘이 내가 자네헌테 가장 큰 은혜를 입은 날일세."

옛일을 말하는 춘식의 눈에 물기가 서려오자 상백이 재빠르게 끼어들었다.

"이 사람아, 내 눈을 보고 자네 눈을 보게."

"눈은 갑자기 왜 보라는디?"

"사람은 눈을 보면 그 사람을 알지. 내가 그때도 자네 눈을 보고 판단했었네. 내 눈깔이 어디 사람을 잘못 볼 성싶은가? 그리고 자네 눈도 누구헌테 사기 칠 눈빛인가, 어디? 지금 그걸 보라는 걸세."

"허허, 참! 그렇다 혀도 자네 눈이야 볼 수 있지만 내 눈을 내가 어찌 보겠는가?"

"자네 마음은 자신이 누구보다 잘 알 거 아닌가. 눈은 마음의 창이니께 말여."

"역시 자네다운 말일세. 내가 오늘 자네를 아주 특별한 집에 데리고 가서 한잔하고 싶네."

두 사람은 춘식의 사랑방에서 나와, 젊은 난쟁이 심부섭을 남편으로 둔 할머니가 장사하는, 관촌역 맞은편 월선주점에서 밤늦도록 술을 마셨다. 술이 거나하게 취했을 무렵, 두 사람은 밖에서 사람들이 외치는 소리를 들었다.

"불이야! 불이야!"

자리를 박차고 밖으로 나와 사방을 두리번거리던 두 사람은 불이 난 곳이 춘식의 집 쪽인 것을 확인하고 미친 듯이 달려갔다. 혹시나 했으나 바로 춘식의 집에서 불이 난 것이었으며, 사람들은 춘식에게 달려와 소리를 질렀다.

"저 안에 태환이 어머니랑 아들 둘이 다 들어가 있어라우."

춘식은 몸부림을 치며 불 속으로 뛰어들려고 했지만 주변 사람들의 제지로 그럴 수 없었다. 먼저 빠져나온 아내와 두 아들은 아무리 춘식을 찾아도 보이지 않자, 사랑채에서 상백과 함께 술을 마시고 곯아떨어져 있는 것으로 여겼다. 그의 아내는 주변의 만류를 뿌리치고 불 속 사랑채로 들어갔으며, 뒤를 이어 큰아들과 둘째아들까지 연이어 어머니를 찾아 뛰어들어갔다가 나오지 못했다.

그로부터 며칠 후, 사선대의 숲 그늘이 집 앞마당을 덮치기 시작한 저녁나절에 춘식은 토방 끝에 맷돌을 옮겨놓고 광에서 가장 큰 쇠망치를 들고 나왔다. 맷돌 위에 다리를 올려 토방 밑으로 두 발을 늘어뜨리고 앉은 춘식은 입에 수건을 물고 발이 원수라며 쇠망치로 무릎을 내리쳤다.

"여보, 날 용서허지 마! 저승에 가서라도 복수를 허란 말여."

그는 울부짖으며 다시 다른 무릎을 내리쳤다.

"태환아! 성환아! 미안허다, 미안혀. 애비가 이 죄를 어떻게 갚는단 말이냐."

어둑했던 저녁 하늘에 허옇던 달이 노랗게 물들고, 파랗던 오원강이 시커먼 먹물이 되어 흐를 때까지 그는 짐승처럼 울부짖었다. 그날 이후, 주변 사람들의 말에 따르면 그가 못 걸을 정도는 아님에도 불구하고 비가 오든 눈이 오든 혼자 일어서서 걷는 모습을 본 적이 없다고 했다. 사선대에선 더 이상 춘식의 그림자를 볼 수 없었고, 간혹 상백 홀로 서서 남몰래 눈물을 흘렸다. 춘식은 아직껏 고무 깔개에 앉아 양손으로 목판을 짚으면서 자신을 끌고 다닌다.

＊＊＊

"오랜만일세! 잘 있었는가?"

"그래, 무슨 일이 있어서 나 같은 사람을 다 찾아왔는가?"

춘식이 깔판을 돌려 앉으며 상백을 들여다봤다.

"무슨 일은, 그냥 보고 싶어 왔구만."

"그려? 그놈의 눈깔 나를 보고 싶어하는 걸 보니께 볼 것도 되게 없었고만."

상백은 껄껄 웃으며 마루 끝에 걸터앉아 한참 동안 이런저런 농담을 주고받았다. 말끝에 춘식이 새로운 화제를 꺼내 들었다.

"지난번에 얘기헌 덕천리 돌산은 생각 좀 혀봤는가?"

"헌디 왜 그렇게 급히 내놨디야?"

"그 주인의 아버지가 일본 사람인디 일본 사람치고는 괜찮은 사람이여. 아들이 항공모함인 즈이카구혼지 뭔지에 승선허면서, 지 재산은 하나도 남겨놓지 말아 달라는 유언을 하고 떠나는 바람에 내놓게 된 거라."

상백이 대답 대신 힘을 모아 입술을 길게 다물자 춘식이 바로 말을 이었다.

"혹시 자네헌테도 도움이 될까 싶어서 말혀본 거여."

"헌디 나는 인자 새로운 사업은 더 벌이고 싶지가 않구먼. 전쟁에 나간 왜놈 뜻을 도와 땅 사주기도 싫고."

"그려? 평안감사도 지 싫으면 그만잉게."

상백은 오해는 하지 말라면서 한동안은 사업이 무엇보다도 우선이었지만 지금은 어떻게든 자식들 잘되도록 하는 일 말고는 딱히 다른 일을 벌이고 싶지가 않다고 설명했다.

"이해허네. 헌디 셋째는 여전히 소식이 없어?"

"없어. 내 그놈 생각만 허믄 자다가도 벌떡 일어난다니께."

"생때같은 자식이 미국인지 뭔지로 떠났다는 남의 말만 전해 듣고 연락이 없으니 오죽허겄는가."

"갸가 아주 심헌 위경련이 있어서……. 아무려도 무슨 일이 났지 싶네."

"그런 생각을 허다 보믄 나 같은 무자식이 상팔자다 싶기도 혀."

"미안허이. 처자식 다 잃은 자네 속을 모르는 바도 아니믄서 내 자식 걱정만 혀서."

"아니여, 아니여. 아, 자네 자식이나 내 자식이나지 뭐."

"그 일만 생각허믄 지금도 내 가슴이 메이는디……."

"내 얘기 그만 허고 셋째 말일세."

"근우가 왜?"

"갸가 수재들만 다니는 경기고를 졸업헌 아인디, 호락호락 없어질 아가 아녀. 언젠가 틀림없이 기별이 있을 걸세."

"그렇다면 얼마나 좋을까만 세상에 애비헌테 말 못 허고 사라질 일이 뭣이 있다는 말여. 나는 그것이 분허고 이해가 안 가."

"뭔가 사정이 있으려니 여기게. 무소식이 희소식이라고도 허잖는 가. 둘째는 정교수로 임용되었담서?"

"철우는 애비 속을 썩이진 않여. 성격이 좀 냉차서 그렇지."

"자식이 속을 좀 썩여도 살갑고 따뜻헌 놈헌테 정이 더 가더만."

"그려, 우리 막내 놈 평우가 그런 편이긴 허지."

둘은 다시 평우 이야기를 하며 시간을 보냈다. 본 지 오래되었지만 춘식도 잘 기억하고 있을 뿐만 아니라 관심도 많았다.

"혼처는 정혀났어? 내가 아주 참헌 새악시를 중매헐까 허고 있는 판인디."

상백은 보일 듯 말 듯 웃음을 머금고 있다가 대뜸 집안 식구들이나 당사자의 체격이 어떤가부터 물었다.

"어허, 이 친구 또 자기만 헌 손주 나올까 봐 걱정이구만그려."

"어쩌겄는가. 키 작은 건 인자 나로 끝나야지. 나 자라믄서 아버지, 할아버지 원망도 많이 혔당게."

"큰손주, 둘째네 손주, 다 남헌테 뒤지지 않는담서?"

"허지만 내 자네헌테만 얘기인디, 모다 양에 안 차."

춘식은 상백이 키 작은 것에 한이 맺힌 모양이라고 말하며 참고 있던 웃음을 터뜨렸다.

"혀서 말여. 막내만큼은 좀 더 내 한을 풀어줄 수 있는 그런 며느리를 얻고 싶네. 물론 성품이나 머리도 뒤떨어지지 말어야 허고."

"내가 중매혀볼까 허는 처자는 가족들 체격은 만만치 않게 큰디 당사자는 그저 보통 정도여."

춘식이 아쉬운 듯 말하자 상백은 더 들을 것도 없다는 듯 손사래를 쳤다.

"그럼 안 되야. 집안 씨알도 물론이려니와 당사자도 크고 실허지 않으믄 말 꺼낼 필요도 없네."

"이제 마지막 며느리라고 완전히 다짐을 허고 있구먼."

"아, 그럴 수밖에 없잖여. 인자 마지막인디."

"허기야 동경대생에 부잣집 막내아들이 정승 딸인들 못 데려오겄어?"

"정승 딸이라고 뭐 별나? 실은 말여. 내가 눈여겨 둔 처자가 있긴 헌디……."

춘식이 흥미로운 듯 고개를 들이밀고 누구냐고 묻자 상백은 묘한 웃음을 지으며 자세를 고쳐 앉았다.

"전주서 점심 먹다가 우연히 본 처자여."

"누구 집 규수?"

"아직 김제 서암리 산다는 것밖에 모르네."

말한 자신도 조금 민망했는지 상백은 헛기침을 한 번 하고 입을 다물어 버렸다.

"자네 제정신이 아니구만! 이름도 성도 모르는 처자를 점심 먹다 보고서 며느리로 탐낸다는 것이 말이 되는 소리여?"

"이 사람아! 내 장끼가 뭔지 아직도 모르는가?"

"알지. 자넨 황소가 땡기는 쟁기 아닌가? 마음먹었다 허면 밀어붙이는 거 말여."

"내 지금은 그쪽 처자의 입장을 생각혀서 발설헐 단계는 아니지만, 두고 보게나. 남상백이 막내며느리로 어떤 규수를 데려오는지 말여. 어떻게 된 거냐 허면……."

상백은 전주에서 있었던 일을 자세히 설명했다. 이야기를 다 들은 춘식은 한바탕 소리 내어 웃더니 상백의 무릎을 쳤다.

"그려, 두고 볼 텐게 부디 원허는 대로 한번 이뤄보게나. 아, 옛날에 나헌테 전 재산 걸면서 승부를 거는 그 뚝심으로 말여."

두 사람의 웃음소리가 춘식의 집 담장을 넘어 숲속으로 울려 퍼지면서 사선대의 적막을 깨뜨렸다.

집으로 가 있겠다던 상백은 주장으로 바로 갔다. 김이 빠져나오는 소리와 함께 쌀 찌는 구수한 냄새가 마당 안에 가득했다.

"쌀 다시 찌고 있는가?"

상백의 목소리는 한층 부드러워져 있었다.

"앞으론 밥 찌는 거 잘 챙기게나. 알겠지? 글고 내일 주장에 바쁜 일 있는가?"

"바쁜 일은 없지만 관촌허고 신평에 수금을 갈까 허든 참입니다."

"그럼 신평은 다음에 가고 내일 관촌 들렀다가 자네 어디 좀 다녀 와야 쓰겄네."

공 씨가 귀를 곤두세우는데 상백은 엄한 소리부터 했다. 동네에서 단골 장사 하는 사람들이 돈 떼먹고 쉽게 도망가진 않을뿐더러 막말로 떼먹고 도망가도 하는 수 없으니까 수금을 너무 닦달하지 말라는 얘기다.

"안 그런가? 오죽 어려우면 장사허다 야반도주허겄어?"

공 씨는 알겠다고 고개를 끄덕이면서도 상백이 어딜 다녀오라는 건지 이해할 수가 없었다. 그런데 상백이 공 씨에게 몸을 가까이하면서 비밀 얘기라도 하듯 목소리를 낮췄다.

"지난번에 남문옥에서 만난 모녀 기억허는가? 김제 서암리 산다는."

"예, 그런데 무슨 일로……."

"그 집 주인이 어떤 사람인지, 가족들의 체구는 어떤지, 뭘 허는지 좀 알아오게."

공 씨는 단번에 상백의 속셈을 알아차렸다.

"그때 이름은커녕 성씨도 말 안 혔었는데요, 어르신?"

"묻고 싶었지만 그러지 못혔지. 동네 가서 눈치껏 알아보게. 헐 수 있겠는가?"

대답은 했지만 공 씨의 입에서 조용히 한숨이 새어 나왔다.

서암리의 유월

아침부터 별채 담장 위에서 멧새와 참새 떼의 힘겨루기가 한창이다. 해가 동쪽 하늘에 높이 떠오르자 정원 한편의 석류나무에 벌 한 마리가 날아들어 터지지도 않은 주황빛 석류꽃으로 파고들 듯 윙윙대더니, 어느새 자리를 옮겨 자줏빛 목단 꽃봉오리 속에 숨어들었다. 마루 끝 공부방에서는 아이들의 소리가 시끌벅적하다.

종균이 필통을 끌어가면서 자기 거라고 소리 지르고 필구는 누가 아니라고 했느냐며 윽박지른다. 종균은 두려워하면서도 그런데 왜 남의 것을 만지느냐고 대들었다.

"새 거라 이뻐서 한번 만져봤는디 안 되냐? 이 더런 놈아!"

"내가 더런 놈이믄 너는 거지 깽깽이다, 씨!"

"이 쪼끄만 새끼가!"

필구가 벌떡 일어나 주먹으로 종균의 얼굴을 쳤다. 종균은 손등으로 코피를 훔치면서 울음을 터트린다.

"선생님, 종균이 피나요!"

아이들이 소리치면서 달려가 코피가 흐르고 눈물범벅이 된 종균을 바라보았다.

"조필구! 나종균!"

젊은 여선생이 큰 소리로 둘을 부르더니 종균의 코피를 닦고 솜으로 코를 막아주었다. 싸움은 겨우 중단되었으나 둘은 틈틈이 노려보면서 계속 씩씩거렸다. 여선생은 종균의 손을 잡고 부드럽게 물었다.

"예뻐서 그냥 한번 만져본 건데, 그렇게 화가 나?"

"엄니가 애껴 쓰라고 혔단 말여요."

"필구야, 너도 남의 껄 만질 때는 물어보고 만져야지."

필구는 고개를 푹 수그린 채 말이 없다.

"그리고 동생을 그렇게 때리면 써? 너도 잘못헌 거 알지? 너는 종균이보다 세 살이나 성이잖여. 안 그려?"

둘은 이내 조용해졌고 수업은 다시 이어졌다. 화기애애한 분위기 속에 수업이 진행되는 동안, 선생님을 따라 열심히 책을 읽는 아이가 있는가 하면 하품을 하거나 조는 아이도 있었다. 열두 시가 되자 여선생이 책을 덮었다.

"자, 오늘은 여기까지! 공부 끝!"

아이들은 기지개를 펴고 책 보따리를 챙긴 다음에도 바로 일어나지 않고 주춤거렸다. 여선생은 새어 나오는 웃음을 참고 서 있다가 한마디를 덧붙였다.

"얘들아, 아직 가지 말고 있어!"

여기저기에서 눈을 찡긋하던 아이들은 잠시 후 여선생이 바구니에 담아 들고 온 누룽지와 약과를 한 개씩 받고서야 싱글벙글하며 일어났다.

"필구야, 너 잠깐만 남아 봐!"

여선생의 말에 필구는 겁을 먹은 채 그 자리에 서 있었다. 여선생은 필구의 머리를 쓰다듬더니 서랍을 열어 자신이 쓰던 예쁜 필통에 새 연필을 두 자루 넣어 손에 쥐어주었다. 필구는 받지 않으려고 했다.

"괜찮아, 필구야. 선생님이 주는 건 언제든지 받아도 되는 거여."

여선생이 작고 다정한 목소리로 타일렀다. 인사를 하며 필통을 받아든 필구는 마당 끝에서 주춤거리고 서 있는 종균에게로 달려갔다.

"종균아, 필구야! 가면서 싸우지 마. 알았지?"

눈치를 살피면서 기다리고 있던 종균이 넌지시 필구의 손을 붙잡았다. 못 이기는 척 손을 맡긴 필구는 예! 하고 대답한 다음 다시 뒤돌아 꾸뻑 인사를 하고 종균과 나란히 가던 길을 갔다.

정임이 채봉을 부르며 별채 문을 열고 들어섰다.

"아버지가 너 좀 보자신다. 가서 무슨 말씀을 허시면 알겠습니다, 혀. 알았지?"

"어머니는 별걱정을 다 허셔. 내가 뭐 주워온 딸이우?"

채봉은 곧장 사랑채로 가서 방문을 조금 열고 고개를 들이밀었다. 태섭은 다리를 꼬고 앉아 전화를 받고 있다가 채봉에게 들어오라는 손짓을 한다.

"그렇다믄 감사합니다. 어험!"

못마땅한 표정으로 전화를 끊은 태섭은 금세 밝게 웃으면서 채봉을 쳐다봤다. 채봉이 다가가 앉으며 무슨 전화냐고 물었다.

"김제 경찰서장여. 국민동원령이 포고되야갖고 기초 조사를 허는디, 니 오래비들은 타지와 해외 거주자로 간주혀서 대상에서 제외허 겄다느만."

태섭이 돌아앉아 담뱃대에 담배를 채우자 채봉이 고마운 말인데 왜 언짢아하느냐며 웃음 지었다.

"다 지놈 꿍꿍이가 있어서 허는 짓거리여."

"무슨 꿍꿍이요?"

"말혀주랴? 나랑 사돈 맺자는 거여. 뭔 말인지 알겄어?"

"그려서 뭐라고 하셨어요? 아까 감사하다고 하시는 것 같던데."

"그건 니 오빠들 얘기지. 내가 일제 경찰 놈허고 사돈 맺게 생겼냐? 이미 정혀놓은 자리가 있다고 혔지."

"성냥 여기 있어요, 아버지. 그런데도 또 졸라요?"

"이 구실 저 구실 달아감서 한번 만나자는 거여."

"나 도망가야겠네?"

"예끼! 그나저나 너 일전에 남문옥에서 행패당할 뻔혔다믄서?"

"괜찮았어요."

"니 어머니가 그놈들 땜에 얼어갖고 덜덜 떨었던 모양이드만."

태섭은 정색을 하고 성품 올바른 거야 누구보다 잘 알지만 남의 일에 나설 때는 항시 뒷감당을 염두에 둬야 하는 거라면서 그날 일도 주인에게 살짝 귀띔만 해줘도 되지 않았냐고 나무랐다.

"그 노인장 아니었으믄 너 어쩔 뻔혔냐."

"예. 조심헐게요, 아버지. 그 말씀허시려고 부르셨어요?"

"겸사겸사 보자고 혔다. 그리고 으음, 너 애들 가르치는 거가 재미있냐?"

태섭이 안경 너머로 채봉을 빤히 들여다보면서 물었다.

"예, 재미도 있어요."

"그 말인즉슨 다른 이유도 있다는 얘기 아니냐."

"어린애들이 평생 글자도 모르고 살아서야 안 되지요. 하다못해 우리 동네 애들만이라도 제가 나서서 가르치고 싶어요, 아버지."

"그거사 지들 부모가 알아서 헐 일이지. 답답허믄 학교를 보내든가 혀야지."

"먹고살기도 어려운 사람들이 자식 학교 보내기는 하늘의 별따기여요."

태섭이 짐짓 아무것도 모르는 얼굴을 하고 뭐가 그렇게 힘이 드냐며 채봉을 가까이 바라봤다. 채봉은 사립학교는 월사금이 비싸고, 공립학교는 정원이 부족해서 시험을 보는 데다가 연필 살 돈도 없는데 입학금 대신 학부형회비 내야지, 몇 푼 안 되는 월사금 안 내면 정학시키지, 쉬운 일이 아니라고 설명했다.

"원, 참! 걱정도 팔자구나. 시집은 언제 가고?"

"시집이 당장 급한 건 아니잖아요."

"뭔 소리여? 아, 시방 여기저기서 사돈 맺자고 난리구만."

"설마 아버지가 절 아무 놈헌테 보내겠어요?"

채봉이 반짝거리는 눈을 크게 뜨고 태섭의 반응을 기다렸다.

"으음, 지금 그 말은 애비가 정혀서 보내믄 가기는 가겠다, 그 말이지?"

"그래도 아직 너무 서두르지 마셔요."

"너도 벌써 스무 살 아니냐."

"그래도 애들 가르치는 건 별일 없으면 계속하게 해주셔요."

"시집을 보내도 내 딸이 하고 싶어 하는 일을 도와줄 수 있는 놈헌테 보낼 테니께 그건 걱정허지 마라."

"정말여요, 아버지? 감사해요."

채봉이 환한 미소를 띠며 기뻐했다. 태섭은 그건 그거고 촌사람들이 더 말이 많은 법이라며 학교 다닐 때보다 되레 행동거지 조심하라고 타일렀다.

"어떤 놈이 넙죽 엎어져 절하면서 나타나지 않게 허고 말여."

"아버지는……. 별말씀을 다 하셔요."

채봉은 입을 삐죽거리면서도 실실 웃었다.

"농이 아녀. 그런 놈 나타나믄 오줌통에 처박아버릴랑게. 무슨 말인지 알겠지?"

기세에 눌린 채봉은 진지한 태도로 명심하겠다고 대답했다.

"그리고 이건 참고로 말하는 건디, 사내는 말여, 지 부모 돈으로 공부 많이 헌 놈보다는 공부는 어지간히 허고 세상살이를 배운 놈이 난 거다."

채봉은 이해가 가지 않는다는 듯 말없이 듣고만 있었다.

"공부 많이 허다 보믄 착각을 허는 수가 있어. 세상을 보는 눈이 말이여."

"공부도 많이 허고 올바르면서 자기 주관이 뚜렷한 미남도 괜찮지 않아요? 게다가 제가 하고 싶은 일도 하게 해주고요."

태섭은 천장이 흔들릴 만큼 호탕하게 웃은 다음 긴 회색 수염을 쓰다듬고 채봉을 빤히 쳐다봤다.

"너 시방 애비헌티 어려운 숙제를 줘서 신랑감을 못 찾게 허자는 작전을 쓰는 건 아니지?"

채봉은 그런 게 아니라고 펄쩍 뛰면서 이모저모 새겨듣겠다고 다짐을 했다. 태섭도 할 말을 다 했다는 신호로 헛기침을 하고 일어나 나갈 채비를 했다. 채봉은 태섭의 갓을 챙겨 들고 함께 일어섰다.

"원평 장터 좀 갔다 올란다. 민 주사! 가자!"

태섭은 대문 밖까지 따라 나온 채봉의 인사를 받고 큰 걸음으로 앞서가면서 함께 가는 민기식에게 말을 건넸다.

"이따 저쪽서 얘기 다 끝나도 말여, 서둘러서 말할라고 들지 말고 좀 더 지켜보게. 어이?"

"알겠습니다, 어르신!"

"민 주사는 간혹 말이 조금 빨러."

말을 들은 민 주사가 긴장하면서 귀를 기울였다. 태섭은 거래할 적에는 언제든 속내를 들키지 말아야 하고 대답은 상대방이 안달이 날 때까지 기다렸다가 해야 하는 거라고 말했다. 두 사람은 앞서거 니 뒤서거니 배차장 끝에 연결된 만경복덕방으로 향했다.

* * *

부랴부랴 일을 마친 공 씨가 버스를 타고 김제 배차장에 내렸다. 다른 곳과 달리 차에 매달려 먹을거리를 파는 아이들도 없고, 바닥 에 함지박을 놓고 장사를 하는 아주머니들도 적었다. 밖으로 나가 주변을 살피던 공 씨는 '원평국밥'이라고 쓰여 있는 식당 출입문의 구슬 띠를 제치고 안으로 들어갔다. 식당 안은 한산했다. 주인은 사 람이 들어섰는데도 빤히 바라만 보고 있었다. 자리에 앉으려다 말고 국밥 되느냐고 묻자 그제야 물컵을 들고 다가서서 식사하러 왔느냐 며 자리를 권했다.

"그런디 어쨌서 손님을 보고 어서 오라는 말을 안 헌당가요? 내가 잘못 들어왔나 혔어라우."

공 씨가 웃는 얼굴로 너스레를 떨었다.

"미안허구만이라우. 아, 때가 지나서 무슨 일로 오시는가 허고 바라봤지요."

"그러셨구나. 웃자고 한마디 혔구만요."

"국밥 드시게요?"

"예, 선지 많이 넣어서 한 그릇 말아주시오."

잠시 후 국밥 한 그릇에 대여섯 가지가 넘는 반찬이 수북이 나왔다.

"아따, 국밥 한 그릇 먹는디 뭔 반찬을 이렇게 많이 준당가요?"

"많이 드셔라우."

국물 한 수저 남기지 않고 국밥을 다 먹은 공 씨가 흘끔흘끔 보고 있는 주인에게 세상 태어나서 먹어본 국밥 중에 제일 맛있었다고 칭찬했다. 기분이 좋아진 주인아주머니는 물 주전자를 가져다 놓으면서 친근한 목소리로 응수했다.

"칭찬 한번 뻑적지근허게 허시는구만요. 고마워라우. 어디, 전주에서 오셨다요?"

"진안 마령에서 왔어라우."

"성수에 우리 외삼촌이 사시는디……."

"그려요? 성수는 마령 바로 옆이지. 함자가 어떻게 되시는가요?"

"한 자 식 자, 정한식인디요."

"정한식 씨요? 그분은 외궁리 이장님이잖어요? 영농회장도 허시고."

아주머니는 하던 일을 멈추고 반가워했다. 공 씨는 잘됐다 싶은 생각에 자신도 잘 알뿐더러 자신이 일하고 있는 양조장 주인과 간간이 왕래도 한다고 조금 보태 말해줬다.

"그런디 김제는 뭔 일로 오셨당가요? 지점 낼라고 오셨는갑네?"

"아니, 지점은 멀어서 안 되고…… 실은 저 거시기, 사람을 좀 찾고 있구만요."

아주머니는 한결 친근해진 표정으로 이름을 물었다. 이름만 안다면 웬만한 사람은 찾을 수 있다는 듯 자신감을 보였다.

"서암리 산다는 것밖에 몰러라우."

그러면서 딸이 곱고 키도 크고 옷차림은 단정하게 원피스를 입었는데 나이는 스무 살쯤 되어 보였으며, 어머니는 오십 대인데 모시 한복을 입었고 느낌이 부잣집 마나님 같더라고 부연 설명을 했다.

"김제 바닥이 작은 데도 아닌디 그렇게 혀서 어떻게 찾는당가요? 한양서 김 서방 찾기지."

듣고 있던 내내 웃음을 감추지 못하던 아주머니가 퉁을 줬다.

"아, 그리고 전주에 오빠가 산다고 허던디……."

공 씨는 멋쩍고 미안한 얼굴로 주인아주머니를 쳐다보며 대답을 기다렸다. 아주머니는 대답 대신 빈 그릇을 주방에 갖다 놓더니 행주를 가지고 오면서 혼잣말하듯이 입을 뗐다.

"그럼, 혹시 저, 윤태섭 어르신 댁 아닌가 몰르겄네? 그 집 아드님들이 전주에도 있고 서울에도 있는디."

"딸은요?"

공 씨가 자신도 모르게 커진 목소리로 묻자 눈을 깜박거리다가 둘인데 하나는 시집가고 또 하나는 전문학교 나와서 집에 있는 것 같더라고 대답했다.

"그럼, 작은딸 나이는요?"

아주머니는 아는 대로 술술 얘기해줬다. 나이가 스물쯤 되었고 키도 크고 예쁜 데다가 집에서 어려운 집 애들 데려다 공부도 시킨다는 것이다. 공 씨는 듣는 내내 고개를 크게 끄덕이며 그 집 어른의 이름을 다시 확인했다.

"여그선 그 어르신 댁 모르믄 김제 사람이 아니지라우."

"그분 집이 어디당가요?"

"이쪽으로 쭉 가다 보믄 오른쪽에 향교가 나오는디, 조금 지나서 정자 옆에 큰 은행나무가 있어라우. 그 은행나무 바로 뒤쪽으로 큰 기와집이 보일 거여요. 그런디 무슨 일로 찾으시는디요?"

"우리 주장 어르신 심부름으로 가는구만요. 그분 따님 이름이 어떻게 되는가요?"

"아니, 남의 딸 이름을 왜요? 찾는 사람이 맞는지 어떤지도 정확히 모르시믄서."

"이름이 뭐 비밀인가요? 남 부르라고 있는 거이 이름인디."

"허기사 이름이 비밀일 건 없지요. 채봉이여요, 윤채봉."

작은딸의 이름을 들은 공 씨가 고개를 끄덕거리면서 '윤채봉, 윤채봉' 하면서 연거푸 되뇌자 아주머니는 망설이지 않고 말을 이어나가기 시작했다. 아버지 되는 사람은 성깔이 대단하고 농사도 많이 짓는데, 아들들이 서울에서 사업을 크게 하고, 전주에 제지공장을 차려서 막내아들한테 맡기고 있다는 것이다. 가족들의 풍채는 어떠냐고 묻자 다들 아저씨 두 배씩은 될 거라며 깔깔 웃었다. 공 씨는 아주머니의 말을 끊을세라 연신 고개만 끄덕이면서 듣고 있었다.

"여기 배차장 건물도 그 어르신네 것이구요."

"배차장 사장님이신가요?"

"아니, 그건 아니고 건물만 그 양반 것이여라우."

아주머니는 더 해줄 이야기가 없는지 하던 말을 멈추고 공 씨의 반응을 살폈다. 만족스러운 표정으로 일어선 공 씨가 돈을 내면서 오늘 이것저것 고맙다고 거듭 인사를 하자 아주머니도 외삼촌 만나면 안부 전해 달라며 고개를 꾸뻑했다. 그러더니 밖으로 나가려는 공 씨의 어깨를 건드리면서 소곤댔다.

"저 어르신여요. 저기 갓 쓰고 두루마기 입으신 양반, 보이시지라우?"

"저 수염 허옇고 풍채 좋은 어르신 말이구만요?"

"예. 혹시 만나시더라도 내가 이렇고 저렇고 얘기혔다는 말씀 마셔요. 아셨지라우?"

공 씨는 윤태섭이 복덕방으로 들어가는 모습을 보고 난 다음 조금 전 들은 대로 서암리로 향했다. 국밥집 주인 말을 되새기며 향교를 지나자 은행나무 뒤에 큰 한옥이 보였는데, 멀리서 봐도 저 집이구나 싶었다. 큰 대문 옆에 이어진 문간채가 웬만한 집 안채 길이만 했으며 열려 있는 문 안으로 보이는 마당은 학교 운동장만큼 컸다. 공 씨는 선뜻 들여다볼 용기가 나지 않아 멈칫거리면서 지나가는 사람인 척 훔쳐봤다.

"누굴 찾으시는디요?"

사람 좋아 보이는 노인네 한 사람이 지게를 한 손으로 들고 들어가다 공 씨를 보고 물었다.

"이 댁이 윤태섭 어르신 댁인가요?"

"예, 그렇습니다만."

"아 예, 그냥 말로만 듣던 어르신 댁이라 구경하고 있었구먼요."

"어디서 오셨소?"

"저, 다음에 다시 한번 찾아뵐 때 말씀드리겠구먼요."

공 씨가 얼버무리면서 말하는 동안 마당 안에 얼마 전 남문옥에서 만났던 아가씨가 하얀 셔츠에 치마를 입은 차림으로 손에 책을 들고 지나가는 모습이 얼핏 보였다. 휑하던 마당이 금세 화사해졌다. 공 씨는 재빨리 고개를 돌리고 대문을 지나쳐 아무 방향으로나 빠른 걸음으로 걸었다. 그의 걸음을 재촉하듯 은행나무의 파란 잎들이 파르르 흔들렸다. 이 동네를 더 서성대다가는 다음 일을 그르칠지도 모른다는 생각으로 한참을 서둘러 가다 보니 아까 지나쳤던 향교 뒷길이 나왔다. 공 씨의 발걸음이 가벼웠다.

공 씨는 버스 안에서 오늘 알아본 내용을 정리해봤다.

윤태섭의 아들이 넷인데 위로 셋은 서울에서 사업을 하고 넷째아들이 전주에서 제지공장을 경영하고 있다. 논밭이 많고, 김제 배차장 건물의 주인이고, 집은 큰 기와집인데 마당이 주장 마당보다 넓다. 윤채봉은 두 딸 중 아래이자 막내이고 나이는 스물쯤 된다. 전문학교를 나와 현재 집에 있으면서 생활이 어려운 집 아이들에게 야학을 시키고 있다.

청혼 작전

"쉬이, 절로 가라!"

꼭! 꼬꼬댁! 꼬꼬! 꼬꼬!

기준의 팽이채를 피해 마당에서 쫓겨 마루로 올라온 장닭이 연옥의 빗자루 세례에 요란하게 울며 도망간다. 기준은 학교에서 오자마자 장독대에 책보를 던져놓고 새로 산 팽이를 치느라 정신이 없다. 장닭은 몇 발자국 도망을 치는가 싶더니, 이내 눈치를 살피며 다시 대청을 어슬렁대다가 유유자적하게 마당으로 내려간다. 완연한 여름의 후끈한 열기가 상백의 집 안팎을 넘실거린다. 비질을 멈춘 연옥은 허리를 곧게 펴고 등을 살살 두드리면서 사랑방 문을 열고 들어갔다.

"얼래? 하나도 안 드셨네!"

교자상 위에 손도 안 댄 죽그릇을 본 연옥이 이맛살을 잔뜩 찌푸렸다. 상백은 다리를 꼬고 앉아 꼼짝도 안 하고 고개만 연신 끄덕였다. 연옥이 들어와 말을 거는데도 대꾸가 없다.

"큰아가 정성 들여 끓인 깨죽임만, 입에 안 맞아요?"

상백은 문 앞에 선 채로 묻는 연옥을 쳐다보다가 깜빡 잊은 듯 숟가락을 들더니 다시 생각에 골몰했다. 연옥이 자리에 앉아 상백의 마음속을 들여다보듯 표정을 살핀다.

"평우 언제 온다고 혔지?"

연옥의 눈초리를 모르는 척 깨죽 한 숟가락을 떠먹던 상백이 갑자기 막내아들 얘길 물었다.

"인자 올 때가 되얐구만요. 음력 그믐 전에 온다고 혔응게. 그런디 뜬금없이 평우는 왜요?"

"내가 갸 혼처를 한번 알아볼랑게, 임자는 누가 뭐라고 혀도 일단 거절혀."

연옥은 이제껏 평우의 혼사에 관해 상의 한번 없던 상백의 엉뚱한 말에 어느 댁 딸인가부터 불만스럽게 물었다. 눈치 빠른 상백이 연옥의 그런 기분을 못 알아챌 리 없다.

"아직 말헐 단계는 아녀. 좀 더 알어본 연후 임자허고 상의허지."

"그나저나 기준이가 동생 볼랑게 벼요."

얼굴이 다소 풀어진 연옥이 죽그릇을 상백 앞에 바로 놓았다.

"뭐여? 큰아가 또 아를 가졌단 말여?"

깨죽 그릇을 반질반질하게 비운 상백은 웃음을 숨기지 못하며 자리에서 일어나 밖으로 나왔다. 마당에서 놀고 있던 기준이 몸을 돌려 학교에 다녀왔다며 고개를 꾸벅 숙여 인사했다. 혼자 돌고 있던 팽이가 스르르 제자리에 넘어진다.

"아따, 그놈 인사 한번 빨리도 헌다. 인사는 학교에서 오자마자 혀야지. 너 그렇게 팽이만 치다가 북중학교 갈 수 있었어?"

기준은 자신만만하게 "예, 할아버지." 하고 대답했다.

"그려, 니가 북중학교에 붙으믄 이 할애비가 삐까번쩍헌 새 자전거 하나 사주기로 약속헌 거 잊지 않았지?"

"할아버지, 그거 진짜지요?"

"아, 그럼. 할애비가 우리 손주헌테 뭣 헐라고 거짓말을 혀?"

"예. 꼭 새 자전거 탈 거여요."

마당으로 내려선 상백은 한 손으로는 기준의 등을 토닥이고 다른 손으로는 손가락을 걸어 보이면서도 연신 대문 쪽을 바라봤다.

잠시 후 대문이 열리고 공 씨가 이마에 흐르는 땀을 옷소매로 훔치면서 들어왔다. 상백의 마음을 누구보다 잘 알고 있는 공 씨는 득의만만한 표정으로 좋은 결과를 암시한 다음 곧바로 본론에 들어가려 했다. 상백은 재빨리 눈을 찡긋하고 공 씨의 손을 잡아끌어 안으로 들어갔다.

"내 공 씨는 해낼 줄 알았네. 알아본 바를 어서 말혀보게."

공 씨의 표정을 읽은 상백이 자리에 앉자마자 물었다.

"우선 그 처자 집이 생각보다 많이 부자였습니다."

"부잣집 딸은 시집 안 가? 지금 그게 급한 내용이 아니잖은가. 그 처자 얘길 혀야지."

"그려도 워낙 부잣집이어서요."

"우리가 기울까 봐서 그려? 부자인 건 나쁠 것도 없지만 아닌 말로 길고 짧은 건 대봐야 아는 거 아녀?"

공 씨는 꼭 그렇다는 건 아니지만 격차가 크면 그 집에서 쉽사리 받아들일지 걱정이 되어서 하는 말이었는데 상백의 관심사는 따로 있었다.

"그리고 제일 중요헌 거, 가족들은 어떻디야?"

"아들들은 모두 풍채도 좋고 저마다 전주랑 서울에서 사업허고 있답니다."

상백은 꼬고 앉은 무릎을 탁! 치면서 다부진 말투로 그 밖의 궁금한 내용을 물었다. 공 씨는 알아본 바를 빠짐없이 설명한 후 다시 덧붙여 말했다.

"어쩌면 윤태섭 그 어르신이 김제에서 제일가는 부자 아닌가 싶습니다."

"어허! 그건 그리 중요헌 문제가 아니라는데도 자네 왜 자꾸 부자 타령만 허는가?"

상백은 이맛살을 찌푸리면서 나무란 후 공 씨의 노고를 위로했다.

저녁상을 물리고 전에 없이 방천길 산책을 다녀온 상백이 정미소에 들러 관리인 심정수를 불렀다.

"심 씨! 가서 애비 좀 찾아오게!"

심정수는 상백이 더는 말이 없자 재빨리 자전거에 올라타고 남주장으로 향했다. 주장 사무실은 비어 있고 김이 힘차게 뿜어져 나오는 가마솥 앞에서 공 씨가 전에 없이 꼼꼼하게 불길을 지켜보고 있다가 심정수를 맞이했다.

"공 씨 어른! 큰 서방님 어디 계신가라우?"

"나가셨는디?"

고개를 갸우뚱하던 공 씨는 상백이 찾는다는 말을 듣고서야 어쩌면 친구들이랑 함께 봉황관에 있는지 모르겠다고 했다.심정수는 말을 듣자마자 서둘러 봉황관으로 향했다.

"사장님, 어르신이 찾으십니다."

상백의 큰아들 원우는 마령병원 김순형 의사, 소주 공장 박준구 사장과 함께 봉황관에서 새로 나온 맥주 시음 초대를 받아 막 맛을 보려던 참이었다.

"무슨 일로 찾으시는가?"

원우는 심정수의 말이 끝나기도 전에 자리에서 일어설 채비를 하면서 물었다.

"말씀 안 허시고 급히 찾으시는구먼요."

"김 박사, 나 일어나야겠네. 박 사장, 먼저 실례허네."

"그리시게, 우린 좀 더 있을랑게. 남 사장은 아버님 말씀이라면 묘지 속에 누워 있다가도 튀어나올 사람 아닌가."

박 사장의 말에 김 박사도 더 말할 것도 없다고 크게 웃으며 원우의 등을 떠밀었다.

원우는 심정수가 타고 온 자전거에 올라타 페달을 힘껏 밟았다. 방으로 들어서자 유난히 밝은 얼굴을 한 상백이 가까이 오라고 손짓했다. 원우가 무슨 일인지 궁금해하며 마주 앉자 상백도 교자상 앞으로 방석을 끌어당기고 다정하게 말문을 열었다.

"좀 뜬금없는 말인디 말여. 내가 일전에 전주 갔을 적에 아주 맘에 드는 색시를 만났다."

상백은 전주에서 있었던 일을 비교적 상세하게 설명했다. 원우는 상대에 관한 호기심을 가질 겨를도 없이 눈을 휘둥그레 뜨고 상백의 몸 상태를 두루두루 살폈다.

"별일은 없으셨고요?"

"응. 내사 별일 없지 그럼."

상백은 원우를 안심시킨 다음 공 씨를 보내 알아온 내용을 상세히 설명했다.

"무슨 일로 그렇게……."

"내가 그 처자를 어떻게 허든 평우 색시로 만들고 싶구나. 어쩌믄 쓰겄냐?"

"평우 색싯감으로요?"

원우는 그제야 허리를 펴고 웃음 지으면서 진지하게 형제들 얘기부터 다시 물었다.

"다는 몰라도 오래비들이 여럿 있는디, 전주허고 서울에서 사업 허고 있는갑더라. 뭐 좋은 수가 없겄냐?"

상백이 한번 마음먹으면 무슨 일이든 하고야 마는 성품인 것을 누구보다 잘 알고 있는 원우는 섣불리 가타부타 대답을 못 했다.

"깊이 궁리해보겠습니다."

"본시 첫 흥정이 깨지믄 이어 붙이기가 어려운 벱이여. 섣불리 말 꺼냈다가 거절헐 빌미를 주면 안 돼야."

원우는 다시 한참을 골똘히 생각하다가 조심스럽게 입을 열었다.

"수준 있는 중매쟁이를 보내볼까요?"

"아니…… 것보다 우선은 말이다. 니가 가서 아무 말 말고, 내가 만나 뵙고 싶다는 뜻을 전혀라. 무슨 일이냐고 물어보믄 잘 모르겄다 허고."

상백은 교자상에 놓여 있는 찻잔을 들어 입을 축이고 원우의 반응을 살폈다. 원우가 이번에도 즉석에서 대답을 못 하자 상백이 다시 말을 이었다.

"내가 불쑥 나타나는 것보다 그것이 낫지 않겄냐? 같은 영감들끼리 허심탄회허게 애기허다 보믄 문전박대야 못 헐 거 아녀? 어쨌거나 인연인디."

원우는 상백의 뚝심에 새삼 놀라움을 금치 못했다.

"바로 혼사 애길 꺼내시려고요?"

"그럴 수야 없지. 운을 뗀 다음 우리 평우를 한번 살펴봐달라고 혀야지. 부담을 좀 덜 줌서 말여."

"평우를 보내게요?"

"방학이라 올 때가 됐잖여? 그려도 안 되믄 내가 한 번 더 가보고."

상백은 이미 다음 단계의 계획까지 세워 둔 것이다. 그런 판국에 자식이 하지 말란다고 안 할 사람이 아니다.

"그렇게 허시지요."

"그냥 혀볼라믄 시작을 말아야 혀. 시작혔으믄 해내야지."

"예, 저도 그런 각오로 다녀오겠습니다. 언제 갈까요?"

"시간 끌 거 뭐 있냐. 이따 공 씨헌테 그 집 갔다 온 얘기 한 번 더 듣고 내일 아침에 갔다 오믄 어떻겄냐?"

원우는 상백의 방을 나와 곧장 주장으로 가서 공 씨로부터 자세한 이야기를 들었다.

* * *

원우가 아침 일찍부터 김제를 찾아갈 채비를 했다. 이발소도 다녀오고 정장도 차려입었다. 오는 시간이야 상관없지만, 가는 시간은 때를 잘 맞춰야 한다. 도착 시간을 오후 한 시 반으로 맞추고 여유 있게 출발했다. 김제는 고등학교 시절 친구들과 금산사를 가기 위해 가봤었다. 진안보다 윤택해 보이는 마을 풍경은 여전했고 상점들이 전보다 조금 많아져 보였다. 버스가 김제 배차장에 도착했을 때 벽에 걸린 시계를 보니 열두 시 십 분을 가리키고 있었다. 매점에서 가락국수 한 그릇 먹고 나와 공 씨가 들렀다는 원평국밥 집 건너편으로 들어서서 서암리로 향했다.

대문은 활짝 열려 있었지만 선뜻 안으로 들어가기가 망설여졌고 노인 한 사람이 마당 한쪽에서 멍석을 정리하고 있다가 눈이 마주쳤다. 원우가 대문 안으로 들어서자 노인이 허리를 쭉 펴고 주먹으로 등을 두드리면서 어디서 왔느냐고 물었다.

"어르신을 좀 뵈러 왔습니다."

"나리 어르신요, 아니면 작은 사장님요?"

"윤태섭 어르신을 만나 뵈러 왔는데, 작은 사장님은 누구신가요?"

"남의 집 내역을 아실라고 헐 필요는 없으시고요. 어르신은 지금 외지 손님이 오셔서 말씀 중이시구만요."

"그럼, 좀 기다리겠습니다."

"말씀이 언제 끝나실지 모르는디요?"

"그래도 기다리겠습니다."

"그러시면 말이지라우. 저쪽 사랑채 바깥방에서 민 주사 양반헌티 미리 말씀허시고 기다리시는 편이 좋으실 거구만요."

"저 안채 옆 건물이 사랑채인가요?"

"예, 그렇구만요. 가서 민 주사 어른을 먼저 찾으셔라우."

"그냥 들어가도 되겠습니까?"

"이 댁은 대문만 열려 있으믄 언제든지 드나들어도 괜찮어라우."

"고맙습니다, 노인장 어른."

원우는 다소 어색한 걸음으로 주위를 둘러보면서 사랑채로 향했다. 사랑채는 안채로 가기 전 오른편에 자리 잡고 있었다. 울타리와 대문만 없다 뿐이지 적지 않은 감나무를 사이에 두고 작은 마당까지 있어서 전혀 다른 집 같았다. 사랑채 쪽으로 들어가기 전 잠시 집을 둘러봤다. 유월의 부드러운 햇볕이 쏟아져 내리는 넓디넓은 마당이며 반짝거리는 모래알들이 집안의 품위와 여유를 한층 돋보이게 하고 있었다.

한눈에 봐도 작은 부잣집이 아니었다. 중문 왼편으로 행랑채가 또하나 있었고, 팔작지붕을 인 안채 낮은 담장 너머로는 짜임새 있고 아담한 별채의 지붕이 처마 밑 서까래까지 보였다. 왼쪽으로는 누마루도 있고, 뒷담 쪽으로 두 개의 문이 있는 긴 곡간채도 보였다. 원우는 허리를 곧게 펴고 사랑채 가까이 다가가 작은 방으로 보이는 문 앞에서 걸음을 멈췄다.

"실례헙니다. 민 주사님 계십니까?"

문이 바로 열리면서 한 남자가 얼굴을 내밀었다. 체구가 작고 얼굴은 깡마른 편인데 눈매가 만만치 않아 보였다. 오십 대 중반쯤 되는 듯했다.

"제가 민기식입니다만."

"반갑습니다. 저는 진안에서 온 남원우라고 합니다."

"이쪽으로 올라오셔서 말씀허시지요."

방으로 들어가자 책상과 사무용 집기, 전화기 등이 갖춰져 있어 제법 사무실 분위기가 느껴졌다. 민기식은 원우가 건넨 명함을 공손히 받아 들여다봤다.

"그런데 무슨 일로 저를 찾으시는지요?"

"윤태섭 어르신을 뵙고 싶어 먼저 찾아뵈었습니다."

"아, 예. 그런디 어쩌지라? 어르신이 오늘은 바뻐서 만나 뵙기가 힘드시겄는디. 선약 없이 찾아오셔서 그런 거니까 날짜를 정허고 다음에 한 번 더 오셔야겄구만요."

"민 주사!"

윤태섭으로 여겨지는 사람이 큰 사랑방에서 쩌렁쩌렁한 소리로 민기식을 불렀다. 목소리만 들어도 성품이 짐작되는 듯했다.

"예, 어르신!"

민기식이 태섭의 방문을 열고 문 앞에 서서 대답했다. 방문 사이로 태섭의 옆모습만 살짝 보이고 손님 한 사람이 다소곳이 앉아 있는 모습이 보였다.

"산판 허가는 언제 떨어진다고 혔지?"

"내일모렙니다."

"알았네. 거기 누구 손님 오셨는가?"

"예, 약속 없이 오셔서 다음에 한 번 더 오시라고 혔구만요."

"알았네, 어험! ……어떻겠습니까. 허가가 모레 떨어지면 이제 착수 준비에 들어가도?"

"예, 어르신. 바로 준비에 들어가겠습니다. 그럼 계약은 언제 하시겠는지요?"

산판업자 김용학이 자세를 고쳐 앉으면서 물었다.

"민 주사! 그 양반 어디서 오셨다던가?"

태섭은 대답 대신 딴전을 피웠다.

"진안에서 오셨다고 헙니다."

"진안? 그 사람 잠시 기다리시라고 허게. 멀리서 오셨는디…….
어, 미안헙니다. 계약은 장비허고 작업 인력이 확보된 것을 보고 해
도 늦지 않을 거 아니오. 나를 못 믿어서 미리 준비를 못 허겄다믄
이 계약은 깨진 거고. 어험!"

"원 별말씀을 다 하십니다. 그렇게 하겠습니다. 그럼 현장에서 다
시 뵙겠습니다."

"함께 약주라도 한잔허고 싶지만 멀리서 찾아온 사람이 있어가지
고……. 다음에 도끼질 시작허는 날 허십다, 어이?"

"예, 아무 때면 어떻습니까. 그럼 말씀 나누시지요. 전 이만 가보
겠습니다."

자리에 앉은 채로 손님을 보낸 태섭이 다시 민기식을 불렀다.

"민 주사, 손님 들어오시도록 허게!"

기식은 원우를 바라보며 방문을 열어주었다.

"들어가시지요."

교자상을 앞에 놓고 앉아 올려다보니 노인의 반짝거리는 회색빛
수염은 잘 길들여진 채 밑으로 늘어졌고 얼굴에는 위엄이 서려 있는
데다 안경 속 큰 눈은 마치 사람의 속마음을 꿰뚫어 보는 듯 이글거
렸다.

"진안에서 온 남원우라고 합니다. 선약도 없이 불쑥 찾아뵈어서
죄송합니다."

원우는 정중하게 인사를 하고 명함을 건넸다.

"앉으시지요. 헌디, 무슨 일이신지요?"

"저희 아버지께서 한번 찾아뵙고 싶다며 시간을 내주십사고 저를

보내셨습니다.”

“나야 농사짓는 사람이라 사전에 기별만 혀주시믄 아무 때고 상관없습니다만, 무슨 일로 그러시는지요?”

“특별한 것이 아니니 찾아뵙고 말씀드리겠다고 하십니다.”

“춘부장께선 춘추가 어떻게 되시는가요?”

“병술생이십니다.”

“으음, 나하고 같으시구만! 아무 때든 기별허시고 오시라고 하시오.”

“예, 그러시면 사흘 후 이 시간쯤에 뵈어도 괜찮으시겠습니까?”

“으음, 글피. 그러시던지……. 멀리서 오셨는디 행랑채 들러 점심이라도 들고 가시오.”

“감사합니다, 어르신! 그렇게 하겠습니다.”

“민 주사! 여기 남 사장 점심 좀 올려드리게!”

원우는 민기식을 따라 행랑채로 안내되었다.

“이쪽 행랑채에서 잠시 쉬고 계시지요. 점심 곧 올려드리겠습니다.”

“이거 참, 고맙구만요.”

다섯 개의 방이 길게 이어진 행랑채는 방마다 안채 마당과 대문을 향해 두 개의 문이 나 있고, 양쪽 다 활짝 열려 있었다. 방 한편에 놓여 있는 교자상과 침구뿐만 아니라 반들반들하게 청소된 방바닥까지 훤히 들여다보였다. 대문 쪽으로 이어진 작은 마당 한가운데 연못 위에는 드문드문 물옥잠화가 떠 있고, 연못 옆에 심은 버드나무의 가지가 연못물을 향해 길게 늘어졌다. 잠시 있는 동안에도 마음을 더없이 편하게 만들어주는 공간이었다.

이웃한 옆방에서는 다른 손님 한 무리가 요기를 하며 얘기를 나누는 소리가 들렸다. 원우는 다시 한번 찬찬히 주위를 둘러보았다. 집 안 모든 것이 깔끔하게 정돈되어 있고 짜임새에 빈틈이 없는 것만 봐도 주인의 성품과 격이 엿보였다.

"식사 맛있게 드셔요."

원우가 마당을 바라보며 생각에 잠겨 있는데 머리에 수건을 맨 깔 끔해 보이는 아가씨가 밥상을 들고 들어왔다. 그는 재빨리 시선을 거두고 자리를 고쳐 앉았다.

"어이구, 맛있게도 보이는구먼요. 아가씨는 이 댁에 있은 지 오래 됐어요?"

자리에서 일어나 상을 받아드는데, 가짓수는 많지 않아도 반찬 하나하나가 맛깔스럽고 정성스러워 보여 자신도 모르게 말을 건넸다.

"우리 집이어요."

"아, 여기 들어와 사신 지가 오래되신 모양이네요."

"아니, 그냥 제가 태어난 우리 집입니다."

상을 건네주며 채봉이 활짝 웃었다.

"예? 아니 그럼, 아가씨가 윤채봉 씨입니까?"

원우가 깜짝 놀라 고개를 들어 채봉을 바라보았다. 얼굴에 귀티가 나고 옷 입은 매무새나 수건 틈으로 보이는 다듬어진 머릿결이 일하 는 아가씨가 아님이 분명했다.

"예, 그런데 제 이름을 어떻게 아셔요?"

"아니, 이 댁 따님이 하도 착하다며 이름을 거론하는 걸 들은 적이 있어서 기억하고 있었구먼요."

"칭찬해주셔서 감사합니다."

채봉은 연신 미소를 띠며 상냥하게 말했다. 원우가 잘 먹겠다고

인사를 하고 막 수저를 들려고 할 때, 훤칠한 키에 말쑥한 차림의 청
년이 중문으로 들어섰다.

"아버지, 저 왔습니다!"

목소리가 크고 우렁찼다.

"어머, 재중 오빠! 이 시간에 어쩐 일이여?"

채봉은 다시 원우를 향해 고개를 살짝 숙여 인사한 다음 서둘러
재중을 맞으러 행랑채를 나갔다.

용호상박

대문 밖 정미소 마당을 서성대던 상백은 멀리서 걸어오는 원우가 보이자 한달음에 달려가 다짜고짜 약속은 했냐고 물었다.

"예, 사흘 후 오늘허고 같은 시간으로 약속했습니다."

"그려, 잘되었구나. 헌디 니가 보니까 어떻더냐?"

원우는 김제에 다녀온 이야기를 자세하게 전했다. 그의 표정은 처음 상백에게 얘기를 듣던 때와는 다르게 무척 고무되어 있었다. 상백은 연신 고개를 끄덕이며 묻고 듣고를 몇 차례나 반복했다.

"거 참, 볼수록 참헌 색시 아니냐."

"아버님, 어쨌거나 여기까지는 잘된 편이지만 이제부터가 걱정입니다."

말을 들은 상백이 장난기 어린 얼굴을 하고 원우를 바라보다가 한바탕 호탕하게 웃었다.

"니가 뭘 걱정허는지는 애비가 다 안다."

상백은 원우를 안심시키며 말을 이어갔다. 어려운 일일수록 염려되는 일부터 생각하지 말고, 먼저 걱정 안 되는 일을 생각해서 자신감을 가진 다음에 예상되는 문제를 준비해야 한다는 것이다. 상백은 역시 승부사였다.

"걱정 안 되는 일이라면 어떤 건데요?"

"우선 나는 평우를 믿는다. 갸가 누구를 만나든 퇴짜 맞을 아니라고 말이다. 지난번 소매치기 사건도 우리헌테는 큰 인연거리가 되고 말이여. 또 분명헌 건 그 색시도 누군가헌테 시집을 가야 헐 거 아녀? 안 그러냐?"

상백의 말을 다 들은 원우는 자신이 미처 생각하지 못했던 '걱정 안 되는 일'이라는 그의 견해에 감탄을 금치 못했다.

"말씀을 듣고 보니 갑자기 자신감이 생깁니다."

"그러고 넌 모르겠냐? 그 양반이 오늘 너를 보고서도 느낌이 좋았다는 것을?"

그러면서 궁금한 표정을 짓고 있는 원우에게 말을 계속했다.

"분명 그럴 것이다. 어쩌면 말이다. 그 양반이 외지 업자와 얘기허다가 잠깐 너를 본 순간 느낌이 좋아서 기다리라고 혔는지도 모른다. 내 아들이 남의 눈에 어떻게 보일 거라는 것을 이 애비보다 잘 아는 사람이 어딨겠냐."

"아무리 그렇다 해도 보는 순간 그럴 리가 있겠습니까."

원우가 멋쩍어진 얼굴로 웃음을 잔뜩 머금었다. 상백은 사람이 좋다는 느낌이 들기까지는 긴 시간이 걸리는 것이 아니라 보는 그 순간인 경우가 많다며 인연이 되는 것도 그렇다고 여유 있게 말했다.

"인자부턴 이 애비를 믿어라. 다음 단계는 그 양반이 우리 평우를 만나보게만 허믄 되는 거 아니냐. 그렇지?"

"이번에 만나서 말입니까?"

"그건 내가 해내마."

상백은 아직도 뭔가 불안감을 가지고 있는 원우의 심정을 알고 있는 듯 부드럽게 등을 다독여주고 빙긋이 웃어 보이기까지 했다.

* * *

사흘 뒤 상백은 아침 일찍부터 떠날 채비를 서둘렀다. 원우는 주머니에서 회중시계를 살짝 꺼내 보고 상백에게 다가갔다.

"애비 다녀올란다."

"공 씨라도 데리고 가시는 게 낫지 않을까요?"

"아니다. 곰이 크면 클수록 사냥꾼도 무기를 단단히 챙기는 법이여. 그냥 내 혼자 갈란다."

"저쪽에서 경계심을 갖지 않게 하신다는 말씀이시지요? 그런데 지금 가시면 시간이 좀 이를 것 같은데요."

"음, 애비도 다 생각이 있어서다. 약속 시간보다 조금 일찍 가는 건 늦는 거에 비해 크게 결례되지 않을뿐더러, 시간에 딱 맞추는 것보다 자신감도 있어 보이고 저쪽의 허를 찌르는 효과도 있는 거여."

"약속 시간보다 일찍 왔다고 불쾌하게 여기거나, 기다리시게 할수도 있지요."

"그럴 수도 있겠지만 장소가 자기네 집 아니냐. 이런 경우에는 미리 가 기달려서 손해 보는 일은 없을 것이다."

원우는 고개를 크게 끄떡였다. 상백의 다부진 체구에는 진지함과 자신감이 배어 있었다. 상백은 관촌까지 자전거로 가서 지난번 원우 때보다 조금 이르게 임실 방면에서 오는 버스에 올랐다. 전주에서도 김제로 가는 차 시간을 기다릴 필요 없이 바로 연결되는 바람에 한 시간가량 일찍 도착했다. 상백은 멈칫거리지 않고 바로 서암리로 가서 가본 적이 있는 사람처럼 단번에 태섭의 집을 찾아냈다.

"오늘 한 시 반에 뵙기로 정허시지 않았습니까?"

체구는 작지만 너무나 당당하고 전신에 기백이 넘쳐 보이는 상백을 본 민기식이 나와 맞이하면서 당황한 기색을 보였다.

"예. 헌디 오다 보니 좀 일찍 오게 되었습니다. 어르신이 바쁘시면 좀 기다리지요."

"아닙니다. 시방 안채에 계신디 별일 없으시니까 제가 말씀 올리고 오겠습니다. 우선 행랑채에서 잠시만 기다리십시오."

"쉬시는 중 아니신가요?"

"제가 일단 여쭤보고 오겠습니다. 이쪽으로 오시지요."

기식은 상백을 행랑채로 안내해 방석을 깔고 교자상을 바로 놓아준 후 서둘러 안채로 들어갔다. 상백은 앉아서 집 안 곳곳을 살펴보았다.

"이거 어쩌지요? 어르신께서 잠시 후 정한 시간에 나오시겠다고 허시는디요."

"괜찮습니다. 나도 예서 좀 쉬면서 기다릴 테니 나 신경 쓸 거 없이 가서 일 보시지요."

상백은 허리를 곧게 펴고 다리를 꼬아 앉으면서 고개만 살짝 수그려 보였다. 민기식은 평소 외지 손님을 대하던 때와 달리 자신도 모르게 상전을 대하듯 정중하게 인사하고 되돌아갔다.

잠시 후, 상백은 사랑채로 안내되었고 태섭이 조금 일찍 사랑채 큰 방으로 들어왔다. 상백이 일어나 먼저 인사를 했다.

"시간 내주셔서 감사합니다. 남상백이라고 헙니다."

"윤태섭이라고 헙니다."

짧은 순간 두 사람은 넌지시 상대방을 살펴봤다.

"아들놈헌테 말을 듣고 기쁜 나머지 너무 많이 서둘렀나 봅니다."

태섭의 권유로 상백이 다시 앉으면서 사람 좋게 웃었다.

"진안에서 여기가 먼 길인디 시간 맞추기가 쉽지 않지요. 괜찮습니다."

태섭이 회색 수염을 쓰다듬으면서 다소 사무적인 말투로 예의를 갖춰 응대했다.

"아버지, 차 올릴까요?"

문밖에서 나는 소리를 들은 태섭의 입에 금세 미소가 가득했다. 상백은 일순간 눈에 힘을 주고 귀를 쫑긋 세웠다.

"니가 요즘 애비헌테 서비스가 최고구나. 그래 손님 계시니까 두 잔 주그라."

"예, 보이차로 드시겠어요?"

대답을 들은 태섭의 딸이 되돌아가는 소리가 들렸다. 상백이 친근한 말투로 물었다.

"따님이신가요? 허허."

"그렇습니다. 헌디 어째 웃으시지요?"

"제가 따님과는 한 번 우연히 상면헌 적이 있습니다."

"예? 아니 그럼, 전주에서 우리 집 모녀가 만났다는 그 어르신이

신가요?"

태섭은 허리를 세우고 상백을 찬찬히 들여다봤다.

"맞습니다. 그렇다고 오늘 찾아뵌 것을 오해허시지는 마십시오."

"그럼 지난번에 아드님을 보낸 것도 같은 취지입니까?"

"아직, 찾아뵙게 된 연유는 말씀드리지 않았는데요."

"으음, 어쩐지 불쾌헌 생각이 듭니다만, 아무튼 지난번 일은 내 진심으로 감사드리고 혹여 사업적인 일에 도움 드릴 것이 있으면 노력 혀드리겠습니다."

그러더니 처음보다 다소 불편한 기색으로 오늘 오게 된 용건부터 말해달라고 예의를 갖춰 물었다.

"무슨 연유로 불쾌헌 심정이신지 잘 모르겠습니다. 혹여 저희 부자를 경계라도 하신다면 저야말로 섭섭하지 않겠습니까."

"고마운 분에게 이런 말씀을 드려서 송구헙니다만, 제가 이런 일로 사람을 경계헐 만큼 좀팽이는 아닙니다. 다만, 뵙기 전에 고마웠던 마음이 어쩐지 희석되는 느낌이 드는 건 사실입니다."

"제가 큰 실수를 저지른 듯헙니다. 이만 일어서겠습니다."

상백이 갓을 들고 일어서려 하자 태섭이 만류했다.

"먼 길을 오셨는디 말 한마디로 그러실 것까지는 없습니다. 앉으시지요. 오신 연유는 들어봐야 헐 것 아니겠습니까?"

"제가 아들놈헌테 어르신과 갑장이라 들은 바람에 너무 일찍 친밀감을 느꼈던 거이 되려 가벼운 사람 느낌을 준 거 같습니다. 그럼 실례 많았습니다."

상백이 갓을 쓰고 옷매무새를 고치며 다시 나가려 하자 태섭이 재빨리 큰 소리로 웃었다.

"그 말씀은 마치 저를 고단수로 나무라시는 소리 같습니다그려. 자 앉으시지요."

태섭이 같이 일어서며 상백을 재차 잡았다. 상백도 곧바로 그럼 다시 앉겠다고 웃는 표정을 지으며 자리에 앉았다.

"제가 결례를 헌 거 같은디 그나저나 그 말 한마디에 멀리서 오셨다가 정말 그냥 가실라고 했습니까?"

"제가 체구처럼 속이 좀 작습니다."

"하나를 보면 열을 안다고, 지난번 일을 보면 남의 어려운 일을 그냥 지나치는 분이 아닌 듯헙니다."

"그야, 처자가 먼저 불의를 보고 그냥 넘어가지 않는 것을 보여주었기 땜에 나도 모르게 그리된 것이지요."

얘기하던 중 표정과 말투가 부드러워진 태섭이 이제 망설일 것 없이 오늘 찾아온 연유를 말하라고 다시 한번 물었다. 상백이 본론으로 들어가려고 하는데 문밖에서 채봉의 목소리가 들렸다.

"아버지, 차 가져왔어요."

채봉이 먼저 문을 조심스럽게 열고 차를 가지고 들어왔다. 머리를 뒤로 묶고 간편하면서도 깔끔한 복장이었다. 차를 따르는 동안 태섭이 안 보는 척하면서 상백을 쳐다봤다.

"맛있게 드십시오. ……어머, 전주에서 뵌 어르신! 저희 아버지와 아시는 사이셨군요."

차를 따르고 일어서려던 채봉이 반색을 하면서 태섭과 상백을 번갈아 바라봤다.

"어쩌다 보니 그렇게 되었소, 아가씨."

"다시 뵙게 되어서 반갑습니다. 그때 정말 감사했습니다."

"으음, 애비도 지금 감사드리고 있던 참이다. 인자 나가봐라."

채봉이 웃으면서 정중하게 인사하고 나갔다.

"오늘 따님을 다시 볼 줄은 정말 몰랐습니다. 그럼, 오늘 찾아뵌 용건을 말씀드릴까요?"

"그러시지요."

태섭의 자세는 처음 대면할 때와는 딴판으로 부드러워져 있었고 상백 또한 서슬 퍼렇던 조금 전에 비해 친밀감이 감도는 듯 보였다.

"저는 진안 마령에서 딸 하나에 아들 넷 두고 조그맣게 주장 하나, 정미소 하나 운영허면서 살고 있습니다."

"으음, 사람 산다는 것이 다 그렇지요."

"지난번에 찾아뵌 아가 큰아입니다."

"큰아드님이군요. 사람이 참 반듯해 보이더만요."

"일본에 보내서 대학 공부를 마치고 왔는디, 지 애비 곁에 있겄다 면서 집에 있습니다."

태섭은 고개를 끄덕이고 열심히 들으면서도 대답을 아꼈다. 눈은 여전히 상백을 살피고 있었다.

"둘째는 대학교에서 교수 허고 있고, 셋째는 지가 벌어서 공부허 겄다고 미국으로 갔고, 넷째는 스물셋에 아직 미혼인디 일본서 동경 대학에 다니고 있습니다."

"아드님들이 다 출중허신 모양인가 봅니다."

태섭이 눈을 껌벅이며 고개를 천천히 끄덕였다.

"고맙습니다. 이제 단도직입적으로 말씀드리겠습니다. 제 막내 놈을 한번 보내겠습니다."

"으음, 무슨 일로요?"

"사윗감이 되겠나, 한번 살펴봐 주시기 바랍니다."

여유 있는 자세를 보이면서 상백의 말문을 열어주고 있던 태섭의 표정이 눈에 띄게 흔들렸다.

"농담이 지나치십니다, 남 사장님. 그런 농을 하시러 이 먼 곳을 오셨는가요?"

태섭은 애써 껄껄 웃으며 수염을 쓸어내렸다.

"예, 그렇습니다만 결코 농담은 아닙니다."

상백이 고개를 빳빳이 들고 태섭의 눈을 바라봤다.

"이것저것 대강은 알겠습니다만 저는 그럴 생각이 전혀 없습니다."

"어르신의 성품으로 보아, 난생처음 본 영감의 말을 듣고 사윗감으로 염두에 두면서 누굴 만나본다는 것이 탐탁지 않으실 수 있다는 생각도 혀봤습니다."

"맞습니다. 옳은 말씀을 허셨습니다."

태섭은 그동안의 부드러운 태도를 거두기라도 하듯 또다시 정색했다. 상백은 눈 하나 까딱하지 않고 충분히 이해한다는 말을 시작으로 하려던 말을 계속했다. 이런저런 인연을 생각해서 아들놈을 한번 보기만 하고 그런 연후에도 같은 말을 한다면 바로 단념하겠다는 것이다. 그러고는 태섭의 눈을 똑바로 바라봤다. 태섭은 상백의 간결한 말에 잠시 주춤하다가 허리를 쭉 펴고 자르듯 대답했다.

"만나고 싶은 생각이 들면 이쪽에서 기별을 허겠습니다."

"예, 그리하셔도 감사하게 받아들이고 연락 기다리겠습니다."

용건만 전하고 일어서는 상백을 태섭이 대문까지 배웅했다. 돌아서서 사랑으로 향하던 태섭이 혼잣말을 했다.

"조그만 체구에 뚝심은 대단허구먼!"

정임은 채봉에게서 전주에서 만난 노인이 아버지를 찾아왔다는 얘기를 듣고 의아한 생각이 들어 사랑채로 갔다.

"일전에 내가 얘기헌 그 양반이 오늘 당신을 찾아왔었담서요?"

"응, 그러잖아도 지금 그 양반 생각을 허고 있는 참이여."

"당신이 원래 아는 사람은 아닌 거 같다고 채봉이가 얘기허드만요."

"오늘 첨 보는 사람이여."

"그런디요? 좀 이상헌 사람 아녀요?"

"이상헌 사람꺼정은 아니고, 좀 별난 양반인 건 분명혀."

"별난 게 이상헌 거지요, 뭐."

정임은 상백이 찾아왔던 이유와 집안에 대해 자세하게 전해 듣고 나서 언짢은 표정을 감추지 못했다.

"결혼을 무슨 놀이로 아는가 보네요. 그래 보이진 않았는디⋯⋯."

"안 될 인연은 애당초 시작을 말아야 허는 법이여."

정임은 그제야 태섭이 순간적으로 긍정적인 태도를 보였으면 어쩌나 걱정했었다고 속마음을 털어놨다. 그러나 태섭은 내심, 어차피 상백과 약속을 한 터이니 넌지시 그 집안 내력이라도 알아봐야겠다고 생각했다.

*　*　*

"그러시다가 정말로 그냥 되돌아오시게 되었더라면 어쩌시려고 먼저 일어서기까지 허셨어요?"

김제에서 돌아온 상백이 그곳에서 있었던 일에 대해 꼼꼼히 설명하자 원우가 되물었다. 상백은 실인즉 자기도 손에 땀을 쥐긴 했지만 세상에 위험하지 않은 승부수가 어디 있겠냐며 싱긋 웃었다.

"그나저나 너, 그 집 아들들 한번 알아봐라."

"아버님도 벌써 그 생각을 허셨군요?"

"그 영감허고 내가 갑장이니께 너허고 그 집 아들은 같은 또래 아닐까 싶다."

"저도 그 생각을 허고 졸업 앨범을 찾고 있었는데요. 오빠가 넷이나 되니까 동문 선후배가 있을지 모른다는 생각이 듭니다."

"너도 애비를 닮아 끝장을 보는 편이구나."

웃으며 말하는 상백의 반응에 힘을 얻은 원우가 계획을 마저 설명했다. 우선 윤 씨 성 가진 동기가 있나 한번 보고, 있다면 김제에 살았는지도 한번 알아볼 예정이라는 것이다.

"그렇지, 그렇지. 없으면 동문으로 확대혀 나가고 말여."

"제지공장 쪽도 윤 씨 성 가진 사장 있나 한번 알아보겠습니다."

원우가 앨범을 찾아보니, 윤 씨 성 가진 동기는 모두 일곱 명이고 그중 같은 반도 둘이나 있었다. 그러나 주소지가 김제인 사람은 없었고, 같은 반 친구 중 하나인 윤재명의 주소가 전주시 완산동 328번지였다. 제지공장에 대해서는 도청에 근무하는 후배에게 알아봐달라고 부탁했더니 전주에 창호지 공장과 벽지 공장이 여덟 곳인데 경영자가 바뀐 곳이 많다면서 해동제지라는 규모가 큰 공장의 사장이 윤재중이라고 했다. 원우는 바로 해동제지로 찾아갔다.

"사장님 계십니까?"

원우는 쓰고 있던 모자를 벗고 머리카락을 걷어 올리면서 상기된 표정으로 물었다.

"저는 잘 모르겠고 저기 사무실에서 물어보시지라우. 사장실은 그 이층이여라우."

두근거리는 마음으로 사장실 유리문을 노크하고 들어가자 안쪽에서 사장으로 보이는 사람이 눈을 마주치며 자리에서 일어났다.

"실례입니다만, 여기 사장님께 뭐 좀 여쭤보려고 왔습니다."

"제가 사장입니다. 말씀하십시오."

그런데 보는 순간 그의 말하는 입 모양 어딘가에 낯설지 않은 구석이 있었다.

"혹시 사장님 댁이 김제 아니신지요?"

"예, 저희 아버님이 김제에 계십니다."

원우는 두근거리는 가슴으로 그럼 혹시 제일고등학교를 나온 형이 있냐고 묻자 뜻밖에 자기도 그렇고 형도 같은 출신이라고 대답했다.

"저는 제일고등학교 8회 남원우라고 합니다. 반갑습니다."

"선배님이시군요. 윤재명이라는 제 형님하고는 동기가 되십니다."

사장은 거드름을 피우는 기색이라고는 찾아볼 수가 없고 단번에 인사까지 하면서 선배 대접을 했다.

"아, 그렇군요. 형님은 저랑 동기에다 2학년, 3학년 때는 같은 반이었어요."

"그러시면 형님을 찾고 계셨습니까?"

원우가 그렇다고 하자 윤재명은 지금 만주에 있는데 아마 수일 내로 귀국할 거라고 했다.

"그 친구 학교 다닐 때부터 별명이 마당발이더니 역시 국제적으로 노는군요. 귀국허면 여기로 올까요?"

"오시긴 하겠지만 만주로 편지를 보내셔도 됩니다. 주소 알려드릴까요?"

깍듯한 대우를 받고 돌아와 원우는 바로 윤재명에게 편지를 보냈다. 그리고서 일주일 후에 재명으로부터 전화가 왔다. 안부를 묻고 나서 단도직입적으로 사돈 맺을 생각 없느냐는 원우의 물음에 재명이 호탕하게 웃으며 대답했다.

"사돈 좋지! 조선팔도 놈 다 못 믿어도 남원우 말이라면 내가 믿지."

"내가 아니라 내 동생여."

"형을 보면 동생 모르겠어? 동경대 학생인 데다가?"

한참을 얘기한 끝에 재명이 원우와 평우를 김제로 초대해서 태섭과 채봉을 함께 만나게 하자는 제안을 했다. 구체적인 재명의 제안에 원우가 크게 기뻐하며 웃음을 감추지 못했다.

만주에서 귀국해 부모님을 찾은 재명은 그동안의 일을 자세하게 들은 후, 자신이 원우와 고등학교 동기이며 그 집안에 대해 잘 알고 있다고 자신 있게 말했다. 그리고 당사자가 방학을 이용해 곧 귀국한다니까, 그때 얼굴도 보고 사람 됨됨이도 알아볼 겸 친구와 동생을 같이 초대하여 별채에서 채봉과 함께 식사하게 하자며 부모님의 의향을 물었다. 태섭은 반대하지는 않았지만 그렇다고 반기는 기색도 아니었다.

"으음, 어쨌거나 학교 동기동창으로 안다는 것이지 모든 걸 아는 건 아니잖여?"

"그렇지만 형 되는 친구의 성품은 제가 잘 압니다."

"그야 고등학교 때의 일이지. 되지도 않을 일에 채봉이까지 참석시킬 필요가 뭐 있냐?"

"밖에서 따로 만나는 것도 아니고 집에서 친구허고 식사 한번 허는데, 별문제 없지 않아요?"

"채봉이는 뭐라더냐?"

"재미있어 허던데요?"

"느덜이 아주 작당을 혔구나, 응?"

재명은 사전에 계획한 작전대로 당사자를 태섭이 먼저 만나보고 난 후, 채봉을 만나게 하는 건 그날 태섭의 뜻에 따르겠다고 말했다. 태섭은 더 거절할 명분도 없고 내심 자신도 궁금했던 터에 마지못한 듯 승낙했다.

금산사와 뽕나무

　방학을 맞아 귀국한 평우는 제일 먼저 김제읍 금산면에 있는 금산사를 찾았다. 이 년 전, 일본인 친구 유키노 다마시와 함께 즐거운 마음으로 와본 적이 있는 곳이다. 여름 휴가철이라 경내는 관광 온 사람들로 북적댔다. 목숨을 던져 자신을 구한 친구 장우산의 명복을 기원하기 위해 찾아오다 보니 예전과는 사뭇 다른 느낌이다. 본당인 미륵전은 밖에서 보면 삼층인데 안으로 들어가면 한 층으로 되어 있어 천장이 드높아 엄숙하고 웅장한 분위기를 만들었다. 중앙에 삼층 높이 꼭대기까지 솟아 자리 잡은 미륵불상은 온 중생들의 마음을 굽어보는 것 같다.

　퍼뜩 법당 천장에 친구 우산이 특유의 웃음 띤 얼굴로 나타났다.

　'자네, 내 명복 빌어줄라꼬 예까지 왔노? 같은 민족끼리 너무 부담 갖지 말자고 내가 얘기 안 했나? 쓸데없는 짓 고만하고 절 구경이나 하다 가라! 하하하!'

장우산의 호탕한 웃음소리가 법당 안에 메아리쳤다. 평우는 절을 마치고 법당 밖 석등 앞으로 나와 다시 친구의 명복을 기원했다.

일찍 내려와서인지 하산하는 길은 인적이 뜸했고 좋았던 날씨가 바뀌어 멀리 보이는 모악산 정상이 서서히 구름에 가려지고 있었다. 산길을 벗어나 신작로 쪽으로 이어진 모퉁이를 돌아갈 때쯤에는 하늘이 갑자기 어두워지고 굵은 빗방울이 후드득 소리를 내며 길가 작은 나뭇잎 위로 떨어졌다. 몇 발자국 가지 않아 빗방울은 이내 사나운 소나기가 되어 쏟아져 내렸다.

주변을 둘러봐도 비를 피할 곳이라고는 한 사람이 약간 의지할 수 있을 정도의 가지를 늘어뜨린 작은 뽕나무 한 그루뿐이었다. 급한 대로 나무 밑에 몸을 움츠리고 서 있는데, 나이 든 아주머니 한 분이 한 손으로 치마를 말아 쥐고 다른 한 손을 머리 위에 올린 채 뛰어오다가 평우를 보고 주춤했다.

"아주머니, 이쪽으로 오시지요."

평우가 재빨리 가지 밑자리를 내주면서 아주머니를 불렀다.

"아이구, 이거 고마워요. 그런데 나 대신 비를 다 맞아서 어쩐다요?"

가지 밑자리를 벗어나 비를 쫄딱 맞고 서 있는 평우를 보고 정임이 미안한 표정을 지었다.

"여기나 거기나 큰 차이도 없는걸요."

"그래도 거기는 완전 한데인디……."

미안해하는 정임을 쳐다보고 평우가 말을 돌렸다.

"불공 다녀오셨어요?"

"예, 손녀가 몸이 좋지 않아서요."

비를 맞으면서도 걱정스럽게 말하고 있는 정임의 쪽찐 머리 위로 뽕나무 잎을 타고 내려온 빗방울이 연거푸 떨어졌다.

"걱정이 많으시겠습니다. 이 수건으로 머리라도 덮으시지요,"

평우가 목에 두르고 있던 수건을 풀어 장난스러운 표정으로 정임에게 건넸다. 그녀는 잠시 망설이다가 쑥스러운 웃음을 띠면서 수건을 받아 머리를 덮었다.

"젊은이도 기도허고 돌아가는 중이셔요?"

"예. 이미 세상을 떠난 친구의 명복을 빌고 가는 길입니다."

"저런! 금산 쪽으로 가요?"

"아닙니다. 전주 쪽입니다."

정임은 까까머리를 한 평우의 머리에 떨어진 빗방울이 바로 얼굴로 흘러내리자 손으로 웃음을 막으며 말했다.

"총각은 머리가 없어서 다행이구만."

"맞습니다. 저도 지금 그 생각을 했습니다."

둘이 마주보며 웃는 사이 소나기가 잦아들었고 그들은 다시 걸어 내려왔다. 잠시 후 그녀가 탈 버스가 먼저 오고 있었다.

"고마워요, 청년. 여기 수건 잘 썼구만."

"아닙니다. 차 안에서 비 좀 닦으세요. 많이 젖으셨어요. 안녕히 가십시오!"

평우는 버스에 오르는 정임을 지켜보다가 다시 한번 고개 숙여 인사를 했다.

* * *

호박 단추가 달린 밤색 조끼와 흰색 한복을 단정하게 차려입은 평우가 태섭에게 큰절을 올렸다. 짧게 깎은 머리에 둥근 안경을 썼고 키가 작았으며 체구도 크지 않았으나, 안경 속 눈빛은 반짝거렸고 정중하면서도 안정된 태도에는 품위가 깃들어 있었다.

"처음 뵙겠습니다, 어르신. 남평우라고 합니다."

"편히 앉게."

"괜찮습니다."

"졸업하면 뭘 할 건가?"

"우선은 고향에 있다가 보통고시를 볼 계획입니다."

"부친께서 다녀가신 건 알고 있는가?"

"예, 말씀 들었습니다."

"우리 아 얼굴도 못 봤는디 자네 뜻도 같은가?"

"저희 아버님을 믿습니다."

"으음, 부친께도 말씀드렸네만 그건 불가헌 일이고……. 내가 참한 색시를 중매 서면 어떻겠는가?"

"감사한 말씀입니다만, 혼인은 집안의 중대사라 부모님 뜻에 따를 일이라고 생각합니다."

"신식 공부를 혔다는 사람이 원……. 그럼 이건 어떻겄나?"

"예. 말씀하십시오, 어르신."

"자네 말대로 아버님 말씀에 순종은 허되, 내 말도 존중헌다는 뜻으로 내가 권허는 처자를 만나만 보게."

태섭은 웃음기 하나 없이 상백이 제안한 방식을 그대로 권했다.

"만나보라 하시는 말씀은 따르겠습니다."

"그렇게 허게. 요즘 세상에 만나보는 게 험 되지는 않응게, 어이? 그리고 내 뜻을 아버님께도 전해드리게."

"예, 알겠습니다."

"가서 얘기들 허고 식사 맛있게 들고 가게."

평우가 물러간 후, 태섭은 안방으로 건너가 정임에게 평우를 만나 본 얘기를 그대로 전했다.

"임자도 찻잔 들고 가서 얼굴 한번 봐."

"아, 중매 설 테니까 만나보라고 혔다믄서요?"

"으음, 일단 거절혀놓고 따져봐도 늦진 않잖여. 안 그려?"

태섭의 얼굴에 웃음이 지워지지 않았다.

"사람이 괜찮아 보였는갑네요?"

"대글빡도 웬만큼 돌아가고 괜찮아 보였는디, 아가 대추씨여!"

별채에 자리한 채봉의 방은 아담하고 처녀의 향기가 풍겼다. 책이 가득 꽂힌 책장과 벽에 걸린 풍경화도 잘 어울렸다.

"채봉아, 니 방에 오빠 친구들을 초대해줘서 고맙다. 인사해라. 이쪽은 오빠허고 동기동창이면서 아주 절친한 친구고, 이쪽은 이 친구의 동생인데, 동경대 축산과 졸업반이란다. 맞지?"

"하이! 아니, 죄송합니다. 예, 맞습니다."

긴장한 평우의 입에서 갈팡질팡하는 대답이 나왔다.

"야가 중학교 때부터 동경에 있어서……. 이거 미안합니다."

원우가 머리를 긁적이며 멋쩍어했다.

"괜찮습니다. 그럴 수도 있지요."

평우를 쳐다보던 채봉이 웃는 얼굴로 말했다.

"남평우라고 합니다."

"안녕하세요? 윤채봉입니다."

인사를 하고 난 후 채봉은 웃음을 참느라고 입을 막았다.

"넌 뭐가 그렇게 우스워서 그러는 거여? 서로 아는 사이기라도 혀?"

"원효대사님이 한복 입고 안경 쓰고 나타나신 줄 알았어요."

채봉은 입을 가리며 연신 웃었다.

"아하, 머리를 짧게 깎아서 그렇군요."

"일본을 좋아하시는가 봐요. 중학교 때부터 일본에 계셨던 걸 보면?"

"학습하는 것과 좋아하는 것은 다르지요."

평우가 표정을 조절하면서 다소 진지한 말투로 대답했다.

"그럼 지금 일본을 학습하시는 중이신가요?"

"물론 학습 중이죠. 그들을 이기려면 알아야 하니까요. 그리고 제 전공인 소, 돼지는 국적을 묻지 않더라고요."

"어쩌면 웃지도 않으시면서 그렇게 재미있게 말씀하셔요?"

채봉은 말을 하면서도 계속 실실거렸다. 이내 재명이 나서서 한마디 거들었다.

"야, 이거 우리 동생이 손님 심문하는 솜씨가 보통이 아닌데?"

"심문하는 것과 관심은 다르지요."

채봉이 목소리를 가다듬고 평우를 흉내내는 바람에 한바탕 웃음이 터졌다. 한참 웃고 난 후 평우가 책장을 둘러보자 채봉이 멋쩍어하며 앞질러 말했다.

"세계 명작은 아직 읽지 않은 책이 더 많아요. 폼으로 꽂아만 놨지."

"저항 문학도 읽으시고, 『군주론』도 있고……."

원우도 한마디 거들었다.

"『군주론』은 몸서리치면서 읽었어요."

"역시 학습이니까요."

평우가 다시 소리 내어 웃었다.

"한용운 선생님의 시 『님의 침묵』이나 최서해 선생님의 『탈출기』는 독자에게 숙제를 주는 것 같아요."

"『탈출기』를 보면 나처럼 만주로 가려다가 다 돌아와 버릴걸?"

재명의 웃음 섞인 농담에 다 같이 거듭 웃어젖혔다. 분위기가 친숙해지자 채봉이 진지한 표정으로 화제를 이어갔다.

"요즘 작가들이 점점 친일화되고 있는 거 같아 가슴 아파요."

"누가 제일 그런 것 같나요?"

원우가 대견스러움과 호기심이 담긴 목소리로 물었다.

"이광수, 최남선 작가나 주요한 시인은 물론이고, 김동인 선생님도 변해가는 것 같거든요."

"세상만사 다 양면성이 있는 법이여. 우선은 저들도 살아야 헌다고 생각하겠지. 나라도 마찬가지라고 여기면서."

듣고만 있던 재명이 모두를 둘러보며 불만을 토로했다.

"삶에서나 작품 세계에서나 모든 걸 순수 위주로만 풀어나가다 보면 아무런 결론도 서지가 않지요."

평우가 말하고 나서 깊은 생각에 잠겼다. 어색하고 조심스러운 분위기는 사라진 지 오래다.

"왜 그렇지요?"

채봉의 물음에 평우는 강단에 서 있는 사람처럼 담담하게 자기 견해를 피력했다. 겉으로 하는 애국 운동으로는 안 되니까 차라리 욕을 먹더라도 자기 방식으로 민족을 보호하겠다는 뜻일 수도 있다는 것이다. 그러고는 민족의 혼을 믿으면서 그랬기를 바라는 자신의 희망 사항이기도 하다는, 겸손한 자세를 유지했다.

"알쏭달쏭하네요."

"어쨌거나 많은 사람의 존경을 받던 분들의 변절은 가슴 아픈 일이죠."

재명과 원우는 가급적 두 사람의 대화를 끊지 않으려는 듯 입을 다문 채 듣고만 있었다.

"그 심정은 저도 이해할 수 있을 것 같아요."

"저는 아무것도 못 해 이러고 있지만요."

평우는 말을 마친 후 씁쓸한 웃음을 지었다.

"합리적으로 할 수 있는 것부터 해나가다 보면 길이 보일 수도 있지 않을까요?"

"우문현답입니다. 채봉 씨의 말씀이 정말 현명하고 현실적인 제안입니다."

"저를 놀리시는 말씀이지요?"

"아니, 진심입니다."

채봉의 말에 평우가 손을 내두르며 대답했다.

"두 사람이 무슨 얘기들 허는지 나야말로 알쏭달쏭하구나. 너 요즘 집에서 아이들 가르친다면서?"

재명이 채봉의 이야기로 화제를 돌렸다.

"특별히 할 일도 없고 해서요."

"심훈 선생이 표창장 줘야 허겄네."

채봉은 쑥스러워하면서도 추천 좀 해달라고 농담을 이어갔다.

"채봉 씨, 대단허시네요. 애국이 따로 있나요? 그게 행동하는 애국이지요."

잠자코 있던 원우도 한마디 했다.

"아녀요. 나 즐겁자고 하는 일인걸요."

이야기가 무르익어가고 있을 때, 정임이 방문 앞에서 채봉을 불렀다. 문을 열자 찻잔을 든 정임이 웃으면서 들어왔다.

"내가 석류차 한잔 우려왔다."

"야아, 우리 어머니께서 친구들을 위해 차를 내주시는 건 처음인 거 같은데? 안 그러냐, 채봉아?"

"정말 처음인 거 같아, 오빠!"

"에미가 느 친구덜헌테 그렇게 인색혔냐?"

웃는 얼굴로 말하면서 찻잔을 내려놓던 정임은 평우를 보고 깜짝 놀랐다.

"얼래! 그 청년 아녀?"

평우도 정임을 알아보고 벌떡 일어서서 깍듯하게 인사를 했다.

"아니, 아주머니! 안녕하세요? 그땐 잘 들어가셨어요?"

"서로 아는 사이세요, 어머니?"

채봉은 물론 모두 의아한 눈으로 두 사람을 바라보았다.

"그 수건 빨아서 잘 놔뒀는디, 진짜 만났네!"

"그러셨어요? 채봉 씨 어머님이셨다니 정말 놀라워요."

"그러게, 이렇게 만나는 수도 있네요."

정임은 이번에도 웃음을 참지 못해 손바닥으로 입을 가리며 말했다.

"어머니는 이 친구를 또 어떻게 아셔요?"

"잉, 그런 일이 좀 있지. 잘 놀다 가요."

정임이 차를 건네주고 간 후, 네 사람의 분위기는 한층 더 화기애애해졌다.

그로부터 열이틀 뒤, 태섭이 평우에게 선보여주기로 약속한 날이

왔다. 약속 장소인 전주 한국회관 특실에는 채봉의 부모와 평우의 부모가 자식들과 함께 마주 앉아 있었다.

"사장 어르신, 대단허십니다."

"사장 어르신도 마찬가지십니다."

태섭과 상백은 거의 동시에 손을 잡았다.

"내가 우리 채봉이 중매헌다고는 말 안 혔는디요?"

"나도 오늘 자식 놈 따라온다고는 말 안 혔구먼요."

정식으로 만난 두 가족은 서로를 바라보며 한동안 웃음을 멈추지 못하고 이야기꽃을 피웠다.

* * *

이듬해 삼월, 주례 앞으로 힘차게 걸어 나가 단상 앞에 선 신랑은 다시 조그만 발판 위로 올라섰다. 그 모습을 보고 하객들이 처음에는 입을 가리고 웃다가 이내 참지 못하고 소리를 내서 웃기도 하고, 어떤 사람은 손뼉을 치기도 했다.

"신부가 더 큰감만."

"신랑이 학생인게 벼."

"그러게, 아직 머리를 깎고 있는 걸 보믄."

"동경대생이라는디 졸업혔는가 몰라."

"그럼 수재잖여?"

"작고 귀엽게 생겼다."

"나이가 몇이랴?"

"스물넷이랴."

"그럼 채봉이보다 세 살 위여?"

사람들이 수군거리고 있을 때, 턱시도를 입은 꼬마 들러리 둘을 앞세우고 신부가 입장했다.

"어머나, 정말 예쁘다!"

"눈이 부시는감만! 나도 다음에 신식으로 할 거여."

"신랑감이나 구혀놓고 얘기혀라."

신부를 향해 탄성이 오갔다. 하객들의 이야기로 떠들썩한 식장 안에서 예비부부가 주례 앞에 나란히 섰다. 신부의 키가 약간 작은 듯 보였으나, 신랑이 딛고 서 있는 발판이 살짝 드러났다. 몇몇이 입을 가리며 킥킥거리자 식장 여직원이 신부의 드레스 자락으로 얼른 발판을 가렸다. 그 바람에 식장은 다시 한번 웃음이 터져 나왔다.

"신부 댁이 김제 부자람서?"

"그렇디야."

"저 단군 할아버지 같으신 양반이 신부 아버지신게 벼."

"신수가 훤허시구만!"

"신부도 막내랴."

"막내끼리 잘 만났고만그려."

즐거운 분위기 속에서 결혼식이 진행되는 동안, 예식장 건너 점방 앞에서는 순사 두 명이 투덜대고 있었다.

"식장에 들어가는 사람을 붙들고 일일이 검문할 수도 없고, 만주에서 있었던 수상한 사람을 어떻게 찾아보라는 건지 원!"

"김제 경찰서에서 협조 요청했다는디, 특별히 수상한 사람 없다고 보고하고 말지 뭐."

"신부 오빠가 만주에서 사업하고 있다믄서?"

그때 식장 쪽에서 정장을 한 젊은 사람이 그들을 향해 다가왔다.

"여기 계시지 말고 들어오셔서 식사는 하시고 가시라는디요."

"예? 우리 말이오? 누가 그러던가요?"

"저희 혼주 어르신 말씀이시구만요."

젊은이는 식장에서 하객들을 챙기느라 여념이 없는 태섭을 가리켰다. 두 순사는 서로 눈치를 보며 쭈뼛거리다가 이내 젊은이를 따라 식장으로 들어갔다.

그때 상백은 피로연 중간에 공 씨를 불렀다.

"주장에 전화혀서 오늘 소매로 막걸리 받으러 온 사람들헌테는 한 납데기꺼정 돈 받지 말고 드리라 허고, 주장에 와서 마시고 싶은 사람은 맘껏 드시게 하라고 허게."

공 씨가 진의를 파악하려는 듯 잠시 대답을 하지 않자 상백이 큰 소리로 말했다.

"내가 오늘 세상에서 제일 잘난 처자를 막내며느리로 맞이헌 날이잖은가. 안 그려?"

"알겠습니다, 어르신."

잠시 후 되돌아온 공 씨가 상백의 귀에 대고 속삭였다.

"어르신! 작은 사장님이 방금 전 셋째 애를 보셨다느만요."

"그려? 뭐랴?"

"딸이라느만요."

"오늘 겹경사로구나!"

상백의 웃음소리가 그 어느 때보다도 호탕하게 메아리쳤다.

제2장
신혼

개인의 운명이야 주어진 환경 속에서 각자가 알아서
헤쳐 나가야 할 몫이지만, 나라의 앞날은 누군가 나서는
사람이 있어야 하는데 그건 결국 잘살고, 많이 배우고,
누린 자들이 져야 할 짐이라고 생각하네.

마을 끝 상수리나무집

신혼집은 산자락으로 이어진 마을 끝 가장 놓은 곳에 마련했는데 마을 사람들은 그곳을 상수리나무집이라 불렀다. 크진 않지만 아쉬움 없는 보금자리였다. 장독대 뒤로는 키 낮은 대나무가 사시사철 온몸을 흔들어 바람의 길을 알려주었고, 부엉이와 까치가 밤낮을 교대로 날아와 집을 지켜주었다. 뒷담 너머 상수리나무에서는 청설모 녀석이 가지 끝을 오가며 곡예를 즐기는가 하면, 해가 질 때쯤 날아온 덩치 큰 산비둘기는 감나무에 앉아 한참을 두리번거리다가 산등성이를 향해 훌쩍 뛰듯 날아가곤 했다.

아침 일찍 일어나 마루에 서면 이제 막 떠오른 붉은 태양이 잠들어 있는 온 마을을 환하게 비추고 있는 모습이 내려다보였다. 바로 아래 일성이네 집 싸리나무 울타리 너머부터 저 멀리 신작로 다리 건너의 교회 종탑 뒤 하늘과 맞닿아 있는 칠곡산까지 한눈에 들어왔다. 그 산은 길을 잘못 들어섰다가는 귀신에게 홀려 저승 가기 십상이라고들 했다. 그런가 하면 온 세상을 뒤덮은 안개가 이제 막 굴뚝을 빠져나온 하얀 연기와 어우러져 온 집안을 휘감기도 했다. 채봉에게는 이 모든 것이 지금까지 본 적 없는 아름다운 풍경이었다.

시어머니는 살림을 모르는 며느리를 위해 집에 있던 홍남이라고 하는 젊은 식모를 보내줬는데, 쾌활한 성격으로 채봉을 언니라고 부르며 잘 따랐다. 그날은 교회에서 큰집으로 대심방을 오게 되어 있어 아침 일찍부터 일 도와주러 가고 없었다. 독실한 기독교 신자인 평우의 누나 정순이 진즉부터 요청했기 때문이다.

부엌일을 마친 채봉이 대나무 의자를 뒤로 젖히고 누워 아침부터 지금까지 말 한마디 없이 책만 읽고 있는 평우에게 바짝 다가가 앉았다. 그런데도 그는 움직일 줄을 모른다.

"당신은 나한테 할 말이 없어요?"

채봉은 의자에 팔꿈치를 받히고 턱을 양 손바닥 안에 담으면서 평우를 빤히 올려다보았다.

"왜 없겠어?"

평우가 기다렸다는 듯 책을 덮고 몸을 일으켜 채봉의 입술에 입을 맞추었다.

"그런 거 말고 말로 해보세요!"

채봉이 평우의 두 눈을 바라보며 손가락으로 아랫입술을 살짝 두드렸다. 그는 할 말을 찾느라 어물어물할 뿐 쉽게 말을 꺼내지 못했다.

"무슨 말이 듣고 싶어?"

"거봐요, 할 말이 없잖아요."

평우의 얼굴을 들여다보고 있던 채봉이 자세를 바로 했다.

"그런가? 행복을 만끽하느라 그런 거지. 말은 느낌을 따라올 수가 없어."

"체! 핑계는……. 난 당신처럼 말이 없는 사람을 본 적이 없어요."

평우의 대답은 여전히 굼뜨다.

"……본 사람은 또 어떤 사람이고?"

채봉은 그의 말이 떨어지자마자 지나가기만 하면 말을 걸려고 얼씬거리는 김제 총각들, 계속 말 시키면서 귀찮게 하던 오빠들, 틈만 나면 뭐든 말해주고 싶어 호시탐탐 벼르는 아버지, 기타 등등이라고 대답했다.

"그래서 말 없는 나랑 둘이 있으면 심심해?"

평우가 읽던 책을 바닥에 내려놓은 다음 채봉을 끌어다 무릎 위에 앉히면서 물었다.

"아녀요. 그래도 좋아요. 왜냐하면 내가 허는 말을 아직까지 안 들어준 적이 단 한 번도 없잖어요."

"그거야 들어줄 말만 허니까 그렇지."

"그게 아니라요, 당신은 내가 뭔가 해달라고 하기만을 기다리고 있는 시종 같아요."

"시종? 정말 딱 맞는 말이네. 그래 나는 당신의 시종이야."

채봉은 으스대는 흉내를 내고 자기가 지나가는 말로 한 말에도 해답을 주어야만 하는 것처럼 안달을 내는 것도 귀엽다고 했다.

"사실은 장인어른께서 내 딸 채봉이가 하고 싶어 하는 일을 안 들어주면 몽둥이 들고 쫓아갈 테니 그리 알라고 엄명을 내리셨거든."

평우가 중대한 비밀이라도 털어놓는 양 진지한 표정을 지었다.

"남자끼리는 그런 약속도 효과가 있는 모양이지요?"

채봉이 키득대다가 지난번 군청 손님 치를 때 다 같이 웃어젖히는데 평우만 이유를 몰라 어리둥절했던 일을 상기시키면서 그 일을 생각하면 지금도 웃음이 나온다고 배를 움켜잡았다.

"뭘 어쨌는데?"

"당신이 나를 졸졸 따라다니면서 조수 노릇을 허니까 노학래 과장님이 보고 있다가, 제수씨는 강아지를 좋아하냐고 물었잖아요."

"그래 알아. 그런데 그게 그렇게 웃을 일이여?"

"그 말에 다들 배꼽을 쥐고 웃는데 당신만 무슨 뜻인지 모르고, 그러잖아도 진돗개 한 마리 들여놓을 계획입니다, 그러더라고요."

평우는 그제야 실소를 터트렸다.

"나는 그때 순수 그 자체인 당신이 정말 사랑스러웠어요."

한참을 시간 가는 줄 모르게 얘기하고 있는데 상수리나무에서 산비둘기 한 마리가 푸드덕 소리를 내며 날아갔다. 채봉이 평우의 표정을 슬쩍 보다가 주저주저 말을 꺼냈다.

"나 김제 집에 좀 다녀오고 싶어요."

"그걸 뭐 그렇게 힘들게 말해. 한번 다녀오지 뭐."

채봉은 말이 떨어지자마자 바로 대답하는 평우를 보면서 난처한 얼굴을 했다. 농사일뿐만 아니라 살림살이며 부엌일, 음식일 등을 좀 더 시간을 갖고 배우고 싶다는 것이다. 평우는 채봉의 표정이나 말이 너무 진지해 보이자 딱한 듯 바라봤다. 그러면서 집에는 홍남이가 있고 또 큰집에는 어머니랑 신안댁 아주머니도 있는데 뭐가 걱정이냐며 채봉을 안심시키려 노력했다.

채봉은 큰집에서 망신당한 적이 한두 번이 아니고 또 자신이 직접 평우에게 맛있고 몸에 좋은 걸 해주고 싶은데 뭘 어찌해야 할지 까마득하다는 것이다. 평우가 거듭 그런 일이라면 조급해하지 말고 천천히 배워나가면 되지, 태어나면서부터 잘하는 사람이 어디 있냐며 빙긋이 웃었다.

"그렇게 쉽게 말허지 마세요. 이럴 줄 알았으면 학교 다니지 말고 살림이나 배울 걸 그랬다는 생각이 들 정도로 나는 심각해요."

"저런! 내가 내 색시 마음을 전혀 이해 못 허고 있었구나. 하지만 공부는 당신의 의식을 고귀하게 만드는 데 도움이 되었을 테고, 그 지식으로 이곳에서도 공부 못 헌 사람들을 가르쳐줄 수도 있잖여."

"정말요? 어디서요?"

평우는 자신 있게 그건 자신이 당장에라도 해결해주겠다고 했다. 그리고 친정에 가서 한두 달 살림 배워오는 것도 책임질 테니 다음에 형수들 콧대도 시원하게 꺾어주라고 말했다. 채봉이 만족스러워하자 눈을 부릅떴다가 익살스럽게 한쪽 눈을 찡긋했다.

"정말, 그렇게 헐 수 있어요? 나 어머님이랑 형님 눈 밖에 나면 어떻게 해요?"

"그건 내가 알아서 헌다니까!"

"어떻게 승낙 받을 건데요? 지금 나한테 말해줘요."

채봉의 안달에 쫓긴 평우가 고개를 숙여 귓속말 흉내를 내면서 내일부터 한 사나흘 좀 앓아누워 있기만 하면 나머진 자신이 알아서 하겠다고 말했다.

"나 쇼는 잘 못 허는데……."

그로부터 며칠 후, 평우는 채봉이 낯선 생활에 지쳐 있는 것 같아 잠시 친정에 가 있도록 하고 싶다며 부모님의 허락을 구했다. 상백은 흔쾌히 허락했지만 연옥은 달갑지 않아 하면서도 그러라고 했다가 석 달 정도라는 말에 노골적으로 언짢아했다.

"석 달이나 신행을 혀? 너는?"

"저도 같이 가야지요. 신혼인데."

연옥은 쪽찐 머리를 거푸 가다듬기만 하고 더는 말하고 싶지 않은 듯 입을 꾹 다물었다. 보다 못한 상백이 거들고 나섰다.

"임자, 그리 걱정되야?"

"평우 야랑 같이 있은 지가 얼마나 되었다고 또 보내요? 그동안도 일본서 공부헌다고 떨어져 살았는디……."

"아, 일본처럼 멀리 가는 것도 아니고 지 처 옆에서 같이 지내겠다는디 그것도 못 들어줘?"

"그려도 석 달이나 있겠다잖여요. 며칠도 아니고……."

연옥은 못마땅하다는 듯 낯꽃을 찡그렸다.

"것도 그렇긴 허다만……. 아, 참! 시방 생각혀보니께 금산에 임자도 몇 번 다녀왔으믄 하는 일이 하나 있구먼. 당신이 가도 되고 기준 에미나 새아기가 가도 될 일여."

"뭔 일이다요?"

"금산에는 왜 금산사가 있잖은가. 그 절이 호남서는 제일가는 절이여."

연옥은 무슨 일로 그러는지 궁금한 낯빛으로 잠자코 듣고 있었다. 상백은 두 눈을 번득여가며 당시의 얘기를 했다. 평우 결혼 때, 낯선 스님 한 분이 금산사에서 왔다며 시주를 좀 하라고 했다는 것이다.

"그건 나도 알지라우."

이어서 상백이, 처음에는 웬 땡중인가 싶어 인사치레로 몇 푼 주고 말려다가 그날 기분도 그렇고 또 금산사에서 왔다고 해 좀 과하다 싶게 시주를 했다고 털어놨다. 열심히 듣고 있던 정임이 그래서 어떻게 되었느냐며 호기심을 드러냈다.

"한참 뒤에 다시 찾아왔더랑게. 금산사에 와서 불공을 드리라고. 나는 중이 그냥 포교차 헌 말인 걸로 여기고 말았지만 갈 수만 있다면야 나쁠 건 없지 않겄어?"

"무슨 일로요?"

연옥은 평우와 채봉의 얘기는 잊어버린 듯 상백의 말에 귀를 바짝 기울였다.

"그야 평우 앞날을 위해 치성을 드리라는 거지."

"그런 일이 있었어요? 우리 평우가 큰 인물이긴 헌가 보네요."

"큰 인물도 시운을 잘 만나야지, 저 혼자 잘났다고 혀서 만들어지는 건 아니잖여."

"그렇다믄야 나나 기준 에미보다 평우랑 지 처가 가는 것이 안 낫겄어요? 즈그 일인디……."

상백은 고개를 돌리고 평우에게 한쪽 눈을 찡긋해 보였다.

*　*　*

이런저런 얘기와 함께 부모님의 허락을 받았다는 평우의 말을 들은 채봉은 기뻐 어쩔 줄 몰랐다. 큰절로 인사를 마치고 십여 명이 넘는 온 가족의 배웅을 받다가 눈을 마주친 상백이 고개를 끄덕일 때는 눈시울이 절로 붉어지기도 했다. 평우는 가족을 등 뒤로 하고 돌아서자마자 채봉의 보따리를 뺏듯이 낚아채 들었다. 채봉이 화들짝 놀라 다시 가져오려 했지만, 그는 아랑곳하지 않고 보따리를 흔들며 차부를 향해 앞서 걸었다. 채봉은 가족들의 시선에 등이 화끈거리면서도 설레는 마음으로 앞만 보고 발걸음을 옮겼다.

전주에 도착하기 전 버스가 남문을 돌 때 채봉이 평우의 어깨에 기대고 있던 고개를 들고는 남문옥에서 냉면 먹고 가자고 했다.

"남문옥? 그거 좋지! 우리를 맺어준 곳인데."

시간이 조금 일러서인지 남문옥은 주방에서 김이 모락모락 올라올 뿐 한산했다. 주인 여자는 채봉을 보자마자 손을 맞잡으며 반색을 했다.

"색시가 인자 새댁이 됐는갑네."

그러면서 채봉의 곁에 서서 말없이 웃고만 있는 평우를 슬쩍슬쩍 바라봤다.

"아주머니, 고맙습니다."

"아이고, 신랑 되시는 분이 정말 귀공자 같으셔요. 헌디 그짝이 뭐가 고마워요?"

평우가 머뭇거리자 채봉이 그럴 일이 있다면서 냉면을 주문했다.

"오늘은 내가 냉면 한 그릇 대접헐게요. 맛있게 들어요."

냉면에 파전까지 곁들여 푸짐하게 대접받은 후 남문옥에서 나와 배차장으로 가는 동안 채봉이 평우에게 그때 당시 있었던 일을 상세히 들려주면서 시장을 빠져나왔다.

"내가 그날 어머니를 따라나서지 않았더라면 우린 언제 만나게 되었을까요?"

"그냥, 못 만나고 끝났겠지 뭐."

채봉이 아무 대꾸를 하지 않자 평우는 의아한 표정으로 그녀의 얼굴을 들여다보며 다시 물었다.

"왜? 그래도 만났을 것 같아?"

잠자코 걸음을 옮기던 채봉의 눈가가 촉촉이 젖어오는 것을 보고 평우가 화들짝 놀랐다.

"왜 그래? 어디 아퍼? 아니, 당신 지금 우는 거여?"

"어쩜 그렇게 쉽게 못 만나고 끝났을 거라는 말이 나와요?"

"아, 미안 미안……. 내가 말을 잘못했어. 생각은 나도 그렇지 않았는데 말여."

"그럼 생각은 뭐였는데요?"

"부부의 인연은 팔천 겁의 인연이라고 허잖어. 우린 그래도 틀림없이 만났을 거여."

시무룩하던 채봉은 평우의 말이 끝나자마자 어린아이처럼 기뻐하면서 팔을 꼬옥 붙잡고 말을 이었다.

"난 이제 당신 없인 못 살 것 같아요."

"나는 정말 복이 많은 사람이여."

평우의 말이 계속될 것으로 여기고 기다리던 채봉이 다시 입을 쭉 내밀었다. 평우는 뒤늦게 채봉의 기분을 눈치채고 쫓기듯 말을 이었다.

"나도 물론 당신 없이는 못 살어."

"당신 왠지 얼버무리고 있는 것 같아요. 아니지요?"

"너무 복이 과한 생각이 들어서 그려. 여보! 만약에 말이지."

채봉은 달라진 평우의 목소리에 발걸음을 조심스럽게 떼며 귀를 기울였다.

"살아가면서 내가 당신 기대에 못 미쳐 크게 실망을 주면 어떻게 허지?"

"나는 당신이 내 기대에 미치고 못 미치고에 따라서 행복허고 불행허고 허진 않을 거여요.”

“어째서?”

“이미 나는 당신이 되어 있거든요. 모르겠어요? 그러니까 당신이 부족헌 건 내가 부족헌 거고, 당신이 넘치는 것도 내가 넘치는 것이라는 말이지요.”

“야아! 정말 우리 채봉 아씨는 때로 나를 깜짝 놀라고 정신이 번쩍 들게 헌다니까!”

“그러니까 당신도 나랑 생각이 같아야 해요.”

진지하기 짝이 없는 채봉을 바라보면서 평우는 슬며시 웃음을 지었다.

“알았어. 이제부터 ‘나는 채봉이고 채봉인 나다’라는 생각을 잊지 않고 살아갈게.”

채봉은 평우의 팔을 놓고 손가락을 내밀었다. 둘은 배차장에 들어가서도 대합실 의자에 앉아 얘기에 빠져 있다가 막 출발하려는 버스에 간신히 올라탔다. 채봉은 평우 어깨에 머리를 기대고 선명하게 떠오르는 김제평야를 떠올려보다가 깜빡 잠이 들었다.

버스가 김제 배차장에 도착할 무렵 채봉은 눈을 번쩍 떴다. 턱에는 부드러운 평우의 손바닥이 받쳐져 있었다. 정임이 마중을 나와 발을 세워가며 버스를 확인하는 모습이 멀리 보였다. 둘이서 함께 내려오는 것을 지켜본 정임이 평우를 보고 화가 잔뜩 난 사람처럼 야단을 쳤다.

“이런 딸 도둑 같으니라고……. 시집보낸 지 석 달이나 지나서 신행 오는 법이 어디 있는가?”

“죄송합니다, 장모님!”

"이제 처가살이도 석 달은 할 각오를 허게."

정임이 여전히 심통 맞은 목소리로 농담을 했다.

"어머니, 그런 말 마셔요. 내가 시집이 좋아서 이제야 오게 된 거여요. 그리고 이 사람이 나 여기 오게 하려고 얼마나 애를 썼다고요."

"벌써부터 역성들긴!"

"그뿐만이 아니라 시부모님께서 서너 달 있으라고 허락하셨어요."

"정말여? 쫓겨난 건 아니고?"

정임의 얼굴이 아침을 맞이한 나팔꽃처럼 활짝 풀어졌다.

"쫓겨나긴, 아버님이 나를 얼마나 위해주시는데요."

"너 말허는 걸 본게 시아버님 사랑에 푹 빠져 사는 모양이구나. 아이고 이 사람아! 보따리 이리 주게. 남자가 꼴사납게."

"장인어른도 무고허시지요?"

찻길 건너 원평국밥집 아주머니가 구슬띠를 들어올리고 호기심에 찬 눈으로 두 사람을 바라보고 있었다.

"저 색시가 그짝으로 시집을 간 모양이고만!"

일행은 앞서거니 뒤서거니 얘길 하면서 서암리로 향했다. 은행나무 모퉁이를 도는데, 태섭을 시작으로 평우와 채봉을 잡고 말 시키고 인사하기 위해 차례를 기다려야 할 정도로 많은 사람이 나와 있었다.

*　*　*

채봉은 친정에 있는 동안 바쁜 하루하루를 자청했다. 동네 어른들에게 평우와 함께 인사도 다니고, 친구들을 불러 식사도 하고, 별다른 일이 없는 날은 온종일 원산댁이랑 송순 언니의 일을 도우면서 음식 만들기는 물론이고 빨래, 다림질, 장보기, 바느질 등 전반적인 살림살이를 하나하나 꼼꼼히 기록해가면서 익혔다. 그리고 매주 일요일이면 빠짐없이 평우와 함께 금산사에 가서 치성을 드렸는데, 일에 지쳐 코피를 쏟는 날까지 있었다.

"채봉아, 모든 게 다 때가 있는 법여. 살살 좀 배워라. 그렇게 한순간에 모든 것을 죄다 배울 수가 있간디?"

"일은 제일 조금 허면서 잘하지도 못하는데 꾀부리지 않고 열심히 배우기라도 해야지요."

정임은 채봉이 혹여 시댁 누군가로부터 구박이라도 받는 건 아닌지 떠보면서, 자신이 볼 때 채봉은 시집가기 전에도 뭐든 할 만큼은 했을뿐더러 일이 미숙한 건 누구든 살아가면서 배워나가는 거라며 역성을 들었다.

"시집살이가 매워서 그런 건 아녀요. 단지 시집가기 전에 효도도 하고 살림도 많이 거들 걸 그랬다고 후회가 돼서 그래요."

"그런 소리 말어. 빈말이 아니라 어느 딸이 너만큼 혔겠냐."

정임의 말에 채봉은 결혼해 보니까 부모는 다 자기 자식이 최고인 모양이더라며 한참 웃다가 갑자기 생각난 듯 정임을 바라봤다.

"어머니, 나 오늘 절에 갈 때 도시락 싸갈까요? 가다가 뽕나무 밑에서 먹게."

"그러잖아도 지난번에 금산사 갈 적에 그 뽕나무 밑에서 니 신랑 생각함서 혼자 웃었다."

"어때요? 둘째 사위 보면 볼수록 맘에 들지요?"

"다 좋은디 니가 남 서방을 너무 좋아허니까 그것도 왠지 걱정되고 어쩐지 딸 뺏긴 생각이 많이 들어."

"무슨 말이 그려요? 그건 걱정이 아니라 질투여."

정임은 입안 가득 웃음을 머금고 하던 일만 계속하다가 다시 불쑥 말했다.

"나는 니가 없으니께 썰렁해서 못 살 것 같더만."

"나도 어머니 보고 싶어 혼났어요."

평우와 채봉은 한여름 더위를 피하려고 아침 일찍 서둘러 금산에 도착했지만, 땀이 많은 채봉은 이미 얼굴이 벌겋게 달아오른 데다가 옷이 젖도록 땀투성이가 되었다.

"아, 힘들다! 여보, 좀 쉬었다가 천천히 갑시다."

"당신 또, 내 얼굴 훔쳐봤어요?"

채봉이 땀을 닦으면서 쉬었다 가기를 반복하다가 평평한 자리를 찾아 정임이 싸준 도시락 보자기를 풀어 바닥에 깔았다.

"근데 참 이상한 일이 있어요."

채봉이 평우에게 젓가락을 집어주다가 고개를 갸우뚱하며 말을 꺼냈다. 지난번도 그렇고 자기가 부처님 앞에서 엎드려 절을 할 때는 언제나 누군가가 보이더라는 것이다.

"부처님이신가?"

평우의 우스갯소리와 달리 채봉은 진지하기 그지없다.

"얼굴은 모르겠는데 날 아주 측은히 여기는 듯한 눈이었어요."

"부처님이 아니면 나겠지, 뭐."

"당신은 분명 아녀요. 그리고 스님이 왜 아버님께 당신을 위해 치성을 드려야 한다고 했을까요?

"나도 궁금허긴 혀. 포교의 의도도 있긴 했겠지만."

"말은 안 했지만 혹시 당신헌테 나쁜 일이 있어서 그러는가 허는 걱정도 해봤고요."

"그런 걱정을 뭐 하러 만들어서 혀? 그냥 좋은 뜻으로 기도하라고 헌 말을 가지고."

"그렇지요? 그런 생각을 허면 지금도 불안해서 가슴이 떨려요."

평우는 이번에도 해결사를 자청해 오늘은 채봉이 괜한 걱정을 하지 않도록 스님한테 직접 물어봐 주겠다고 했다.

법당에 들어가 치성을 마친 평우와 채봉은 밖에 나와 한참을 기다려 주지승 일파를 만났다. 그는 평우에게 생각보다 많은 관심을 가지고 새 가정에 관한 덕담을 나누었다. 일파의 말이 끊어졌을 때 평우가 넌지시 이야기를 꺼냈다.

"이 절의 포교 스님께서 혼삿날 저희 집에 다녀가셨는데 그 후 다시 찾아오셔서 저를 위해 금산사에서 치성을 드리라고 하셨답니다. 그래서 지금 그 말씀을 따르고 있습니다만 혹 저에게 무슨 특별한 일이 있어 보여 그리 말씀하신 것인지, 아니면 그냥 말씀하신 것인지 궁금합니다. 주지 스님께서 말씀해주실 수는 없으신지요?"

"나무 관세음보살! 중이 어찌 사람의 운명을 미리 알겠습니까. 다만 굳이 중이 아니라도 어떤 사람을 보면 섬뜩하기도 하고, 포근하기도 하고, 머리가 숙여지기도 하고, 뭔가가 걱정되기도 하는 것처럼, 그날의 그 말은 덕원 스님께서 당시의 느낌을 말씀하신 거겠지요."

"그렇다면 주지 스님께서는 지금의 저를 보시고 어떤 느낌이 드시는지요?"

"거사님의 운명은 여느 사람들과는 다를 것 같은 느낌이 듭니다.

나무 관세음보살!"

일파는 평우에게서 눈을 떼지 않은 채 담담하게 대답했다.

"나쁜 일인가요? 그건 아니겠지요, 스님?"

채봉이 매달리듯 물었다.

"나쁘다는 뜻은 물론 아닙니다. 운명은 스스로 만들어가는 거라고 말하듯이 세상사 모든 것은 다 본인 하기에 달린 겁니다. 덕원 스님의 말씀도 결국 경건하게 치성드리면서 머리를 맑게 하고 지혜롭게 살아가라는 뜻이겠지요."

일파는 더 말하지 않고 배웅을 마친 후 들어갔다. 평우는 채봉의 표정이 어두워지는 듯하자 재빨리 화제를 바꾸려 들었다.

"좋은 일은 원래 사람을 걱정시킨 다음에 생겨나더라니까!"

"정말 그럴까요?"

"자, 이제 걱정하지 말고 우리 인연을 도와준 뽕나무 밑에서 좀 쉬었다가 내친김에 공주 처형 집에나 한번 가보면 어떻겠소?"

"좋아요. 언니 집에 가본 지 오래되었거든요."

신바람이 난 채봉이 평우의 손을 붙잡고 앞장서 내려가 뽕나무 밑에서 한참 동안 이야기꽃을 피웠다. 집으로 전화해 공주에서 하루 묵고 오는 길에 부여 낙화암 구경도 하고 가겠다고 허락도 받았다. 채봉은 갑자기 마음이 바빠졌다.

"당신, 그 형부가 어떤 분인지 잘 모르지요?"

채봉은 형부가 보통 사람이 아니라면서 얘길 들려줬다. 만주에서 독립군으로 활약하다가 한쪽 팔을 다치고 귀향해 팔 년 전 언니랑 결혼했는데 나라 걱정이 이만저만한 사람이 아니니까 말조심해야 한다고 겁을 주기도 했다. 평우는 그런 얘기를 왜 이제야 하느냐는 듯 채봉의 말에 빠져들어 갔다.

"그럼 지금 일경에 쫓기시는 것은 아니고?"

"예. 과거 신분이 노출되진 않으셨나 봐요."

"그러시구나. 결혼식장에서 잠깐 뵈었을 때도 인상이 깊었어."

"이런 내용을, 우리 집에선 나만 알아요."

"당신 말을 들으니까 한시라도 빨리 가서 뵙고 싶어지는데?"

멀리서 거대한 산봉우리가 줄에 매달아 빙빙 돌리고 있는 것처럼 버스는 산을 중심으로 돌고 또 돌면서 아슬아슬한 길을 달렸다. 버스에서 내려 한참을 가다 보니 돌 위를 구르는 듯한 얕고 널찍한 냇물이 기다리고 있었다. 마을은 아직 보이지 않았다. 채봉을 업고 중간쯤 건너는데 비가 와서인지 평우의 무릎 바로 위까지 제법 물이 차올랐다.

"당신 괜찮어요? 나 무겁지 않아요?"

"무겁고 너무 힘들어!"

순간 채봉이 평우의 등에서 몸을 비틀어 물속으로 첨벙! 하고 뛰어내렸고, 순식간에 물을 뒤집어쓴 둘의 옷은 흠뻑 젖어버렸다. 평우가 눈을 부릅뜨고, 장난으로 한 말에 그렇게 뛰어내리면 어떻게하냐며 물에 흠뻑 젖은 채봉의 손을 잡아 일으켰다.

"장난인지 진짠지 어떻게 알아요?"

"당신도 참! 그래도 그렇지, 말이나 허고 내려야지."

"나는 당신이 꼭 애기 같아요. 힘들다는 말에 나도 모르게 그랬어요."

마을은 동화 속 그림처럼 크지 않은 두 개의 산을 병풍 삼아 아늑하게 자리 잡고 있었다.

"야가 어쩐 일이여, 기별도 없이? 제부, 어서 와요!"

옥봉은 반갑게 맞이하면서도 옷은 왜 그렇게 젖었느냐고 깜짝 놀라며 두 사람을 훑어봤다.

"이따 말해줄게. 사돈 어르신 무고하셔? 형부는?"

"시방 어머님은 교회 가셨고 형부는 뒷밭에 계셔. 어서 들어가 옷부터 갈아입자."

옥봉이 채봉에게 자기 옷을 입힌 후 큰 기와집을 돌아 뒷밭으로 가면서 채봉이 내외 왔다고 큰 소리로 국헌을 불렀다.

"형부! 저 왔어유우!"

채봉이 옥봉의 충청도 사투리를 흉내내며 웃었다.

"처제, 어서 와! 어이구, 쪽발이 학생도 왔는가?"

국헌이 삽을 내려놓고 성큼성큼 걸어와 두꺼비 같은 손으로 평우의 손을 덥석 잡아 흔들었다.

"형님, 거 무슨 해괴망측한 말씀입니까?"

"아, 쪽발이한테 배우러 간 학생이 쪽발이 학생이지 뭔가?"

채봉이 그런 매도가 어디 있냐며 살짝 눈을 흘겼다.

"나는 쪽발이 낯짝도 보기 싫은데, 아 이 친구는 거기 가서 살면서 배우기까지 했다니, 내가 이렇게라도 말을 해야 속이 풀릴 것 아녀?"

"지피지기해야 저들을 이길 거 아닙니까."

평우도 국헌의 말을 받아치며 크게 웃었다. 국헌의 스스럼없는 성품은 두 사람을 금세 십년지기처럼 가깝게 만들었다. 국헌은 곧바로 배우러 갔던 놈들이 제일 먼저 일본 놈 앞잡이 되는 걸 모르느냐며 평우를 궁지에 모는 말도 서슴지 않았다.

"그런 놈들도 있지만 아닌 양반도 있지요."

"자넨 그렇지 않은 양반이라 이거지? 그건 이제부터 확인해보면 알 것이고. 자, 올라가세. 아무튼 반갑네."

두 사람은 밤이 늦도록 시국 이야기를 하면서 서로의 속내를 파악했다.

"일본이 결국 패망할 것은 불을 보듯 훤한 일이지."

"저도 그렇게 생각합니다."

"문제는 우리나라일세. 나라의 역사는 개인의 운명과는 다르지."

"그렇게 분리해도 될까요?"

"개인의 운명이야 주어진 환경 속에서 각자가 알아서 헤쳐 나가야 할 몫이지만, 나라의 앞날은 누군가 나서는 사람이 있어야 하는데 그건 결국 잘살고, 많이 배우고, 누린 자들이 져야 할 짐이라고 생각하네."

"그 논리대로라면 이 나라에서 가장 많이 누려 먹은 자들부터 반성하고 속죄하고 시범을 보여야 하지 않을까요?"

평우의 말에 놀라움을 금치 못한 국헌은 표정을 바꾸고 조용히 한 마디 덧붙였다.

"어느 쪽으로 보든, 자네나 나도 책임이 있는 거 아니겠어?"

빛의 웅변

어두운 표정으로 신문을 보던 평우가 사진 가방을 들고 나가다 말고, 누구든 쌀을 꾸러 오면 우리도 쌀밥은 먹지 않으니까 보리쌀이라도 조금씩 퍼가도록 하자고 채봉에게 당부했다.

"그러다가 우리 거덜 나면 어떻게 허고요?"

채봉이 웃으며 대꾸했다.

"처가가 김제평야인데 뭐가 걱정여?"

평우도 우울한 얼굴을 펴고 웃으면서 말했다.

"맞아요. 딸이 바가지 들고 가면 설마 나 몰라라 허겠어요?"

"굶기를 밥 먹듯 허는 사람이 많은데 이 년째 흉작까지 겹쳐서 보통 걱정이 아녀."

채봉이 말을 거들며, 거기다가 일본에서는 법을 바꿔 공출 늘리느라 정신이 없다고 분해했다. 평우도 몰라서 그렇지 어른, 애 할 것 없이 굶어 죽는 사람이 한둘이 아니라고 말하다가 잠시 멈췄다.

"어머, 당신 울어요? 눈물이 고였잖아요."

"세상은 참 불공평혀."

평우가 쑥스러운 얼굴을 하면서 슬쩍 눈을 비볐다.

"여보, 나도 힘든 사람들 도우면서 살게요. 너무 마음 아퍼하지 말아요. 이제 보니까, 요즘 당신 그래서 한 끼는 고구마로 때웠군요."

"한 끼 잡식은 건강에도 좋은 거여."

"이제부터 나도 그럴게요."

"당신은 두 몫을 먹어야 허잖어. 그건 경우가 달라. 알았지?"

채봉은 평우가 골목길을 빠져나갈 때까지 그를 지켜봤다. 라디오에서 구슬픈 노래가 흘러나왔다. 채봉도 콧노래로 따라 불렀다.

평우는 풍경보다 농부나 어린아이의 사진을 좋아했다. 대청마루 건너편 서재를 정리하던 채봉이 무심코 아직 사진첩에 끼우지 않은 사진을 감상하고 있었다. 엄마 등에 업힌 채 때가 반질반질하게 낀 포대기 안에서 손가락을 빨고 있는 아이의 모습이다. 눈가가 촉촉해지던 평우의 얼굴이 떠오르면서 새삼 마음이 울컥해졌다.

평우 자신의 사진도 있었다. 소매 없는 러닝셔츠와 칠부 모시바지를 입고 논두렁에 서서 황혼을 배경으로 찍은 사진이었다. 그녀는 웃으면서 사진을 앨범 안에 집어넣다가 뒷면에 뭔가 적힌 듯해 돌려보았다. 앨범에 정리해서 끼워 넣었다면 아무도 볼 수 없을 뻔했던 글이다.

태양은 알리라.

조국을 기만하고,

아내를 기만하고,

자신까지 기만하고 있음을!

하지만 어찌하란 말이냐?

나는 아직 그대의 외침을 들을 수 없음을…….

채봉은 다시 한번 읽고 또 읽었지만 읽으면 읽을수록 깊은 혼란과 충격에 빠져들었다. 그녀의 눈에 눈물이 고였다. 홍남이를 큰집으로 잠시 보내고 마루에 걸터앉아 평우를 기다렸다. 대청에서 내려다보이는 마을은 여전히 평화로웠다. 여기저기 기울어진 까만 굴뚝에서는 하얀 연기가 목화솜을 뿜어내듯 진하게 피어올랐다. 채봉의 입에서 깊은 탄식이 새어 나왔다.

"우리 색시 나 기다리고 있었네? 홍남이는 어디 갔고?"

그녀는 대문을 들어서는 평우와 눈을 마주치지 않았다.

"오늘은 아주 좋은 사진을 몇 장 찍었어. 당신도 좋아할걸?"

"저녁 준비할게요."

"그래. 겉절이에다 밥 먹으면서 막걸리도 한잔하고 싶어."

"씻으셔요."

채봉이 딱딱한 표정으로 부엌으로 들어가자 평우는 고개를 갸웃하면서 카메라 가방을 풀었다.

식사를 마치고 나서, 말없이 앉아 있던 채봉이 물었다.

"당신, 사진이 왜 좋아요?"

"수많은 말이나 글보다 사진 한 장으로 더 강한 감정 표현이 되는 점 때문이여."

채봉은 아무런 대꾸도 표정도 짓지 않았다.

"'빛의 웅변'이라고 표현하면 맞을지 몰라."

평우는 어색하게 웃으면서 살짝 채봉을 바라봤다.

"나에게는 감정 전달이 안 돼요?"

"그게 무슨 말이야? 그럴 리가 있어?"

채봉은 서슴없이 낮에 평우의 사진 뒤에 써놓은 글을 봤는데 충격이 너무 크다며 차갑고 담담하게 말했다. 감정을 억누르며 말하고 있는 그녀의 숨소리도 예사롭지 않았다. 평우는 가는 한숨을 토해내며 가까이 다가앉았다.

"당신, 화가 많이 났네. 오해할 만한 내용이긴 허지."

"화가 아니라 충격이라고 했잖아요. 나를 이해시켜줘요."

"당신은 이상이 없소?"

"내 나이 스물하나여요. 내가 꿈이 없겠어요? 어린 여자의 꿈이니까 하찮을 거라고 생각허세요?"

채봉의 음성 속에는 격한 감정이 깃들어 있었다. 평우가 눈을 지그시 감았다가 조용히 입을 열었다.

"절대로 그렇게 생각하지 않아. 당신 좀 진정해. 몸에 해로워."

"내가 그렇듯이 당신의 모든 꿈은 나와 더불어 이루어질 거로 생각했어요. 그래서 당신에게 도움이 되어야 헌다는 생각으로 최선을 다하고 있고요. 당신의 행복이 곧 나의 행복이라고 여기면서요. 앞으로도 그럴 거고요."

평우는 말없이 듣고 있다가 깊은 한숨을 쉬었다.

"어찌 됐건 내가 당신에게 충격을 준 건 정말 미안해. 잘못했어."

"나를 어린애 취급허지 마셔요. 부부는 최소한 모든 걸 알아야 해요. 함께할 수 없는 일이라면 허질 말든지, 아니면 합의라도 봐야 헌다고요. 혼자만의 꿈을 허락하지는 못하겠어요."

채봉은 울먹이면서 겨우 말을 마친 다음 흐느끼기 시작했다.

"알았어. 내가 지금부터 얘기할게. 먼저 마음을 가라앉혀, 응? 알았지?"

평우의 표정이 전에 없이 굳어 있었고 채봉은 잠자코 듣기만 했다.

"나는 아주 어린 시절에 새 옷은 안 입겠다고 떼를 썼었어. 헌 옷이 더 좋았고, 새 고무신은 일부러 돌로 쩌서 구멍을 내거나 가위로 잘라 기워달래서 신었어."

채봉이 고개를 들어 눈을 깜빡인 후 평우를 바라보았다.

"친구들보다 내가 부자라는 게 미안하고 싫었기 때문이지."

말을 하다 말고 먼 산을 바라보던 평우는 당시 자기는 일본과 우리나라가 같은 나라인 줄 알았다고 약간 언성을 높여 말했다.

"그건 아마 당신도 같을걸?"

"아주 어려선 나도 그랬어요."

"그러다가 보통학교 들어가서 첨 느낀 건, 여기가 우리나라인데 우리가 일본 사람들보다 가난허다는 거였어. 나는 그것이 참 이상했지. 그러고는 내린 결론이 뭔지 알아?"

어느덧 평우의 감정 속에 빠진 채봉의 가슴이 쿵쾅거렸다. 평우는 탄식하듯 말을 이었다.

"우리나라 사람들이 멍청하고 게을러서 그런 거라고 생각했어. 그래서 일본 사람들이 이웃 나라인 우리를 도와주고 있다고."

채봉이 잠시 혼란스러워하고 있는데 엄숙하게까지 들리는 그의 말이 이어졌다.

"그 후 일본에서 중학교에 다니면서 모든 걸 깨닫게 되었는데 알고 보니까 우리가 일본놈들한테 도움을 받는 것이 아니라 나라를 빼앗겨 모든 것을 착취당하고 있는 거더라고."

채봉은 먼 곳을 바라보는 평우의 다음 말을 가만히 기다렸다.

"고종황제랑 대원군이 저지른 잘못의 피해를 백성들이 보고 있는 셈이기도 허지. 이후 어떤 꿈으로 살아가야 할지 혼란스러웠던 나는 동경대 2학년 시절에 지금 당신을 기만하고 있다는 그 결심을 했어."

채봉은 평우를 바라보던 눈을 돌려 부를 대로 부른 배를 바라봤다. 두 눈에 가득 차 있던 눈물이 주르륵 흘러 볼을 타고 내려갔다.

"조국을 위한, 아니 정확히 표현을 하면 민족을 위한 삶을 살기로 말여."

평우가 잠시 말을 멈추었을 때 채봉은 소리를 참지 않고 흐느꼈다. 그러고는 차분한 목소리로 물었다.

"당신에게 가장 소중한 건 뭐여요?"

평우는 대답하지 않았다.

"가족을 사랑허는 건 민족을 위한 삶에 어긋나는 거여요? 나는 민족의 하나조차 안 되는 건가요?"

그녀의 목소리는 지친 듯하면서도 반짝거릴 만큼 날카로웠다.

"그건 당신의 오해여. 당신은 나를 이해하지 못해."

"이해할 수 있어요. 하지만 당신의 아내로서는 절대 용납할 수 없어요."

"뭐가 그렇게 용납이 안 돼?"

"내가 뭐를 용납할 수 없는지조차 모르겠어요? 내 인생에 당신이 가장 중요하듯이 당신 인생에서도 내가 가장 중요해야 해요."

"그 가장 중요한 삶을 어떻게 행동에 옮기지?"

"유별나게 말고 보통 사람들처럼요. 당신도 고종황제나 대원군과 다를 게 없어요."

"……."

"백성이 황제를 위하는 건 당연하고, 황제의 이상이 백성의 실질적인 삶보다 우선이었을 테니까요. 게다가 당신은 쇄국의 결과를 책임지고 속죄해야 하는 황제도 대원군도 아니잖아요. ……결혼은 왜 했어요?"

평우는 아무 말도 하지 못했다.

"당신은 무책임한 중이 잠시 속세로 나와 결혼한 거나 같아요. 아니, 설사 그렇다 해도, 결혼 전에 그런 이상을 가졌던 것까지는 이해할 수도 있어요. 하지만 배 속에 이제 곧 태어날 아이를 품은 아내가 있는 지금의 시점에서, 현재의 삶은 기만이다, 라고 말하는 남편의 심정을 용납할 수가 있겠어요?"

채봉은 말없이 듣고만 있는 평우를 원망스러운 눈으로 바라봤다.

"당장에 뭘 어떻게 하겠다는 것도 아니고 그냥 심정을 있는 그대로 말했을 뿐이니까 너무 화내지 마."

채봉은 평우의 풀죽은 말에 물대접을 앞으로 밀어주고 말없이 안방으로 들어갔다.

창백한 그믐달에 모습을 드러내고 있는 늦가을의 밤 풍경은 외롭고 차가웠다. 평우는 서재에서 나와 조용조용 부엌으로 들어가 채봉이 자고 있는 방 아궁이에 불을 지피고 왕겨와 장작을 올렸다. 가마솥에 내일 아침에 쓸 물도 가득 채웠다. 벌건 불기가 부지깽이를 타고 올라와 그의 얼굴을 붉게 물들이고 답답한 속을 태웠다.

평우가 다시 방으로 들어와 물었다.

"조금 풀렸어?"

채봉은 돌아누운 채로 아무런 대답이 없었다. 그가 누워 있는 채봉의 다리를 주물러주면서 나지막하게 말을 시작했다.

"내가 동경대 2학년 2학기를 맞이했을 때의 일이여. 우리는 말 해부 실습을 하고 있었어. 실습실은 축산과 건물 복도 끝 정원 옆에 있었는데 긴 실험대 위에 아직 개복하지 않은 커다란 말이 죽은 채 올려져 있었지."

채봉은 말없이 그를 바라봤다.

"벽 쪽에는 조교 몇 사람이 알코올램프를 켜고 시험관을 기울여 가열하고 있었고, 우리가 실험대 앞에 자리를 잡자 교수가 말의 배를 길게 갈랐어. 그러자 갈라진 배를 밀치면서 노랗고 검붉은 장기와 피가 쏟아져 나왔어."

채봉이 어금니를 꽉 물었다.

"우리는 모두 와아, 하고 함성을 질렀지. 그런데 그때 유리창 벽 쪽에서 펑, 하는 폭발음과 함께 불기둥이 솟아오르더니 삽시간에 커튼으로 옮겨붙고, 이어서 다른 알코올 통으로 옮겨붙었어. 그러고는 또다시 큰 폭발음과 불 폭탄을 만들면서 터졌어."

평우는 숨을 가다듬으면서 느리게 말을 계속했다.

"우리는 삽시간에 불 속에 갇히고 말았어. 실습 중이던 학생들은 앞을 다투어 문 쪽으로 뛰쳐나갔지. 그러나 치솟은 불길이 천장을 돌아 벽으로 번져 출입문은 이미 불 속에 잠겨버렸어. 우왕좌왕하다가 다시 뒤쪽 출입문을 향해 가는데, 학생들이 우르르 실험대 위를 밟고 뛰어나가는 바람에 실험대가 옆으로 기울다가 내려앉았어. 의자에서 아직 빠져나가지 못한 나는 배 아래부터 다리까지 깔려 꼼짝 못 하게 되고 말았지.”

채봉이 평우의 팔을 밀고 일어나 앉았다.

“팔을 뻗어 벗어나려고 안간힘을 썼지만 그 상황에서도 학생들은 계속 쓰러진 실험대 위를 밟고 지나가고 있었고 나는 점점 더 깔리고 말았어. 비명을 질러도 다들 뛰쳐나가기에 바빴지⋯⋯. 내 오른쪽 다리의 검은 상처가 그때 만들어진 건데, 당신은 상처에 관해 묻질 않더구만.”

평우가 채봉의 손을 잡으면서 이야기를 계속했다.

“죽음을 각오하고 부모님을 떠올리고 있었는데, 부산에서 유학 온 동포 학생 장우산이라는 친구가 되돌아와 실험대 상판을 있는 힘을 다해 들어올리면서 자기 등을 밀어넣고 나한테 빨리 다리를 빼라고 했어. 나는 죽을힘을 다해 다리를 빼긴 했지만 걸을 수가 없었어. 불길은 실험실 천장과 사방 벽은 물론 바닥까지 내려와 있었고⋯⋯.”

채봉은 자기도 모르게 평우의 손을 꼭 쥐었다.

“그때 실험대를 들어준 친구가 말했어. ‘남평우! 내 어깨를 꼭 잡아!’ ⋯⋯그 친구는 뒤에서 쫓아오고 있는 불길을 피해 나를 업고 출입문 쪽을 향해 달렸고, 나는 그의 어깨를 움켜쥔 채 얼굴을 등에 붙이고 옆을 바라보고 있었는데, 갑자기 천장에서 불에 타고 있던 커다란 판자가 친구의 머리와 목덜미를 내리친 거여. 순간 나는 어깨를 잡은 손을 놓고 몸을 굴려 옆으로 피했고 어렴풋이 보이는 그 친구는 머리에서 피가 흐르고 있었어.”

그녀의 손이 가늘게 떨렸다.

"그리고 얼마 후 정신을 차려보니까 나는 다리에 붕대를 감은 채 병원에 누워 있고 그 친구는 보이지 않았어. 친구는 중환자실에 있었던 거지."

"……."

"목발을 짚고 중환자실을 찾아가 나는 울면서 물었어. '네가 되돌아와서 불 속에 뛰어들면 죽을지도 모르는데 어떻게 그리 무모할 수가 있어?'라고. 그랬더니 그 친구는 고통을 참고 웃음까지 지으면서 내게 말했어. '이 꼬마 친구야! 너무 미안해할 거 없다 아이가! 같은 민족인데 내 몫까지 살면 안 되나?' ……그 말을 마지막으로 그 친구는 숨을 거두었어."

"어떻게 그런 일이……."

채봉의 두 눈에서 걷잡을 수 없는 눈물이 흘러내렸다.

"그래도, 나는……."

"이제 그만 말해요. 미안해요."

"한마디만 더 허고 그만할게. 그래도 나는 당신을 놔두고 남을 위해서 죽을 수는 없을 거 같아. 내가 그렇다는 사실을 너무나 분명하게 알고 있고, 매일같이 그런 나를 확인하고 있어."

"그만, 그만! 이제 정말 그만하세요. 당신을 믿지 못한 내가 더 나빠요."

평우와 채봉이 숨죽여 울며 서로의 등을 다독이고 있는데, 달빛에 비친 뿌연 창호지에 상수리나무 그림자가 길게 드리워지고 언제부터인지 귀뚜라미 소리가 면사무소 확성기처럼 요란하게 들려왔다.

아름다운 여인

평우가 봉투를 열자 친근한 인화지 냄새가 코를 자극했다.

"어머! 이 사진 좋긴 한데 왠지 서글픈 느낌을 주어요."

채봉이 막 인화해온 사진을 들여다보며 말했다.

동쪽 하늘의 거대한 먹구름이 서서히 밝아져 가는 이른 새벽, 여명을 향해 선 여인이 한 손으로 젖먹이를 안은 채 오른손을 이마에 대고 태양이 뜨기를 기다리고 있는 사진이다. 아직 해가 뜨기 전이어서 자세한 주변 풍경은 보이지 않지만, 멀리 보이는 검은 산을 무릎 아래 두고 하늘을 향해 솟아 있는 여인의 자세는 숙연했다. 고개를 높이 치켜든 어머니의 눈과 그를 바라보고 있는 아이의 눈이 진한 여운을 남긴다.

"그려? 뭐가 찡한데?"

"아이를 위해서 어떻게든 살아가야 한다는, 강하지만 고독한 의지가 보여요."

"야, 우리 아씨 사진 보는 감각이 대단한데? 그리고?"

"그리고 어머니와 아이의 눈빛에 뭔가 느낌이 있는데 말로 표현하기 어려워요."

평우는 얼굴에 웃음을 가득 담아, 태양은 잠들지 않는다는 자연의 섭리를 일깨우면서 인류에게 내일의 희망과 삶의 아름다움을 보여주고 있는 것 같지 않냐며 어깨를 으쓱 추켜올렸다. 채봉도 듣고 보니까 정말 해가 떠오르려는 조용한 하늘도 그렇고, 그것을 기다리고 있는 여인의 꼭 다문 입에서도 묘한 아름다움과 희망이 보이는 것 같다고 말했다.

"제목을 뭐라고 할 거여요?"

"'아름다운 여인'이 어떨까 혀."

"어울려요. 제목을 들으니까 윌리엄 워즈워스의 시가 생각나네요."

"〈초원의 빛〉!"

"예, 그런데 이 사진이 그 시보다 더 아름다워요."

"그려? 나는 세상 누구보다 당신 칭찬이 제일 큰 힘이 돼. 그러니까 자주 좀 혀줘."

"아무리 그래도 나는 아닌 걸 그렇다고는 못 허는 거 알지요?"

"내가 당신을 모르겠어?"

평우가 소리 내어 웃으며 대답했다. 두 사람은 마루에 걸터앉아 시 구절의 기억을 떠올리고 알려주며 번갈아 〈초원의 빛〉을 낭송했다.

평우가 예상을 뛰어넘고 전국 아마추어 작가 사진전에서 다큐멘터리 분야 대상을 받았다. 이후 많은 사람이 그의 사진을 재평가하기 시작했으며, 수상 사진인 '아름다운 여인'이 신문 1면에 실리기도 했다. 평우는 임시로 근무하던 군청을 그만두고 매일신보 사진부 비상근 기자로 근무를 시작했다. 작품 활동을 자유롭게 하면서 주 1회 출근하는 것이 근무 규정이었다.

어느 날 평우는 전주지국에 들러 송년을 위한 특별 사진을 건네주고 차를 마시다가 우연히 신문철에 꽂힌 샌프란시스코 공립협회에서 발행한 공립신보가 눈에 띄어 펼쳐보았다. 세계가 격찬하는 우리나라의 무용가 최승희 여사의 뉴욕 공연에 관한 기사였다. 그녀의 아름다운 춤사위를 칭찬하는 상세한 기사와 함께 현지에서 관람한 한인과 미국인 몇 사람이 같이 찍은 기념사진도 비교적 크게 실려 있었다.

사진 속 인물을 무심코 들여다보던 평우는 눈을 비비고 안경을 다시 닦은 후 그중 한 사람을 유심히 들여다봤다. 최승희를 제일 앞줄 가운데에 앉히고 열네 명이 위아래 세 줄로 서 있었는데, 제일 뒤쪽 중앙에 깔끔한 신식 머리에 테가 가늘고 알이 둥근 안경을 눈에 바짝 붙여 끼고 있는 그는 분명 셋째 형 근우였다. 평우는 지국장에게 신문을 잠시 빌려서 떨리는 손으로 카메라를 꺼내 최대한 가깝고 선명하게 사진을 찍어 사진관으로 달려갔다.

"여보, 이 사람이랑 나랑 닮아 보이지 않아?"

채봉은 평우가 급속으로 인화해 가져온 사진을 들여다보는 순간 눈을 똥그랗게 뜨고 놀라워했다.

"누구여요? 닮은 정도가 아니라 누가 보면 당신이 안경 바꿔 끼고 서 있는 줄 알겠어요."

채봉의 말을 들은 평우는 흥분을 감추지 못하며 근우에 관해 자세히 설명했다. 채봉은 평우와 사진 속 근우를 연거푸 비교해 보면서 광대뼈나 이마나 눈매 등 판박이처럼 닮아 있는 곳을 일일이 말해주었다. 평우는 한 번도 본 적이 없는 사람이 그렇게 구체적으로 느꼈다면 틀림없지 않겠냐며 눈동자를 붉게 물들였다.

"생사까지 걱정했던 형님이신데 어서 큰집에 가서 알리셔야지, 왜 집으로 왔어요?"

"당신 말을 한 번 더 들어보고 싶었어. 여보, 같이 갑시다."

"길이 얼어서 미끄러울 텐데요. 알았어요."

채봉은 둥근 배를 어루만지며 조심조심 따라나섰다. 평우는 큰집으로 가는 동안 갑자기 큰 소리로, "근우 형!" 하고 외치기도 하고 채봉에게 자신과 가장 친했던 형이었다며 믿기 어려울 정도인 그의 천재성을 자랑하기도 했다.

"무심헌 놈 같으니……."

연옥은 근우의 사진을 보자마자 더 볼 것도 없이 맞는다면서 금세 눈물을 뚝뚝 떨어뜨렸다.

"돋보기 좀 찾아와라!"

상백도 상기된 채 사진을 들여다봤다.

"얼굴도 좋아 보이는 것 같아요, 어머니."

"그려, 볼이 도톰혀지고 좋아 보이기는 허는구만."

"갸 데려간 그 교회는 지금도 있지?"

상백이 함께 사진을 들여다보고 있는 원우에게 물었다.

"예, 그렇지만 그 윌슨 선교사는 안 계셔요."

"니가 그 교회에 가봤었다냐?"

"아버님께 말씀드린 다음에도 여러 번 가봤습니다."

"여전히 모른다고 혀?"

원우가 그렇다고 대답하자 상백이 발끈하며 말했다.

"이렇게 멀쩡히 살아 있는 아를 데려간 놈들이 모른다고 헌단 말여?"

근우는 경기고 재학 중 독립운동에 대한 뜻을 세우고 안창호가 이끄는 흥사단에 가입해 있다가, 학교를 졸업하고 1937년 조선의 지식인을 대량 체포한 수양동우회 사건 때 관련자로 수배되었다. 그러던 중 정동제일교회 선교사 윌슨의 도움을 받아 미국으로 건너가 시민권을 얻어 독립후원회 일을 돕게 되었다.

이후 안창호의 사망으로 그가 구심점을 잃고 있을 때, 이승만이 『Japan Inside Out』이라는 자신의 저서에서 '일본이 미국을 침공할 것이다'라는 분석을 발표하여 이를 적중시킴으로써 미국 사회에 화제의 인물로 등장했다. 근우는 이승만에게 크게 매료되었고, 그를 후원하는 조직에 가담해 열성적인 활동을 하기 시작했다. 그러다 차츰 신임을 얻은 근우는 이승만의 측근 밀사로서의 역할을 맡게 되었다.

* * *

며칠 후 상백은 근우가 살아 있다는 기쁨에 가까운 친척들을 불러 조촐한 잔치를 벌였다. 정순은 물론 둘째아들 철우도 부르고 장한길도 오게 했다. 한길은 누구보다도 기뻐하면서 근우의 성공을 기정사실로 했다.

"형님! 근우가 이렇게 잘나가고 있는디 공연히 걱정하고 계셨구면요. 축하헙니다."

상백은 기쁨을 감추지 못하며 한길에게 술을 권하고 자신도 단숨에 잔을 비웠다.

"이게 다 주님의 은총이랑게요, 아버지."

맏이인 정순이 밝게 웃으며 말했다.

"그려. 이게 다 니가 밤낮없이 기도헌 덕분이라고 생각허마."

"그러믄요. 야가 근우 생각을 월매나 많이 허는디요."

연옥도 약주 한 잔을 단숨에 마셔 발그레해진 얼굴로 정순을 거들었다.

"큰아야! 한잔 받아라. 내가 돈 잘 버는 자식들을 만들지는 못했어도 세상에 태어나 흔적도 없이 살다 사라지는 자식을 만들지는 않은 것 같다."

상백이 거나하면서도 즐거운 기색으로 옆자리에 앉은 원우에게 술을 따르며 속삭였다.

"제가 좀 흔적이 없는 편이지요, 아버님."

원우가 농담 섞어 말하며 웃었다. 상백은 세상 누가 뭐라 해도 자신은 원우를 안다며 펄쩍 뛰었다.

"너는 흔적 수준이 아녀. 우리 집안의 대들보고 기둥뿌리여. 게다가 오로지 이 못난 애비를 위혀서 살아가고 있는 효자라는 걸 진안에서는 모르는 사람이 없을 것이구먼. 임자, 안 그려?"

연옥은 기다리고 있었다는 듯 원우가 있어 집안이 화평하고 동생들이 옳고 그른 것을 구분해 살아가고 있는 것은 하늘이 알고 땅이 아는 일이라면서 칭찬 보따리를 풀었다. 집안은 늦도록 웃음소리와 서로를 칭찬하는 소리가 떠나질 않았다. 약주가 거나해지자 평우가 나섰다.

"아버님, 셋째 형 찾은 기념으로 제가 노래 한 곡 부르겠습니다."

"거 좋지! 니가 뭔가 샘이 나는 모양이구나."

상백이 크게 웃었고 채봉도 웃음 띤 얼굴로 그를 바라봤다. 평우가 일어나서 구성지게 '꿈꾸는 백마강'을 불렀다. 뒤를 이어 원우도 한 곡 부르고 급기야 정순까지 끼어들어 어울리지 않는 찬송가를 불렀다. 정순의 노래가 끝나고 모두들 한참 흥에 겨워지고 있을 때 채봉이 한 손으로 배를 받치고 입술을 깨물며 평우의 팔을 당겼다.

"아이가 나오려나 봐요."

"그려? 배가 아파? 어머니! 이 사람이 아이를 낳으려나 봐요."

연옥이 달려와 채봉의 팔을 잡고 아직 조금 이르긴 해도 병원으로 가자며 부축했다. 그때 평우가 불쑥 자기도 가겠다고 나서자 연옥이 허리를 쿡 찌르면서 애 낳으면 기별할 테니까 집에 있으라고 면박을 줬다. 채봉은 아쉬워하면서도 애써 진통을 참고 평우를 안심시켰다.

"염려 말고 집에 계셔요."

"그래도 괜찮겠어?"

"인자 곧 애비 될 놈이 좀 진득허니 기다리거라."

온 가족이 부산스러운 가운데 채봉이 병원에 가고 나서 얼마 지나지 않아 아들을 낳았다는 기별이 왔다. 평우는 상백과 함께 단숨에 병원으로 달려갔다. 탄탄하기가 이를 데 없어 보이는 손자를 안아보고 병원 복도를 걸어 나오는 상백의 입가에 웃음이 실실 흘렀고, 발걸음은 춤이라도 출 듯 뒤꿈치가 들려 있었으며 두 팔이 저절로 너울거렸다. 그리고 활활 타오르는 불꽃의 터전이라는 뜻으로 미리 지어놓은 이름이라며 곱게 싼 보자기에서 기환(基煥)이라는 이름이 적힌 한지를 꺼내 평우에게 건네주었다.

*　*　*

‘꿈에 본 점도 점인가?’

정임은 꿈자리가 뒤숭숭했다. 셋째아들 재규의 처가 낳은 손녀딸의 한쪽 눈이 이상하다는 말을 듣고 계속 걱정해서인지, 꿈속에서 손녀딸의 눈이 애꾸가 되지 않게 해달라고 불공을 드리는데 난데없이 애꾸눈 할망구 점쟁이가 나타나 소리쳤다.

“에그! 애꾸가 어떠서? 나도 멀쩡허기만 헌디!”

“그게 뭔 소리여, 시방?”

“손녀딸 눈이 문제가 아니라 딸 둘이 시집을 잘못 갔구만! 아, 둘다 과부 팔자여!”

“에라, 이 못돼처먹은 엉터리 망구 같으니!”

정임이 버럭 소리를 지르다 눈을 떠보니 밖은 아직 인기척이 끊어지지 않은 초저녁이었다. 밤안개 속에 모악산이 보름달을 붙잡고 서 있는 것처럼 가깝게 다가와 있었다. 사랑채에는 얼마 전 들어온 전깃불이 아직 훤하게 켜져 있었다. 정임은 술상을 들고 가지런한 이를 보이면서 사랑방 문을 열고 들어갔다.

“왜 아직 안 자고?”

들어서는 정임을 보고 태섭이 수염을 쓰다듬으며 씩 웃자 오랜만에 청주 한잔 마시고 싶은데 혼자 청승맞게 마실 수 없어 들고 왔다고 했다.

“아 그럽시다. 못 헐 거 없지.”

태섭이 껄껄 웃으며 술잔을 내밀었다.

“채봉이는 잘 살고 있는지 모르겠어요.”

"잘 살겄지. 왜, 채봉이가 보고 자퍼서?"

"아니, 방금 전 꿈을 꿨는디 꿈자리가 좋지 않아서라우."

"으음, 아 꿈은 반대라고 허잖여?"

"그려도 한번, 당신이 다녀와보믄 어쩌시겄어요? 지금쯤 애 낳을 때도 되고 혔응게요."

정임이 태섭의 표정을 살피며 부탁하듯 말했다.

"벌써 그렇게 되았어?"

"예. 옥봉이도 걱정이긴 허지만, 야는 착헐 줄만 알았지 아직 애잖여요."

"그럼, 내 일간 한번 다녀오지 뭐."

"아이, 독허다! 뭔 놈의 술이 이렇게 써요?"

한껏 밝아진 정임이 술을 단숨에 넘기고 얼굴을 잔뜩 찌푸렸다.

"아 술이 꿀물인 줄 알었남? 건너가 자라고!"

이틀 뒤 태섭은 정임과 민기식의 배웅을 받으며 일찌감치 버스에 올랐다. 상백은 여전히 싱글벙글하고 있다가 태섭이 와 있다는 말에 주장까지 줄달음으로 달려갔다.

"아니, 사돈! 귀신 따귀 치시겄습니다."

"무슨 말씀이시오, 사돈?"

"막내딸이 첫 손자 낳은 것을 어떻게 알고 오셨습니까? 그것도 바로 어제인디?"

"예? 우리 채봉이가 아들을 낳았다고요?"

"그럼 모르시고 오셨다는 말씀입니까?"

"귀신 따귀는 지 에미가 쳐야겄습니다."

"어째서요?"

"그런 게 있습니다."

서까래를 울리는 두 노인의 커다란 웃음소리가 주장 마당에 가득
울려 퍼졌다.

채봉학당

    울타리 끝 감나무에는 붉고 탐스러운 수수감이 잎사귀로 간신히 몸을 덮어 개구쟁이 아이들의 손길을 피하고 있다. 높은 곳에서 올려다보는 하늘은 더 크고 넓고 높았다. 상수리나무집 처마 밖으로 보이는 파란 하늘에는 빠알간 고추잠자리가 까만 점이 되어 안 보일 때까지 날아오르고, 살아 있는 하늘의 콧바람을 따라 하얀 뭉게구름이 밀려났다 몰려오기를 반복했다.

    계곡에서 빨래를 해 대야를 이고 가던 동네 아낙들이 발걸음을 멈추고 상수리나무집 별채를 보면서 수군거렸다.

    "헛간을 고쳐 꾸몄는감만! 저기, 글자는 뭐라고 썼어?"

    "나헌티 물어보믄 어떡혀? 일성네 당신은 읽을 줄 알지?"

    "채봉학당이라고 쓴 거 같은디? 기환 어매 이름이 채봉이라고 허지 않았어?"

    "맞아, 근디 집에다가 뭔 간판을 다 붙인디야?"

"그거사 집주인 맴이지. 전각 같은 디도 뭐라고 써서 붙이잖여."

장독대 옆 헛간을 고쳐 새로 꾸민 별채 서까래 밑에 '채봉학당'이라고 쓰인 현판이 걸렸다. 쪽마루 한편에는 굵은 붓글씨로 '월요일 – 한글, 화요일 – 일본말, 수요일 – 건강 상식, 목요일 – 우리나라 역사, 금요일 – 뜨개질'이라고 쓰인 한지가 붙어 있다. 하늘을 맴돌던 고추잠자리 한 마리가 채봉학당 앞 나뭇가지 끝에 앉아 커다란 두 눈을 굴리고 있다.

현판을 걸고 필요한 집기며 학습 도구 등을 갖추자 채봉은 날듯이 기뻐했다. 들뜬 마음으로 자리를 정돈하고 있는데 상백이 기별도 하지 않고 찾아왔다.

"깨깟허고 괜찮긴 헌디, 집이 너무 작지 않어?"

상백이 뒷짐을 지고 고친 집을 올려다보았다.

"아녀요, 충분헙니다. 정말 감사합니다."

"감사는 무슨……. 니집 니가 고쳐 쓰겄다는디."

"아버님이 고쳐주셨잖어요."

"그려, 고맙다니 나도 고맙구나."

"아버님 붓글씨체도 정말 맘에 들어요."

"저건 뭐 그냥 끄적거린 거여. 글씨는 느 신랑이 잘 쓰니라. 알지?"

"예, 기환 아버지 펜글씨는 정말 일등여요."

채봉의 입가에 웃음이 떠나지 않았다.

"너는 그저 신랑 칭찬만 허믄 금세 입이 벌어지는구나."

상백도 껄껄 웃었다. 무안해하는 채봉을 보고 평우가 다가와 너스레를 떨었다.

"채봉 선생님! 학당을 이제야 만들어줘서 미안허구만요."

"그동안 기환이 때문에라도 어쩔 수 없었잖어요. 여보, 정말 고마워요."

이곳저곳 빈틈없이 정리하고 있는 채봉과 곁에서 열심히 도와주고 있는 평우를 바라보는 상백의 얼굴에도 흐뭇한 미소가 감돌았다.

"새아가! 그나저나 니 성들헌티 알랑방구 좀 뀌어야 허겄더라. 시샘들이 보통이 아녀. 너도 눈치는 챘지?"

"예, 제가 가끔 선생님으로 초빙도 허면서 잘하겠습니다."

"암, 그려야지."

"정보 감사합니다, 아버님!"

채봉의 재치 있는 대답에 상백이 호탕하게 웃어젖혔다.

상백이 돌아간 다음 채봉은 밤늦게까지 평우와 함께 학당 운영에 관한 계획을 세웠다. 그날 밤 그녀는 어느 때보다도 행복한 꿈에 젖었다. 현판을 내건 다음에는 여기저기에서 묘목을 구해다가 울타리 끝에서 토방 앞까지, 마당의 반을 화단으로 만들어 꽃과 나무들로 단장을 했다. 학당 문을 열고 난 후에도 틈틈이 맨드라미, 분꽃, 옥잠화, 봉선화, 백일홍 등과 다음 해 봄에 필 수선화와 난초도 심었다. 울타리 쪽에는 사철나무와 무궁화를 심어 잔잔한 꽃들의 버팀목이 되도록 했다.

* * *

채봉학당은 문을 열자마자 구경꾼과 학생들로 활기를 띠었다. 월요일부터 금요일까지 저녁나절이면 공부 반, 수다 반으로 항상 떠들썩했으며, 학당으로 들어가는 화단에는 철마다 꽃들의 축제가 이어졌다. 이듬해에도 취향에 맞춰 메꽃, 벌노랑이, 찔레꽃, 인동덩굴, 작약, 접시꽃 등 구할 수 있는 야생화를 모두 구해다 심었다. 가을철과 겨울철을 생각해 소나무도 군데군데 심었다.

채봉이 집에 없는 날도 학생들은 학당에 모였다. 아낙들이다 보니 수다스럽기는 공부를 할 때보다 오히려 더했다.

"기환 아버지, 시끄럽지라우?"

"괜찮어요. 오늘 집사람이 없어서 미안혀요."

"안 그려요. 되레 우리가 미안허구만이라."

"뭐 좀 갖다드릴까요?"

"아니, 됐시라우. 남주장 막걸리라믄 몰라도……."

아낙들이 서로 눈을 찡긋해 가면서 호들갑스럽게 웃었다.

"있어요. 갖다 드릴게요."

평우가 부엌에 들어가 막걸리를 주전자에 담는 사이 일성이 아버지 엄 씨가 대문을 빠끔히 열고 별채를 기웃거리다가 들어왔다.

"일성이 엄니, 여그서 뭐 혀? 공부도 안 험서?"

"왜라우? 당신도 공부하고 자퍼?"

"왜긴 뭐가 왜여? 마누라 보구 자퍼 데릴러 온 모양이구만."

학생 중 큰형님 격인 남원댁이 웃으면서 말했다.

"그런 거이 아니라, 일성이가 시방 열이 나서 몸뚱이가 불덩이여."

"뭐여라우? 낮에 하도 부려먹어서 몸살이 났는감만 뭐."

일성 어머니가 치마끈을 조이며 자리에서 일어났다.

"부려먹긴! 지가 하고 자퍼 혀서 밭에 데리고 나간 거인디."

"일성 어머니, 잠깐만요. 이 약 갖고 가세요. 한 알 먹여보고 안 내려가면 다시 한 알만 더 먹여요."

평우가 얼른 방에 들어가서 꺼내온 아스피린을 갑째로 건네줬다.

"심하면 병원에 꼭 데리고 가시고요."

"이거 쓸라고 사둔 모양인디 나 줘버리믄 어쩐디야?"

"괜찮여요. 먹이고 남으면 뒀다 쓰세요."

"고마워요, 기환 아버지."

일성네가 가고 나서도 채봉학당은 하늘에 별이 **빽빽**하게 들어찰 때까지 시끌벅적했다. 밤이 깊어 모두 돌아간 후, 혼자 남은 평우는 불을 밝히고 책꽂이에 꽂혀 있는 책을 꺼내 들었다.

＊＊＊

"왔다!"

정임은 채봉이 버스에서 내리자마자 팔에서 자는 기환이를 건네받아 안았다. 얼굴을 들여다보면서는 영락없는 제 아버지라며 볼을 톡톡 건드렸다.

"기환이가 외할미 보러 왔네."

보따리를 받아든 금산댁도 잠들어 있는 기환을 들여다보느라 정신이 없다. 채봉은 아들이 평우를 닮았다는 말에 싱글벙글했다. 왜 함께 오지 않았냐는 말에 핑계 삼아 한 번 더 올 계획으로 작전을 세운 거라고 대답했다. 그 바람에 모녀가 다시 한바탕 웃고 있는데 팔에 안긴 기환이가 눈을 부스스 뜨고 사방을 두리번거렸다.

"어이구, 우리 손주 깼는가? 내가 할미여, 외할미. 응?"

대합실로 들어서는데 기다리고 있던 태섭이 수염을 쓰다듬다 말고 손을 흔들었다. 채봉이 곧장 다가가 인사를 하자 뒤따라온 정임의 팔에 안긴 기환을 먼저 들여다봤다.

"요것이 그때 본 우리 채봉이 아들이여?"

"많이 컸지요?"

"으음, 요놈 즈 에미를 닮아 아주 영특허게 생겼고만!"

"그려요? 어머니는 남 서방 닮았다는데요?"

"아녀. 눈매가 딱 즈 에미여. 누굴 닮았든지 간에 배 속에 동생 생각혀서 얼른 자라야 쓰겄구만."

"조금만 기다려요, 아버지. 야도 나오고 싶어 안달인게요."

채봉이 부른 배를 살짝 가리키며 웃었다.

"그려, 어서 나와 집안을 시끌벅적허게 만들어야지. 이번에는 딸을 낳아야 헐 거인디? 우리 채봉이 닮은……. 어험!"

"지금도 시끌벅적해요. 아버님은 종자개량에 성공했다고 농담하시면서 이만저만 좋아하시는 게 아녀요."

"종자개량? 허기야 틀린 말은 아니지. 즈들이 우리 채봉이 아니면 어디서 이런 우람헌 손주를 구경이나 혔겄냐."

태섭이 전신주에 앉은 까마귀가 놀라 달아날 만큼 크게 웃어젖히고는 긴 수염을 쓰다듬으며 앞장서 걸어갔다. 그를 쳐다보던 정임은 채봉과 눈을 마주치면서 환한 웃음을 지어 보였다.

그때 따르릉! 소리를 계속 내며 자전거를 타고 논둑길을 달려오는 소년이 보였다. 소년은 푸른 들녘을 뒤로 밀면서 달려와 채봉 앞에 멈추고는 숨을 헐떡이며 머리가 무릎을 지날 만큼 고개 숙여 인사했다. 채봉이 별당에서 공부를 가르치던 필구였다.

"너 필구구나! 의젓혀졌네?"

"저 학교 들어갔어요. 4학년으로……. 근디 또 6학년으로 올라갈

꺼여요."

필구는 숨을 몰아쉬면서 서둘러 말했다.

"그려? 정말 잘됐다. 공부도 잘허는 모양이구나."

"다 선생님 덕분여요. 저짝에서 선생님 같은 분이 보여서 막 달려왔어요."

"인사도 아주 의젓허게 잘허네."

필구가 포대기에 싸인 아기를 호기심 가득한 얼굴로 쳐다보자 채봉은 포대기를 약간 풀어헤쳐 보여줬다.

"애가 기환이야, 남기환. ……자, 이거 학용품 사는 데 보태 써."

"저 학용품 다 있어요."

"그럼 가지고 있다가 필요헐 때 써. 괜찮어."

"감사합니다, 선생님."

기환이와 채봉을 번갈아 바라보면서 집 앞까지 따라오던 필구는 아쉬운 듯 인사를 하고 가던 길을 갔다. 다른 식구들과 함께 대문 앞에 서 있던 민기식이 차례를 기다렸다가 채봉을 맞이했다.

"채봉이가 인자 기환이 어머니가 되었네?"

"안녕하셔요? 얼굴이 좀 야위셨어요. 어디 편찮으셔요?"

"아녀, 몸이 좀 거시기허다. 기환이 정말 똑똑허게 생겼구나."

정임의 품에 안긴 기환을 바라보며 기식이 말을 돌렸다.

"어머니, 나 내 방에 좀 들렀다 안방으로 갈게요. 내 방 그대로지?"

"그럼! 니 방을 누가 손대겄냐."

별채 문을 열자 낯익은 보랏빛 수국이 화사하고 탐스러운 자태로 주인을 기다리고 있었다. 굵어진 열매로 가지가 휘영청 쳐진 석류나무도 반갑게 그녀를 맞이하고, 담장 밑에 늦게 핀 장미 한 송이도 반가운 듯 흔들거렸다. 채봉은 유리 미닫이문을 열고 방에 들어가 잠시 생각에 잠겼다. 피식 웃으며 책상 앞 의자에 앉아 책이며 서랍 안 소품들을 어루만지고 있는데 밖에서 고창 할아버지 박 서방이 그녀를 부르는 소리가 들렸다.

"채봉 아씨, 오셨어요?"

채봉이 금세 밝아진 얼굴을 하고 밖으로 나왔다.

"어머나, 할아버지! 안녕허셨어요? 그런데 아직도 채봉 아씨여요?"

"물론 그라지."

"인제 기환 에미야, 이렇게 불러줘요, 예? 나는 그 말이 좋거든요. 아셨지요?"

"그려, 그것도 괜찮겄어."

채봉이 안방으로 들어가 숨을 깊게 들이마시면서 팔을 벌리고 정임을 향해 다가갔다.

"음, 어머니 냄새나니까 나 다시 막내딸 하고 싶어."

"맘에 없는 소리 허덜 말어. 나도 그랬으면 좋겄다. 사돈 어르신은 안녕허시지?"

"건강허시고 요즘 기분도 많이 좋으셔요."

그때 안방 문이 살그머니 열리고 원산댁이 고개를 들이밀더니 맛있는 청포묵과 청국장 만들어 밥 차려줄 테니까 조금만 기다리라며 눈을 찡긋했다.

"상추도 깨끗헌 놈으로 잘 버무려줘요. 매콤하게요."

채봉은 신이 나서 나가는 원산댁을 향해 빨리 먹고 싶다고 응석을 부리면서 입맛을 다셨다. 저녁때가 되자 채봉의 친구들이 하나둘 모여 별채가 시끌벅적하도록 수다를 떨었다.

＊＊＊

친구들이 돌아가고 채봉은 다시 정임의 방으로 갔다.

"기환이가 어머니를 따르네? 친할머니한테는 죽어라고 안 가면서?"

"그 할마시가 무서운감만! 시부모님이 너헌테 잘 대해주시냐?"

"말도 마요. 얼마나 챙기시는지 내가 보약 먹느라고 배가 불러 밥을 못 먹을 지경이어요."

"그려? 손자도 많이 이뻐허시고?"

"그런데 손녀 손자 안 따지시고 체격만 보시는 것 같아요. 왜 그러시는지 알지요?"

"알지, 그럼 몰라? 그 양반들 막내며느리 잘 봤지 뭐."

정임이 키득대고 웃다가 다시 물었다.

"큰 시누이가 혼자람서 껄끄럽게 대하진 않고?"

"교회에 빠져 사시는데 시집은 안 가신다네?"

"그려? 너헌테는 잘허고?"

"잘허고 못 허고가 없어요. 그래도 기환이는 자기 자식처럼 많이 이뻐허셔요."

그러면서 시아주버니 근우에 관한 얘기도 함께 들려줬다.

"그런 일이 있었어? 참말로 잘된 일이구나."

"근데 어머니, 민 주사 아저씨가 어디 아퍼요?"

"응. 병원서 수술을 허라는디 안 헌단다."

속이 영 편치 않아 병원에 갔다가 위에 암이 있다는 것을 알았는데 너무 늦은 데다가 살 만큼 살았다며 본인 명대로 살다 가겠다고 했다는 것이다. 그러면서 수술할 돈 있으면 자기 죽고 나서 화장하지 말고 묘지나 만들어달라고 했다며 본인이 그러겠다는데 누가 말리겠냐고 투덜거렸다.

"채봉아, 너 음식이랑 여그서 배운 대로 맛나게 허냐?"

"잘허지요. 기환 아버지는 내가 뭘 만들어주면 땀을 뻘뻘 흘리면서 맛있게 먹어요."

"그려? 뭣을 그렇게 맛있게 허는디?"

"나 이제 예전의 채봉이가 아녀요. 여기서 코피 흘려가면서 배웠잖여요. 겉절이, 비빔국수……."

채봉은 실실거리며 손가락을 꼽느라 정신이 없다. 그러더니 뜬금없이 안방에서 같이 자겠다고 했다.

"왜, 에미 젖 먹게?"

"응! 기환아, 우리 할머니 젖 먹고 자자!"

채봉은 징그럽다고 웃어대는 정임의 품속으로 파고들어 누웠다가 다시 일어나 아버지가 신풍에서 산판 사업 하다가 인부들이 셋이나 죽었다는 얘길 들었다며 정임의 표정을 살폈다.

"그걸 니가 어떻게 안다냐?"

"아까 금영이가 그러던데요? 자기 아버지도 거기 반장으로 있었다면서."

"그것 땜시 아버지 속 많이 상하셨어. 인자 좀 괜찮아졌는디 서장 놈이 즈 집허고 사돈 안 맺었다고 앙심을 품었다냐, 어쨌다냐 허더라고."

정임이 이마에 주름을 만들고 한숨 섞어 들려줬다.

"우리가 직접 산판을 한 건 아니잖여요."

정임은 아버지가 얘길 통 안 해서 잘 모르지만, 아직도 끝이 안 난 모양이더라며 다시 한숨을 쉬었다.

"그래도 너는 신경 쓸 거 없어."

"돈보다 원수 짓지 말아야 허는데. 근데 어머니 돈 좀 있어요?"

"돈은 왜? 너 신랑이 돈 안 주냐?"

"아니 내가 따로 필요헌 게 있어서……."

"얼마나? 많이?"

채봉은 많이는 아니고, 동네 사람들 공부 좀 가르치고 있는데 조금 필요해서 그렇다고 설명했다. 정임은 그 정도야 줄 수 있지만, 앞으로 아이도 또 낳아야 할 텐데 시집살이하면서 거기서도 야학을 하느냐고 걱정했다. 그러다가 동서들이랑 시집 식구들 눈 밖에 나면 어떻게 하냐는 것이다.

"기환 아버지가 주선해서 학당이랑 다 시아버님이 만들어주신 거여요. 벌써 일 년이 다 되어가는걸?"

"니 신랑이 니가 그런 일 허는 것을 정말 좋아혀?"

"어머니, 그 사람 정말 좋은 사람이여. 나 그이가 참말로 좋아요."

채봉은 이것저것 평우의 자랑을 늘어놓기 시작했다. 정임은 사람 좋은 거랑 안사람 속 썩이지 않는 건 별개라고 하면서 편치 않은 실눈을 떴다.

"별걱정을 다 허시네. 그 사람은 나를 위해 죽을 수도 있을 만큼 잘혀요."

"뭔 소리여? 죽긴 왜 죽어?"

채봉은 말이 그렇다는 거라고 웃음을 터뜨리며 자기 걱정은 뚝 끊고 아버지나 잘 챙기라면서 정임의 어깨를 주물렀다.

"너, 언제 갈 거여?"

마음이 편해진 정임이 웃음을 지으며 물었다. 채봉은 시어머니가 더 있어도 된다고 했지만 학당 때문에라도 이삼일만 있다가 갈 계획이라고 했다.

"기환 애비가 아니라 학생들 때문이라고?"

정임이 어이없어하자 채봉은 웃음으로 얼버무렸다.

"그려, 며칠이라도 푹 쉬었다 가라. 내 새끼, 기특도 허지!"

채봉이 기환을 끌어안은 채 베개를 함께 베자 정임은 이불을 끌어당겨 덮어주었다.

제3장

조국

검고 푸른 하늘에 힘들게 모습을 드러낸 초승달이
먹구름에 덮이고 울어대던 귀뚜라미 소리마저 사라지자,
상수리나무집에서 내려다보이는 마을은 순식간에 어둠
속으로 자취를 감추었다.

말다툼

"천황 폐하 만세!"

은빛 전투기 한 대가 햇살을 받아치며 구름 한 점 없는 푸른 하늘에서 돌연 항공모함을 향해 수직으로 돌진했다. 항공모함은 불바다가 되었고, 이어서 다른 네 대의 전투기도 미군 함정의 갑판을 향해 날아들었다. 화염 위의 하늘은 다시 아무 일 없었던, 이전의 평화로운 모습으로 돌아갔다.

신문 1면에 '1944년 10월 25일 08시, 세키 유키오 등 5명 순국!'이라는 큰 글씨의 표제와 함께 일본의 '필리핀 레이테 해전'에 관한 기사가 실렸다. 특공대를 자원한 젊은이들이 출발 직전에 찍은 사진도 있었는데 젊은이들은 손가락을 들어 V자를 그리고 서 있기도 하고 금방이라도 울음을 터뜨릴 것 같은 표정으로 앉아 있기도 했다. 신문은 이들을 군신으로 대서특필하였다.

채봉의 배 속 아이는 밤낮없이 발길질하며 세상에 나올 준비를 하고 있고, 기환은 옹알옹알 말을 떼면서 어미 주변을 돌아다닌다.

"세상에!"

채봉은 기사와 함께 실린 젊은 청년들의 사진에 한동안 눈동자를 고정시키고 탄식했다.

'이 철없는 젊은이들은 과연 자발적으로 폭탄을 싣고 뛰어들었을까? 부모가 이 사진을 보면 어떤 생각을 할까? 이런 사진을 왜 공개하지?'

채봉의 머릿속에는 온종일 사진 속 청년들의 생각이 꼬리에 꼬리를 물었다. 그때 평우가 카메라 가방과 삼각대를 들고 활짝 웃으며 들어왔다. 오늘따라 평우를 유난히 기다리고 있던 채봉이 함께 가방을 들어주면서 반겼다.

"좋은 사진 많이 건졌어요?"

"좋은 빛 많이 담아왔어요? 이렇게 물어봐!"

"서방님, 좋은 빛 많이 담아왔어요?"

채봉이 묻자 평우는 가슴 설레는 풍경이 있었다면서 눈을 지그시 감고 촬영 당시의 느낌을 그리듯 설명했다.

"해가 산을 넘어가면서 온 세상을 붉게 만든 장면인데 그토록 붉으면서도 전혀 뜨거운 느낌을 주지 않고, 온 세상과 구름은 물론 끝없이 높은 하늘까지 가까이 끌어당겨 물들일 것처럼 힘이 있으면서도 부드럽고 아늑한 느낌이었어. 구도도 좋았고……. 흑백으로는 어떻게 표현될지 궁금혀."

"나도 덩달아 가슴이 두근거리네요. 빨리 보고 싶어요."

두 사람은 사진 이야기를 하면서 함께 가방을 풀어 정리했다. 채봉이 앞으로 전쟁은 어떻게 될 것 같으냐고 묻자 평우는 일본이 손드는 것만 남지 않았겠냐고 말했다.

"그럼 당신 고시 합격한 거 다 무효네?"

"무효야 아니겠지만 어차피 임용은 안 받을 생각이여."

채봉이 왜 그러느냐는 듯 바라보자 평우가 옆자리에 다가앉아 사진도 좋고 지금 이대로가 좋다고 했다. 그러면서 일본 놈들이 마지막 발악을 하고 있는데 어서 빨리 광복이 되어야 한다고 시국에 관해 무겁게 언급했다.

"그래서 말인데요. 당신 이 사진 어떻게 생각해요?"

채봉이 신문을 펼치며 사진을 보여주자 평우가 하던 일을 멈추고 한동안 말없이 들여다보다가 가슴이 먹먹해 말이 안 나온다고 한숨 섞인 혼잣말을 했다. 그의 표정을 지켜보고 있던 채봉이 다시 입을 열었다.

"어떻게 이런 일이 있을 수 있어요?"

"참, 딱한 사람들이여."

채봉은 평우의 대답이 못마땅한 듯 눈을 찌푸려 뜨고 그를 바라보다가 딱하다는 말로 대변이 되냐며 자기가 보기엔 제정신이 아닌 자들이라고 내뱉듯 말했다. 그렇지 않고서야 자살을 권유하는 일본 정부도 그렇고, 가족의 마음은 아랑곳없이 V자 그리며 죽으러 가는 짓거리는 도저히 있을 수 없는 노릇이라며 얼굴이 벌게지도록 기막혀했다.

"한마디로 어이가 없어요."

"그건 그렇지만 나름대로는 애국심으로 그런 거 아니겠어?"

평우가 마루에 앉아 사진을 계속 들여다보면서 말했다. 표정은 일그러지고 한숨을 쉬는 어깨가 조용히 올라갔다.

"일본이라는 나라의 애국심에는 가족이고 뭐고 없어요? 이 세상에 사람 목숨만큼 소중헌 게 어디 있어요?"

"목숨이 소중허다는 생각은 그 사람들도 같지 않을까?"

"그럼 왜 그런 나쁜 짓을 해요?"

채봉이 발끈했다. 평우도 방식이 옳든 그르든 그들은 나라를 위해 목숨을 버리는 희생을 선택한 것 아니겠냐고 나름의 논리를 펼쳤다. 급기야 채봉이 그건 희생이 아니라 정신 나간 자들의 제물이고 희생양이라 했고 평우는 국가가 있어야 국민이 있고 가족도 지킬 수 있다면서 감정적인 충돌까지 하게 되었다. 채봉은 팔짱을 끼면서 그런 잘못된 관점이 이렇게 끔찍한 일을 꾸미게 한 거라며 쉽게 물러날 생각을 하지 않았다.

"어쨌거나 이 사람들의 죽음을 헐뜯는 것이 좀 안 되어 보여서 한 말이니까 내 말을 너무 심각하게 받아들이지 마."

평우가 웃음으로 마무리하려 들었다.

"여보, 웃지 말아요. 나 솔직히 그렇게 말하는 당신헌테도 실망여요."

"일본 놈들 때문에 나한테까지 실망이라면 이거 큰일 났는데? 나는 그저 땅이 있어야 농사를 짓는 것과 같다는 뜻이었어."

마침내 평우도 언성을 약간 높였다.

"땅은 원래부터 있었어요. 인류가 먼저지 국가가 먼저이지도 않았고요."

채봉의 서슬 퍼런 말에 주춤해진 평우가 다소 굳은 얼굴로 다독이듯 말했다.

"지금은 원시시대가 아니여. 국가가 없으면 그 땅의 국민은 누군가에게 짓밟힐 수밖에 없는 거여."

"이 사진을 봐요. 나쁜 국가, 나쁜 정부는 강도허고 같아요."

"그 사람들은 자기 나라가 나쁜 국가라는 생각을 못 허고 있으니까 그렇겠지. 국가는 필요한 거여. 우리도 지금 국가가 없는 거나 마찬가지니까 지배당하고 있는 거잖여."

"그럼 당신도 국가가 필요로 한다면 목숨이라도 내놓겠다는 말여요?"

채봉은 금세 눈물을 머금었다.

"당신, 왜 그렇게 흥분하고 그려? 그래 봤자 저들의 일인데?"

"당신 혹시 일본을 좋아허는 건 아녀요?"

"좋아허냐고? 당신 그걸 말이라고 혀?"

평우의 눈꼬리가 올라가고 표정이 싸늘해졌다.

"그런 것처럼 말허잖여요."

"내가 누구보다 일본을 증오하는 걸 당신 몰라서 허는 말이여?"

"알아요. 나도 마찬가지고요. 그렇지만 당신은 지금 이 청년들의 부질없는 짓을 이해하고 있는 것처럼 말하고 있잖여요. 나는 그것이 화가 나는 거여요."

"사람이 사는 방식은 개개인의 신념에 따라 다를 수 있어."

평우의 목소리에 힘이 꽉 들어 있었다.

"기환 아버지! 제발, 그 학생 같은 말 좀 허지 마요!"

"내가 학생 같은 소리를 한다고?"

그의 얼굴이 더욱 굳어지며 화를 삭이느라 입술을 깨물었다. 채봉도 물러서지 않고 되물었다.

"사람이 하늘에서 뚝 떨어져요? 누구든 가족 속에서 태어나고 살잖아요. 나는 지금 진지하게 말허는 거여요."

"그야 물론이지. 나도 지금 당신헌테 진지하게 얘기허는 거여."

"그럼 가족에 대한 도리가 우선 아녀요? 자기 목숨이라고 자기만의 것은 아니잖아요."

평우가 상기된 얼굴로 벌떡 일어나면서 채봉을 내려다봤다.

"당신 제발 가족, 가족 좀 허지 마! 내가 가족을 외면하고 사는 사람이여? 조국도 가족에게 물려주는 소중한 유산이잖아."

"누가 아니래요? 하지만 사람은 조국이라는 유산이 있어서 태어난 게 아녀요. 무조건 국가가 먼저라고는 말할 수 없다고요."

"내 말은 택일론이 아니라 둘 다 소중하긴 마찬가지라는 거여."

"그러니까 당신은 저 사람들처럼 목숨을 내놓겠다고요?"

"제발, 너무 비약 좀 하지 마!"

얼굴을 새빨갛게 물들인 평우가 화를 간신히 참았다.

"비약이 아니라 현실적인 얘기여요."

"여보, 나 좀 나갔다 올게."

평우가 굳은 얼굴로 신발을 꿰어 신고 집을 나섰다. 결혼 후 처음으로 벌어진 언쟁이었다. 채봉은 언덕 아래로 내려가는 그의 뒷모습을 한참 동안 바라보았다. 그는 약수터를 지나 길 쪽으로 튀어나온 일성이네 집 싸리문 옆 외양간 앞을 걸어갔다. 그러곤 이내 초가 담장에 가려지더니, 다시 누나인 정순의 양철지붕 집 앞을 걸어가고 있었다. 멍하니 바라보던 채봉의 눈에 눈물이 주르륵 흘렀다. 그대로 앉아 평우가 사라지는 모습을 바라보다가 고무신을 찾았으나 눈에 띄지 않았다. 다시 주저앉아 멈칫거리고 있는데, 학당 학생 왕금숙이 대문을 빠끔히 열고 들어왔다.

"채봉 선생님!"

왕금숙이 어린아이처럼 발뒤꿈치로 마당을 콕콕 찍으며 마루 쪽을 기웃거렸다.

"기환 아버지는 안 계신갑네."

"어서 와요. 오늘은 일등으로 오셨네요."

채봉이 얼른 표정을 고치고 얼굴을 만지며 말했다. 왕금숙은 등 뒤로 들고 있던 보따리를 멋쩍은 표정으로 건네줬다.

"이거 산더덕인디 참 좋은 것이여라우."

"우리 기환 아버지가 무척 좋아허는데……. 식혜 한 모금 하셔요."

채봉이 막 부엌으로 들어가려는데 강정리 봉자 어머니도 왕금숙처럼 마루를 훔쳐보며 들어왔다.

"왕 새댁, 벌써 왔네. 선생님헌테 시방 뇌물 준 거?"

"눈은 밝아가지고……."

"그나저나 선상님 배가 그렇게 불른디, 우리가 이거 눈치 없이 온 거 아녀?"

"아녀요, 오히려 많이 움직여야 해요."

"근디 어째 선상님 얼굴이 안 좋아 보임만!"

"아, 시방 산달이잖여!"

일성네도 들어서면서 한마디 거들었다.

"와 인자 오나?"

채봉학당은 이내 시끌벅적해졌다.

학당 학습이 끝나고 인적이 뜸해진 시간에 원우의 아들 기준이 대문을 밀치고 숨을 헐떡이며 들어왔다. 기준은 무슨 일이든 제일 먼저 평우와 상의하고 그를 무척이나 따르는 조카인데 작은어머니인 채봉 또한 아주 좋아했다.

"기준이 왔어? 어서 와."

기준은 선뜻 대답하지 못하고 꾸물거리면서 눈을 피했다. 채봉은 기준의 얼굴을 바라보며 부드럽게 동생들이 예쁘냐고 물었다.

"저, 그것보다요……."

기준은 말을 못 하고 채봉의 얼굴을 보면서 연거푸 눈을 깜빡거렸다.

"무슨 일 있어? 괜찮여. 나한테 말혀봐."

"작은아버지가 지금 병원에 있는디요. 많이 다쳤어요."

채봉은 더 들을 겨를 없이 스웨터를 걸치고 집을 나섰다. 배 속의 아이가 함께 요동을 쳤다. 배를 받치고 엉성한 걸음으로 달려가면서 기준에게 어디를 다쳤느냐고 물었다. 기준이 염려스러운 표정으로 채봉의 배와 얼굴을 쳐다보며 만춘관에서 함께 술을 마시던 친구한테 접시로 이마를 맞았다더라고 대답했다. 그러고는 채봉이 묻기도 전에 작은아버지가 먼저 뺨을 쳤다는 거 같더라고 덧붙였다.

"뭐? 작은아버지가?"

"예, 작은어머니 아버님 일로 말다툼이 있었는게 벼요."

"우리 아버지 일이라는 게 무슨 말이여?"

"작은어머니 아버님이 산판 사업 하실 때 사고로 죽은 사람 하나가 작은아버지 친구인 강남길 선생님 사촌 동생이래요."

장터 앞을 지나는데 자전거포 이발이가 지나가다가 인사를 했다. 한쪽 발이 짧아 절뚝거린다 해서 '이발이'라는 별명으로 불리는 사람이다.

"어딜 그렇게 급히 가셔요? 제가 리어카에라도 태워서 달려갈까요?"

"고마워요, 승태 아저씨."

채봉은 배를 끌어안고 이발이가 끄는 리어카를 타고 병원으로 갔고 기준은 숨을 헐떡이며 곁에서 쫓아왔다.

병원에는 군청에 다니는 허인수와 강남길 선생이 같이 있었다. 그
들은 뛰어들어오는 채봉을 보고 얼른 일어서며 알은체했다. 평우는
이마에서 눈썹까지 덮이도록 머리에 붕대를 감고, 팔에는 링거 줄을
늘어뜨린 채 눈을 감고 있었다. 허인수와 강남길은 안절부절못하며
우선 채봉을 안심시키려 했다.

"아이고, 아주머니! 걱정되어서 오셨구만요. 그렇게 많이 다치진
않았어요."

인수가 머리를 긁적이며 간신히 말하고 차마 채봉의 눈을 쳐다보
지 못하고 외면했다.

"얼마나 다친 건데요?"

채봉이 부른 배를 안고 숨을 몰아쉬었다.

"당신 왔어? 대단한 일도 아닌데 뭐 하러 왔어?"

평우가 눈을 뜨고 겸연쩍은 듯 웃었다.

"이게 어떻게 대단한 일이 아녀요. 상처는 얼마나 났어요?"

"그냥 몇 바늘 꿰맸어."

"내가 잘못했구만요, 기환 어머니."

강남길이 자신의 얼굴을 비벼대면서 멋쩍게 말했다.

"아녀 이 사람아, 내가 먼저 손찌검을 했잖여."

평우가 남길의 손을 잡았다.

"내가 먼저 자네 장인어른 욕을 했잖여."

"동생이 죽었는데 홧김에 무슨 소릴 못 하겠어?"

"내가 친일파 소리만 안 했어도 괜찮았는데……."

"친일파냐고 언성을 높였지 그렇다고 한 건 아녔어. 아무리 그렇다 해도 홧김에 한 말로 손찌검을 한 내가 잘못이지."

"그래도 말을 골라서 해야 했는데, 미안하네."

두 사람이 서로 미안하다고 우기는 모습을 보더니 인수가 웃으며 끼어들었다.

"인자 서로 지가 잘못했다고 싸우겠다."

눈물을 훔치던 채봉도 그제야 표정이 풀어졌다. 잠시 후 채봉이 갑자기 허리를 구부리고 배를 부여잡았다. 갑작스러운 진통에 평우가 눈을 휘둥그레 떴다.

"당신 나하고 자리를 바꿔야 하는 거 아녀?"

"아, 여보, 애기가……."

채봉은 그날 큰딸 승희(承姬)를 예정보다 보름이나 빨리 낳았다. 상백은 눈망울이 똘망똘망하며 보기에도 튼실한 손녀를 보고 함박웃음을 지으며 말했다.

"아, 야가 즈그 아버지 이마 찢은 놈헌티 복수헐라고 뛰쳐나온 효녀여!"

얻은 것과 잃은 것

1945년 8월 6일 히로시마, 미국의 원폭으로 10만여 명 사망
1945년 8월 9일 나가사키, 미국의 2차 원폭으로 7만여 명 사망

평우가 사진작가로 알려지기 시작하면서 몇몇 예술단체에 초대를 받는 일이 잦아졌다. 그뿐만 아니라 조선인 일본 유학생 모임에서 전북지부 회장으로 선출되는 등의 다른 활동들도 늘어나 전주에서 머무는 시간이 점점 많아졌다.

"기환아!"

손에 생과자 상자를 들고 대문을 들어서던 평우가 기환을 불렀다. 마당에 있던 홍남이가 먼저 달려가 인사하며 상자를 받았다. 채봉도 방문을 열고 나와 반갑게 맞이했다.

"하루 외박한 선물여. 별일 없었어?"

"예. 내가 제일 좋아허는 생과자잖여요?"

"일부러 태극당까지 가서 사 왔어."

"고마워요. 그래도 이걸로 때울 생각은 마세요. 기환아, 승희랑 이거 먹자."

"미안……. 어제 많이 기다렸어?"

"그럼요. 일본이 지금 불바다라고들 허는데 맞아요? 어쩌면 우리나라에도 폭탄이 떨어질지 모른다고 난리법석여요."

"우리나라에는 당신이 있는 한 그럴 일 없으니까 걱정 붙들어 매라고 혀."

평우가 전과 달리 크게 웃으며 농담까지 섞어 대답했다.

"일본만 망하는 건 맞지요?"

"그려. 일본놈들이 이제 손을 들 거여."

평우는 사뭇 고조되어 있고 손에는 둘둘 말린 신문이 들려 있다. 신문에는 원자폭탄에 관한 기사가 사진과 함께 지면 전체를 메우고 있었다. 며칠 후인 1945년 8월 15일, 히로히토 일본 천황은 '대동아전쟁 종결의 조서'라는 제목으로 항복 조서를 낭독했다. 천황을 신으로 여기고 받들던 일본인들에게 그의 떨리는 음성은 그야말로 청천벽력이었다.

대동아전쟁 종결의 조서

짐은 깊이 세계의 대세와 제국의 현상에 감안하여 비상조치로써 시국을 수습코자 여기 충량(忠良)한 그대 신민에게 고하노라.

짐은 제국 정부로 하여금 미·영·중·소 4개국에 대하여 그 공동선언을 수락할 뜻을 통고케 하였다.

대저 제국 신민의 강녕(康寧)을 도모하고 만방 공영의 낙을 같이 함은 황조황종(皇祖皇宗)으로부터 내려온 황실 규범으로서 짐이 받들어 수행해온 바이다. 전에 미·영 양국에 선전포고한 까닭도 또한 실로 제국의 자존과 동아(東亞)의 안정을 열망함이지 타국의 주권을 배제하고 영토를 범하는 것은 짐의 뜻이 아니었다. 그런데 교전에 이미 4년이 지나고, 짐의 육·해 장병의 용전(勇戰), 짐의 수많은 각료, 신하의 노력, 짐의 1억 백성이 봉공(奉公)에 모두 최선을 다하였음에도 불구하고 전세는 호전되지 않고, 세계의 대세가 또한 우리에게 불리하도다.

뿐만 아니라 적은 새로이 잔학한 폭탄을 사용하여 끊임없이 무고한 백성을 살상하여 참담한 피해는 참으로 측량할 수 없는 경지에 이르렀다. 그럼에도 더 교전을 계속함은 끝내 우리 민족의 멸망을 초래할 뿐만 아니라 연하여 인류의 문명까지도 파괴하게 된다.

이러한데 짐은 무엇으로 하여금 억만의 백성을 보호하고 황조황종의 신령에 사죄할 것인가. 이것이 짐이 제국 정부로 하여금 공동선언에 응하게 한 까닭이니라.

짐은 제국과 함께 끝까지 동아의 해방에 협력한 모든 맹방(盟邦)에 대하여 유감의 뜻을 표하지 않을 수 없다. 제국 신민으로서 전장(戰場)에서 죽고 직장에서 순직하고 비명(非命)에 죽은 자 및 그 유족을 생각하면 오장이 찢어지는 듯하다. 또 전상을 입고 재난으로 화를 입어, 가업을 잃어버린 자의 후생에 이르러서는 짐이 깊이 마음 아픈 바이다.

생각해보면, 금후 제국이 받을 고난은 물론 심상치 않다. 너희 신민의 마음속은 짐이 잘 알고 있도다. 그러함에도 짐은 시운(時運)의 향하는 대로, 견디기 힘든 것을 견디고, 참기 힘든 것을 참으며, 더욱 만세(萬世)를 위해서 태평(太平)을 열어가고자 희망한다.

짐은 여기서 국체(國體)를 사죄(謝罪)하면서 충량한 그대 신민의 진심 어린 마음을 믿고 의지하며 항상 그대들 신민과 함께 있다. 만약 감정에 격하여 함부로 사건을 일으키고 동포를 고통스럽게 하고, 서로 시국을 어지럽힘으로써 대도(大道)를 그르쳐서, 전 세계에서 신의를 잃게 하는 것은 짐이 가장 경계하는 바이다.

아무쪼록 거국일가(擧國一家)하며 자손에 서로 전하여, 조국 일본(祖國日本)의 불멸을 믿고, 각자 책무가 중하고 갈 길이 먼 것을 생각하여, 총력을 장래를 위한 건설에 기울이고, 도의를 두텁게 하고 지조를 굳게 하며, 맹세코 국체의 정화(精華)를 발양(發揚)하고 세계의 진운(進運)에 뒤지지 않도록 기해야 마땅하다.

그대들 신민은 짐의 뜻을 잘 받들라.

소화(昭和) 20년 8월 15일

포츠담선언을 수락하는 천황의 항복 조서에는 사죄는커녕 사과의 표현조차 찾아볼 수가 없었다. 1945년 7월 26일 독일 포츠담에서 미국, 영국, 중국의 정상들이 회담 끝에 공동선언문을 발표하였고, 소련도 8월 8일 일본에 선전포고하고 합류함으로써 항복을 받는 연합국의 일원이 되었다. 대한민국 임시정부의 광복군은 일본의 항복 직전 조국 탈환 작전을 수립했으나 미처 참여하기도 전에 항복을 받게 됨에 따라 참전국에서 제외되고 말았다. 이는 광복 후 이어지는 대한민국의 운명을 가르는 중대한 변수가 되었다.

일본의 항복으로 울분을 참지 못해 자신들의 공장에 불을 지르고 기물을 파손하는가 하면 자살하는 일본인도 한둘이 아니었다. 제조 공장에서는 일본인 기술자가 떠나버리는 바람에 생산이 중단되는 사태가 발생하기도 했으며, 나아가 혼란을 틈탄 공산주의의 선풍으로 노동자들의 파업이 도처에서 벌어지기도 했다.

어찌 됐건 대한민국은 광복을 맞았다.

"대한 독립 만세!"

장터를 시작으로 마을 여기저기에서 몇몇이 태극기를 들고 대한 독립 만세를 외쳤다. 기환에게도 태극기를 쥐어주었더니 마당 이쪽 저쪽을 팔랑개비 들고 뛰듯 뛰어다녔다. 처음에는 광복이 무슨 말인지 제대로 아는 사람보다 모르는 사람이 더 많았으며, 반듯한 태극기가 있는 집도 드물었다. 들고나온 태극기는 그동안 사용하던 일본 국기를 제각기 개조한 것이었다. 동그라미 속 붉은색만 고치고 네 귀에 건곤감리 괘를 그리지 않은 것도 있었으며, 심지어 일본기를 그대로 들고나온 사람도 있었다. 그래도 광복은 모든 사람에게 나름대로 각기 다른 희망을 주었다.

일본 사람들이 다 도망가고 없는 우리나라 사람들만의 세상!

일본에 빼앗기지 않고 배부르게 먹을 수 있는 세상!

군대에 끌려가지나 않을까 걱정하지 않아도 되는 세상!

전쟁에 들어가는 세금을 내지 않고 살 수 있는 세상!

그러나 일본이 항복한 후에도 경찰서나 군청 등 행정기관의 직원들은 제 위치를 지켰으며 공공건물에는 일본 국기가 계속 게양되어 펄럭이는 곳도 있었다. 생각과는 달리 사람들은 크게 동요하지 않았고, 패전의 소식을 듣고 안절부절못하며 겁먹고 있는 일본인을 위로하면서 심지어 그들의 슬픔을 가슴 아파하는 사람까지 있었다.

"인제 앞으로 어떻게 되는 것이여?"

"어떻게 되긴……. 지 팔자대로 되지, 별수 있간디."

채봉학당은 공부하는 시간보다 세상 돌아가는 이야기를 나누는 시간이 더 많아졌다. 매주 화요일마다 하던 일본말 공부는 한글 공부를 한 시간 더 하는 것으로 바뀌었다.

"삼팔선이 뭐당가요, 선생님?"

"우리가 살고 있는 이 땅의 위아래를 백팔십 줄로 나눈 숫자 중 서른여덟 번째 줄이라는 말이여요."

"뭔 말인지 하나도 모르겠어요."

"그럼 그냥 우리나라 남쪽 끝에서 북쪽 끝까지의 중간, 그렇게 생각허세요."

"아, 그 중간을 삼팔선이라고 허는구만."

"그려요. 주영 어머니 우등생이네."

"인자부터 삼팔선 양쪽으로 나라가 둘이 된담서요?"

"나라가 둘인 것이 아니라 다스리는 정부가 둘로 나뉘었다는 말이어요."

"뭘 그렇게 복잡허게 혔디야?"

"우리나라를 해방시켜준 미국허고 소련이 나눠서 다스리겠다는 말입니다."

"그게 뭔 소리다요? 우리나라를 독립군이 해방시킨 게 아녀요?"

"다른 나라보다 힘이 약하니까 헐 말을 다 못 허는 거지요."

"그럴라믄 차라리 원래대로 일본이 다스리고 있는 것이 낫지 않겄어요? 결국은 다시 즈들이 나눠 먹는 거랑 뭐가 다르디야?"

"지금은 임시니까 그렇지, 곧 우리가 다스리게 될 거여요."

광복이 되었다고 온 국민이 기뻐하긴 했으나 실제로 변한 것은 별로 없었고 채봉학당 학생들뿐만 아니라 대다수 사람들은 상황을 잘 이해하지 못했다.

＊＊＊

"여보, 앞으로 어떻게 되는 거여요? 우리 학당 학생들이 묻는데 사실 저도 잘 모르겠어요."

"건국준비위원회가 만들어지고 정당들이 생겨났으니까 조만간 해결책이 나올 거여."

"당신도 한자리 주겠네요?"

채봉이 장난스럽게 말하면서 평우를 빤히 바라봤다. 평우는 웃음기 없이 그것도 물론 고민해 봐야겠지만 다들 한자리 잡을 생각에만 너무 혈안이 되어 있어 앞날이 걱정이라며 착잡한 심정을 토했다. 채봉은 눈살을 찌푸려 보인 다음 렌즈에 아름다운 빛 담으러 뛰어다니는 사람은 그런 일에 기웃거릴 시간이 없어야 하지 않겠느냐고 넌지시 본심을 전했다.

"당신이 그렇게 말해주니까 고마워. 부담 안 주고."

"나는 당신이 정부의 일에 관여하지 않고 주어진 환경에서 능력만큼 주변 사람을 도와주는 '조국 사랑'을 실현하면 좋겠어요."

평우는 말없이 채봉을 끌어안고 한참이나 등을 어루만졌다. 채봉은 흐뭇해하면서 광복 기념으로 아이들에게 선산도 보여주고 사진도 찍어줄 겸 도시락 싸서 사선대로 놀러 가자고 제안했다. 때마침 독립된 조국의 산하를 사진에 담아보고 싶어 마땅한 풍경을 찾느라 고심하던 평우도 이래저래 대찬성이었다.

"그거 좋지! 모델료 달라고는 안 혀?"

"세상에 공짜는 없다면서요."

"그럼 사진값이랑 비기면 되겠네."

평우와 채봉은 아이들을 데리고 놀러 갈 생각에 마음이 들떴다.

"거 잘되었다."

상백은 평우네가 사선대로 놀러 간다는 말을 듣고 반색을 하며 좋아했다.

"심부름시키실 일 있으시면 말씀허세요."

"그려, 있다. 너 그 사선대 초입 정자나무 밑에 노인들 모여 노는 곳 혹시 아냐?"

"예, 압니다. 저도 거기서 쉬어 간 적이 있습니다."

"그럼 말여. 내일 갈 적에 참외 상등품으로 한 지게 갖다가 그곳 노인들헌테 드려라."

"예. 그런데 무슨 일로 그러셔요?"

"일전에 내가 거기를 지나가다 잠시 쉬는디 말여. 거기 있던 영감들이 나헌테 아까운 참외를 주더구나."

"그래서 맛있게 드셨군요?"

"아, 덥고 한창 목이 마른 판에 얼마나 꿀맛이었는지 모른다. 시간 나믄 선산도 한번 들러보고."

상백은 말을 하면서도 그때 생각이 나는지 침을 꼴깍 삼키고는 환하게 웃어 보였다.

평우는 관촌에 도착해 먼저 성미산의 선산에 들렀다가 장터에서 참외 한 지게를 사서 상백이 말한 노인들에게 전했다. 채봉이 승희를 등에 업고 평우가 기환이를 목마 태워 사선대로 올라가는 길이었다. 관촌초소에 근무하는 듯한 일본인 헌병 한 사람이 군복 정장을 하고 혼자 멍하니 앉아 있는 모습이 보였다.

"여보, 아직도 군복을 입은 헌병이 있어요."

그를 지나친 조금 후에 채봉이 의아한 듯 고개를 돌려 돌아봤다. 평우와 아이들도 손을 잡고 걸어가면서 연신 뒤를 돌아다봤다. 사선 대 숲에서 내려다본 오원강에 또 하나의 숲이 물속에서 흔들거리고 있었다.

"사선대는 네 명의 신선이 있던 곳이란 뜻이어요?"

"그려, 잘 아네. 네 명의 신선이 아름다운 주변 경관에 취해 돌아 가는 것을 잊고 저 아래 강에서 까마귀랑 놀았다고 해서, 저 강은 까 마귀 오(烏)자를 넣어 오원강이라고 한다더라고."

"여기는 해가 뒤쪽에 있어서 사진을 못 찍겠네요."

"꼭 그런 건 아녀. 사진은 빛을 등 뒤에 놓고 찍어야 아름다운 얼 굴빛이 찍히거든."

"해가 얼굴을 비춰줘야 좋은 거 아녀요?"

"그럼 자칫 햇빛 때문에 얼굴의 감성이 묻힐 수도 있어."

"나는 사진작가 아내라는 사람이 지금까지 반대로만 찍었네?"

평우는 그렇다고 모든 사진이 다 그런 것은 아니고 초보의 경우에 는 그렇게 찍는 것이 무난할 수도 있다고 설명했다.

"당신 말을 듣고 보니까 지금 나를 찍으면 사진이 하얗게 나올 것 같은데……."

"그건 또 왜?"

"나는 지금 햇빛 찬란한 인생이거든요."

평우 일행은 여유 있게 사선대를 둘러보면서 사진을 찍었다. 채봉 은 풀밭에 들어가 하얀 들국화랑 보랏빛 엉겅퀴꽃 등을 배경으로 찍는 것을 좋아했다.

"조금 더 뒤로 가면 꽃이랑 강이 더 선명하게 보이겠는데?"

평우의 말을 듣고 한 발짝 뒤로 물러선 채봉이 들꽃 사이의 바닥을 보고는 아악! 하고 비명을 지르며 달려왔다.

"왜 그려? 뭐가 있어?"

"저기, 저기에 아까 그 일본 군인이 피를 흘리고 쓰러져 있어요."

"당신, 기환이 손잡고 길 따라 조금만 내려가 있어."

"혼자 가보게요? 죽었는지 살았는지 모르잖아요."

"확인하고 바로 갈게."

잠시 후 평우가 두루마기를 벗은 채 뒤따라 내려왔다.

"죽었어요?"

"응. 할복한 거 같아."

"할복자살요?"

채봉이 후들후들 떨리는 걸음을 옮기면서 물었다. 평우는 승희를 팔에 안고 서둘러 산길을 내려갔다. 채봉은 아무 말 없이 기환의 손을 꼭 잡고 가다가 아무리 그래도 어떻게 그처럼 함부로 죽을 수 있냐며 몸서리를 쳤다. 잠시 후 평우가 다시 말을 꺼냈다.

"일본 패망을 비관했거나 천황헌테 충성한다는 마음이겠지."

"아까 처음 봤을 때부터 표정이 조금 이상했어요."

"어서 갑시다. 가면서 지서에 얘기해주고."

"그런데 이제 보니까 당신 두루마기는 어쨌어요?"

"군인 얼굴에 덮어주고 왔어."

"그 사람은 가족이 없을까요? 남의 나라를 침략한 자기네 나라가 잘못이라는 걸 왜 모를까요?"

"그러게 말이여. 그릇된 신념인 것을……."

채봉과 평우는 침통한 표정으로 산에서 내려왔다. 사선대에서 내려와 큰길로 들어가는 자갈길을 걸으며 채봉은 평우의 팔에 안겨 있던 승희가 자신에게 오려고 떼를 쓰고 있는 것도 모른 채 깊은 생각에 잠겼다.

"당신 지금도 그 군인 생각해?"

"아무리 지우려고 해도 머릿속에서 떠나질 않아요."

* * *

"기환아, 너 동생 넘어지면 다쳐! 승희 다쳐도 괜찮어?"

"안 넘어질 거여."

기환이 타기 싫어 울어대는 승희를 끝내 장난감 차에 태우고 앞에서 끌고 가자 지켜보고 있던 홍남이가 한 손으로 승희를 잡고 졸졸 쫓아다녔다. 채봉이 걱정스러운 눈으로 아이들을 쳐다보고 있는데 어딘지 낯익은 남자가 마령에서는 보기 드문 말쑥한 정장에 어울리는 납작모자를 쓰고 평우와 함께 집으로 올라오면서 손을 흔드는 모습이 눈에 들어왔다. 채봉의 오빠 재명이었다.

"오빠! 오빠가 우리 집엘 다 오고 웬일이여요?"

채봉이 반색을 하며 달려나가 재명을 맞이했다.

"느네가 안 오니까 내가 올 수밖에 더 있냐."

"당신은 어떻게 만났어요?"

"약수터에서 오다 보니까 저 아래에서 형님 같으신 분이 오시더라고. 그래서 기다리고 있었지. 올라가세요, 형님!"

채봉은 멀뚱멀뚱 쳐다보고 있는 기환이와 승희를 불러 인사시켰다. 아이들을 한 번씩 안아준 재명이 핼쑥한 얼굴로 평우를 바라봤다.

"자넨 얼굴이 좋아 보이는구만. 살도 찌고."

"저 사람이 하도 먹이는 바람에요. 주장에 큰형님은 보셨어요?"

"응. 만났는데 지금 바쁜 일이 좀 있다면서 저 앞 신작로까지 자전거로 태워다주고 갔네. 이따 다시 만나기로 허고."

"예, 요즘 주장 일손이 많이 달리거든요."

"그런데 오빠 얼굴이 좀 야위어 보여요. 어디 아픈 건 아니지요?"

재명은 대답 대신 기환의 볼을 토닥였다.

"야, 여기 경치 한번 끝내준다. 미인 다섯 명만 있으면 무릉도원이 부럽지 않겠네."

"그려, 오빠. 난 우리 집이 세상에서 제일 좋아요. 저기 학당도 있어요."

"그래, 너 여기서도 선생 헌다고 어머니한테 들었다. 아이들 키우면서 힘들지 않어?"

채봉은 김제에서보다 더 전문으로 하고 있는데 평우가 적극적으로 돕고 있어 힘든 줄도 모른다고 했다.

"야, 남 서방 이거 너무 아내 위주로 사는 거 아녀?"

"제가 저 사람 챙기는 거 말고 또 다른 재주가 있어야지요."

"오빠, 세상에서 내가 제일 복 많은 사람여요. 진짜로!"

"어지간히들 혀라. 닭살 돋는다."

"형님, 제가 내려가서 약주 한잔 준비해 올게요."

"아니, 내 작정허고 꼬냑 한 병 큰놈으로 들고 왔네."

"오빠, 기환 아버지 술 마시고 사람 따귀 친 일도 있어요. 조심해야 해요.”

“아니, 왜? 설마 자기 아내 친 건 아닐 것이고.”

재명이 채봉과 평우를 번갈아 바라보면서 물었다.

“장인한테 친일파 앞잡이라고 했다고 격분해서 그랬대요.”

“어떤 사람인지 맞을 짓을 했구만!”

평우가 재빨리 꼭 그렇게 말한 것도 아니고 술 마시다가 어쩌다 보니 그리된 적이 있었다고 해명했다.

세 사람은 한동안 마루 한가운데 술상을 마주하고 앉아 세상 얘기를 나눴는데, 재명은 시간이 지날수록 우울한 기색이 역력했다.

“우리 채봉이가 원래 머리도 좋고 꿈도 많았던 아여.”

“오빠보다 열 배는 더 애처가니까 내 걱정일랑 붙들어 매셔요.”

“어머니가 하도 걱정허셔서 한마디 했다. 알았다!”

“요즘 공장 허는 사람들은 다들 어렵다더만, 오빠 메리야스 공장은 괜찮어요?”

재명은 연거푸 뭔가 말할 듯하다가 한참이나 입을 다물고 그대로 있었다. 채봉이 걱정스러운 투로 많이 안 좋은 모양이라고 말하자 그제야 마지못해 한숨을 섞어 대답했다.

“요새 부쩍 심해져서 아예 문 닫고 김제에 좀 내려와 있다.”

“공장들이 우리가 생각하고 있는 것보다 훨씬 심각한가 보네요.”

채봉이 걱정스러운 표정을 지으면서 물었다.

“그놈의 공산주의 바람인지 뭔지 때문에 못해먹겠다. 선동하는 자들이나 어울리는 자들이나……. 인자 아주 대놓고 즈들이 세상 주인이랴!”

“지금이 제일 혼란스러울 때입니다.”

평우도 들고 있던 술잔을 내려놓고 크게 숨을 들이쉬면서 고개를 끄덕였다.

"아버지는 산판 사고 이후 민 주사마저 세상을 떠나 매사에 의욕이 떨어지셔서 농사도 정리허시고 전주로 가시겠단다."

"김제를 떠나신다고요? 전에 갔을 때 어머니한테 수습이 대충 끝나간다고 들었는데 그게 아녔어요? 아버지가 오죽하시면 그런 생각을 다 허시고……"

채봉이 놀란 목소리로 태섭을 걱정하면서 이것저것을 재차 확인한 다음 퍼뜩 재중이가 맡아서 운영하는 제지공장 소식을 물었으나 재명은 입을 굳게 다문 채 아무 대답도 하지 않았다.

"왜, 무슨 일 있어요?"

"내가 그 일 때문에도 겸사겸사 내려왔다, 채봉아."

재명은 한참을 머뭇거리다가 채봉의 양손을 맞잡고 울먹이는 목소리로 말했다. 순간 뭔지 모를 불길한 생각이 솟구치면서 채봉의 얼굴에 오돌오돌 소름이 돋았다. 겁먹은 목소리로 무슨 일이냐고 거듭 묻자 재명이 맞잡은 채봉의 손을 힘없이 놓았다.

"채봉아, 놀라지 말고 들어라. 재중이가 세상을 떠났다."

"그게 무슨 소리여, 오빠?"

채봉이 비명을 지르듯 외쳤다.

"공주 옥봉이네 집에 갔다가, 이 서방 말 타고 평안산 절벽에 가서 떨어져 죽었단다."

"그게 뭔 말여요, 오빠? 평안산이라뇨?"

"전에도 즈 매형이랑 몇 번 갔었던 모양이더라."

"언제 그랬다는 겨?"

"한 보름 되었다."

"어쩌다가? 왜? 오빠!"

채봉은 눈을 있는 대로 크게 뜬 채 눈물을 뚝뚝 떨어뜨리며 다그쳐 물었다.

"지서에서 그러는데, 말이 그대로 살아 있는 걸 보면 지가 뛰어내려 죽은 것 같다고 했다더라."

"그럼, 오빠가 자살을 했단 말여? 왜? 뭔 일로?"

"경영난에 허덕이는 데다가 공산당이 유도한 파업이 겹쳐 어려움이 걷잡을 수 없었다더라."

"그런데 왜 나헌테는 이제사 얘기혀?"

"아버지가 기별허지 말라고 해서 안 했다."

"재중 오빠…… 얼마나 힘들면 그랬어. 아버지한테 다 털어놓지."

채봉이 앞으로 쓰러져 고개를 바닥에 묻고 몸부림쳤다. 엉엉, 소리를 내며 우는 채봉의 몸이 사시나무 떨듯 떨려왔다. 평우가 다가가 그녀를 가슴에 꼭 끌어안았다.

"나는 그것도 모르고……. 오빠! 오빠! 그렇다고 죽어?"

"채봉아…….''

"그럼 어디다 묻었어요?"

채봉의 목소리가 울음에 섞여 간신히 목구멍을 빠져나왔다.

"지가 뛰어내려 죽은 평안산에다 묻어줬다. 거기서 편히 쉬라고 말여."

재명이 흐느끼며 나직하게 대답했다.

"어머니는? ……아버지는? ……괜찮으셔요?"

채봉은 말을 잇지 못하고 얼굴을 다시 무릎에 묻었다.

"너무 충격이 크셔서……. 아버지 때문에라도 내가 전주로 이사 와야 쓰겠다."

"오빠…… 재중 오빠……."

채봉은 평우의 가슴에 얼굴을 묻고 한없이 울음을 토해냈다. 기환이와 승희는 뭔지도 모르고 채봉의 옆에서 눈물을 줄줄 흘렸다. 두 눈에 눈물이 가득 고인 평우가 흔들리는 채봉의 등을 조심조심 토닥였다.

"좋은 나라 가셨을 거여. 우리 내일이라도 함께 가봅시다."

"그놈들이 얼마나 괴롭혔으면 그랬겠어요."

말없이 채봉을 바라보고 있던 재명은 되돌아서서 손수건으로 연신 눈물을 훔쳤다.

빛줄기

한민당의 초대 당수 송진우가 원서동 자택에서 복면을 한 괴한들에게 암살당했다. 신문은 연일 그를 암살한 배후에 관한 기사로 채워졌다. 신문을 보던 채봉이 사진 가방을 챙겨 들고 나갈 준비를 하는 평우에게 이맛살을 찌푸리면서 물었다.

"사람들이 상대를 암살해야 할 정도로 우리나라가 심각해요?"

"그러게 말이여."

"송진우 씨는 왜 암살당한 거여요?"

"미국과 소련의 분할 점령은 어쩔 수 없으니까, 미국에 적대적으로 저항하지는 말자고 주장했기 때문이겠지."

"김구 선생님이 지시한 것이 맞아요?"

"그건 추측이지만 그럴 수도 있어. 김구 선생님은 분할 통치를 극렬하게 반대했으니까."

"기환 아버지, 당신 혹시 정당에 가입했어요?"

평우는 아름다운 빛 찾아다니느라 그런 일을 할 정신이 없다며 손을 저었다. 채봉이 다행이라는 듯 웃어 보이자 평우가 짓궂은 표정으로 물었다.

"나도 암살당할까 봐?"

"끔찍한 소리 좀 그만해요. 내가 보기에 다들 순수한 애국심만은 아닌 거 같아요."

"그려, 나도 동감이여."

"그러니까 당신은 앞으로도 그런 일에 관여하지 않을 거지요?"

"그려, 알았어. 전에도 말했었잖여."

평우가 채봉의 손을 꼭 잡고 대답했다. 그리고 실제로도 주변의 내로라하는 사람들로부터 많은 권유를 받았으나 일절 응하지 않았던 터였다. 그때 대문 열리는 소리가 들리고 일성네가 들어오다가 주춤했다.

"내가 쬐까 일찍 왔구만요."

"괜찮어요. 어서 와요!"

채봉이 일어서면서 맞이하자 얘기를 중단한 평우가 손을 흔들어 보이면서 대문을 향해 걸음을 옮겼다.

새로운 갈등과 분열의 조짐이 여기저기에서 싹트기 시작하고, 사방에서 진한 먹구름이 서서히 밀려들고 있었다.

*　*　*

눈부신 햇살이 봄바람을 헤치고 얼굴에 쏟아졌다. 굴뚝새와 참새들이 인기척이 날 때마다 도망쳐 숨었다가 곧 다시 튀어나와 짹짹거리며 싸워대는 무궁화꽃 울타리 너머로, 인정머리 없는 수덕이가 동생을 팽개치고 강아지 쫑을 데리고 내빼고 있는 모습이 보였다. 종덕이는 울면서 형을 쫓아 내리막길을 달려갔다.

상수리나무집 마당에서는 이제 제법 걷기 시작한 승희가 망가진 허수아비처럼 양팔을 반쯤 올린 채 아장아장 걸어서 화단의 철쭉 이파리를 따 아무렇게나 던지고 있었다. 이를 본 기환이 질겁하며 야단을 쳤다.

"너, 이거 꺾지 말라고 내가 말혔어, 안 혔어?"

승희는 입을 삐죽거리다가 손에 쥔 꽃가지를 내팽개치면서 울어젖혔다. 홍남이가 울음소리를 듣고 달려가 안아주어도 양팔을 뿌리치고 팔다리를 허공으로 냅다 올려치면서 떼를 쓴다.

"뚝!"

뒤이어 다가온 채봉이 무서운 얼굴을 지어 보이자, 승희는 볼때기가 터질 만큼 울음을 입안에 담고 참는다. 웃음을 숨기며 바라보고 있던 채봉은 기억에서 사라졌던 어젯밤 꿈이 불현듯이 떠올라 대나무 의자에 앉아 책을 보고 있는 평우를 향해 다가갔다.

"여보, 내가 어젯밤에 꿈을 꾸었는데요."

"무슨 꿈?"

"내가 집 뒤 상수리나무에 그네를 매달고 타고 있었어요. 근데 앞쪽 산등성이 위에 있는 하늘을 향해 몸을 쭉 내미는 순간, 큰 베개만한 보자기가 구름을 뚫고 쏟아지는 빛줄기를 미끄럼 타듯 타고 내려와 내 품 안에 들어왔어요."

"그려서 어떻게 했어?"

"깜짝 놀라 보자기를 받았는데 그 안에 갓난아기가 울어대고 있는 거여요. 그런데 잠시 후에 내가 그네에서 내려와 아기를 안은 채 여유롭게 하늘을 날고 있더라고요. 그러다가 아기를 안고 땅으로 사뿐히 내려와 방에 눕히는데 승희가 매달리는 바람에 꿈을 깼어요."

"영락없는 태몽이네."

평우가 함박웃음을 터뜨렸다.

* * *

민들레 꽃송이만큼 크고 하얀 눈이 회색빛 연기를 뿜어내고 있는 까만 굴뚝 속이며 지붕 위에 사뿐사뿐 내려앉고 있다. 담장의 사철 나무, 장독대 옆의 단감나무, 화단 한쪽의 무궁화나무는 물론 눈에 보이는 세상 모든 것이 하얀 눈에 덮였다. 멀리 교회 종탑 꼭대기의 십자가가 보일락 말락 눈발 속으로 고개를 치켜들고 있었다.

"애가 나올라는가 봐요."

채봉이 배를 움켜쥐고 신음했다.

"홍남아! 승희 놔두고 빨리 고모 좀 모시고 와야 쓰겠다. 언니가 산기가 있다고 해라. ……많이 아퍼? 누님 오라고 했으니까 조금 기다렸다가 함께 병원으로 갑시다."

잠시 후 평우가 승희 얼굴을 닦아주고 있는데 홍남이가 혼자 들어왔다. 고모가 교회에 가고 없더라는 것이다. 평우는 홍남에게 다시 큰집으로 가서 할머니를 모시고 오라 했다. 안절부절못하고 있는데 큰며느리와 함께 달려온 연옥이 채봉의 몸을 보자마자 얼굴을 만져주면서 물었다.

"에미야, 진통이 자주 오냐?"

"예, 어머님. 바로바로 오는 거 같아요."

"그려? 어서 병원으로 가자. 큰아야, 니가 배를 바쳐줌서 저쪽 팔을 잡어라."

연옥과 인순이 채봉의 양팔을 잡고 조심스럽게 토방을 내려서는데 평우가 옷을 걸치고 따라나서려 들었다.

"너는 큰집에 가 있거라."

연옥이 뒤도 돌아보지 않고 말했다.

"길 미끄러우니까 병원까지만 같이 가지요, 뭐."

"아버지! 나도 같이 갈 거여."

기환이 떨어지지 않으려고 평우 옆에 바짝 다가서서 바짓가랑이를 꼭 잡았다.

"너는 승희 데리고 집에 있어. 홍남이 이모 곧 올 텐게. 착허지?"

평우는 병원 문 앞에서 채봉과 헤어져 정미소 쪽으로 걸어가다가 방향을 바꿔 봉황관 앞으로 발을 옮겼다. 어두워진 하늘에서는 여전히 함박눈이 소리 없이 떨어졌다. 봉황관에 들어서자 난로 속의 톱밥이 구수한 향기와 함께 벌건 불꽃을 뿜어내고 있었다.

"어서 오셔요, 남 선생님!"

"나, 따끈한 정종 한 잔만 마셔야겠어요. 대포로……."

"예. 기환 어머니는 셋째 낳았어요?"

"지금 낳으러 병원에 갔습니다."

평우는 정종 대포 잔을 크게 기울여 마시고 다시 한 잔을 시켜 앞에 둔 채 한참 동안 턱받침을 하고 있었다. 간혹 들어오는 손님들이 내일모레면 삼월인데 웬 눈이냐고 투덜대면서 옷에 소복이 쌓인 눈을 털었다. 평우가 두 번째 잔을 막 비웠을 때다. 홍남이가 봉황관 문을 열고 다급하게 안을 둘러보았다. 그러다 평우를 발견하고는 안으로 들어왔다.

"아저씨! 언니가 많이 아퍼요. 병원에 빨리 가보셔요."

숨을 헐떡이면서 병원에 도착하자 홍남이가 평우의 팔을 붙잡아 안으로 이끌었다. 병원 복도에 쭈그려 앉아 양 손바닥 끝으로 이마를 누른 채 머리를 감싸고 있던 연옥이 평우를 보자마자 허겁지겁 다가와 다급하게 말했다.

"이를 어쩌면 좋냐."

"왜요? 어머니, 뭐가 잘못되었어요?"

"애기 머리가 커서 못 나온단다. 들어가 봐라."

연옥이 수술실을 가리켰다. 평우가 막 그쪽으로 걸어가는데 의사가 마스크를 벗으며 수술실 문을 열고 나왔다. 입을 꽉 다물고 밖으로 나오는 김순형 원장의 얼굴에 얼룩진 식은땀이 흐릿한 불빛을 받아 번득거렸다. 김순형은 평우와 마주치자 잠시 눈을 감았다 뜨면서 나지막한 목소리로 말했다.

"애 머리가 워낙 큰 데다 어깨하고 겹쳐서 나오질 못하고 있어."

"수술 못 혀요?"

"양수가 이미 다 터져서 수술허는 동안 애가 위험혀."

의사가 크게 한숨을 들이쉬었다. 그는 평우의 시선을 외면했다. 평우는 망설임 없이 애는 포기하는 수밖에 없지 않냐고 속삭였다.

"산모가 싫다고 허고, 다른 여건도 좋지가 않네."

"수술하면 애도 살 수 있고 다 괜찮다고 말해주세요."

"수술도 기운이 남아 있을 때 해야 되고, 그리고 거짓말은 헐 수 없어."

"내가 말하지요."

"산모가 출혈이 너무 많고 탈진했어."

"수혈하면서 수술해줘요."

"들어가 보자고……."

수술실 침대 위에 무릎을 세우고 누워 있는 채봉의 얼굴과 머리가 땀에 흥건히 젖어 물 먹은 빨래가 되어 있었다. 평우가 다가가자 담담한 표정으로 먼저 들릴 듯 말 듯 입을 들썩거렸다.

"나한테 아무 말도 허지 마요. 애하고 이미 얘기가 다 끝났어요."

"무슨 얘기를?"

평우가 채봉의 입에 귀를 가져다 댔다.

"이승이건 저승이건 지금 헤어지지 않기로요."

"수술하면 애도 살 수 있어."

"그런 말 허지 마요."

"애는 담에 낳아도 되잖어. 이대로 두면 당신이 위험혀."

"애만 혼자 보낼 수는 없어요."

"둘 다 죽어도?"

"죽지 않아요. 좀 쉬었다 지가 나온다고 했어요."

"여보! 기환이랑 승희도 생각해야지."

평우가 울면서 애원했다. 채봉은 잠이 오는 듯 조금만 쉬겠다며 눈을 감았다. 의사가 다급하게 산모를 불렀다.

"기환 어머니! 윤채봉 씨! 잠자지 말어요!"

"여보! 정신 차려! 내 말 들려?"

"윤채봉 씨! 정신 차리세요!"

의사가 고개를 숙여 한참 동안 산모의 호흡과 맥박을 확인하더니 천천히 고개를 들었다.

"왜요? 죽었어요?"

평우가 두 눈을 치켜뜨고 다그쳐 물었다.

"……미안허네."

의사의 말에 평우가 안 된다고 울부짖으면서 채봉의 얼굴을 양손으로 감싸 잡았다.

"형님! 이봐요, 원장님! 아직 따뜻하잖아요."

의사는 고개를 돌리고 말이 없었다.

"어떻게 좀 혀봐요, 형님!"

평우가 울면서 의사에게 매달렸다.

"여보! 안 돼. 눈 떠! 눈 뜨고 정신 차려!"

밖에 있던 연옥과 홍남도 안에서 나는 소리를 듣고 뛰어들어왔다. 연옥은 채봉과 평우의 모습을 보더니 그대로 주저앉아 통곡했다.

"어머님, 잠시만 나가 계셔요."

김순형 의사가 모두를 밖으로 나가게 하고 채봉의 얼굴을 양손으로 감싼 채 울고 있는 평우의 등을 어루만졌다. 잠시 후 그는 평우의 손을 잡고 수술실을 나왔다.

"뭐라고 할 말이 없네."

기환은 늦게 달려온 고모 정순의 손을 잡고 울기 시작했다. 승희는 큰어머니의 등에 업혀 들어오다가 다시 나가자고 떼를 쓰면서 울어댔다. 평우가 잠시 멍한 눈으로 아이들을 바라보다가 양팔로 두 아이를 끌어안은 채 한참을 소리 내어 울었다.

"아버지, 왜 울어?"

기환이 눈물을 뚝뚝 흘리며 물었다.

"기환아, 승희야!"

평우가 울음을 삼키면서 아이들을 불렀다. 울고 있는 평우를 보자 승희도 다시 큰 소리로 울음을 터뜨렸다.

"우리 들어가서 어머니한테 인사허자."

"어머니가 어디 가? 동생 애기 데리고?"

"응, 어디 가. 들어가자!"

평우가 양팔로 아이들을 안고 채봉이 누워 있는 수술실로 들어갔다. 두 아이를 내려놓은 후 채봉의 얼굴에 덮여 있는 흰 침대보를 살짝 걷어 내리자 기환이가 달려갔다.

"어머니! 눈 떠!"

승희가 마구 울어대며 채봉의 팔을 잡았다. 평우도 함께 울었다.

"아버지! 어머니 눈 떴어, 아버지!"

기환의 소리에 놀란 평우가 채봉을 바라보자 그녀가 희미하게 웃으며 아기가 나왔다고 속삭였다.

"정, 정말이야?"

채봉의 다리 사이에서 붉은 핏덩이가 움직이고 있었다. 그리고 곧 우렁찬 울음을 토해냈다.

"내가 그럴 거라고 말했잖여요."

채봉은 창백한 얼굴로 작지만 또박또박 말했다. 평우가 의사와 간호사를 부르며 소리치자 김순형 원장이 먼저 달려왔다.

"애기가 나왔어요. 산모도 살아났고요!"

벌건 아기가 다시 우렁차게 울었다. 다들 입을 다물지 못하고 감격에 겨워 채봉과 아기를 바라보았다. 김순형 원장이 처치를 마치고 활짝 웃으면서 말했다.

"축하허네. 사내아이네!"

평우와 아이들은 눈물과 콧물 범벅이 되어 웃음인지 울음인지 모를 소리를 냈다. 연옥도 눈물이 그렁그렁한 눈으로 가슴을 쓸어내렸다. 김순형 원장은 평우가 다시 찾아가 고맙다고 손을 붙잡자 멀쩡한 사람 죽었다고 하얀 침대보 덮은 놈한테 따귀를 쳐야지 무슨 인사냐며 손을 저었다. 그러고는 의사 생활 십삼 년 만에 이런 경우는 처음이라며 거듭 축하해줬다. 상백은 머리가 크고 범상치 않은 기운을 타고난 인물이라며 기웅(基雄)이라고 이름을 지었다.

법과 정의

미군정하에서 공산당이 불법화되고 좌익 활동에 대한 탄압이 강화되자, 1947년 8월 이후 평우가 속해 있는 조선문학가동맹 활동이 크게 위축되었다. 평우는 조선문학가동맹에서 나와 전북애향사진동호인의 모임인 '배달산하'에서 작품 활동과 협회지 발행 관련 일을 하고 있었다.

"남 선생의 사진은 언제 봐도 생각할 거리를 줘요."

오상순 회장은 평우의 사진에서 눈을 떼지 못했다. 평우는 다소 겸연쩍은 듯 그건 자신이 만든 게 아니라 따지고 보면 자연의 작품 아니겠냐고 말했다.

"그런 시각 자체가 남다르시거든요."

"아닙니다. 저는 회장님의 사진을 볼 때마다 제 사진에 부끄러움을 느낍니다. 아직도 자연의 아름다움을 제대로 보지 못하니까요."

"그건 그렇고 남 선생님! 내가 꼭 드릴 말씀이 하나 있습니다."

오상순이 목소리를 바꿔 말하며 렌즈를 빼고 있는 평우의 맞은편으로 자리를 옮겼다.

"무슨 말씀이신가요?"

"이승만이 불과 얼마 전에 정읍에서 분할 정부를 반대한다더니 이제 남한 단독정부를 수립한다고 허는데 어떻게 생각허십니까?"

평우는 별다른 생각 없이 바람직하진 않지만 미국이 계속 나라를 다스리게 놔둘 수도 없지 않느냐는 견해를 있는 그대로 얘기했다. 오상순도 평우의 말을 인정은 하면서 이승만은 나라가 둘로 갈라지든 말든 자기가 대통령이 되는 것을 더 중요하게 여기고 있다며 반대의 뜻을 분명히 밝혔다.

"제 생각에도 그분의 순수했던 애국심이 권력 욕심으로 변질된 건 아닌지 염려되긴 합니다."

"이럴 때 뜻있는 사람이 나서야 헙니다."

오상순 회장의 말을 곧바로 알아들은 평우는 미리 말하지만 혹시 정당 활동과 관련된 일이라면, 자신은 관여하고 싶지 않다고 분명하게 잘라 말했다. 오상순은 그럼 지금의 나라 상황을 방관하겠다는 말이냐며 언짢아했다.

"제가 책임져야 할 일이 아닌데 방관이라는 표현은 맞지 않는 것 같습니다."

"동경대까지 나온, 사회의 지도층 인사로서 방관이라는 말이지요."

"이건 견해문제라고 생각합니다. 저는 지도층 인사도 아닐뿐더러 불법과 애국은 공존할 수 없다고 생각하는 사람입니다."

"법이 정의롭지 못해도요?"

오상순의 표정이 노골적으로 일그러졌다.

"법은 현실이고, 정의는 이상입니다. 오히려 정의를 앞세워 사회를 더욱 혼란스럽게 만들고 결과적으로 자신들의 이익을 취하는 집단도 있어서 한 말입니다."

평우도 정색하며 대답했다.

"아니 남 선생! 우리는 아직 정부도 없는데 정치적 소신이 무슨 불법이라는 말입니까?"

오상순이 다소 격앙된 목소리로 반문했다.

"지금 저에게 소신 이상의 말씀을 하신 것으로 오해한 것 같습니다. 죄송합니다. 그런 단체들이 실제로 있어서요."

"바로 그 점입니다. 그래서 보다 지도층 인사가 참여해야 한다는 것이지요."

오상순이 말꼬리를 바꾸는 듯하다가 다시 같은 말을 이어갔다. 얼굴에는 옅은 웃음기까지 보였다.

"회장님의 말씀이 이해 가는 부분도 있습니다만 제 마음은 변함이 없습니다."

"남 선생의 그런 말씀은 일종의 책임 회피입니다."

"소신에서 다시 한 단계 올라갔습니까?"

평우가 일부러 큰 소리로 웃어젖혔다.

"남 선생! 이건 심각한 문제입니다. 꼭 이 자리에서가 아니라도 다시 한번 깊이 생각해보기 바랍니다."

* * *

미군 헌병 오토바이 네 대가 검은색 세단 승용차 두 대를 호위하며 지나가고 있었다. 사람들이 가던 걸음을 멈춘 채 차 안에 있는 사람을 구경하느라 인파가 몰리자 차는 속도를 늦췄다. 첫 번째 큰 승용차가 지나가고 두 번째 작은 승용차가 눈앞을 지날 때, 평우는 차 안에 있는 서너 명의 경호원 같은 사람 중 한 사람과 우연히 유리창을 사이에 두고 눈이 마주쳤다. 그리고 그 순간 묘한 느낌이 스쳤다.

집에 돌아온 평우는 바로 전주에서 봤던 호위 차량 얘기를 했다.

"누군가 높은 사람을 경호하는 차는 분명한데 그 안에 근우 형을 닮은 사람을 봤어."

"그래요? 그쪽도 당신을 봤어요?"

"응. 그런데 이상한 것은 버스를 타고 오는 동안 유리창에 내 얼굴이 아닌 그 사람의 모습이 끊임없이 비치는 거여."

채봉이 아무 대꾸도 하지 않은 채 눈만 깜박이면서 한참이나 평우의 얼굴을 쳐다보다가 입을 열었다.

"내 생각을 말해볼까요? 그분은 셋째 형님이 맞아요."

"그렇게 생각해? 사실은 나도 말은 안 했지만 어렴풋하게 그런 생각이 들었었는데."

"전에 당신이 본 신문 사진의 얼굴을 본 거여요. 그 신문이 뭐였지요?"

"아, 샌프란시스코에서 최승희 여사와 찍은 사진? 공립협회 신문!"

평우의 목소리가 커지고 얼굴빛이 붉게 상기되었다. 채봉의 음성이 점점 확신에 찼다.

"맞아요. 그리고 버스 차창에 그분의 얼굴이 계속 보인 건 당신의 얼굴인데 서로 닮은 얼굴인 데다가 계속 형님을 생각하고 있다 보니까 그렇게 보인 거고요."

"그럼 근우 형이 이승만 박사를 측근 경호하고 있는 건가?"

"아까 그 차가 이 박사 차였어요?"

"확실하진 않지만 구경하는 사람 중 누군가가 이승만 차구만, 하는 소리를 들었어."

"그렇다면 내 추리가 더 확실하게 맞아요. 형님이 미국에서부터 이 박사의 경호를 맡고 있었고 함께 귀국한 거여요. 그리고 아까는 당신과 눈이 서로 마주친 거고요."

"글쎄……."

"최승희 공연 기념사진을 아무나 찍지는 않았을 테니까요."

"듣고 보니까 그 말이 맞을 수도 있겠어. 역시 당신 머리는 비상하다니까."

"어머, 저 달 좀 봐요! 먹구름에 시달리고 있는 것 같아요."

둘은 함께 하늘을 바라보았다. 구름과 달이 쫓고 쫓기듯이 자리를 바꾸다가 마침내 달의 모습이 완전히 사라지고 말았다. 갑자기 말이 없어진 평우를 바라보던 채봉이 아직도 셋째 형님 생각을 하고 있느냐고 물었다.

"그것도 그거지만 소신껏 살아가고 있는 근우 형님 생각을 하다 보니까 오늘따라 많은 생각이 나서 그래."

"무슨 생각이요?"

"근우 형 생각, 유학생 친구 장우산 생각, 배달산하 오상순 회장과 공주 형님의 말 등등."

"오 회장님이랑 형부가 무슨 말을 하셨어요?"

"둘 다 같은 말이여. 기득권자의 책임론이라고 해야 허나?"

"당신 마음이 무겁군요."

"응. 특히 오상순 회장의 책임 회피라는 말이 장우산의 얼굴과 함께 머리에서 떠나질 않아."

"당신 마음을 이해해요. 그렇지만 서두르지 마세요. 전에 얘기했듯이 언젠가 남을 위해 크든 작든 해야 할 일이 생기면 그때 실현해도 절대로 늦지 않아요. 친구분도 그러길 바랄 거여요."

"기회가 주어진다고 해도 나는 준법의 테두리 안에서 정당하게 민족을 위하고 싶어. 아니 그래야 한다고 생각해."

"나는 어찌 됐든 당신을 돕는 사람이 될게요."

검고 푸른 하늘에 힘들게 모습을 드러낸 초승달이 먹구름에 덮이고 울어대던 귀뚜라미 소리마저 사라지자, 상수리나무집에서 내려다보이는 마을은 순식간에 어둠 속으로 자취를 감추었다. 그날 밤 평우는 천둥소리보다 큰 정적의 외침을 들었다.

* * *

1948년 8월 15일, 라디오 방송은 온종일 대한민국 정부 수립을 축하하면서 이승만 대통령의 담화문을 반복해서 들려주었다. 신문은 호외를 붙여가며 담화문에 관한 온갖 내용을 더욱 상세히 보도했으나, 상당수의 농어촌 국민들은 정국의 변화를 제대로 이해하지 못했다.

"지금까지 있던 정부는 뭐고, 새로 생긴 정부는 또 뭐여?"

"아, 먼젓번 오월에 우리가 국회의원들을 뽑았잖여? 그래서 그 사람들이 대통령이랑 부통령도 뽑고 법도 만들어서, 이제까지 미군이 허던 일을 인자 우리나라가 정식으로 허겄다는 얘기여."

"그럼 군수랑 면장이랑 경찰서장 이런 사람들이 다 바뀌는 거여?"

"차차 바뀌기도 허고, 빽 있는 사람은 안 바뀌기도 헐 테지, 뭐."

그 후 9월 9일에는 북한에서도 정부를 수립하였다. 그러나 혼란도 이어졌다. 대한민국 정부가 수립된 지 2개월 후인 1948년 10월 19일, 남로당 계열 장교들과 제주 4·3사건 진압 명령에 반대한 군부대가 주동하여 전라남도 여수에서 봉기했다. 이를 진압하는 과정에서 좌·우익 세력으로부터 많은 민간인이 희생당하는 사건도 발생했다. 반란군에 의해 경찰과 우익 인사를 포함해 150여 명의 민간인이 학살되었으며, 정부 진압 군경이 사건을 진압하는 과정에서도 반란군 협력자를 색출한다는 명목으로 수많은 지역민이 학살되었다. 이 사건을 계기로 이승만은 철권통치와 반공주의 노선을 강화하게 되었으며, 사태와 관련된 인근 주민들은 정부군을 크게 두려워했고 이를 부추기는 소문 또한 무성했다.

"진압 군인이 민간인을 싸잡아서 수도 없이 많이 죽였다는구만."

"반란군이 죽인 민간인보다 진압군이 죽인 민간인이 훨씬 더 많다는 것 같어."

"이쪽이나 저쪽이나 다 미친 놈들여. 광복되었다고 좋아헐 때는 언제고……."

"그러믄 어떻게 되는 거여? 난리 피혀서 모두 이사 가야 허는 거 아녀?"

사람들은 불안해하면서 수군거렸다.

"앞으로 반정부 행동에 대한 단속이 더욱 심해질 것 같아요."

신문을 읽고 있던 채봉이 평우가 들어오자 걱정스러운 표정으로 다가가며 말했다.

"당신 내 일은 걱정할 거 없어. 사진 찍는 거 말고 정당 일은 전혀 개입하지 않았으니까.”

평우의 진지한 말에 채봉은 안심이라는 듯 환하게 웃었다. 넷째 아이를 가진 그녀의 배가 꽤 불러 있다.

“정말이어요? 고마워요!”

“고맙긴, 내가 조선문학가동맹 일에 관여했던 건 당신도 알 거고.”

“그건 말 그대로 예술 단체였잖아요.”

“물론 그랬지. 그 조직도 이미 해체되었고.”

“알았어요. 더는 걱정 같은 거 안 헐게요.”

“그런데 신경 쓰이는 일이 하나 있긴 혀. 내가 예전에 신인 작가 사진전에서 입상한 사진 있잖어?”

“예. 「아름다운 여인」이라는 사진이잖아요.”

“나중에 조선인민보 향토사진전에 실린 적도 있고…….”

“나도 알아요. 그런데요?”

“그 사진이 이번 여순반란 전단 표지로 실렸다는 말이 있어.”

채봉의 표정이 삽시간에 어두워졌고 평우는 가늘게 새어 나오는 한숨을 삭이면서 다시 말을 이었다.

“죄 없는 이 모자(母子)를 누가 죽였는가, 라는 제목으로.”

“당신은 전혀 모르는 일이었어요?”

“몰랐지. 어제 배달산하에 가서 처음 들은 얘기여.”

“여보, 이건 시기도 그렇고 예감이 좋지 않아요.”

“께름칙한 건 분명하지만 큰 문제가 되진 않을 거여. 오래전 사진인 데다가 향토 사진으로 언론에 공개된 사진이니까.”

평우가 애써 밝은 표정으로 자신 있게 말하면서 채봉의 손을 잡았다.

“그래도 뭔가 불안해요. 아무래도 잠시 피해 있는 게 좋을 것 같아요.”

"내가 죄를 지은 것도 아닌데 피하면 오히려 이상하게 생각허지 않을까?"

"당신의 결백이 먹혀들지 않을 수도 있어요. 개인이나 정부나 이성을 잃으면 미치는 건 같다니까요."

"정말 그렇게 되고 내가 없으면 괜히 당신만 불려다니면서 고생할 수도 있잖여."

"내 걱정은 마셔요. 자식 셋에 배 속에 애까지 가진 여편네 누가 어쩔라고요."

"조금만 더 생각해봅시다. 어쨌거나 혹시 내게 무슨 일이 생겨도 당신 너무 걱정하지 말고, 어려운 일은 큰형님한테 상의하고 애들 잘 챙기고 있어."

"그럴 순 없어요. 당신 지금 걱정 많이 허는 거 맞지요?"

채봉의 얼굴이 먹구름이 드리운 듯 어두웠다.

"글쎄, 따지고 보면 나와 무관한 일인데 괜히 걱정허는 것 같기도 허고……."

"여보, 아무 소리 말고 우선 서울 큰오빠 집으로라도 가 있어요. 예? 내 말대로 해요."

정부를 위한 정부

채봉의 말대로 이삼일 내 평우가 서울 재덕의 집으로 가 있기로 한 어느 날이었다.

"기환이 어머니!"

일성네 옆집 춘배 아버지가 대문을 살짝 열고 조심스럽게 불렀다.

"안녕하세요, 춘배 아버지. 무슨 일이셔요?"

"뒷산 밤 쪼깨 따가도 될랑가요? 떨어져서 썩던디……."

"예, 따가셔요. 올라가시지 말고 작대기로만 따셔요. 윗가지가 연해서 위험허거든요."

"알었어요. 알어서 살살 딸 텡게요."

"여기 갈퀴 가지고 가셔요."

"고맙구만요."

채봉이 춘배 아버지에게 갈퀴를 쥐여주고 집 뒤 텃밭에 가려다가 허겁지겁 들어왔다.

"여보! 저 아래서 누가 와요. 순사허고 또 다른 사람 둘이에요."

"우리 집을 향해 오는 것 같아?"

"틀림없어요. 빨리 뒷문으로 나가서 절터 길로 빠져 일단 피하셔요. 빨리요!"

평우가 뒷문으로 나가고 이내 채봉은 형사를 맞이했다. 아까 내려다보였던 그 일행이었다. 검정 바지에 베이지색 점퍼를 입은 젊은 사람이 말했다.

"남평우 씨 계시죠?"

"기환아, 웅이 좀 봐라! ……예, 애 아버지요? 오늘 아침 일찍 나가셨는데요. ……승희야, 그건 가지고 놀지 마!"

"다 알고 왔어요. 그러지 말고 잠깐 나오시라고 하세요."

"내가 뭐 거짓말하는 줄로 아셔요? 무슨 일로 찾으시는데요?"

사내는 채봉의 말을 믿으려 들지 않았다. 평소 이 시간이면 집에 있다는 걸 다 알고 왔는데 왜 거짓말이냐며 토방 위까지 올라와 이곳저곳을 살피면서 어디 간다고 갔느냐고 물었다.

"그건 잘 모르겠는데요."

"남편이 어디 갔는지도 몰라요?"

"일일이 말 안 하고 나가니까요. 아저씨도 지금 무슨 일인지 말 안 해주시잖아요."

"아주머니, 우리는 전주 특수부에서 왔는데요."

"특수부가 뭔데요?"

"남평우 씨 계시면 몇 마디 묻고 그냥 갈라고 했는데……."

사내가 말을 하다 말고 다른 사내를 바라보자 그가 말을 이어받았다.

"아주머니, 잠깐 저희랑 같이 가주셔야겠네요."

"제가요?"

"남편분이 없으니까 대신 가서 조사 좀 받아야겠어요."

채봉은 남편이든 자신이든 사전에 연락을 주고 언제까지 오라고 해야지 이렇게 갑자기 끌고 가는 법이 어디 있냐고 따지다가, 무슨 일인지 몰라도 죄지은 거 없는데 못 갈 거 없다며 가자고 나섰다.

"홍남아! 나 이 아저씨들이랑 전주 좀 갔다 올 테니까 애들 좀 잘 보고 있어. 응?"

채봉이 나간다는 말을 듣고 기웅이가 따라간다고 떼를 썼다.

"누님이랑 성이랑 놀고 있어. 어머니 갔다가 빨리 올게. 착허지?"

분위기가 이상한 것을 느끼고 기환이도 따라서 울상을 지었다.

"기환아, 왜 너까지 떼쓰고 그려. 동생들 잘 보고 있어. 알았지? 대답 안 혀?"

기환은 마지못해 대답했으나 채봉이 그들과 함께 따라나서자 기웅이 갑자기 악을 쓰며 울어댔다. 승희는 울음을 터뜨리기 직전이었다.

"여보! 어디 가?"

평우가 뒷마당 쪽에서 허겁지겁 달려나와 채봉을 불렀다.

"환이 아버지!"

채봉이 깜짝 놀라면서 소리를 입으로 삼키듯 뱉었다. 세 남자도 동시에 뒤를 돌아보았다.

"남평우 씨죠? 전주 특수부에서 나왔습니다. 잠시 같이 좀 가주시죠."

나이 든 형사가 신분증을 보이면서 말했다.

"무슨 일이지요?"

"가보시면 압니다."

젊은 형사가 대답했다.

"어디 다녀오십니까?"

다른 형사가 물었다. 평우가 금방 대답을 못 하자 채봉이 걱정스러운 얼굴로 쳐다봤다.

"여보, 나 갔다 올 테니까 걱정 말고 있어. 별일 없을 거여."

애써 담담하게 말했으나 들어가라고 손짓을 한 다음 일행 사이에서 묵묵히 걸어가는 그의 어깨가 굳어 있었다. 그들이 일성네 집을 지나 내리막길 모퉁이를 돌고 있을 때 철렁거리는 배를 안고 채봉이 숨을 몰아쉬며 달려갔다.

"여보, 이 목도리! 당신 추운 거 못 견디잖어요."

채봉은 두르고 있던 목도리를 풀어 평우에게 건네주고 그들이 신작로 모퉁이를 돌 때까지 걱정스러운 눈빛으로 바라보고 있었다.

*　*　*

면내 주점은 여순사건이며 김구나 공산당 이야기 등 이런저런 화젯거리로 연일 시끌벅적했다. 봉황관도 빈자리가 없을 지경이고 덩달아 홍콩반점도 손님이 들끓었다. 남주장은 술이 부족해 공급이 어려워지고 있었는데, 주점들이 선금을 맡겨서라도 많은 술을 확보하려고 했으나 상백의 방침으로 인해 그리되지는 않았다. 주점마다 평소의 양에 비례하여 고르게 나누어 미리 공급 물량을 통보해주고 부족분은 다른 술을 준비하도록 권유한 것이다. 일손이 달려 원우도 발효 창고에서 보내는 시간이 많았다.

"공 주사 어른! 요즘 사장님 기분이 엄청 좋으신 거 같어요."

"장사가 잘돼서 그러신갑네요."

"아, 장사야 잘될 때도 있고 안 될 때도 있잖여. 장사 때문이 아니라 기분이 좋을 수밖에 없는 일이 많어. 어르신도 마찬가지고……."

공 씨가 신이 나서 말했다.

"뭔 좋은 일이 또 있으시당가요?"

"죽은 줄 알았던 동생이 살아 있는디 안 좋으시겠어?"

"아, 나도 그 얘기를 들었는디 그게 참말이구만요잉."

"그뿐이 아녀. 확실허진 않은디 그 동생분이 경무대에 있는지도 몰른디야."

"예? 대통령 사는 경무대라우?"

"그려, 박 씨도 일 잘혀!"

"나허고 무슨 상관인디요?"

"우리 사장님이 동생분헌티 얘기혀서 박 씨 아들헌티도 언제 한자리 줄지도 모르잖여."

공 씨가 기분이 좋은 듯 껄껄 웃었다.

"내사 그런 기대꺼정 걸 자격이 못 되고, 막내 되시는 기환이 아버지는 덕 좀 볼 수도 있지 않겠어라우?"

"그 양반 성격이 그런 거 기대 걸 사람이 아녀."

"조금 전에 기환이 어머니 온 거 아녀라우?"

"맞아. 지금 뒤채에서 사장님이랑 얘기 중이더만."

주장 뒤채에서 채봉의 말을 다 들은 원우는 주먹 쥔 손을 이마에 대고 잠시 눈을 감은 채 한참을 꼼짝도 하지 않다가 조심스럽게 입을 열었다.

"일단 오늘 하루만 기다려보세요. 내일까지 연락이 없으면 나도 한번 알아볼게요."

"아주버님, 별일 없을까요?"

"별일 없어야지요. 그리고 상식적으로 생각해도 그것이 죄 되는
건 아니잖아요."

집에 돌아온 채봉은 머리를 기둥에 기대고 힘없이 마루에 걸터앉
았다. 감나무에서 감 하나가 툭, 하고 떨어졌다. 채봉은 초점 없는
눈으로 시선을 아무렇게나 내던진 채 그대로 있었다. 어제까지만 해
도 이 시간이면 평우와 함께 아침을 먹은 다음 이런저런 잡다한 얘
기를 했었다. 그가 웃으면서 부엌일을 도와주던 모습이 눈에 선했
다. 고요하고 쩡한 가을 햇살이 마당 끝 울타리와 그가 나갈 때면 언
제나 내려다보이던 골목길을 소리 없이 비추고 있었다.

평우가 언덕길을 내려가다 고개를 돌려 들어가라고 어정쩡하게
손을 흔드는 모습이 어렴풋이 보이더니 갑자기 지하실 철문이 쾅!
하고 닫히는 소리가 들렸다.

"으아악!"

비명소리를 따라가니 지하실 철문 안 냉기가 도는 어두컴컴한 방
이 나타나고, 복면을 한 사람들에게 의자에 묶인 채 전기 고문을 당
하는 평우의 모습이 보였다. 옷은 찢겨 너덜거리고 얼굴은 피투성이
가 되어 알아보기도 힘들 정도였다. 평우는 채봉을 발견하고는 게슴
츠레 뜬 눈으로 애원하는 표정을 지었다.

"여보! 기환 아버지!"

채봉이 외치며 달려가 머리를 감싸자 그가 신음처럼 말했다.

"여보! 빨리 와서 나 좀 꺼내줘."

"기환 아버지! 기환 아버……."

채봉이 외쳤으나 소리가 나오질 않았다.

"기환 아버…… 기환 아…….”

다시 소리쳐 불러도 마찬가지였다. 평우가 갑자기 고개를 툭 떨어뜨리면서 조용해졌다. 죽은 것이 분명했다. 입에서는 하얀 거품이 쏟아져 나왔다.

"여보! 기환 아버지! 여…….”

채봉이 소리를 지르면서 벌떡 일어났다. 기웅이가 가위를 들고 뒤뚱거리며 다가왔다.

"웅아, 안 돼!”

채봉이 질겁하며 가위를 뺏자 기웅은 주저앉아 양발을 내지르며 울어댔다. 온몸이 땀에 흥건히 젖은 그녀의 눈에서는 아직도 눈물이 흐르고 있었다.

감나무 가지에 앉은 빨간 고추잠자리 한 마리가 큰 눈알을 돌리면서 주변을 살피고 있다가, 꼬리질을 하던 까치가 후드득 소리를 내면서 날아가자 소스라치듯 놀라 달아났다. 홍남이가 작은 상에 밥을 차려 들고 부엌에서 나왔다. 아이들 셋이 숟가락을 들고 따라 들어오다가 멍하니 앉아 있는 어미의 눈치를 살핀다.

"기환아, 동생들이랑 밥 먹어.”

채봉은 자리에서 일어나 나갈 채비를 했다. 깨끗한 한복으로 갈아입고 생일날 평우가 사다 준, 목단 그림이 그려진 비단 목도리를 두르다가 눈물이 왈칵 쏟아졌다. 신작로로 나와 우체국 삼거리에서 주장 쪽으로 발걸음을 서둘러 옮기던 채봉은 잠시 멈춰 섰다가 다시 발을 돌려 차부로 들어갔다.

"아니, 아주머니! 표를 안 끊고 타믄 어떡혀요?”

"미안혀요. 내가 정신이 없어서 깜빡 잊었어요. 여기 돈으로 낼게요."

"요담부터는 꼭 표 끊고 타야 혀요. 아셨지라우?"

"예, 그럴게요."

차가 주장 앞을 지날 때 상백이 안으로 들어가는 모습이 보였다. 그녀는 재빨리 고개를 돌렸다.

* * *

몇 차례나 물어 찾아간 특수부는 시내 한복판에 있으면서도 막다른 골목으로 꺾어 들어 자리 잡은 유일한 건물이었는데, 사람 통행이 전혀 없어 어딘지 섬뜩한 느낌을 주었다. 기둥에 특별수사본부 간판이 붙어 있는 정문으로 들어서자 눈이 안 보일 만큼 철모를 내려쓰고 하얀 견장을 단 헌병이 오른손을 들어 거수경례하면서 다른 한 손으로 대기실 방향을 가리켰다.

대기실 칸막이 안쪽에는 민간인 복장을 한 삼십 대 후반의 남자가 통화하고 있었고, 이십 대 초반의 군인 복장을 한, 두 사람이 책상 앞에서 장부를 뒤적여가며 뭔가를 찾고 있었다. 그중 한 사람이 채봉을 흘낏 바라보더니 이내 고개를 장부 쪽으로 돌리고 말했다.

"무슨 일로 오셨어요?"

"사람 좀 만나러 왔는데요."

"누구 면회 왔어요?"

그렇다고 하자 군인은 하던 일을 멈추고 채봉이 서 있는 쪽으로 걸어왔다.

"여기 근무하는 사람인가요?"

"아니, 여기 근무허는 사람이 데리고 온 사람입니다."

"성함이 어떻게 되시죠?"

"남 평 우, 입니다."

이름을 재차 묻고 확인한 젊은 군인이 전화기를 들고 어딘가에 다이얼을 돌렸다.

"남평우라는데요? ……아 네, 알겠습니다."

전화를 끊고 그가 채봉을 바라봤다.

"그런 사람 여기 오지 않았다는데요."

"분명 여기로 간다고 했어요."

군인은 잘못 찾아온 것 같다며 성가신 듯 대답했다. 채봉은 분명히 특수부라고 들었다며 사정하듯 다시 알아봐달라고 말했다.

"어찌 됐건 여긴 그런 사람 없어요, 아주머니!"

"그럼 어디로 가야 허죠?"

"그걸 저희가 어떻게 압니까. 그 사람들 명함 같은 거 혹시 있어요?"

"없는데요."

"그럼 이름이라도 아셔요?"

"모릅니다."

"저희로서는 어떻게 도움을 드릴 수가 없구만요."

옆에 있던 민간인 복장을 한 사람이 군인과 채봉의 대화를 듣고 나더니 슬쩍 끼어들었다.

"아주머니, 무슨 내용인지 대충 알 것 같은데요. 제일 좋은 방법은요……."

채봉이 고개를 바로 한 채 진지한 표정으로 쳐다보자 하던 일을 계속하면서 말을 이었다.

"댁에 가셔서 기다리는 겁니다."

"무슨 말씀이셔요? 그럼 어디 있는지 아신다는 말씀인가요?"

일순간 남자의 표정이 부자연스러웠다. 그는 다시 이렇게 찾아다니는 건 피차가 안 좋을 수 있다는 뜻이라고 애매한 해명을 했다.

"가족이 어디로 잡혀갔는지도 모르고 가만히 기다리라고요?"

"아주머니, 남편이 공산당이지요?"

남자 옆자리에 있던 군인이 비웃듯이 물었다.

"공산당이 아니라 학자고 사진기자여요."

"그게 그거지요. 뭐, 아무튼 여기에는 없으니까 그리 아셔요."

세 사람 모두 자기가 하던 일로 돌아가고 채봉에게는 신경도 쓰지 않았다.

"여보세요! 오늘 아침에 분명 여기에서 나왔다고 하면서 경찰관 한 명과 같이 두 사람이 와서 데리고 갔어요."

"아이, 참! 아주머니 글쎄, 여긴 아니라고 했잖아요!"

"그럼, 가서 기다리라는 말은 무슨 말여요?"

채봉이 민간인 복장을 한 사람을 향해 애원하듯 물었다.

"어디서 수사를 허든 사상범은 수사 중에 면회가 안 되니까 허는 소리지, 누가 여기 있다고 했어요?"

"면회를 못 해도 어디에 가 있는지 알아봐 주실 수 없어요?"

"그건 우리도 알 수가 없습니다."

특수부 골목 끝 전신주에서 큰길까지 이어진 전깃줄 위에, 백 마리도 넘어 보이는 제비 떼가 이쪽저쪽으로 방향을 바꿔 앉아, 남쪽 하늘과 지나가는 사람을 번갈아 바라보며 귀청이 따가울 정도로 지

저귀고 있었다. 채봉은 휘청거리는 걸음으로 큰길 제과점 앞에서 발을 앞으로 내딛다가 길가에 세워둔 리어카 손잡이에 무릎이 걸려 하마터면 넘어질 뻔했다. 간신히 팔을 뻗어 담벼락을 짚고 일어나 다리를 주무르는데 맞은편 신천당 제과점 벽에 걸린 시계가 보였다. 바늘은 세 시를 가리키고 있었다. 그녀는 구부정한 자세로 무릎을 만지며 제과점 문을 밀고 들어갔다.

"어머나! 오늘은 혼자 오셨네."

"우유 한 잔 주세요."

"데워 드셔야지요?"

채봉은 그게 무슨 말이냐는 듯 주인아주머니를 봤다.

"우유 따뜻하게 드실 거지요? 어디 아퍼요?"

괜찮다고 말하고는 데워준 우유 두 잔을 연거푸 마셨다. 채봉은 잠시 멍하니 앉아 있다가 갑자기 일어나더니 중앙동 방향으로 걸었다. 여기저기 간판을 더듬어 허름하게 '권학순 변호사 사무실'이라고 쓰인 삼층 건물로 들어갔다. 나이보다 구부정한 허리에 두꺼운 검정색 뿔테 안경을 쓰고 밤색 코르덴 재킷을 입은 권학순은 채봉을 보자 반갑게 맞이하면서도 걱정이 앞서는 표정이 역력했다.

"변호사님, 안녕하셔요? 저 기억하시지요?"

"기억하고말고요. 어서 오세요, 아주머니!"

학순은 채봉의 부른 배에 잠시 시선을 멈췄다.

"절박한 심정으로 찾아왔습니다."

"저를 찾아오시기 잘하셨습니다. 동경 유학생 부부 동반 모임에서 제가 한 말 기억나십니까?"

"우리는 뜻이 같은 사람, 이라고 말씀허셨지요."

학순은 한동안 아무 말도 하지 않고 있다가 조심스럽게 입을 열었다.

"아직 식사도 못 허셨지요? 몸도 편치 않으신 거 같은데……."

그 순간 채봉의 눈에서 눈물이 주르륵 흘렀다.

"안색도 너무 안 좋으셔요. 일단 식사부터 허시고 얘기하지요."

그는 대답도 듣기 전에 바바리코트를 걸치고 일어서서 손님이 많고 음식이 맛있기로 유명한 집이라면서 큰길 건너 '조선옥'이라는 식당으로 들어갔다. 점심시간이 지나서인지 식사를 하는 사람은 눈에 띄지 않았고 채봉의 뒤를 이어 남자 손님 몇 명이 더 들어왔다. 엽차를 받으면서 채봉이 물었다.

"우리 기환 아버지 일이 뭐가 많이 잘못된 게 있어요, 변호사님?"

"식사 다 허시기 전에 아무 말도 안 헐랍니다."

학순은 식사가 다 끝날 때까지 침묵을 지켰다. 채봉은 같은 질문을 다시 했다.

"우리 기환 아버지 일을 뭔가 아시고 계셔요?"

"예, 조금 전 다른 사건 얘길 듣다가 알게 되었습니다."

"세상에 억울해도 분수가 있지, 어떻게 이런 어처구니없는 일이 있을 수 있어요?"

"천벌을 받을 놈들! 그나저나 시국이 너무 좋지가 않아요."

학순이 목소리를 낮춰 대답했다.

"어떻게 그럴 수가 있어요? 우리 기환 아버지는 아무것도 헌 게 없잖아요."

"지금 시국은 죄를 짓고 안 짓고가 문제가 아니라, 걸려들었다는 것 자체가 문젭니다."

"여순반란 때문이에요?"

채봉은 그러리라고 알고 있는 내용을 다시 확인했다. 학순은 여순 사건에 관한 사회 분위기와 정부의 대처 방식에 대해 비교적 자세한 설명을 했다.

"여순 관련 사상범은 수사가 끝날 때까지 면회할 기회도 안 줍니다."

"어떻게 이런 말도 안 되는 경우가 다 있어요?"

"이 사건을 정치적으로 역이용하는 것 같아요."

"그 사건의 책임은 근본적으로 정부에게 있잖어요."

채봉도 학순을 따라 목소리를 낮추고 말했다.

"그러니까 더더욱 강하게 나가는 거지요."

학순이 목소리를 더 낮췄다.

"그 사람은 공산당의 행태에 회의를 느끼고 있고 정치에는 관여하고 싶어 허지 않았어요. 또 법을 어기면서 뭔가 활동할 성품도 아니고요."

"알고말고요. 제가 누구보다 잘 알지요."

"게다가 전단에 난 사진은 오래전 신문에 났었을 뿐 이 사람과는 아무런 관계도 없는데, 설마 무슨 큰일은 아닐 테지요? 그렇죠, 변호사님?"

"뭐 그렇게까지야……."

"그럼 지금 도대체 어디로 끌고 갔을까요, 변호사님?"

"제가 좀 더 알아보고 기별하겠습니다. 참! 큰아이가 기환이라고 했던 거 같은데……."

학순은 평우에게 들은 바 있는 아이들에 관한 얘기로 화제를 돌린 다음 다시 만날 것을 약속했다. 채봉은 어두운 얼굴로 그러겠다고 대답했다.

"그럼 내일모레 이 시간에 뵙기로 허지요."

제4장

잔인한 가을

그는 어느 누구 못지않게 광복이 되기를 기다렸으며,
예나 지금이나 나라에 도움이 되고 싶어 했고, 자신의
힘으로 할 수 있는 일은 뭐든 하려고 했다.

좌우의 공존

　채봉은 조선옥에서 나와 큰길 모퉁이를 돌아 몇 발자국 걷다가 걸음을 멈춘 채 한동안 그대로 서 있었다. 바쁘게 걷는 행인들이 흘끔흘끔 그녀를 바라보았다. 잠시 후 경기전 쪽으로 다시 한참을 가던 그녀는 방향을 바꿔 남문 방향으로 걸어 오빠 윤재중이 운영하던 제지공장 사무실 건물 앞에 도착했다.

　중앙 문기둥에 '해동제지'라는 간판이 쓸쓸하게 걸려 있었다. 안으로 들어가 휑한 공간 왼편 끝에 있는 이층으로 올라가는 나무계단을 따라 사무실로 올라갔다. 사무실에는 뜻밖에도 아버지 윤태섭이 돋보기를 쓰고 책상 위에 있는 뭔가를 뒤적이고 있었다. 한눈에 봐도 예전보다 많이 초췌해 보였다. 얼핏 조흥은행이라고 적힌 서류봉투가 눈에 띄었다. 채봉의 눈에 왈칵 서러움이 들어찼다. 잠시 멈칫거리다 "아버지!" 하고 부르자 태섭이 돌아봤다.

　"채봉아! 너 어쩐 일이냐? 배부른 아가 여기꺼정, 응?"

태섭은 눈을 크게 뜨고 채봉의 얼굴이며 배를 꼼꼼히 살폈다.

"여기가 사무실이어요?"

"응, 그려."

태섭이 어색하게 웃었다. 예전의 자신감 넘치고 호탕했던 웃음소리와는 전혀 달랐다.

"아버지, 건강허시지요?"

"내가 어디 몸져누울 영감이냐?"

채봉은 어두운 얼굴로 태섭이 야위어 보인다고 말한 다음 정임의 안부를 물었다.

"내 걱정은 허지 마라. 그리고 어머니는 지금 집에서 김장 준비허고 있을 거여."

"사무실이 좀 어두워요, 아버지. 햇볕도 없고……."

"괜찮여. 창문 열믄 훤혀! 그나저나 너 웬일이냐?"

"기환 아버지한테 일이 좀 생겨서 올라왔어요."

태섭은 금세 얼굴빛이 바뀌면서 무슨 일이냐고 다급하게 물었다. 채봉이 간신히 눈물을 참으면서 그간의 일을 얘기하자 길게 탄식하면서 입을 열었다.

"어허, 참! 아들은 공산당 놈들이 유도하는 파업 때문에 죽고, 사위는 공산당으로 몰려 잡혀가고, 나는 어느 놈 멱을 따야 헐지 모르겄다."

"어떡해요, 아버지."

수심이 가득한 채봉의 얼굴을 바라보며 태섭이 한숨을 쉬었다.

"으음, 나랏일 허는 놈들이 백성 생각은 안 허고 즈놈들 실적 올릴라고 생사람이나 잡아가고 원……. 허지만 아무리 그렇다 혀도 그것이 무슨 죄가 되겠냐. 너무 걱정헐 일은 아닌 거 같다."

그때 재명이 들어오면서 채봉을 보고 반색을 했다. 막내가 어쩐 일이냐며 석연치 않게 쳐다보는 재명에게 채봉은 다시 평우 이야기를 간단히 했다.

"아무려믄 죄 없는 사람을 죽이기야 허겠냐."

옆에서 같이 듣던 태섭이 애써 안심시키는 말을 했다.

"요즘 가만히 있으면 동조죄, 끼어들면 선동죄, 하면서 걸리적거리는 놈은 죄다 처넣는 세상인데?"

재명은 놀라움과 걱정을 감추지 못하면서 채봉을 바라봤다. 멍하니 서 있던 채봉이 맥없이 쓰러지듯 소파 옆으로 비스듬히 몸을 기댔다.

"채봉아, 너 몸은 괜찮은 거여? 어디 아픈 거 아녀?"

재명이 손을 뻗어 채봉의 이마를 짚었다. 그녀의 얼굴이 백지장처럼 창백했다.

"오빠, 내가 너무 어지러워서 좀 누워야겠어요."

"그려라. 이게 다 무슨 일이냐."

채봉이 소파에 누우면서 뭔가 말을 하는 듯했으나 소리가 제대로 들리지 않았다.

온몸에 물을 끼얹은 사람처럼 땀에 젖은 채봉의 눈에 정임과 재명의 아내 희정의 얼굴이 들어왔다.

"아가씨! 정신이 좀 드세요?"

"내가 잠이 들었었나 봐요."

"그래, 기억 안 나냐? 재명이 오빠가 부축해서 데려왔잖여."

"아가씨, 그런 몸을 해가지고 무리허시믄 안 되어요."

희정이 걱정스러운 얼굴로 내려다보고 있었다.

"언니, 오랜만여요."

"니 몸부터 생각혀, 이것아. 도대체 뭐가 어떻게 된 거여, 응?"

정임이 채봉의 이마에 있는 물수건을 바꿔 올렸다. 채봉은 제지공장 사무실에서 잠시 누워 있다가 힘이 없어 태섭과 재명의 부축을 받아 집에 왔던 일이 생각났다.

"미안해요, 어머니."

"니가 미안헐 것이 어딨냐. 너를 그쪽으로 시집보낸 나가 잘못이지."

정임이 한숨을 내쉬면서 뱉듯이 말했다.

"어머니, 그런 소리 말어요. 지금 내 맘이 어떤지도 모르고……."

채봉의 눈에서 다시 눈물이 일렁였다.

"말이야 바른 말이지. 니가 그쪽으로 시집만 안 갔으면 이런 일은 없을 거 아녀?"

정임이 무릎을 세우고 팔을 올려 이마를 짚었다.

"어디로 시집을 갔든 사람의 앞날을 어떻게 안다고 그런 야박한 말을 해요. 그리고 그랬더라면 우리 애들도 없잖여요."

채봉이 힘겹게 몸을 일으켜 앉았다.

"그게 뭔 소리여. 애들이 왜 없어?"

"아가씨, 어머님도 속상해서 허시는 말씀여요."

"알아요……."

"알았으믄 나헌테 소가지 부리지 말고 니 몸부터 챙겨, 이것아."

그러면서 정임은 누굴 향해서랄 것 없이 요즘 어미 속이 말이 아닌 데다가 세상 누구보다 행복하게 잘살 줄 알았던 막내한테까지 이런 일이 생기니까 기가 막힌다며 손수건으로 줄곧 얼굴을 문질렀다.

채봉이 잠자코 있자 코 막힌 목소리로 말을 이었다.

"아, 니가 몸 성해야 배 속 아도 건강허고 남 서방도 좋아헐 거 아녀? 듣고 본게 별일도 아니더만."

채봉은 눈물이 그렁그렁해서 미안하다고 말하며 다시 정임의 무릎을 베고 누웠고 정임은 채봉의 머리를 쓰다듬었다.

"어머니, 재중 오빠는 좋은 나라에 갔을까요?"

"참말로 기가 막힌다. 재중이는 공산당 때문에 죽었는디 니 서방은 공산당으로 몰리다니……. 한 집안에 이게 다 뭔 일이다냐!"

"남 서방 참 착하고 좋은 사람이에요. 인정도 많고. 이번 일은 너무나 억울한 일이고요."

"그려, 알었다. 그 착헌 사람헌티 별일이야 있겄냐."

"어머니, 내가 남 서방 얘기 하나 해줄까요? 재중 오빠 제사에 왔던 날이여……."

아침부터 촉촉이 내리던 비가 오후 들어서부터 점점 더 세차게 내리면서 달리는 버스를 끈질기게 쫓아와 쉬지 않고 유리창을 두들겨 댔다. 채봉은 퉁퉁 부은 눈으로 차창에 부딪히는 빗줄기를 쳐다보고 있었다. 버스가 경적을 울리며 차부로 들어서자 평우가 지우산 두 개를 몰아 쥐고 입구에 서 있다가 손을 흔들었다. 평우의 손을 잡고 차에서 내린 채봉이 들고 있던 작은 우산을 놔두고 그가 가져온 지우산을 나눠 들고 하나씩 막 펼쳐 들 때였다.

등에 아기를 업은 아주머니가 한 손에는 보따리를 들고 다른 한 손으로는 아기 업은 포대기를 받치고 서 있었다. 아주머니 옆에는 포대기 끝자락을 잡고 따라나선 예닐곱쯤 되어 보이는 딸아이도 보였다. 아주머니는 비가 쏟아지는 하늘을 바라보다가 결심을 했는지 보따리를 풀어 보자기를 꺼내 들었다. 그러고는 등에 업은 아기 머리 위에 보자기를 씌워 그냥 가려고 했다. 발을 멈추고 걱정스레 그들을 바라보고 있던 평우는 아주머니를 불러 자기가 들고 있던 지우산을 주고, 아이에게는 채봉이 가방과 함께 들고 있던 작은 우산을 받아 건네주었다. 아이는 채봉의 우산을 이리 보고 저리 보며 좋아했다. 이어서 평우는 등에 업힌 아기 머리를 포대기로 잘 여미고 보자기가 아기 코를 막지 않도록 조심스럽게 덮어준 다음, 자신의 행동을 빤히 바라만 보고 있는 채봉을 향해 활짝 웃었다. 아주머니는 고맙다고도, 사양하지도 못하고 어리둥절해했다.

"오늘 당신 남편 체력 한번 알아봅시다."

평우는 싫다는 채봉에게 지우산 하나를 들게 하고 서슴지 않고 등에 업은 채 빗속으로 걸어 들어갔다. 지나가는 사람들이 자꾸 쳐다보는 바람에 채봉이 몇 번이나 내리겠다고 했지만 평우는 아랑곳하지 않고 마을 끝 집을 향해 언덕길을 올라갔다. 물론 집까지 다 가진 못했지만 그날의 훈훈함은 오빠에 대한 설움을 달래고도 남았다. 그 다음 날 평우는 눈이 마주칠 때마다 팔목이 후들거린다고 엄살을 부려가며 채봉을 웃게 했다.

애기를 끝내는 채봉의 눈에서 눈물 한 가닥이 볼을 타고 주르륵 흘렀다.

* * *

권학순 변호사가 채봉을 배웅하고 사무실 건물로 들어가려는데 어디서 나타났는지 검정 양복에 흰색 와이셔츠를 입은 두 남자가 튀어나와 양쪽에서 그의 팔을 잡았다. 조금 전 식당에서 계산하고 나오기 전에 얼핏 눈에 띄었던 사람들이다.

"잠깐 같이 좀 가주셔야겠습니다."

"누구야, 당신들?"

"가보시면 압니다."

"이거 놓지 못혀? 영장 있어?"

"영장 좋아허네."

"사무장! 사무장! 경찰 불러!"

변호사가 외치는 소리를 듣고 사무장이 쫓아나와 항의했으나 그들은 아랑곳하지 않았다.

"가보면 안다고 했잖아!"

"사무장! 빨리 경찰에 신고해요!"

사무장이 알겠다고 대답하는 사이 양팔을 잡은 손이 약간 느슨해진 틈을 타 학순은 있는 힘껏 팔꿈치를 밑으로 쳐내려 몸을 빼냈다. 그길로 바로 이층 사무실로 뛰어올라가 출입문을 잠그면서 소리 질렀다.

"경찰 올 때까지 당신들 꼼짝 말고 거기 있어!"

학순은 다시 사무실 안쪽에 있는 자신의 방으로 뛰어들어가 문을 잠갔다. 두 사람이 바로 쫓아 올라와 거침없이 발로 걷어차 문이 열렸으나 학순이 보이지 않자 다시 안쪽에 있는 변호사실 문짝 유리창을 깨고 손을 집어넣어 문을 열고 들어갔다. 그러나 그곳에도 학순은 보이지 않고 창문으로 들어오는 바람이 커튼을 흔들고 있었다. 그들은 서둘러 창문을 뛰어내려 밖으로 나가 큰길 쪽으로 뛰어갔다.

그러나 달아난 학순을 찾지는 못했다.

　나이가 많고 뱀눈을 한 사내가 사무장을 보고 거들먹거리면서 말했다.

　"변호사님이 우리랑 잠시만 갔다 오면 아무 일도 아니었을 걸 말이야."

　"신분이 뭡니까? 군인입니까?"

　"수사관이오."

　그때 전화벨이 울리고 사무장이 받았다.

　"사무장님, 그 사람들 아직 거기 있어요?"

　학순이었다. 그들은 말을 멈추고 수화기로 들려오는 소리에 귀를 기울였다.

　"그 사람들 좀 바꿔줘요."

　이때 나이 든 사내가 전화기를 빼앗았다.

　"권학순 변호사님!"

　"당신들 뭐 허는 사람들이야?"

　"당신 지금 일을 크게 만들고 있는 줄이나 아쇼."

　"신분이 뭐냐고 묻잖아요!"

　사내가 자기들은 특수부에서 나온 수사관인데 지금이라도 와서 협조해주는 편이 나을 거라고 말했다. 그러면서 알 만한 사람이 왜 그러느냐며 부드럽고 친절하기까지 한 목소리로 얼렀다.

　"내가 지금 당신한테 협조하게 생겼소?"

　"그럼 어떻게 할 거요? 이대로 도망이라도 치겠다는 말이오?"

　"내가 지금 특수부에 알아보겠소. 당신 이름이 뭐요?"

　"얼굴 보고 얘기합시다. 우린 규정상 이름을 말해주지 않아요."

"당신 같은 사람들 때문에 나라가 욕을 먹는 거야!"

"변호사님, 끝내 이렇게 나오시겠습니까?"

사내는 사무장은 물론 함께 온 다른 동료까지 놀랄 정도로 목청껏 소리 질렀다.

"지금이라도 체포 영장이나 신분증을 우리 사무장한테 제시하면 내가 가지요."

"임의 동행해서 협조를 구한다고 말했잖아요."

"지금 이게 협조를 구하는 자세요? 당신들 맘대로 허쇼. 나도 내 맘대로 헐 테니까!"

전화가 끊어졌고 두 사내는 거칠게 욕을 해대다가 돌아갔다. 삼십 분쯤 후에 학순은 다시 사무장에게 전화했다.

"변호사님, 경찰에 신고는 했고 그 사람들은 방금 다 갔습니다."

"사무장님, 내가 아무래도 며칠 자리를 비워야겠어요."

"어떻게 하시게요?"

"일단 어떻게 된 일인지를 알아보고 대책을 세운 다음 나가도 나가야지요. 그 사람들 이름은 끝내 말하지 않았지요?"

"예, 변호사님."

"그리고 내가 나갈 때까지 사건 접수하지 마시고요. 내일모레 저녁에 아까 왔던 아주머니가 오시면 사정 이야기를 하고 내가 사람을 보내든 아니면 양조장으로 전화를 할 때까지 좀 기다리시라고 해주세요."

"예, 알겠습니다."

잠시 후 경찰 한 사람이 변호사 사무실로 들어왔다. 그는 사무장의 설명을 다 듣고 난감한 표정을 지었다.

"죄송합니다, 특수부 업무는 저희 소관이 아닙니다."

* * *

다음 날 친정에서 돌아오는 길에 채봉은 상백을 찾았다. 원우를 통해 대충 얘기를 들은 터라 그 후의 소식이 궁금하여 노심초사 기다리고 있던 상백이 채봉으로부터 어제의 일을 상세히 듣더니 불안감을 감추지 못하고 일어서서 방 안을 왔다 갔다 했다.

"어디로 잡아갔는지도 모른단 말여? 이런 천벌을 받을 놈들 같으니! 세상천지에 뭔 놈의 나랏법이 그런 게 다 있다냐. 이거 정말 보통 일이 아니잖여."

"내일이라도 제가 전주에 다시 올라가 보겠습니다."

막연하게나마 새로운 해결책을 기대하고 있던 채봉이 낙담하면서도 자신을 안심시키려 들자 상백은 흥분했던 감정을 추스르면서 말했다.

"니 맘이야 오죽허겠느냐만 너무 걱정허지 말어라. 아, 죄가 없는디 설마 무슨 일이야 있겠냐. 그리고, 야, 큰아야!"

"예, 아버님."

"너 알아보는 것도 너무 수선 떨지 말고 하루 이틀 기다려보자. 별것도 아닌 일에 부산떨어서 일이 커질 수도 있지 않겠어?"

상백은 별일 아니길 바라는 마음 때문인지 차분해지려고 애를 쓰는 것 같았다.

"평우 친구 변호사가 알아본다고 했다니까 그때까지라도 기다려보시지요."

안절부절못하고 있던 채봉이 서둘러 목도리를 챙겨 들고 일어섰다.

"아버님, 저 집에 빨리 가봐야겠어요. 혹시 애비가 와 있을지도 모르니까요."

"그려, 그려. 어여 가봐라."

치마를 돌려 잡은 채봉의 발걸음이 점점 빨라졌다. 정순네 양철지붕 집을 지나 언덕길을 올라갈 때는 숨을 몰아쉬면서 뛰다 걷다를 반복했다. 대문을 밀치고 들어가자 마당에서 기웅이를 씻겨주고 있던 홍남이가 벌떡 일어나 달려왔다.

"언니!"

승희와 기환이가 홍남이 소리를 듣고 방에서 달려나와 채봉의 치마폭에 매달렸다.

"왜? 아저씨 오셨어?"

채봉이 숨을 가다듬으며 물었다.

"아니요……."

홍남이가 무슨 잘못이라도 저지른 것처럼 말끝을 흐렸다.

"무슨 일이야? 말을 해야 알 거 아녀?"

그녀가 떨리는 음성으로 다그쳤다.

"사람들이 와서 아저씨 방을 다 뒤지고 책이랑 많이 가져갔어요. 애들도 엄청나게 울었고요."

그녀는 한달음에 토방을 지나 마루로 올라섰다.

"어떤 사람들이?"

방으로 들어가려다 멈춰 서서 다시 물었다.

"어저께 아저씨 잡아간 사람들여요. 제가 방에는 못 들어가게 혔는디도……."

"언제?"

"조금 전에요."

"조금 전에? 시간이 얼마나 되었어?"

"승희랑 웅이가 막 울다가 인자 그쳤응께 한 시간도 안 됐어요."

"아저씨 방 치우지 말고 그대로 놔둬. 나 올 때까지."

채봉은 허겁지겁 다시 차부로 향했다. 채봉의 거동이 예사롭지 않았는지 아이들이 따라간다고 나설 엄두를 내지 못했다. 내리막길 중간에 고무신이 벗겨지는 바람에 하얀 버선발이 흙투성이가 되었다.

우체국 모퉁이를 도는데 저만큼 앞에서 버스 한 대가 떠나는 것이 보였다. 가슴을 붙잡고 걸음을 서둘러 차부로 들어갔으나 안은 한산했다. 대기 중인 차도 없고 매표소 앞에도 사람이 전혀 없었다. 처마 밑에는 승객들에게 군것질거리를 파는 총각만이 구겨진 돈을 펴면서 세고 있었다.

"총각! 전주 가는 차 언제 떠났어요?"

"방금 갔응게 인자 두 시는 돼야 들어와요. 양갱 하나 드릴까요?"

밖으로 뛰어나가 봤으나 버스는 보이지 않았다. 채봉은 한참 동안 그 자리에 서 있었다. 조금 전 시댁에만 들리지 않았더라면 만날 수 있었을지도 모른다. 길옆 점방 안에서 주인아주머니가 채봉을 빤히 바라보았다. 다시 차부로 들어가니 양은 대야에 담긴 쑥떡을 파는 할머니가 채봉을 향해 웃으며 다가왔다.

"새댁! 이 떡 맛있어요. 오늘 아침에 쪄온 건디, 한 봉다리 갈아줘요."

집에 들어선 채봉이 마루에 털썩 주저앉아 버선을 벗으면서 기환에게 양갱이랑 쑥떡을 꺼내주었는데도 멀뚱멀뚱 눈치만 살필 뿐 별로 좋아하는 기색이 아니다. 홍남의 등에 업혀 있던 기웅이만 내리 겠다고 몸을 비틀어 채봉에게 매달렸다.

기웅을 안고 평우의 방으로 들어선 채봉은 문기둥에 기대서서 한참을 멍한 눈으로 바라봤다. 방 안은 난장판으로 어지럽혀져 있었다. 책이란 책은 다 펼쳐져 뒤집힌 채 방바닥에 나뒹굴었고, 앨범과 사진 박스도 다 헤집어 흩어져 있었다. 책상 서랍도 하나같이 뒤집혀 있었으며 벽장에 있던 이불도 방바닥에 풀어 헤쳐져 있었다. 기환이와 승희가 어미의 표정을 보고 들어오지도 못한 채 문을 잡고 울상으로 바라만 봤다. 이 모든 게 불과 하루 만에 벌어진 일이다. 채봉은 골똘히 생각했다.

남편이 도대체 무슨 죄를 지었다는 말인가? 그는 어느 누구 못지 않게 광복이 되기를 기다렸으며, 예나 지금이나 나라에 도움이 되고 싶어 했고, 자신의 힘으로 할 수 있는 일은 뭐든 하려고 했다. 그런 그가 지금 이 나라의 누군가에게 잡혀가 행방을 알 수 없는 상태이고, 그를 잡아간 이들은 다시 찾아와 집 안을 뒤집어놓고 갔다.

채봉은 문득 권학순 변호사가 지금은 죄가 있고 없고가 문제인 것이 아니라 걸려들었다는 것이 문제라고 했던 말이 떠올랐다. 그녀는 몸서리를 치며 풀어 헤쳐진 이불에 머리를 묻고 흐느껴 울다가 매달리는 기웅을 밀쳐냈다.

"저리 가! 어머니 귀찮게 좀 허지 말어, 제발!"

채봉의 서슬에 놀란 기웅이 자지러지게 울었다. 그녀가 다시 기웅을 안고 한참을 소리 내서 울자 저만큼 떨어져 채봉을 쳐다보고 있던 기환과 승희도 울어댔다. 홍남이도 토방에서 훌쩍거리며 따라 울었다.

사형선고

"저 친구 자백했어?"

"자백할 내용이 없다는데요."

"그럼 이 사진은 뭐래?"

"육 년 전에 찍은 사진이랍니다."

"육 년 전에 찍은 사진이 왜 여순반란 전단지에 나와?"

"삼 년 전 조선인민보 추억의 향토사진전에 다시 나왔던 사진인데 어떻게 된 일인지 본인도 모르겠답니다."

"조선인민보? 공산당 신문이잖아?"

"그렇습니다."

"그럼 더 따질 거 뭐 있어. 조서 정리해!"

수사관은 다소 난처한 표정을 지으면서 그때는 공산당이 불법이 아니었고 정부 수립 전에 이미 폐간되었다고 했다.

"폐간된 게 정확히 언제야?"

"1946년 9월입니다."

"조선인민보 폐간 후에는 뭘 했대?"

"처음부터 근무한 사실이 없었답니다."

"그런데 신문엔 왜 지 사진이 나와?"

"촬영 당시 신인 작가 사진전 입상 작품이었답니다."

부장은 잠시 생각에 잠기더니 이내 사진을 내팽개치며 소리쳤다.

"……그럼 사진 제목은 왜, 「죄 없는 이 모자를 누가 죽였는가」라는데?"

"남평우는 모르는 일이랍니다. 응모 당시의 제목은 「아름다운 여인」이었다고 하고요."

"그래서 어떻게 할 생각이야?"

"혐의가 애매합니다."

"이 사람 정신이 있어, 없어? 지금 우리가 꺼야 할 발등의 불은 관련자 검거야!"

"너무 애매하다 보니 조서를 어떻게 작성해나갈지 가닥을 잡기가 어렵습니다."

"똑같은 상황에서 내가 정리하면 어떻게 되는지 알아?"

수사관은 눈을 치켜뜨고 경청하는 자세를 취했다.

"육 년 전에 이 사진을 찍었다는 건 그때부터 나라에 불만을 품고 국민을 선동하기 시작했다는 거고, 이번에 반란 전단지에 나온 건 필름을 건네주면서 제작에 직접 참여했다는 거고, 조선인민보가 폐간되었다는 건 불법 공산당 신문이었다는 거야. 따라서 저 친구는 겉으로 드러나지 않았을 뿐 공산당 간부가 분명하다는 거지. 게다가 증거로 마르크스의 『자본론』책도 나왔는데 뭐가 더 필요해?"

그러는데도 수사관이 할 말이 없다는 듯 연이어 고개만 끄덕이자 시간 끌 거 없이 정리해서 바로 검찰로 넘기라며, "이 정도는 알아서 눈치껏 처리할 수 있잖아?" 하고 핀잔을 줬다.

"저쪽으로 넘어가서 뒤엎어질지도 몰라서……."

"당신 정말 한심한 사람이구만! 그 배짱으로 특수부 수사관 할 수 있겠어? 검찰에서 허구한 날 아니라고 발뺌하는 공산당만 대하고 앉아 있는데 우리 수사팀 말을 믿을 것 같아, 아니면 저 친구 말을 믿을 것 같아?"

"바로 마무리해서 넘기겠습니다."

* * *

채봉은 권학순 변호사가 자신과 헤어진 후 특수부 사람들이 들이 닥쳐 연행될 뻔했다는 말을 원우로부터 전해 듣고 형언할 수 없는 불안감에 빠졌다. 더군다나 섣부르게 여기저기 묻고 다니면 더 나빠 질 수도 있으니까 기다려보자는 말을 들은 다음 자신이 할 수 있는 일은 아무것도 없다는 현실에 절망감이 밀려왔다.

밤새 뜬눈으로 보낸 채봉이 방문을 열자 자욱한 안개 속으로 보이 는 마당의 흙에서부터 화단의 나무나 장독대 위의 하얀 서릿발이 무 서운 칼날처럼 번득이며 그녀의 마음을 꽁꽁 얼어붙게 했다. 찬바 람이 방 안으로 들이치자 기웅이가 눈을 비비며 일어나는가 싶더니 어미가 있는 것을 확인하고는 안심이 되는 듯 채봉의 옆으로 다가 와 다시 눈을 감는다. 이내 승희도 눈을 뜨고 베개를 안고 와서 기웅 의 옆에 누워 짧고 보드라운 고사리 손가락으로 채봉의 손을 만지작

거리다가 다시 잠이 들었다. 기척을 느낀 기환이는 자리에서 일어나 눈을 비비며 주전자 뚜껑을 열고 오줌을 누더니 다시 뚜껑을 닫고 베개를 끌어안았다. 이를 멍하니 바라보던 채봉이 주전자를 들고 나가 비운 뒤 물에 담가놓았다.

"언니, 도랑물이 얼라고 혀요!"

도랑에서 빤 걸레를 대야에 담아 한쪽 팔에 낀 채 다른 한 손을 입으로 불며 들어오던 홍남이가 채봉의 안색을 살폈다. 토방 끝 모퉁이에 평우의 흰 고무신이 덩그러니 놓여 있고 감나무에는 까치 두 마리가 앉아 서릿발을 견디며 장독대를 지키고 있다. 멀리 예배당 종탑과 면사무소 스피커 탑이 안개와 눈물에 가린 채 꿈속에서 보는 그림처럼 흐릿하게 모습을 드러냈다. 방에 들어가자 기환이가 채봉의 옆에 와서 다시 누우며 물었다.

"어머니, 아버지 안 왔어?"

"응. 그런데 너 왜 아까 일어나서 주전자에 오줌 눴어?"

"나 안 그랬는데? 요강에다 눴어."

"그려, 알았으니까 더 자."

"아버지 어디 갔어?"

기환이가 또 물었다.

"잠이 안 와? ……전주."

"언제 와?"

"……아직 몰라."

채봉의 볼을 타고 흐른 눈물이 기환의 팔뚝에 톡 떨어졌다.

"어머니 울어?"

기환이가 부스스 일어나 걱정스럽게 채봉을 올려다보았다.

"아버지 때문에? 어머니 울지 마!"

기환의 눈에도 바로 눈물방울이 대롱거렸다. 베게 안쪽에 얼굴을 묻고 있던 승희도 꼼짝하지 않은 채 훌쩍였다. 몇 차례 울음을 삼키던 채봉의 입에서 끝내 울음이 터졌다. 기웅이도 울음소리를 듣고 바로 일어나 멍한 눈으로 채봉을 바라보다가 울음을 터뜨렸다. 온 가족이 얼싸안고 한참을 울고 난 후에 대문 여는 소리가 들렸다.

"언니! 큰아저씨 오셨어라우."

허겁지겁 눈물을 훔치고 일어나 밖을 내다보던 채봉의 눈에 평우와 같은 대님을 맨 한복 바지가 보였다. 짧은 순간 채봉의 가슴이 청설모가 건너뛴 잔가지처럼 후들거렸다. 이어 대문을 들어선 원우가 "제수씨!" 하고 부드럽게 채봉을 불렀다.

"아주버님, 어쩐 일이세요?"

"일어나셨구면요."

원우는 채봉이 눈물을 훔치는 모습을 짐짓 외면하면서 천천히 토방 위로 올라섰다.

"들어오셔요. 날씨가 추워졌습니다."

눈물로 얼룩진 얼굴의 아이들은 원우가 방으로 들어오자 평소보다 가깝게 엉금엉금 다가갔다. 원우는 아이들의 머리를 쓰다듬으며 잠시 침묵을 지키다가 말을 꺼냈다.

"걱정되어 그냥 왔는데 좋은 소식을 못 전해서 미안허구면요."

원우의 말에 채봉의 양어깨가 꺼질 듯 푹 처졌다.

"변호사는 더 연락이 없었나요?"

"예. 나도 알아는 봤는데 수사는 그쪽에서 허고 재판은 법원에서 허는 모양이고요. 수사 과정에는 누가 와도 면회가 안 된다는구면요."

채봉이 음성을 가다듬으면서 "아주버님!" 하고 불렀다.

"저는 도저히 그냥 이대로 기다리고 있지는 못하겠어요. 지금 바로 전주에 가봐야겠습니다."

"어디로 가시게요?"

"특수부장을 만나러 갈라고요."

채봉의 말을 듣고 잠깐 생각하던 원우가 달래듯 말했다.

"제수씨, 그러지 말고 조금 더 기다려 봐요."

"기환 아버지 잡아간 것도 그 사람들이고, 변호사실을 쳐들어간 걸 보면 저까지 미행하고 있었다는 얘기잖아요."

"그건 틀림없지요."

"내 남편이 무슨 죄를 얼마나 지었기에 잡아가고 미행하고, 내가 만나는 사람까지 잡아가느냐고 물어봐야겠습니다."

채봉은 벽에 걸려 있는, 러닝 차림으로 논두렁에 서 있는 평우의 사진을 뚫어져라 바라봤다.

"그런데, 변호사 말대로 자칫 일을 더 크게 만드는 셈이 될지도 모르잖아요."

"아주버님, 저는 절대로 일을 더 그르치지는 않을 거여요."

"물론 알아본다고 혀서 사태가 더 나빠지지는 않겠지만 혹 그럴까 봐 걱정허는 거지요."

"가족이 잡혀간 후 행방불명이 되었는데도 죽은 듯 잠자코 있다고 혀서 잘 봐주고, 그렇지 않았다고 혀서 더 나쁘게 만들 놈들 같으면 이런 작태를 보이지는 않았을 거여요. 어차피 그렇다면 차라리 무식하게 팔을 걷어붙이는 편이 그런 자들을 상대하는 현명한 방법이라고 생각헙니다."

채봉의 단호한 태도와 기세에 원우는 더 이상 입을 열지 못했다.

* * *

"아주머니, 지난번에 오셨었잖아요."

"예, 남평우 씨 찾으러 왔었지요."

"그때 모른다고 했는데 왜 또 오셨어요?"

"그때는 남평우 씨 찾으러 왔었고 지금은 특수부 부장님 만나러 왔어요."

"예? 아줌마, 미쳤어요? 부장님이 한두 사람도 아니고 또 할 일 없어서 아줌마 같은 사람을 만나고 있어요?"

"하하, 참! 어처구니가 없네."

안쪽에 앉아 있던 나이 든 남자가 웃었다.

"웃음이 나옵니까?"

"그럼 이게 웃을 일이지 울 일이여라우?"

나이 든 남자가 빈정거리듯 말했다.

"아저씨는 배 속의 애까지 자식 넷 딸린 아저씨 부인이 행방을 모르고 있는 남편을 찾아 헤매고 있다면 그때도 웃으시겠어요?"

"뭐라고요?"

채봉의 싸늘한 눈빛에 질렸는지 남자가 더는 대답을 하지 못했다.

"아저씨들이 면회를 안 시켜준다면 내가 들어가서 찾겠습니다."

채봉이 안으로 들어가는 문을 밀치고 사무실 건물을 향해 걸어 들어가자 젊은 군인이 재빨리 뛰쳐나와 제지했다.

"아줌마, 나가세요!"

"부장님을 만나보고 나가겠어요."

채봉이 제지하는 군인을 밀치고 안으로 들어가자 위병소 안에 있던 헌병까지 달려와 그녀를 강제로 끌어내리려고 했다.

"나가요! 여기가 어디라고 뛰어들어가요?"

"뛰어들어가긴 누가 뛰어들어가요? 못 들어가게 허니까 그렇지."

채봉은 안간힘을 썼다.

"김 하사, 살살 혀! 그 아주머니 임산부잖여."

조금 전 그녀를 보고 웃었던 나이 든 남자가 다시 나섰다.

"그럼 어떻게 하죠? 안 나가는데?"

"아주머니, 잠깐만 이쪽으로 들어와요. 사무실에서 얘기헙시다."

"나는 이제 더 이상 당신들허고는 얘기 못 합니다."

채봉이 다시 안으로 들어가려 하자 두 군인이 그녀의 양팔을 끌어 사무실로 들어갔다.

"김 하사! 이분 물 한 잔 갖다 드려!"

채봉이 숨을 몰아쉬며 물 한 잔을 다 마시고 났을 때 전화벨이 울렸다. 나이 든 남자가 전화를 받고 난 후 채봉을 힐긋 쳐다보더니 군인에게 말했다.

"박 하사, 그 아주머니 데리고 지금 바로 특수3부장님실로 가!"

군인이 머뭇거리자 다시 소리쳤다.

"뭘 꾸물거리나?"

"예! 바로 모시고 가겠습니다."

군인이 복장을 확인한 다음 채봉을 데리고 부장실로 들어갔다.

"거기 앉으세요."

"남편 만나러 왔습니다."

"알았으니 우선 앉으세요. 여기 커피 한잔 올려드려!"

"커피는 마시지 않겠습니다."

그는 갸름한 얼굴에 안경을 쓰고 서울 말씨를 사용하고 있었다. 부장은 슬쩍 채봉의 배를 바라보고는 다시 말했다.

"다른 차로 가져와! 남편 찾으러 오셨다고요?"

채봉은 감정이 없는 유령처럼 담담하게 예, 하고 대답했다.

"어디서 오셨습니까?"

"진안에서 왔습니다."

"남편 이름이 뭡니까?"

"남평읍니다."

"아이들이 몇입니까?"

"배 속의 아이까지 넷입니다."

"……남편을 자세히 압니까?"

"잘 압니다."

"외출할 때도 같이 다닙니까?"

"외출할 때 따라다니는 여편네도 있습니까?"

"그럼 뭘 잘 안다는 겁니까?"

"그 사람의 마음속, 사람 됨됨이, 꿈, 과거와 지금의 환경, 민족애, 그리고 그의 양심을 압니다."

"그래요? 음…… 그렇긴 하겠군요."

"저희 남편이 무슨 죄를 지었습니까?"

"이제 곧 판결을 받게 됩니다. 우리나라는 법치 국가입니다."

"법이 상식 밖에 있는 것은 아니잖아요."

"그 사람은 상식적으로 판단해도 죄지을 사람이 아니다, 뭐 그런 말인가요?"

"그렇습니다."

"맞는 말입니다. 그러니까 죄가 없으면 나올 거 아닙니까."

"남편을 만나게 해주세요."

"야! 남평우 판결 날짜 언제냐?"

"11월 5일 오전 열 십니다."

"무슨 요일이야?"

"금요일입니다."

"아주머니 성함이 어떻게 됩니까?"

"윤채봉입니다."

"윤채봉 씨! 너무 늦었지만 한 가지 말해줄게요. ……개인도 정부
와 싸울 수 있어요."

"그런데요?"

"그러나 개인은 정부와 싸워서 이길 수 없습니다. 그것이 정의입
니다."

"정말 진부한 군주론식 이론이군요. 어떻게 말을 만들든 육 년 전
에 찍은 사진 한 장을 누군지도 모르는 사람들이 불법 전단지에 올
렸다고 해서, 사진을 찍은 내 남편이 죄를 지은 것으로 꿰맞추는 것
이 정의가 될 수는 없습니다. 만약에 제 남편에게 무고한 죄를 뒤집
어씌우고도 당신이 천벌을 받지 않는다면 귀신이 되어서라도 이 복
수를 하고 말 것입니다."

채봉은 떨리는 음성이지만 의연하고 또박또박한 말투로 단호하게
말했다.

그로부터 일주일 후인 1948년 11월 5일, 평우는 채봉과 상백이 지

켜보는 가운데 사형을 선고받았으며 그 순간 채봉은 벌떡 일어섰다가 바로 쓰러졌다.

*　*　*

채봉은 마루 기둥에 등을 기댄 채 손가락 하나 까딱하지 않고 멍하니 초점 없는 눈으로 그대로 앉아 있었다. 벌건 해가 뿌옇고 진한 연기 같은 구름을 뚫고 나와 마루에 앉은 그녀의 눈동자를 붉게 물들이고 있다. 마당에서 놀던 기웅이가 손에 구절초 몇 송이를 들고 어정거리며 다가와 채봉의 양 무릎 사이에 움츠리고 앉았다. 이를 본 승희가 달려와 재빨리 동생의 손에서 꽃을 낚아채자 꽃 머리가 잘려나가고 손에는 빈 줄기만 남았다. 기웅이가 있는 힘껏 소리를 높여 울었다.

"이거 내 거란 말여!"

거머쥔 꽃 머리를 동생 얼굴에 내던지고 승희가 씩씩거렸다. 기웅은 울음을 그치고 슬그머니 기어가 떨어진 꽃을 주웠다.

"그건 누님 것인데 왜 가지고 달아나는 거여?"

기환이가 승희 역성을 들며 다그치자 기웅은 손에 들고 있던 꽃 머리를 마당에 던져버린 뒤 다시 승희의 손에 있는 것을 빼앗아 움켜쥐고 채봉의 무릎 속에 몸을 사렸다. 이내 주먹으로 눈물을 훔치며 울던 승희가 일어나더니 기웅의 손에서 꽃 머리를 다시 낚아챘다. 기웅이의 울음이 또 한 번 터졌다. 채봉은 아이들이 멋대로 싸우도록 내버려뒀다.

울고 있던 기웅이 벌떡 일어나 승희에게서 꽃 머리를 또다시 빼앗아 들고 채봉의 무릎 위로 돌아오는데, 뒤에서 승희가 쫓아와 양손으로 동생의 어깨를 힘껏 밀쳤다. 기웅이는 마루에서 토방으로, 다시 토방에서 마당으로 굴러떨어졌다. 바닥에 떨어지던 기웅이 숨이 막힐 듯이 한 번 울더니 엎어진 채 아무 소리가 없다. 채봉이 깜짝 놀라 뛰어가 안았는데 기웅의 귀 뒤쪽 머리통에서 벌건 피가 흘러내리고 있었다.

"기웅아! 아가!"

다급하게 불렀지만 아무 대답이 없었다. 채봉은 기웅을 안고 병원으로 달렸다. 달려가면서 계속 기웅이를 불렀으나 대답은 없고 머리를 받치고 있던 손바닥에 피가 흥건하게 끈적거렸다. 묵직하게 불러온 배가 계속 흔들렸으나 쉬지 않고 달려갔다.

"어머니, 어디가?"

한참을 달리는데 기웅이가 눈을 뜨면서 채봉을 불렀다. 채봉이 달리던 걸음을 우뚝 멈췄다.

"어머니 말 들려? 괜찮어? 안 아퍼?"

"응, 나 안 아퍼."

"머리에서 피가 이렇게 쏟아지잖어!"

다행히 병원에 도착하기 전에 피는 멎었고, 머리에 붕대를 감은 기웅을 안고 나오면서 채봉이 물었다.

"웅아, 정말 안 아퍼?"

"응, 안 아퍼."

"너 또 누님 거 뺏고 그럴 거여?"

기웅이는 힘차게 고개를 좌우로 흔들었다.

"누님이랑 성아만 놀고 너를 안 데리고 놀아서 화났어?"

이번에는 고개를 끄덕였다.

"그래도 뺏으면 안 되지. 그렇지?"

채봉은 법원에 다녀온 이후 처음으로 잠깐 웃었다. 집에 들어서자 기환과 승희가 마루에 발을 걸치고 앉아 있다가 벌떡 일어나 토방에 서서 기웅을 바라보더니 이내 고개를 숙였다.

"승희야!"

채봉이 낮은 목소리로 승희를 불렀다. 기환은 뭐라 말을 듣기도 전에 잘못했다고 손을 비비면서 용서를 빌었다.

"어머니, 잘못혔어요. 안 그럴게요."

고개를 푹 떨어뜨리고 있던 승희가 울먹이는 소리로 말했다.

"승희야. 너, 기웅이 넘어져서 걱정 많이 혔지?"

"예, 인자 안 밀게요."

"정말여? 그럼 동생한테 미안하다고 말혀."

승희는 울음이 터질 것 같은 표정을 지으면서도 입을 열지 못하다가 채봉이 "어서!" 하고 소리치자 후다닥 사과했다.

"기웅아, 미안혀."

승희가 울먹거리며 기웅의 손을 잡았다.

"그러고 기환이 너도 어린 동생을 그렇게 윽박지르고 혼내면 되겠어, 안 되겠어?"

기환은 입을 꽉 다물고 있었다.

"대답 안 혀?"

"안 돼. 근데 기웅이는 욕심이 너무 많어."

그러면서 입을 쭉 내밀었고 승희는 손톱을 앞니로 자르면서 계속 훌쩍거렸다.

"너도 애기 때는 그랬어. 웅이는 아직 애기잖여. 그리고 승희 너는 그 손톱 물어뜯지 말라고 어머니가 몇 번이나 말혔어? 손가락이 그게 뭐여. 손톱이 하나도 없이 벌겋게! 응?"

곁에 있던 기환이가 얼른 승희의 입에서 손을 떼어냈다.

채봉이 상백과 함께 전주교도소로 면회를 다녀온 건 그로부터 며칠이 지나서였다. 채봉은 눈물이 멈추지 않으면서도 정성을 다해 배추겉절이랑 백숙, 팥밥을 만들어 갔다. 그날 평우는 생각보다 얼굴도 나빠 보이지 않았으며, 사형선고를 받았지만 집행되지는 않을 것이고 아직 상급 법원의 절차가 진행 중이니 너무 걱정하지 말라며 채봉을 위로했다. 평우 자신도 결코 희망의 끈을 놓지 않는 듯했다. 채봉은 말없이 듣고만 있었다. 그러나 12월부터 시행되는 국가보안법이 단심으로 끝나기 때문에 공표 중인 현재는 항소나 상고가 모두 기각될지도 모른다는 불안감을 떨칠 수 없었다.

***

"남상백 어르신, 계시지요?"

태양이 회색 하늘 중천에 걸린 늦가을 어느 날 오후였다. 풍구에서 뿜어내는 왕겨가 정미소 마당에 수북이 쌓이고, 도정을 마친 심정수가 옷에 앉은 먼지를 막 모자로 때려 털고 있을 때였다. 우체부가 자신의 등짝보다도 더 널찍한 가죽 가방을 메고 들어와 노랗고 얇은 등기우편 봉투를 건네줬다. 그리고는 손바닥을 흔들어 콧구멍 앞의 먼지를 쫓으면서 정미소를 빠져나갔다. 우체부는 아무 일 없었다는 듯 콧노래를 기합 삼아 페달을 힘껏 밟으며 멀어져갔다.

귀가의 남평우(남, 29세)에게 선고된 사형이 1948년 11월 14일 15시에 집행되었음을 알리오니 시신과 유품을 수습하시기 바랍니다. 삼가 고인의 명복을 빕니다. ―전주지방법원장

마당 끝 장독대 한쪽에 장승처럼 서 있는 세 그루의 전나무 중 가운데 나무 꼭대기에, 시커먼 까마귀 한 마리가 날아와 머리와 꼬리를 위아래로 흔들어대면서 까악! 까악! 하고 두 번 목구멍이 찢어지는 소리를 내더니만 그대로 앉아 뿌옇게 흐린 하늘을 바라보고 있다. 상백은 며칠 전 며느리와 함께했던 특별 면회라는 것이 자식을 저승으로 보내기 위한 절차였음을 뒤늦게 깨달았다. 편지를 읽은 그는 하늘이 원망스럽고 세상살이가 절통한 나머지, 나락에서 동아줄에 매달리듯 평우가 닥쳐오는 죽음의 공포에서 벗어나게 되었다는 평온함을 가슴에 담아보려고도 했다.

상백은 아무 표정 없이, 예배당 쪽으로 건너가는 신작로 다리 옆 방천길 모퉁이에 있는 플라타너스와 전신주를 바라보았다. 사시사철 달리는 트럭들이 날리는 흙먼지를 꼼짝없이 뒤집어쓰면서 홀로 늙어 고목이 된 플라타너스가 말라비틀어진 커다란 잎사귀를 바람에 빼앗기고 있었다. 아직 떠나지 못한 제비들이 전깃줄에 모여 조잘대다가 떼 지어 남쪽 하늘로 날아가 버렸다. 남아 있던 제비 한 마리가 나무 위로 날아가는 잠자리를 낚아채자 순식간에 흔적도 없이 사라졌지만, 회색 하늘은 여전히 평온했다.

차출

내무반에서는 조필구와 이인선 하사가 병기분해조립 시합을 벌이고 있었다.

"시이작!"

"끝!"

분해에서 조립까지 53초 만에 끝났다.

"이인선, 승!"

"인정. 아이 씨발!"

인선이 사물함에 올려놓은 화랑담배 두 갑을 집어 입을 맞추었다.

"야, 느네들 좀 떨어져라. 고향 동기생 없으면 서러워서 어디 살겠냐."

조필구와 이인선은 입대한 지 일주일 만에 하사관 후보로 차출되어 십 주간의 교육을 받고, 다시 후반기 전문교육을 마친 다음 새롭게 배속된 내무반에서 병기 수입을 하고 있었다.

"전원, 차렷!"

내무반장이 화들짝 놀라 자세를 고쳐 소리치고 뒤이어 중대장이 들어왔다.

"쉬어!"

입을 일자로 다물고 지휘봉을 손바닥에 거머쥐면서 전체를 둘러본 중대장은 조필구와 이인선을 차례로 호명했다.

"조필구 하사!"

"예, 하사 조필구!"

"이인선 하사!"

"예, 하사 이인선!"

"오늘 오후 영외 차출이다. 한 시까지 준비 완료하고 중대장실로 오도록!"

다른 사병들이 부러운 함성을 질렀다.

"저 녀석들은 차출도 함께 나가네."

"어딘지 여쭤봐도 되겠습니까, 중대장님?"

필구가 물었다.

"가보면 안다! 끝!"

중대장은 지휘봉으로 자신의 군화를 탁탁 치면서 대답 아닌 대답을 대신했다. 다들 낄낄대며 필구를 바라보다가 중대장이 나간 다음 각자 하던 일로 되돌아갔다. 이인선이 필구에게 다가와 오른쪽 눈을 찡긋하면서 웃는 얼굴로 물었다.

"조 하사, 어디 가는 것 같어?"

"혹시 사격 점수 높다고 상 줄라고 하는 것 아녀?"

"김칫국 마시지 마. 그런 거라면 왜 미리 말해주지 않겠냐."

헌병대 옆 작은 마당에는 이미 스무 명 가까운 다른 차출자들이 모여 있었다. 그중 몇몇이 자기네들끼리 얘기를 주고받았다.

"아이, 씨발! 나 이번이 세 번째여."

"한 번 나갔다 오면 석 달 재수 없어."

"나는 자원헌 거여."

"자원했다고?"

"아, 눈 딱 감고 땡기면 휴가가 있잖아? 삼 일간 망나니 휴가."

"뭐? 망나니 휴가?"

한바탕 웃어대며 하는 그들의 말을 들은 인선이 맥빠진 걸음으로 필구에게 다가왔다.

"쟈들 지금 뭔 소리들 허고 있는 거여?"

"분위기가 상을 타는 것과는 거리가 먼 얘기 같은디?"

"전원 집합! 집합!"

잠시 후 지휘관이 차출자들을 불러 세웠다.

"오늘 여러분의 임무는 사형을 선고받은 사상범 처형이다."

일순간 분위기가 싸늘해졌고, 곧이어 여기저기에서 웅성거리는 소리가 들렸다.

"만약, 나는 도저히 그런 일은 할 수 없다, 하는 사람이 있으면 교체해주겠다. 단, 그런 경우 인사고과에 어떤 불이익이 있을지는 나도 잘 모르겠다. 그래도 나는 돌아가고 싶다는 생각이 든다면 망설이지 말고 지금 앞으로 나와라!"

다들 깜짝 놀라는 표정이 역력했다. 그러나 앞으로 나가는 사람은 한 사람도 없었다. 지휘관이 자리를 뜨자 얼굴이 새하얘진 인선이 필구 곁으로 느리게 걸어왔다.

"염병할! 우리가 그런 일도 해야 하는 거여?"

인선을 힐끗 본 필구가 침을 잇새로 밀어내 바닥에 뱉으면서 말했다.

"난 정말 자신 없는디……."

인선이 당황한 눈빛으로 중얼거리며 말끝을 흐렸다.

"야, 인마! 까라면 까야지 별수 있어?"

체념한 듯한 필구의 말에도 인선은 대답하지 않고 왼손으로 이마와 눈을 가린 채 한동안 고개를 숙이고 있었다. 그는 김제에서 가까운 익산 사람이다. 제7일안식일교회 활동을 하는 그의 어머니 신앙을 고려할 때 군에 입대할 환경이 아니었는데도 자원입대했다. 그후 하사관 후보로까지 차출되어 교육 초기부터 동향인 필구와 가깝게 지내왔는데 두 사람은 함께 대대 내의 명사수로 알려졌다.

"전원 승차한다!"

모두 총기를 수령하고 차량에 올라타 어딘지 모를 곳으로 향했다. 차량이 이동하는 동안에 주변 경관이 몇 차례 바뀌었다. 개천 옆을 달리던 차는 흙먼지가 이는 황량한 황톳길을 지나 주변에 나무가 빽빽이 들어선 숲을 빠져나오더니 다시 계곡 옆길로 한참을 달렸다.

"니미, 어디로 가고 있는 거여!"

고개를 숙인 채 까딱도 하지 않는 인선을 보며 필구가 나지막하게 지껄였다.

한참 후 차는 초소가 두 개 있는 휑한 공터에 도착했다. 초소 맞은편 공터 뒤쪽은 산자락 끝을 잘라 만들어진 황토 언덕이었다. 그 뒤는 울창한 숲이 산과 연결되어 있었다.

"사수, 탄환 수령! 사수, 탄환 수령!"

지휘관의 명령에 따라 모두가 일사불란하게 움직였다.

"허공에 쏴도 소용없다. 그래 봤자 확인 사살 시에 바로 알게 되어 사형수는 두 번 죽는 셈이 되고 적발 시 사수는 즉시 영창이다. 알겠나?"

"예!"

지휘관은 지휘봉으로 사형수들을 세워놓을 자리를 가리키면서 마치 사격 훈련을 하는 것처럼 말했다.

"사선에는 사수 스무 명이 들어가고 사형은 열 명씩 두 번에 나누어서 집행한다. 두 사람이 죄수 한 사람의 왼쪽 가슴에 붙인 빨간 표를 겨냥해 발사한다. 지금부터 예행연습을 하겠다."

필구와 인선은 6번 사형수를 맡는 11번과 12번 사수로 한 조가 되어 하얀 페인트로 번호가 적힌 조그만 팻말 앞에 나란히 섰다. 사형수가 서게 될 위치와의 거리는 약 이십 미터쯤 되었다. 지휘관의 지시에 따라 '서서 쏴' 자세로 예행연습을 할 때부터 하늘에 먹구름이 몰리기 시작하더니 이내 해가 가려져 어둑해졌다. 사격 지점 뒤 숲속 나뭇가지가 강한 바람으로 파도치듯 세차게 흔들렸다.

"죄수들이 도착하면 바로 집행할 테니까 지금부터 십 분간 휴식을 취하고 다시 집합한다. 알겠나?"

"예!"

"십 분간 휴식, 해산!"

인선이 우울한 얼굴로 필구에게 다가와 그의 팔을 끌고 외진 곳으로 가더니, 소변을 보는 흉내를 내며 고개를 들었다.

"조 하사!"

인선은 신음하듯 필구를 불렀다.

"왜?"

"부탁 하나 들어줄 거여?"

"할 수 있는 거라면⋯⋯. 뭔디?"

"나는 죽어도 못 허겄어. 이거, 농담 아녀."

"뭘?"

필구는 알면서도 물었다.

"사람 죽이는 거."

"그럼 어쩔라고?"

"조 하사가 혼자 해줘. 부탁이야. 못 하겠다면 나 지금이라도 못 하겠다고 말혀야겄어."

"너, 미쳤어? 이미 늦었어."

"농담 아니라고 했잖여."

"그냥 사격 훈련처럼 혀."

"아니, 난 그럴 수 없어. 내가 죽으믄 죽었지, 난 못 허겄어."

필구는 인선을 빤히 바라봤다. 그의 얼굴은 이내 토하기라도 할 것처럼 창백해져 있었고 눈동자가 몹시 흔들렸다.

"너 그럼 비켜 쏠 수는 있겠어?"

"그건 혀볼게."

"알았어. 그럼 넌 그렇게 혀. 사살은 내가 헐 테니까."

"고마워, 정말 고마워. 잊지 않을게."

"고마울 거 없어, 인마! 비켜 쏘는 거 시간이나 잘 맞춰. 티 안 나게⋯⋯."

"응. 그건 걱정 마."

사수들이 사선에서 대기하고 있을 때 라이트를 켠 지프차를 따라 죄수와 헌병을 태운 트럭 두 대가 도착했다. 사형수는 모두 스무 명이었다. 헌병 두 사람이 큰 보따리들을 리어카에 실어 끌고 왔다.

"이쪽 두 명의 사수는 나가서 도와줘라!"

보따리에는 눈가리개와 번호표 그리고 집행이 끝난 후 시신을 덮을 때 사용할 석회 포대와 삽 등이 들어 있었다.

죄수들은 말 그대로 몸을 질질 끌면서도 고분고분 걸었다. 첫 번째 열 명이 헌병들에게 이끌려 사격 지점에 세워졌다. 그들의 눈에 가리개를 씌우고 가슴에 빨간 과녁을 붙이러 갈 때쯤 예기치 않은 상황이 발생했다. 갑자기 강한 돌풍이 불어닥치는 바람에 헌병 몇 사람이 좁은 둑에서 발을 헛디뎌 밑으로 굴러떨어진 것이다.

"손잡고 올라와!"

다른 헌병이 손을 잡아 끌어올렸다. 그 바람에 대열이 흐트러지고 적막하게 진행되던 절차가 잠시 혼란해졌다. 그러자 지휘관이 "헌병은 원위치로 돌아간다. 사수는 조별로 한 사람씩 각자의 위치에 총을 내려놓고 헌병들을 돕는다."라는 지시를 내렸다. 사수들이 질서 정연하게 줄지어 앞으로 나갔다.

"사수는 자기 쪽 죄수의 눈가리개를 씌우고 번호표를 부착한다!"

필구는 6번 죄수의 눈가리개와 번호표를 받았다, 모두 죄수 앞으로 나가 눈가리개를 씌우고 가슴에 빨간 표식을 붙였다. 돌풍은 계속 불고 하늘의 먹구름은 한 조각도 더 끼워 넣을 수 없을 만큼 빽빽이 채워져 햇빛을 완전히 차단하고 있었으며 당장이라도 비가 쏟아질 것만 같았다.

"사수 위치로!"

"사격 준비!"

"조준!"

"발사!"

탕! 탕탕! 탕!

스무 발의 총성과 함께 열 명의 죄수들이 고꾸라지면서 앞에 파놓은 긴 구덩이로 쓰러졌다. 다시 두 번째 죄수 열 명이 끌려 들어왔고, 이번에도 죄수들이 정해진 위치에 세워진 다음 사수들은 총을 놓고 앞으로 나가 눈가리개를 씌우고 번호표를 부착했다. 눈가리개를 씌우기 위해 죄수 앞으로 다가선 필구는 기절할 정도로 놀랐다.

입대하기 얼마 전 자기에게 역사의 흐름을 말해주면서, '역사는 결국 물의 흐름과 같이 정의로운 방향으로 흐르게 되어 있으며 그 흐름 속에서 나는 어떤 역할을 할 것인가가 숙제로 남는다.'라는 가르침으로 자신이 군대에 조기 지원하게 된 정신적 이유가 되었던, 바로 그 남평우 선생님이 자신의 총알받이로 사형수의 자리에 서 있는 것이었다.

판단을 위해 망설일 시간은 단 일 초도 없었다.

"총소리가 나면 앞으로 쓰러지세요. 저 필굽니다."

필구는 앞자리 사수가 먼저 끝내고 갈 때까지 시간을 약간 끈 다음 평우의 눈가리개를 씌우면서 귀에 대고 낮은 소리로 말했다.

"사수 위치로!"

"사격 준비!"

"조준!"

"발사!"

탕! 탕탕! 탕!

이번에도 스무 발의 총성과 함께 열 명의 죄수들이 앞으로 쓰러졌다.

"사수 좌향좌! 앞으로 가!"

"전원 승차!"

사수들이 차에 오르기 시작했을 때, 시커먼 하늘에서 마침내 콩알보다 큰 빗방울이 후드득후드득 떨어졌다. 남아 있는 헌병들이 구덩이 쪽으로 다가갔다.

탕! 탕! 탕!

세 발의 확인 사살 총소리가 들렸다.

부대에 도착하자마자 돌아오는 동안 줄곧 둘만의 시간을 노리며 필구의 근처에 어물거리고 있던 인선이 쫓아와 물었다.

"쐈어?"

"응. 너는?"

"나도 쐈어."

"어떻게?"

"니가 말한 것처럼 옆으로."

"우리 이거 무덤까지 비밀이다. 알았지?"

"내가 할 소리여."

"피차일반이여."

인선이 한숨을 길게 내뱉더니 다시 필구의 귀에 대고 속삭였다.

"아까 얼핏 들었는디 차출되었던 사람 모두 삼 일씩 휴가 준다는 거 같은디?"

"그거 듣던 중 반가운 소리네."

"어디 갈 거여?"

"응, 좀 가봐야 할 데가 생겼어."

필구가 굳은 얼굴로 입술을 꽉 물었다.

방문자

"아악!"

채봉은 밤새 악몽에 시달리다 비명을 지르면서 일어났다. 평우의 사형 집행을 통보받은 후부터 거의 매일 밤 계속되고 있는 악몽이다.

"어머니, 왜 그려?"

기환이 눈을 비비며 바라봤다.

"아무것도 아녀. 더 자, 환아."

"아직 밤여?"

"응, 어서 자."

멀리서 들려오는 개 짖는 소리가 북소리처럼 간간이 들려오고 세상천지의 모든 풀벌레가 경쟁하듯 차례를 바꿔가며 울어댔다. 자리에서 일어나 앉아 있는 채봉의 온몸은 땀에 흠뻑 젖었다. 땀을 닦고 다시 누우려는데 아랫집 일성이네 개 짖는 소리와 풀벌레 우는 소리를 헤치고 조용히 대문 두드리는 소리가 났다.

탁 탁 탁!

"선생님!"

어디선가 들어본 적이 있는 목소리였다. 아주 짧은 순간, 채봉은 알 수 없는 긴장감과 흥분으로 심장이 터질 듯 고동쳐왔다.

조심스럽게 문을 열자 스무 살 전후의 큰 키에 짧은 머리, 국방색 점퍼를 입은 청년이 대문 밖에 서 있다가 낮은 소리로 말했다.

"선생님, 저예요."

채봉이 말을 못 하고 바라만 보고 있자 그는 고개를 좌우로 돌리면서 주위를 살피다가 재빠르게 안으로 들어왔다. 청년은 잠깐 웃는 얼굴을 한 뒤 고개를 숙여 인사했다. 누구인지 혼란스러웠으나 분명 아는 얼굴이었다.

"선생님, 저 필굽니다."

그가 채봉 대신 대문을 닫으면서 말했다.

"누구? 필구? 조필구?"

"예, 선생님. 안녕하셨어요? 벌써 제자 얼굴을 잊어버린 건 아니시지요?"

필구가 하얀 윗니를 드러내고 웃었다.

"아니, 니가 여길 어쩐 일이냐? 웃는 모습을 보니까 확실히 알겠구나."

"저…… 방에 들어가서 잠깐 말씀드릴 게 있어요, 선생님."

채봉은 뜻밖의 방문자로 인해 아직 꿈인지 현실인지 분간이 가지 않았다.

"들어가자."

의아한 시선으로 필구를 바라보면서 방으로 데리고 들어갔다.

"이쪽으로 내려와라."

"저, 선생님! 제가 이런 새벽에 온 것이 궁금허실 테니까 결론부터 말씀드리고 과정을 말씀드리겠습니다."

"그려, 무슨 일인데?"

채봉이 얼굴을 비비고 머리를 쓸어 넘긴 다음 필구를 천천히 들여다봤다.

"선생님은 살아 계실 겁니다."

"……누구? 선생님이라니? 지금 뭐라고 혔어?"

필구의 말을 들은 채봉이 눈을 크게 떴다가 못 들은 것처럼 거듭 확인했다. 필구는 잠시 입을 다문 채 그대로 있다가 조심스럽게 다시 말했다.

"선생님이 살아 계신다고요. 남평우 선생님."

채봉은 두 볼을 감싸고 있는 양손에 있는 힘을 다 주면서 어찌할 바를 몰랐다. 온몸이 사정없이 떨렸다.

"니가 어떻게 알아? 시신 가져가라는 통보까지 받았는데?"

"제가 저격수였습니다."

"……뭔 말여?"

"제가 명사수잖여요. 당연히 비켜 쐈지요."

"필구야, 지금 니가 헌 말 정말 믿어도 되는 거여? 정말여?"

"예, 의심받지 않아야 허니께 심장을 비켜 겨드랑이 아래를 쐈구만요."

필구로부터 상세하게 설명을 듣는 동안 채봉은 몸을 부르르 떨었다. 이야기가 끝나자 그녀는 아직 개지 않은 이불 속에 얼굴을 묻고 소리 내어 울었다.

"기환 아버지! 당신이 이미 죽은 사람이라고 생각해서 미안해요."

한참 울다가 정신을 가다듬고 필구에게로 시선을 돌렸다.

"필구야, 고맙다, 고마워. 그런데 니가 그런 위험한 일을 했는데 괜찮은 거여?"

"예, 선생님. 아직 전혀 눈치 못 채고 있는 거 같아요. 그나저나 남 선생님이 제발 무사하셔야 헐 텐디요."

"그건 하늘의 운명에 맡겨야지. 넌 그다음은 모르고?"

"예. 그치만 꼭 살어 계실 거여요."

"그런 상황에서 너를 만나는 운명이면 죽을 운명이 아닌 건 확실혀. 나는 알 수 있다. 그렇지 않고서야 그 상황에 어떻게 너를 만났겄냐."

"예. 맞어요, 선생님."

채봉은 잡고 있던 필구의 손을 놓고 눈물을 훔쳤다. 그녀의 얼굴에 생기가 돌고 눈망울이 초롱초롱 빛났다.

"그런데 너는 선생님이 왜 그런 일을 당하게 되었는지 알아?"

"모릅니다. 무슨 일로 그렇게 되셨든지 상관도 없고요."

필구가 멋쩍게 웃어 보이며 대답했다.

"아녀. 니 맘은 알겠는데 그려도 알아야 혀."

"무슨 일인디요?"

"오래전 신인 작가 사진전에서 입상한 모자 사진을 여순 반란군들이 전단에 써먹었는데 그걸 핑계로 죽인 거여."

듣고 있던 필구는 고개를 푹 떨군 채 잠자코 앉아 있었다.

"필구야, 내 말 안 믿어져?"

"왜 안 믿어요, 누구 말인디. 세상에 그런 법이 어딨대요?"

필구가 갑자기 소리를 삼켜가며 흐느껴 울었다.

"선생님은 잘못한 게 없어. 정말로!"

"제가 잠시라도 남 선생님을 의심했던 게 너무 죄송허고 억울혀요. 저는 그것도 모르고……."

필구는 참았던 울음을 한꺼번에 쏟아내듯 방바닥에 엎드려 손으로 입을 막아가며 울었다. 채봉이 그의 등을 어루만졌다.

"니가 맘고생이 심했구나."

"반란군 주동자나 뭐 그런 걸로 의심했잖어요. 선생님, 죄송혀요."

필구는 한참 동안 흐느낌을 멈추지 못했다.

"아녀, 필구야."

"남 선생님이 나쁜 일을 허신 줄 알고 월매나 속상혔는디요."

"너한테 무슨 말을 해야 헐지 모르겠다."

"내내 맴이 편치 않았었는디 제가 잘헌 일이라는 걸 확실히 알었으니께, 이젠 죽는다 혀도 괜찮어요."

필구가 눈물을 닦으며 단호하게 말했다.

"무슨 말여, 필구야. 니가 죽긴 왜 죽어. 뜻하지 않게 너를 위험에 빠뜨려버렸구나."

"아녀요, 선생님. 저는 괜찮어요."

"설혹 선생님이 죽게 되더라도 니 은혜는 잊지 않을게, 필구야!"

그녀는 필구와 얘기를 하면서도 자꾸만 방문 쪽으로 시선을 보냈다가 귀를 기울였다가 했다.

"무슨 은혜여요, 사람으로서 도리지요. 그리고 선생님! 그보담도 남 선생님이 제 마음속의 같은 자리로 돌아오셔서 정말 기뻐요. 그동안 저는 마음이 혼란스러워서 그냥 죽어버릴까 생각도 혔었어요."

"아무리 그려도 어떻게 그런 끔찍한 생각을 다 혀. 선생님이 그 정도로 좋았어?"

"그럼요! 같이 김제에 오셨다가 채봉 선생님은 친구 집에 가시고 저랑 남 선생님이랑 둘이만 있은 적이 있었는디, 그때 민족과 역사 얘기를 해주셨었어요."

"그런 적이 있었어?"

"그때 남 선생님의 민족 사랑에 대한 제 느낌이 저를 다시 태어나게 했거든요. 그려서 민족에게 도움이 되는 사람이 되기 위해 군대도 지원혀서 들어간 거고요. 그리고 선생님, 제 걱정은 마셔요."

"어떻게 안 혀? 아무리 생각해도 내가 지금 꿈을 꾸는 것 같다."

"꿈이 아니니까 정신 바짝 차리셔요. 절대로 아무 일 없는 것처럼 허시고 아무나 시신도 수습허시고요."

"그려, 알았어. 세상에, 어떻게 이런 일이……."

"저는 빨리 가봐야 혀서 이만 일어나겠습니다."

필구가 자리에서 일어섰다.

"조심해, 필구야."

"힘내세요, 선생님!"

"그러엄, 힘내야 허고말고."

"나오시지 마셔요. 저 그럼 가보겠습니다."

필구가 미끄러지듯 내려가 희끄무레한 어둠 속에 잠겼다.

채봉은 정신 나간 사람처럼 한참을 서성대다가 대문 밖으로 나갔다. 그러고는 무엇이 생각난 사람처럼 뒷산으로 올라가서 주변을 살폈다. 한여름이면 평우가 등목을 즐기던 계곡의 도랑물이 별빛을 튕기고 흐르면서 품위 있는 합창을 하고 있었고, 떨어져 쌓인 상수리나무 잎사귀들이 그녀를 반기기라도 하듯 서리에 젖은 몸으로 부드러운 소리를 냈다.

그녀는 여기저기 사람이 숨을 만한 곳을 자세히 살폈다. 한참 동안 시선이 닿는 대로 둘러보고 있을 때였다. 어두운 언덕과 하늘이 맞닿은 집 뒤 오른쪽 낮은 능선에서 뭔가가 움직이다가 멈추는 듯했다. 그 자리는 장독대 사이로 채봉의 집 마루며 안방이 다 보이는 곳이었다. 온몸에 소름이 끼치고 숨이 차오를 만큼 가슴이 뛰는 것을 느끼며 채봉은 싸리나무 넝쿨을 잡고 그쪽을 향해 조심조심 올라가면서 소리 낮춰 불러봤다.

"기환 아버지! 기환 아버지! 나예요!"

그러나 주변 어디에서도 대답은 들리지 않았고 귀뚜라미 소리만 찌르륵찌르륵 울렸다. 동쪽 하늘에는 언젠가 평우가 목성이라고 가르쳐준 큰 별 하나가 반짝이고 있었다. 채봉은 두 눈에 힘을 주고 주위를 두리번거리면서 조금 큰 소리로 다시 평우를 불렀다.

"기환 아버지!"

붙들고 있던 나뭇가지가 채봉의 손을 빠져나가면서 얼굴을 스치고 지나갔다. 나뭇가지가 털어낸 차가운 서리가 그녀의 눈썹 위에 물방울을 올려놓았다. 이번에도 역시 아무런 소리가 나지 않았다. 채봉이 신경을 곤두세우고 주변을 살피고 있는데, 조금 떨어진 능선 아래 맞은편에서 누군가가 불쑥 나타났다.

"기환 어머니, 뭐 하세요?"

일순간 호흡을 멈춘 채봉의 몸이 세워놓은 말뚝처럼 굳어졌다. 흐릿한 사람의 형체는 점점 가깝게 다가오면서 모습을 드러냈다. 여명을 등지고 어둠을 가슴으로 밀면서 성큼 다가온 그는 춘배 아버지 이 씨였다.

"깜짝이야! 아, 아녀요. 우리 기환이가 나가서요."

심장이 터질 듯 부풀었던 기대가 순식간에 무너졌으나 채봉은 재빨리 감정을 추슬렀다.

"아, 이 새벽에요? 아직 어두워서 무서울 거인디."

"그러게 말여요."

"아버지랑 함께 나온 모양이구만요."

"아니 집 뒤라 그냥 저 혼자……. 춘배 또 동생 본다면서요?"

채봉은 거의 알아듣지 못할 만큼 얼버무리는 소리로 대답하면서 얼른 화제를 돌렸다.

"예, 기환 어머니도 요즘 배가 부르셔서 공부는 못 헌다면서요?"

"예. 그런데 이렇게 일찍 어디 가세요?"

"너멍골에 감 줏으러 가는구만요. 어젯밤에 바람이 몹시 불어 많이 떨어졌을 거인디."

그는 능선 뒤에서 볼일을 보고 있었던 듯 허리춤을 슬쩍 여미면서 대답했다.

"아, 예. 다녀오셔요!"

"조심허셔요. 서리 땜시 아침에는 풀이 미끄러라우."

"예. 기환아! 기환아!"

춘배 아버지는 산길을 따라 올라갔다. 채봉은 아무 방향에나 대고 기환이의 이름을 부르며 춘배 아버지가 시야에서 사라질 때까지 몇 차례나 살펴보다가 내려왔다. 집으로 돌아온 채봉은 한동안 가슴을 쓸어내렸다. 필구가 아무 일 없는 것처럼 행동할 것을 당부했던 말

을 상기하면서 더욱 조심해야겠다고 생각했다. 서재로 들어간 그녀
는 평우의 사진을 꺼내 들고 그렁그렁한 눈으로 바라봤다.

'여보! 꼭 살아야 해요. 그리고 조심허세요. 나도 조심헐게요.'

어머니의 죽음

    연옥은 막내아들이 죽었다는 사실을 받아들이지 못하고 계속 평우를 부르며 자리에서 일어나지를 못했다. 상백은 원우가 평우의 시신을 수습하러 가야 하지 않겠느냐고 조심스럽게 물었으나 연옥이 제정신을 차리지 못하고 있는 바람에 판단 능력을 잃고 멍하니 앉아 있기만 했다. 그러던 중 식음을 전폐하고 누워만 있던 연옥이 홀연히 사라졌다. 한나절이 지나도록 돌아오지 않자 원우는 대문 밖으로 찾아 나섰고, 원우의 아내 인순은 멀리 가지는 않았을 거라며 집 안 이곳저곳을 찾아다녔다. 상백도 불안한 마음으로 서성거렸다. 그러나 아무리 찾아도 연옥은 보이지 않았다.

    광 속에서 목을 매고 늘어져 흔들리고 있는 연옥의 모습을 발견한 사람은 정미소 관리인 심정수였다. 쌀자루를 꺼내기 위해 광에 들어갔던 그가 새파랗게 질려서 상백에게 달려갔다.

    "어르신! 어르신!"

심정수의 예사롭지 않은 목소리에 상백은 갑자기 얼어붙은 사람처럼 꼼짝도 하지 않으면서 그를 불안한 눈으로 바라봤다. 무슨 호들갑이냐고 호통을 치고 싶었으나 숨이 차오를 뿐 말이 나오지 않았다.

광문을 열어둔 채 상백에게 달려가는 심정수의 다급한 발소리를 들은 인순이 먼저 광으로 달려갔다가 새파란 얼굴로 되돌아 나왔다.

"어머님이…… 어머님이 저 안에…….”

상백은 맨발로 달려나가 광문 기둥을 양손으로 잡고 안을 들여다보았다. 광 안쪽 창으로 들어오는 몇 가닥의 햇빛이 하얀 옷을 입고 대롱대롱 매달려 흔들리고 있는 연옥을 가혹하리만큼 무심하게 비추고 있고 바닥에는 넘어져 있는 궤짝 옆에 벗어놓은 고무신이 나란히 놓여 있었다. 상백이 휘청거리는 걸음으로 달려가 흔들리는 연옥의 다리를 부여잡았다.

"임자, 임자! 이거이 뭔 짓이여! 안 돼. 안 되고말고. 야야, 빨리 이 끈 풀어라. 어서!”

심정수가 옆에 놓여 있던 풍구를 가져와 딛고 올라서 끈을 풀기 시작하자 상백이 연옥의 몸을 잡은 채 위를 바라보면서 울부짖었다.

"조심혀서 풀어라. 살살! 살살!”

연옥의 시신이 그의 팔 안에 안겼다. 얼굴은 창백하다 못해 푸른 빛을 띠고 있었으며, 눈은 감고 입은 벌리고 있는데 아무런 표정이 없었다.

'원우 아버지! 혼자 가서 미안혀라우.'

그녀가 속삭이고 있는 듯했다.

"어쩌라고……. 어쩌라고, 이런 짓을 헌 거여…….”

상백은 연옥의 팔과 다리와 온몸을 마구 주물렀다. 곁에서 바라보고 있던 심정수가 울면서 소리쳤다.

"어르신, 돌아가셨구만이라우."

"임자! 이럴 수는 없는 거여. 암만, 이럴 수는 없고말고."

상백은 축 늘어진 연옥을 안아 들어 안방에 눕혔고 집안은 온통 울음바다가 되었다. 온 마을로 연옥을 찾아다니다 들어온 원우는 입에 거품을 물고 소리쳤다.

"이 대대손손 천벌을 면치 못할 놈들!"

그는 주먹을 불끈 쥐고 온몸을 부르르 떨었다. 상백은 멍한 눈으로 시신을 바라보고 있을 뿐 아무런 말도 하지 않고 표정도 없었다.

'그려! 임자가 잘 생각헌 거인지도 몰라. 허지만 나는 이대로는 도저히 가지 못허겄어. 산속에 버려져 썩고 있을 평우도 찾아와야 허고 그 일 말고도 할 일이 또 있어. 할 일이 끝나거든 나도 바로 따라갈 테니까 그리 알고 조금만 기다리소.'

그는 어금니를 꽉 깨물었다.

상백은 제정신이 아닐 채봉에게는 시어머니의 죽음을 알리지 말라 당부하고 다음 날 아침까지 꼼짝도 하지 않은 채 그대로 앉아만 있었다.

"아버님, 이러시다가 아버님마저 큰일 나십니다."

흐느끼는 원우 앞에서도 상백은 아무런 대꾸가 없었다. 인순이 물한 대접을 들고 들어와 상백 앞에 내밀었다.

"아버님, 물이라도 한 모금 드시지요."

상백은 입을 굳게 다물고 여전히 꼼짝도 하지 않았다. 잠시 후 그가 혼잣말처럼 중얼거렸다.

"세상일이란 거이 한쪽이 잘못되믄 다른 한쪽이라도 잘되는 벱인디, 남의 집 자식 죽이고 마누라까지 죽게 만든 느그 놈들은 얼마나 잘되는지 내 지켜볼 거다. 암! 지켜보고말고."

원우도 어금니를 깨물며 울음을 삼켰다. 이때 밖에서 채봉의 나직한 목소리가 들렸다.

"아버님, 저 왔습니다."

방문을 열고 나오던 원우가 채봉을 보자 참았던 울음을 터뜨렸다.

"제수씨! ……어머님이 돌아가셨어요."

"예? 그게 무슨 말씀여요?"

"어제 광에서…… 목을 매셨어요."

원우가 울음을 토해내듯 말하자 채봉은 마당에 털썩 주저앉았다.

"어머님! 저도 살아 있는데, 어머님이 왜요!"

채봉이 엉엉 소리를 내어 울었다.

"아버님도 돌아가시게 생겼어요. 지금 물 한 모금도 안 드시고 꼼짝도 안 허고 계신다니까요."

채봉은 연옥을 부르며 통곡하다가 벌떡 일어나 상백이 있는 방으로 달려가 문을 열었다.

"그러시면 안 돼요, 아버님. 지금 그이가 살아 있어요."

채봉이 울먹이며 소곤거리자 꼼짝도 하지 않던 상백이 천천히 고개를 돌렸다.

"아가, 너 지금 뭐라고 했냐?"

"평우 말여요?"

뒤따라 들어오던 원우도 눈물을 훔치면서 되물었다.

"예, 그이가 지금 살아 있다고요."

채봉이 목소리를 낮춰 속삭이듯 말하자 상백은 자리에서 일어나 밖을 둘러보고 방문을 걸어 잠근 다음, 자리에 앉아 마른 침을 꼴깍 삼키고 목소리를 낮춰 물었다.

"시방 그것이 참말이여?"

"예, 아버님."

채봉의 설명을 다 들은 상백은 금세 눈에서 광채가 났다.

"이게 어쩐 일이다냐. 세상에⋯⋯!"

몸은 물론 말소리까지 몹시 떨면서 상백은 인순이 가져온 물 한 대접을 다 비웠다.

"임자, 조금만 참지 그렸어. ⋯⋯니 에미 억울혀서 어쩐다냐."

상백이 다시 통곡을 했다. 채봉과 원우도 펑펑 눈물을 쏟았다. 잠시 후 상백이 울음을 멈추고 다시 물었다.

"그럼 시방 우리는 뭐부터 해야 허는 거여?"

"하지만 아직 확실치는 않아요."

"아니다. 그건 나를 믿거라. 우리 평우는 확실히 살어 있다! 이런 일 자체가 갸를 살리기 위헌 기적 아니겠냐?"

"아버님 말씀이 맞습니다. 저도 그렇게 믿고 있어요."

채봉이 바로 확신에 찬 음성으로 대답했다.

"아버님, 우선 가서 아무나 시신을 하나 수습해 와야 의심을 안 받을 것 같은데요."

원우가 상백의 눈을 바라보며 차분하게 말했다.

"예, 아주버니. 그 아이 얘기로는 시신이 많고 바로 부패해서 누가 누군지도 잘 모른대요. 그리고 안 찾아가는 사람들도 많고 아수라장이라 헙니다."

"그럼, 인자 앞으로 어떻게 되는 거여?"

다소 진정이 된 상백의 눈이 반짝였다.

"그 애 말이 모든 것을 운에 맡기는 수밖에 없다고 해요."

"아가! 나 물 한 잔 더 갖다주그라. 아니 에미야, 니가 갔다 와라. 밖에 한 번 둘러보고."

상백이 채봉에게 말하다가 방문 앞에 조용히 앉아 있는 인순에게 다시 시켰다. 인순이 가져온 물 한 대접을 다 들이켠 상백이 다급하게 물었다.

"밖에 뭐 별일 없더냐?"

인순의 대답을 듣고서야 상백은 숨을 크게 몰아쉬더니 다시 채봉을 쳐다보았다.

"그 청년은 하늘이 보낸 것이 맞다."

"그러게요, 아버님."

"세상에 어떻게 이런 일이 다 있단 말이냐."

"살아 있다면 어떤 방법으로라도 연락을 허겠지요. 정말 하늘이 도우셨나 봅니다."

원우도 상기된 얼굴로 눈물을 글썽였다.

"암! 그렇고말고!"

상백은 평우가 살아 있음을 기정사실로 굳히면서 다시 울고 있는 채봉에게 다가가 어깨를 다독였다.

"울지 마라. 갸는 즈그 에미가 살린 거라고 믿자."

"어머님이 기뻐하실 생각을 허면서 달려왔는데……."

"아가, 이게 다 니가 평소에 덕을 쌓으면서 살아왔기에 가능헌 일 아니겠냐."

"기적이래도 힘든 일인 것 같습니다."

원우는 평우의 일이 아직도 믿어지지 않는다는 듯 굳은 표정으로 말했다.

"아가! 그리고 애비야, 에미야! 이자부터 우리 입조심, 행동 조심 허면서 갸를 위혀 빌고 또 빌자! 우리가 여태껏 사는 동안에 베풀면 베풀었지, 남 못 할 짓 한번 헌 적 없고 양심 속이면서 돈 번 적도 없잖냐. 그리고 우리 평우가 나랏법을 어긴 것도 아닌디 날벼락 맞은 것 아니냐 이 말여. 안 그러냐? 이 모든 것이 너무 억울허니까 신령 님들이 돕고 조상님들이 도와주신 거라고 믿자. 어이?"

세 사람 모두 낮은 목소리지만 힘 있게 대답했다.

"임자! 우리 평우 살릴라고 그렸어? 그려! 우리 평우 잘 지켜줘."

울먹이며 말을 마친 상백이 다시 한참을 흐느꼈다.

"아버님, 확인도 할 겸 저쪽에서 눈치채기 전에 빨리 시신 하나를 가져와야 헐 거 같아요."

원우가 다시 조심스럽게 말을 꺼냈다.

"잉? 그렇지, 그렇지. 니 말이 맞다."

"빨리 가는 것이 좋겠습니다. 만에 하나 시신을 죄다 찾아가 버릴 수도 있으니까요."

"그렇다마다. 그럼, 어서 가자! 니열 니 어머니랑 합동 장례식 치르는 걸로 허자. 그럼 기환 에미야, 넌 가서 평우 조끼에 달린 호박 단추 하나 가져와라!"

"호박단추를요? 아, 알겠습니다."

* * *

상백은 곧장 원우와 일꾼 둘을 데리고 트럭 한 대를 빌려 빈 관을 싣고 수습하지 않은 시신을 모아두었다는 곳으로 찾아갔다.

"저어, 시신 찾으러 왔구만요."

원우가 통지서를 보여줬다.

"남평우요? 그런데 왜 이제 와요? 처형되고 바로 연락했는데 이제 오면 어떡합니까?"

통지서를 들여다보던 군인이 짜증을 부렸다.

"자식 죽은 충격으로 지 어미가 자살혀 죽는 바람에 경황이 없었소."

상백이 담담하게 말했다. 군인은 더 이상 볼멘소리를 하지 않고 상백과 원우를 번갈아 쳐다보다가 통지서에 동그라미를 치면서 물었다.

"영감님이 보시면 알 수가 있겠어요? 벌써 부패하기 시작했는데……."

"내 자식인디 바로 알지라."

"가보시지요."

군인을 따라 한참을 가자 구덩이 한쪽에 시신을 모아놓고 흙으로 덮어둔 곳에 이르렀다. 군인은 근처까지 가다가 조금 떨어진 곳에서 멈춰 섰다.

"저쪽 낮은 구덩인데 직접 파보시겠소?"

군인이 상백을 흘깃 보면서 물었다.

"일꾼들이 있으니 그러지라."

"빨리 확인해보시오."

일꾼들이 흙을 파자 아무렇게나 눕혀진 시신 일곱 구가 나왔다. 시신의 얼굴이 터질 듯 부풀어 올라 있는 데다 몸뚱이는 이미 부패하기 시작해 악취가 견딜 수 없을 만큼 심했다. 상백은 산 사람을 대하듯 의연했으며 일단 평우가 없는 사실부터 확인했다. 그런 다음 평우와 비슷한 키의 시신 하나를 붙잡아 안고 오열하기까지 했다.

"아이고, 불쌍한 내 새끼. 이게 뭔 일이다냐……."

"평우야! 아이고, 평우야!"

상백과 원우가 우는 소리를 듣자 저만큼 떨어져 서 있던 군인이 다가와 코를 막고 얼굴을 찌푸리며 말했다.

"그 시신이 맞습니까?"

원우가 울면서 군인 쪽으로 다가갔다.

"예, 우리 평우가 확실헙니다. 저 조끼의 호박단추도 맞고요."

"그럼 여기 지장 찍으시고 빨리 데려가시오!"

다음 날 연옥과 평우의 합동 장례식이 조용히 치러졌다. 산속의 바람은 싸악 싸악 소리를 내며 슬퍼했고 갈색 나뭇잎들은 바람에 떨어지지 않으려고 몸부림쳤다. 상백은 연옥의 무덤 옆에 가져온 시신을 묻어 묘비까지 세웠다.

"큰아야!"

"예, 아버님."

"저 사람이 누군지는 몰라도 니 어머니 제사 올리는 날 빠뜨리지 말고 상을 차려주어라."

"예, 저도 지금 속으로 그 생각을 허고 있었습니다."

산에서 내려오는 부자는 세차게 몰아치는 늦가을 바람에 연옥을 잃은 슬픔을 띄워 보내면서 명복을 빌었다.

'임자, 편히 쉬구려.'

상백은 어른거리는 눈으로 뿌연 하늘을 바라보며 얼굴을 타고 흘러내리는 눈물을 끊임없이 훔쳤다.

제5장

운장산

나무가 바람에 흔들리는 건 살기 위한 걸세. 흔들리지
않으면 부러질 건 뻔하지 않은가?

붉은 태양

　차례를 기다리고 있던 평우는 수십 발의 총소리를 들으면서 마치 이미 죽은 귀신이 되어 구름 위를 걷듯 묵묵히 앞사람을 따라 형장으로 발을 옮겼다. 푸르스름한 연기를 따라 바람에 실려 온 화약 냄새가 앞으로 무슨 일이 벌어질지를 예고하고 있었으나 공허로 가득 찬, 모순된 머릿속 공간은 그 기능을 완전히 잃은 지 오래였다.

　끌려가는 동안 누구 하나 저항하거나 소리를 지르는 사람도 없었다. 지정된 자리에 세운 다음 군인 한 사람이 눈을 가리면서 귀에 대고 '총소리가 나면 앞으로 쓰러지세요. 저 필굽니다.'라고 했지만, 잠시 후 '사격 준비!'라는 소리가 들리기 직전까지 그 말뜻을 이해할 수가 없었다. 그는 하마터면 그대로 그 자리에 서 있을 뻔했다.

　"사격 준비! 조준! 발사!"

　탕! 탕탕! 탕!

　평우는 벼락 치는 듯한 총소리와 함께 양손이 뒤로 묶인 채 앞으로 쓰러졌다. 샘물 속을 들여다보듯 목을 구부려 당겨진 머리가 아래쪽으로 향하고 왼쪽 턱이 바닥에 반쯤 박혔다. 이마가 뭔가에 부딪힌 듯했고 벌어진 입으로 흙이 밀려들어 왔다. 아득히 먼 곳에서 좌향좌! 앞으로 가! 하는 군인들의 구령이 들려왔다. 세상의 모든 소리를 송두리째 삼켜버린 듯한 정적의 소용돌이가 그의 귀와 머릿속을 가득 메웠다.

그는 심장까지 멈춘 듯 꼼짝하지 않았다. 반쯤 벗겨진 눈가리개 틈새로 뭔가가 보이는 듯했지만 그대로 눈을 감아버렸다. 입술도 움직이지 않았으며 숨을 쉬는 것도 최대한 자제했다. 아직 살아 있음을 자신에게마저 숨겨야 했다. 얼마만큼인지 모를 시간이 지나자 신체 각 부분의 감각이 느껴지기 시작했다. 흙냄새가 나고 겨드랑이에 통증이 밀려왔다가 지나갔다. 온몸에 차가운 땅의 한기가 스며들고 종아리에는 벌레가 기어 다니는 것 같은 느낌도 들었다.

콧구멍에 밀려들어 온 흙 때문에 벌어진 입으로 간신히 숨을 쉬면서 죽은 듯 엎드린 채 그대로 버텼다. 가늠할 수 없는 시간이 흘러갔다. 주위가 어두워지고 굵은 빗방울이 타닥타닥 떨어지기 시작하더니 금세 세찬 비가 되어 얼굴을 때리기 시작했다. 잠시 후 몇 명인가의 군인들이 빗속을 헤치고 올라오는 소리가 들리다가 그의 바로 뒤쪽에서 멈췄다. 그는 차라리 죽음이 더 나을 것 같은 공포감으로 전율했다.

"우라질! 하늘이 빵구가 났나?"

"몇 발 갈기고 가지 뭐!"

이어서 그의 고막을 향해 쏘는 듯한 세 발의 총소리가 들렸고, 머릿속에서 은빛 번개가 요동쳤다. 평우는 총을 쏜 군인들이 내려가는 소리를 듣고서야 이 모든 것이 꿈이 아닌 현실이라는 증거를 찾아보려고 노력했다. 그러나 아무리 노력해도 필구, 필구 외에는 생각 자체가 불가능했다. 눈을 뜨려는 것조차 뭔가가 보이는 순간 자신이 살아 있는 이 꿈이 사라져버릴 것만 같아 쉽지가 않았다.

시간이 흐르면서 몸뚱이 이곳저곳에 고통의 실체가 드러나기 시작했다. 추위와 두려움으로 온몸이 세차게 떨리고 겨드랑이가 칼로 도려내듯 아팠으나 손이 뒤로 묶여 만져볼 수도 없었다. 돌멩이에 받힌 이마를 위아래로 한참 동안 움직여 누군지 모를 시신의 허벅지 위에 머리를 기대고 모처럼 큰 호흡으로 배를 부풀린 다음 등 뒤로 묶인 양 손목을 있는 힘을 다해 비틀었다.

간신히 손가락 두 개가 빠지고 포승줄이 조금 느슨해졌다. 다시 힘껏 손을 비틀어 겨우 한 손을 빼낼 수 있게 되었다. 겨드랑이의 아픈 곳을 더듬자 끈적끈적한 피가 빗물과 함께 묻어났다. 자세를 바꿔 다리를 펴고 구덩이 밖이 보이도록 조심스럽게 몸통을 돌렸다. 구덩이는 생각보다 깊지 않았고 경사진 시야 속 바깥 풍경이 바로 밀려들어 왔다.

처형장 바로 위 검은 나무들의 몸체는 잿빛 어둠에 감싸인 채로 하늘을 향해 귀신의 팔처럼 뻗어 있고 가냘픈 가지들은 이파리를 흔들어 영혼의 흐느낌 같은 소리를 내며 물결쳤다. 곳곳에 있는 커다란 바위들은 달빛인지 햇빛인지 모를 음산한 빛을 뿜어내며 그를 지켜보고 있었다. 용기를 내서 기어 올라가려 해도 빗물로 미끄러워진 황토벽에 발을 딛자마자 떨어질 것 같았고 밖으로 고개를 내미는 순간 총알이 날아올 것만 같았다. 평우는 움츠린 자세로 주저앉아 몸을 떨고만 있었다.

얼마나 시간이 지났을까?

비가 잦아들고 먹구름이 걷히자 주위가 한결 밝아졌다. 초소 쪽에서 들리던 군인들의 말소리가 점점 멀어지면서 어딘가로 가는 기척이 느껴졌다. 그는 머리를 최대한 낮춘 채 구덩이 밖으로 내밀어 사방을 살폈다. 칠팔십 미터쯤 떨어진 맞은편에 초소가 하나 보였으나 사람은 없는 듯했다. 왼쪽으로는 계곡물이 흐르고 오른쪽으로는 산과 연결된 길고 낮은 언덕이 널찍하게 자리 잡고 있었다.

반쯤 걸쳐진 눈가리개를 마저 벗기고 황토벽에 박힌 나무뿌리를 잡아당겨 구덩이 중간까지 올라가 발 하나를 밖으로 걸친 다음 한쪽 팔을 내뻗어 바깥쪽 풀더미를 잡고 몸을 밖으로 빼기 위해 힘을 주었다. 그 순간, 잡고 있던 풀이 뿌리째 뽑혀 구덩이 속으로 벌렁 넘어졌다. 입에서 새어 나오는 악, 소리를 참으며 몸을 바로 하기 위해 팔을 바닥에 짚으려고 고개를 돌리자 눈가리개가 이마 위로 벗겨진 시신의 한쪽 눈이 그를 바라보고 있었다.

잠시 질겁했던 숨을 고르고 시신의 눈을 덮어준 다음, 이번에는 까치발을 딛고 서서 양손으로 구덩이 바로 바깥에 있는 작은 소나무 밑둥치를 있는 힘껏 잡아챘다. 간신히 구덩이 밖으로 빠져나온 평우는 바짝 엎드려 풀숲에 몸을 숨기면서 벌판을 기어갔다. 자라처럼 배를 깔고 가는 동안 몇 차례나 뒤를 돌아다봤으나 쫓아오는 군인은 보이지 않았고 몇몇 군인들이 시신 구덩이 위에 흙을 덮고 있는 듯한 모습이 보였다. 조금만 늦었더라면 생매장당할 뻔했다는 생각에 등골이 오싹했다.

지형이 바뀌는 벌판 끝에 이르러 큰 바위 뒤로 몸을 숨기고 앉아 주변을 살피다가 평지를 지나 산자락에 들어섰다. 비 대신 뿌연 안

개가 흰 연기처럼 내려앉아 시야를 흐리게 가렸고, 초소에는 불빛도 사람도 보이지 않았다. 젖은 나무를 헤치면서 가다 보니 얼굴에 땀과 빗물이 끝없이 흘러 입안에 짠물이 스며들었다.

서둘러 처형장에서 좀 더 멀리 떨어진 나무둥치에 몸을 숨겨가며 산등성이를 올라갔다. 한참을 무작정 가다가 걸음을 멈추고 주변을 둘러봤다. 오른편 위쪽으로 비 그친 하늘에서 구름을 뚫고 나온 엷은 햇빛이 산등성이의 나무를 가로질러 하늘과 맞닿아 있는 녹색 능선을 비추고 있었다. 능선을 넘으면 다소나마 안전할 것 같았다.

방향을 정한 그는 계속 벗겨지는 흰 고무신을 벗어 옷자락 가슴속에 밀어넣고 아예 맨발로 허리를 구부리고 한참을 달렸다. 경사가 심한 산줄기에 들어서서는 듬성듬성 서 있는 소나무를 잡고 숨바꼭질하듯 건너뛰었다. 발을 옮기다가 걷어찬 큰 돌멩이 하나가 떼구르르 소리를 내면서 멈추지 않고 한참을 굴러갔지만, 다행히 낙엽이 쌓여 있어서 소리가 크지는 않았다.

가까워 보이는 것과 달리 가도 가도 끝이 없던 녹색 능선을 겨우 넘어 해가 보이지 않는 내리막으로 접어들자 차가운 바람이 얼굴에 부딪히고 주변이 금세 어두워졌다. 어느 방향인지 모를 먼 곳에서 짐승 우는 소리가 들렸다. 산허리 조금 아래에서 바로 연결된 앞쪽의 큰 산은 완만한 듯했지만 너무 가까워서 정상을 볼 수가 없는 데다 사방은 이미 어둠 속에 잠겨 있었다.

산세가 바뀌고 시퍼런 하늘에는 어느덧 별이 가득해졌다. 간간이 울부짖는 쏙독새 소리에도 흠칫 놀라던 그는 밤의 산속에서 향긋한 숲의 내음과 어둠의 편안함을 처음으로 느꼈다. 사방은 그를 충분히 숨겨줄 만큼 어두웠고 밤하늘은 검은 산의 능선을 또렷하게 그려내고 있었다. 점점 더 깊어지는 어둠과 길을 알 수 없는 숲속에 파묻힌 채 그는 계속해서 앞으로 나아갔다. 바위와 나무에 부딪혀 넘어지고 기고 달리고 구르기를 반복하며 처형장에서 한 발짝이라도 더 멀리 도망치려고 기를 썼다.

한 줄기 선을 그어 놓은 듯 까맣던 능선 위에서부터 어느 틈엔지 새벽이 열리고 있었다. 그는 더 이상 달리지 않았다. 엷어진 어둠 사이로 주변 나무들의 줄기가 서서히 모습을 드러내기 시작하더니 밤새 넘어온 동쪽 산등성이 위로 붉은 태양이 솟구쳐 오르고 있었다. 눈부시도록 밝은 햇빛이 드문드문 서 있는 소나무 사이로 빠져나와 나뭇잎에 부딪혀 반짝였다. 평우는 양팔을 힘껏 벌려 햇빛을 가슴에 안았다. 특수부에 끌려간 이후 처음으로 마주하는 태양이었다.

아! 태양!

조국이 그렇듯이 어느 누구의 것도 아닌 우리 모두의 태양!

그는 양손을 펴 이마에 올려놓고 태양을 우러러보았다. 두 눈에서는 햇빛이 깃든 붉은 눈물이 땀에 얼룩진 볼을 타고 주르륵 흘러내렸다.

붉은 쟁반에 수정막을 씌운 듯 투명하고, 아름다우면서도 소박하고, 세상 그 누구도 미워하지 않으며, 영원히 변치 않을 미소를 띠고 있는, 지구상의 모든 생명체가 수명대로 살 수 있도록 보살펴주는 만고의 어머니 품속 같은 태양!

그는 한동안 선 채로 부드럽고 따뜻한 햇볕을 온몸 가득히 채우고 나서 다시 걷기 시작했다.

걷고 또 걸었다. 다시 한 능선을 넘었을 때 그는 어느 인적 없는 산의 정상을 딛고 있었다. 까마득한 산 아래로 엄지손톱만 한 집 몇 채가 모여 있는 작은 마을이 보였다. 공포감이 줄면서 목이 마르고 배가 고파왔지만, 다시 산길로 들어가 숲을 헤치고 바위를 건너뛰며 한참을 더 걸었다. 집이 몇 채 안 되는 조그만 마을이 점점 가깝게 산 아래로 보였고, 조금 떨어진 곳에 대나무 울타리를 한 양철지붕의 집 한 채가 굴뚝에서 부드러운 연기를 피우고 있었다.

구수한 밥 냄새가 나는 듯한 착각 속에 문득 활짝 웃으며 밥상을 들고 오는 채봉의 얼굴이 떠올랐다. 금세 눈이 붉어진 그가 서둘러 마을에서 떨어진 비탈 위쪽으로 기다시피 올라갔으나 한번 떠오른 채봉의 얼굴은 쉽게 지워지지 않았다. 해는 어느덧 중천으로 자리를 옮겼고, 산길은 나무가 빽빽하지는 않아도 몸을 숨기면서 갈 수는 있을 정도였다. 평우는 이를 악물고 산등성이를 다시 하나 넘은 다음 무릎을 세우고 앉아 잠시 쉬면서 자신의 모습을 살폈다.

겨드랑이의 피는 멎었으나 흰색 한복은 황톳물이 배어 거의 붉은 옷이 되었고, 왼쪽 어깨부터 겨드랑이 아래까지 검붉은 피가 배어 한눈에 봐도 이상해 보일 수밖에 없는 모습이었다. 그러나 갑자기 온몸으로 느끼는 피로감에 한 발자국도 더 나갈 수가 없었다. 무엇보다 목을 축이는 일과 허기진 배를 채우는 일이 시급했다. 물소리를 쫓아 내려간 계곡에서 물로 배를 채우고 차가운 물로 얼굴과 목덜미를 씻고 나자 어느 정도 정신이 맑아졌다.

세상에 태어나서 가장 달콤하고 개운한 물맛이었다. 바로 앞에서 작은 바위 조각 같은 개구리 한 마리가 팔딱 뛰면서 그를 웃게 했고, 졸졸 흐르는 물소리는 큰 휴식이 되었으며, 계곡에서 풍기는 산 내음은 그의 심신을 위로해주고도 남았다. 겨드랑이 통증은 여전히 심했다. 게다가 어제 맨발로 걸었을 때 뭔가에 찔린 발바닥이 몹시 아프고 엄지발가락에서 피가 나고 있었다. 온 발바닥이 상처투성이였다. 그는 어금니를 깨물고 발을 깨끗이 씻은 다음 양말을 빨고 신발도 씻어 다시 발에 꿰어 신었다. 발이 한결 편해졌다.

푸드덕!

허리를 펴고 일어서는데 바로 앞에서 꿩 한 마리가 산 위쪽으로 훌쩍 날아갔다. 잠시 휴식을 취한 그는 다시 힘이 솟았다. 춥고 배고프고 힘들지만, 이 모든 것은 자신이 살아 있으므로 느낄 수 있는 것이다. 처형장에서 조금이라도 더 멀리 가야 한다는 일념으로 다시 걸음을 떼었다. 방향을 제대로 알 수 없지만 그가 할 수 있는 일이라고는 가능한 한 멀리 가는 것뿐이었다.

어느새 두 번째 날이 저물기 시작했다. 평우는 쉴 곳을 찾아 두리번거렸다. 계곡에서 약간 떨어진 곳에 있는 큰 바위 밑에 한 사람이 들어가 누울 수 있는 틈이 보였다. 그는 젖지 않고 보송보송한 낙엽을 잔뜩 긁어모아 바위틈에 깔고 자신의 몸을 밀어넣은 다음 팔베개를 하고 누웠다. 수많은 생각이 뭉게구름처럼 엉키고 펼쳐지고를 반복하며 떠올랐다.

이곳은 처형장에서 얼마나 떨어진 곳일까? 설마 빙빙 돌아 다시 제자리로 온 건 아니겠지? 필구는 도대체 어떻게 그 자리에 나타났단 말인가! 그 아이에게 별 탈은 없는 걸까? 그리고 처형장 군인들은 내가 없어진 걸 아직도 모르고 있는 건가? 아버님과 어머님, 그리고 형님들은 나로 인한 충격을 어떻게 견디실까?

내가 전부였던 불쌍한 내 아내 채봉, 이제 겨우 스물일곱! 똘똘한 큰아들 기환이, 깐깐한 성격의 승희, 욕심 많고 고집 센 기웅이, 이제 태어날 준비를 하는 배 속의 아이.

나는 내 가족에게 무엇을 남겨주었는가!

지금쯤 엄청난 충격에 사로잡혀 있을 채봉을 생각하자 가슴이 저리고 아파왔다. 평우는 자신이 처형되었다는 사실을 채봉이 아직 모르고 있기를 간절히 바랐다. 시간이 흐를수록 삶과 죽음이 공존해 얽혀 있는 어딘지 모를 나락 속으로 빠져들어 가면서 온몸의 감각이 사라지고 마음이 평온해지기 시작했다.

여기저기에서 길게 주거니 받거니 울어대는 새소리가 귓가에 울렸다. 살며시 눈을 떠보니 희뿌연 새벽안개가 계곡 건너 산등성이에 있는 바위와 나뭇가지 사이사이에 내려앉아 있었다. 하늘 끝 한쪽에서부터 서서히 여명이 밝아오기 시작했다. 평우는 자신이 아직 살아 있음을 새삼스레 확인하며 바위틈에서 일어나 앉았다.

다시 새날이 밝은 것이다. 서둘러 또 한 차례 계곡물로 배를 채우고 깊은 숲속으로 무거운 발걸음을 옮겼다. 한나절이 지날 때쯤 낮은 능선을 하나 더 넘자 시야가 툭 터졌다. 가까운 곳부터 먼 곳까지 주변을 꼼꼼히 살폈더니 아래쪽 야산에는 밭이 보였고, 좀 더 멀리 떨어진 평지 건너편에 이삼십 채 정도의 집이 있는 마을과 그 뒤편으로 차가 다닐 수 있는 신작로가 보였다.

마을에서 멀리 떨어진 산 중턱 밭으로 가서 먹을 수 있는 뭔가를 캐 먹어야겠다고 생각했다. 그리고 해가 지면 마을 끝 외딴집으로 내려가 옷을 하나 구해 입고 좀 더 멀리 산속으로 들어갈 계획을 세웠다. 다행히도 그가 찾은 밭두렁은 수확이 거의 끝난 고구마밭이었다. 비교적 알이 큰 고구마 몇 개를 캐서 계곡으로 내려가 씻어 먹고 다시 몇 개를 더 캐서 물에 씻어 주머니에 넣었다.

허기를 면하자 피로감이 한꺼번에 밀려왔다. 평우는 잠시 쉴 만한 데를 찾았다. 어제처럼 큰 바위 하나를 찾아내 나뭇가지로 앞을 가린 다음 마른 낙엽을 긁어모아 바닥을 최대한 두툼하게 만들고 그 속에 들어가 누웠다. 바람도 불지 않고 드높은 나뭇가지 사이로 햇볕이 내려와 온몸을 비춰주어 어제보다 한결 따뜻했다. 하늘에는 맑고 하얗고 작은 구름이 겹치고 풀어지면서 평화롭게 흘러갔다. 몸과 마음이 조금 편해지자 생각이 다시 꼬리에 꼬리를 물고 머릿속을 가득 채웠다.

내 인생의 어디서부터 잘못된 것일까? 지금의 죽을 고비를 넘긴다 해서 과연 내가 살아날 수는 있는 건가? 살아남기 위해서는 어떻게 해야 하나? 살아난다면 어떻게 사는 것이 가장 올바른 선택인가?

그는 자신에게 수많은 질문을 하고 또 해보았지만 지친 몸과 마음은 그를 깊은 잠 속으로 빠져들게 했다.

* * *

"뉘쇼?"

노인이 말했다.

"살아 있소?"

노인은 누워 있는 젊은이의 몸을 흔들면서 재차 물었다.

"누구신지요?"

화들짝 놀란 젊은이가 벌떡 일어나 머리를 숙였다.

"나는 지나가는 사람이오만⋯⋯."

노인이 허리를 펴고 일어나면서 젊은이를 위아래로 훑어봤다. 젊은이는 양손을 깍지 끼고 앉아 입을 굳게 다물었다.

　　"어디 도망가는 사람이쇼?"

　　"그렇습니다."

　　"날 해칠 거요?"

　　노인이 지팡이를 양손으로 짚고 물었다.

　　"그럴 리가 있겠습니까. 어르신을 뵈니까 저희 아버님 생각이 납니다."

　　"사람을 죽였소?"

　　"아닙니다."

　　"그런데?"

　　"처형장에서 도망쳤습니다."

　　"처형장에서?"

　　깜짝 놀란 노인이 주변을 살폈다.

　　"언제?"

　　"어제, 아니 그저께입니다."

　　"내 집으로 가서 얘기합시다."

　　노인이 앞장서 내려가려고 몸을 돌렸다.

　　"아닙니다. 여기서 먼저 말씀을 드리고 싶습니다."

　　"여기서 얘기하다가 혹 지나가는 사람이 있으면 큰일 아니오? 어서 갑시다!"

　　"댁에까지 저를 데려가셨다가 피해를 보실 수 있습니다."

　　젊은이는 천천히 자리에서 일어섰다.

　　"내 걱정 말고 갑시다."

"저는 사상범으로 사형을 선고받아 처형장에 갔다가 누군가의 도움으로 목숨을 부지하고 도망가는 중입니다."

"짐작했소만 운이 좋소. 따라오시구려."

젊은이는 무릎을 꿇고 머리를 숙여 감사하다고 말했다.

"일어나시오. 여긴 생각보다 행인이 잦소."

노인은 평우를 산속에 있는 외딴 움막집으로 데려가 우선 간단하게 요기를 하게 한 다음 말린 약재를 찧어 겨드랑이 상처에 붙여줬다. 그리고는 허름한 한복 바지저고리와 조끼를 찾아내 건네줬다. 평우는 사양하지 않고 주섬주섬 옷을 입었다. 항아리에 담아놓은 숯불로 훈훈해진 방 안 공기와 구수한 잿불 냄새가 도망자의 마음을 포근하게 감싸주었다.

밤이 새도록 평우의 얘기를 다 들은 노인은 전혀 지친 기색 없이 고개를 끄덕였다. 어느덧 호롱불보다 밝아진 빛바랜 창호지 바깥 숲속에서 온갖 새들이 재잘대며 활기찬 아침을 알려주고 있었다.

"귀하게 자라 명분도 없이 억울한 개죽음을 당할 뻔했구먼!"

"이미 죽은 것으로 알고 비탄에 빠져 있을 가족들을 생각하면 죄스러운 심정 이루 말할 수 없습니다."

"죽을 고비를 넘긴 자네는 결코 쉽게 죽지는 않을 것 같네."

노인이 웃으며 말했다.

"사람의 마음이란 것이 간사하기 짝이 없는 것 같습니다."

노인은 왜 그러느냐고 묻는 표정으로 평우를 바라봤다.

"……살겠다고 발버둥 칠 때는 언제고, 지금 저는 살아 있다는 기쁨보다는 저 자신이 한심하다는 생각이 드니 말입니다."

노인은 쓸데없는 생각으로 자책하지 말고 진지한 마음으로 살아

갈 방도를 찾으라며 손을 뻗어 평우의 팔을 매만졌다.

"삼 일 전 처형장에서 도망쳐 어르신을 뵙게 될 때까지 저는 사람도 아니었습니다."

"그럼 뭐였다는 말인가?"

"살려고 바둥거리는 짐승이고 벌레였습니다."

말을 뱉는 순간 평우가 흐느끼기 시작했으며 점점 격한 울음으로 바뀌었다. 노인은 평우가 울음을 그칠 때까지 기다리고 있다가 부드러운 목소리로 말했다.

"사지에서 도망치는 놈이 품위 지키는 거 봤나? 내가 보기엔 사흘 동안 살기 위해 몸부림친 자네야말로 가장 인간적이었네."

"그럼 이전의 저는 무엇이라는 말씀입니까?"

"이전에도 자네는 분명 남평우였지. 자기 자신을 지금처럼 잘 알지 못하는……."

"지금 제가 무엇을 더 깨달았다는 말씀이신지요?"

"자네가 스스로 자신을 그토록 소중히 여기고 있었다는 사실을 이제야 깨달은 거지."

"예, 저는 살아남기 위해 어떠한 짓이라도 했을 것 같습니다."

"자신을 위할 줄 모르면서 어떻게 남을 위할 수 있겠는가."

노인은 마치 평우의 모든 삶을 꿰뚫어 보고 있는 것처럼 말했고 음성은 다독이듯이 바뀌었다.

"어르신의 말씀을 듣고 나니까 무척 혼란스러워집니다."

"왜 아니겠나. 우선 아무 생각 말고 한잠 자게나. 모든 걸 그다음에 생각해도 늦지는 않네."

"감사합니다, 어르신. 염치 불고하고 좀 눕겠습니다."

"그러시게. 자네는 지금 사흘 밤을 지새운 셈이네."

옆으로 누운 평우의 눈에서 한없이 눈물이 흘렀다. 그는 눕자마자 곧 죽음 같은 깊은 잠에 빠졌다. 잠이 든 내내 죽음의 그림자가 꿈속까지 쫓아와 그를 놓아주지 않고 희롱했다. 다시 사형대에 서서 시뻘건 불덩이가 되어 날아오는 총을 맞기도 했다. 놀란 나머지 잠시 눈을 뜨기도 했지만, 이것저것을 생각할 힘도 남아 있지 않아 비몽사몽은 계속되었다.

허운악

헛기침 소리와 함께 구수한 된장찌개 냄새가 나더니 노인이 문을 열고 들어왔다. 평우가 벌떡 일어나자 눈을 마주치면서 널빤지에 다리를 달아 만든 탁자 위에 밥상을 차렸다. 노인은 운장산 자락에서 화전을 일구면서 사는 허정달이라는 사람으로 식솔 없이 혼자 살고 있었다.

"자, 식사하게나."

정달이 숟가락을 들어 평우의 손에 쥐어주었다.

"이 은혜를 어떻게 갚아야 할지 모르겠습니다."

"은혜는 무슨……. 자네에게는 그렇게 느껴질 수도 있겠지만 나는 하찮은 편의를 제공해주고 오랜만에 삶의 맛을 느끼는 중이라네. 오히려 내가 고맙네."

평우는 밥을 먹다가 목이 메어 몇 번씩이나 먹는 것을 멈추었다.

"어르신, 제가 살아 있는 건지 꿈을 꾸고 있는 건지 분간할 수가 없습니다."

"그럴 테지. 우선은 아무 생각 말고 천천히 먹기나 하게."

밥을 다 먹고 나자 정달이 상을 밀어내고 진지한 얼굴로 다가와 앉았다.

"내 이제부터 다른 젊은이 얘길 하나 해주고 싶은데 들어보겠는가?"

"예, 말씀해주십시오."

허정달은 담담하게 이야기를 시작했다.

"그 젊은이 이름은 구름 운(雲)자에 큰산 악(岳)자를 붙인 운악이라고 하네. 1918년에 태어났으니까 자네보다 한 살 많겠구먼. 그 아이는 동대문에서 종묘상을 하는 고리타분한 아버지와 여학교 교사인 어머니 사이에서 태어났는데, 자네처럼 비교적 영특하고 공부 머리가 있었지……. 중동학교 재학 시절에는 항일학생연합운동의 여파로 일어난 반일시위에 연루되어 쫓긴 적도 있고, 일본문화배척운동까지 벌이는 바람에 졸업 전에 퇴학을 당하고 말았네. 자넨 중학 때부터 일본에 있었다고 했지?"

"예, 그렇습니다."

"그 아이는 그 후 일본으로 건너가 혼슈고등학교를 거쳐 와세다대학 영문학과에 입학했네. 그런데 동경에서 조선독립운동 조직에 가담했다는 이유로 태평양전쟁 때 예방 검속으로 구금되기도 했었지. 어쨌든 대학을 졸업하고 다시 대학원에 입학했네."

"학문에 대한 의지가 대단하셨나 봅니다."

"그런 편이었지. 일본에서 공부는 하게 되었지만 조선 독립에 은밀히 신경을 쓰면서 말이야. 대학원 졸업 후 귀국해서는 서울에 머물면서 경성제국대학 강사로 근무하게 되었다네. 계속해서 독립운동과 관련된 일을 하면서 말일세."

평우는 부끄러움에 얼굴이 화끈거려 차마 정달을 정면으로 바라볼 수가 없었다.

"……아마 자네와 같은 마음이었을 거야."

"아닙니다. 저는 오로지 마음뿐이었습니다."

"자네는 여건이 조성되지 않았을 뿐인 거지. 아무튼 그 아이는 학문과 독립운동을 겸하다가 8·15광복을 맞이했네. 그 뒤 어미가 세상을 뜨고 좌파 문화예술운동의 주도적 인물로 활동했었지."

얘기를 하는 동안 정달의 표정이 점점 굳어갔다.

"혹시 자제분 말씀이 아니신지요?"

"맞네, 내 아들 얘길세. 사진 한번 보게."

정달은 기다리고 있었던 사람처럼 까만 바구니 안에서 빛바랜 시민증을 꺼내 사진을 보여줬다.

"어떤가? 얼핏 보면 누가 자네 사진을 붙여놓은 것 같지 않은가? 얼굴뿐만 아니라 체격도 비슷하네."

"그런 것 같기도 합니다."

"그런데 재작년 시월, 서울대학교 설립 직후 강당 이층에서 강경우파의 어느 놈한테 떠밀려 일층으로 떨어지는 바람에 의식불명이 되었지 뭔가."

"어떤 놈이……. 범인을 잡았습니까?"

"당시 경찰의 발표 내용으로는 심장병이 발작해 떨어진 것으로 결론짓고 말더군."

"나쁜 놈들! 그 후로 어떻게 되었습니까?"

정달은 고개를 젖혀 눈물을 삼키고 그 후의 과정을 설명했다. 세

브란스병원 중환자실에서 의식 없이 연명하고 있었는데 돈도 재산
도 다 떨어지고 차라리 죽는 것만 못하다는 생각이 들어, 죽고 살고
는 하늘에 달렸다는 결단을 내리고 산소 호흡기를 떼었다는 것이다.
평우는 조용히 다음 말을 기다렸고 잠시 숨을 가다듬은 정달이 이야
기를 이어갔다.

"그때 누워 있던 아들놈이 벌떡 일어나는 거야. 그때는 정말이지
이런 걸 보고 기적이라고 하는구나, 생각했지."

"정말 다행입니다."

"아닐세. 그런데 자세히 보니 정신이 빠져나간 얼간이더라고. 그
후 어차피 먹고살 방안도 없고 도시에서 손가락질 받으며 사느니,
산속에서 애비랑 살 때까지 살고 있다가 죽으면 같이 죽자는 생각으
로 이곳에 와 있었는데……."

정달은 목이 메어 잠시 말을 잇지 못했다.

"어느 날 화전 일군 땅에 밭 매고 돌아와 보니까, 저 건너 밤나무
에 목을 매고 죽어 있더구만."

"……얼마나 기가 막히셨습니까?"

정달의 검고 주름진 볼 위로 서글픔이 자리 잡혔다가 지나갔다.
멍하니 앉아 듣고 있던 평우의 눈시울이 붉어졌다.

"나는 그 아이의 죽음을 결코 인정할 수도, 용서할 수도 없어서 아
직껏 함께 데리고 살고 있다네."

정달이 마른 손으로 흐르는 눈물을 훔쳤다.

"자식이 죽으면 가슴에 묻는다는 말을 저도 들었습니다."

"그 얘긴 차후 하기로 하세나."

평우는 정달의 말을 듣고 나니까 더더욱 아버지 모습이 눈에 선하

고 이렇게 살아 있는 자신이 부끄러워진다며 부디 힘을 내서 살아가라고 정중하게 말했다.

"저는 이제 바로 떠나겠습니다."

"서두를 것 없네."

"하지만 저로 인해 어르신께 누가 되는 일은 하지 않겠습니다."

"잠깐 내 말을 좀 더 듣게. 지금 내 곁에 자네가 있다는 사실은 결코 누가 되지 않으니 말일세. 우선 뭐 한 가지 물어봐도 되겠는가?"

"예, 뭐든 말씀하시지요."

"자네를 처형한 지금의 정부를 어떻게 생각하는가? 이 나라를 원망하는가?"

"조상 대대로 살아온 이 나라가 저를 처형한 것은 아닙니다. 개인적인 욕심을 위해 누명을 씌운 어느 범죄자의 짓이지요. 권력을 손아귀에 쥔 자들 또한 내가 아니면 안 된다는 영웅주의적 구실로 국민을 이용하는 것은 안 된다고 생각합니다."

"이상하게 들릴지 모르지만 자네와 얘길 하다 보니 마치 내 아들과 함께 있다는 착각을 할 정도로 두 사람이 똑같네. 성격도, 사고방식도, 그리고 생긴 것까지 말일세. 단 한 가지, 하나는 죽었는데 살아 있고, 또 하나는 살아 있는데 죽은 점만 빼고 말이야."

"무슨 말씀이신지요?"

"하나는 죽었는데 호적엔 아직 살아 있고, 또 하나는 살아 있는데 호적엔 죽어 있다는 말이지. ……내가 내 아들 얘기를 무엇 때문에 이렇게 상세하게 했는지 알겠는가?"

정달은 진지한 얼굴로 평우를 바라봤다.

"아드님의 사망 신고를 하지 않으셨군요."

"그렇다네. 사망 신고는 물론 매장도 하지 않았네."

"그러시면 아드님을 데리고 사신다는 아까 그 말씀이…… 그럼 지금 어디에?"

"내가 자네를 만난 그 계곡 옆 산등성이에 쉽게 알아볼 수 없는 바위굴이 하나 있는데 거기에 앉혀뒀네."

"아드님이 사망한 지가 얼마나 됐습니까?"

"금년 봄이었지."

"왜 매장도 안 하셨는지요?"

"자네만큼이나 나라를 사랑하던 내 자식이 광복을 맞아 좋은 세상을 살아보기는커녕, 일본 놈도 아닌 조선 놈에게 떠밀려 얼간이가 되었다가 산속에 들어와서는, 어느 날 자신이 병신 된 걸 알아차리고 목을 매 스스로 죽은 걸 생각하니까, 너무도 가련하고 억울해서 차마 땅속에 묻어버릴 수가 없었네."

정달은 기어이 울음이 터져 한참을 흐느꼈다. 평우 또한 주체할 수 없는 눈물을 쏟았다. 잠시 후 정달이 마음을 추스르고 얘길 계속했다.

"그런데 신기하게도 그 바위굴에 있는 아이가 지금까지 몸은 다 썩어 없어졌는데 머리통은 거의 그대로 있네."

평우가 깜짝 놀라 바라봤다.

"지금도 사나흘에 한 번씩은 가보는데 표정이 갈 때마다 조금씩 다르다네."

"표정이 변하다니요?"

"어떨 땐 웃고 어떨 땐 눈물만 없을 뿐 분명 울고 있는 얼굴을 하고 있네."

평우는 마치 딴 세상에 와있는 이방인처럼 어리둥절한 얼굴로 정달의 말을 기다렸다.

"실은 자네를 만난 날도 내 자식 놈을 만나고 오는 길이었네. 그날은 그 아이 표정이 눈물을 흘리고 있는 듯했던 날이네. 그런 날이면 돌아오는 길이 마음도 편치 않고 울적해지곤 하는데, 바로 그때 낙엽을 덮고 잠들어 있는 자네를 봤던 것일세."

"아, 그러셨군요."

"나는 그 순간 내 아들 운악이가 굴에서 나와 누워 있는 것 같은 착각에 가슴이 걷잡을 수 없이 뛰었다네."

정달의 두 볼에 또다시 가는 눈물이 주르륵 흘렀다. 평우의 눈에도 눈물이 대롱거렸다.

"나도 참 주책이구만."

"아닙니다, 아버님!"

"자네 지금 날더러 아버님이라고 했는가?"

"예, 마치 저희 아버님 말씀을 듣고 있는 듯해 저도 모르게 그만……."

"자네 어떤가? 허운악이가 되어보지 않겠는가?"

"정말 감사합니다, 어르신! 하지만 그건 살기 위한 필요의 문제 이전에, 이제껏 남평우의 운명으로 살아온 한 인간으로서 깊이 생각해보아야 할 도리의 문제인 것 같습니다."

"오로지 살기 위해서 가족은 물론 자네를 구하고 죽은 친구와 자신까지도 배신하는 느낌이 드는가?"

정달은 대답을 못 하는 평우의 눈을 빤히 바라보았다.

"자네는 지식은 풍부해도 상식이 빈곤한 사람이구만. 나는 자네더러 내 아들이 되라는 것이 아니라 그렇게 머리를 쓰라는 걸세. 자네, 나무가 바람에 흔들리는 이유가 뭐라고 생각하나?"

"가만히 있고 싶어도 바람이 가만두지 않기 때문입니다."

"자연에 어찌 바람이 없을 수가 있겠나. 그건 결과를 남에게 책임 지우는 말일세."

"그럼 흔들리는 이유를 뭐라 말해야 합니까?"

"나무가 바람에 흔들리는 건 살기 위한 걸세. 흔들리지 않으면 부러질 건 뻔하지 않은가?"

"예, 듣고 보니 어르신의 말씀이 맞습니다."

탱그렁! 탱!

싸리문에 매단 깡통이 흔들리면서 소리를 냈다. 순간 평우가 깜짝 놀라자 정달이 안심시켰다.

"놀라지 말게. 깡통도 바람에 흔들리는 거니까……."

"아, 예."

"내가 자네에게 이런 해괴한 권유를 하는 것은 자네도 자네지만 자네 부모님과 처자 생각을 해볼 때 안타까워서 그런다네."

평우는 말을 못 하고 입을 꾹 다물고 있었다.

"이 세상에 자식의 죽음을 보는 부모의 마음이나, 자식 딸린 처자가 남편의 죽음을 보는 것보다 더한 아픔은 없는 거라네."

"그럼 저는 이제 어떻게 해야 한다는 말입니까."

정달은 고개를 푹 숙이고 있는 평우의 등을 어루만졌다.

"넷이나 되는 자네 자식을 보는 어미의 심정을 생각해보게."

평우가 코를 훌쩍였다.

"말이 또 길어졌구먼……."

번민

　누워 있는 평우 옆에 정달이 조용히 앉아 있었다. 살짝 눈을 뜬 평우가 정달을 보고 깜짝 놀라 일어나 앉았다.

　"자네 허운악이 되는 것이 싫어서 바로 떠날 생각일랑 하지 말게. 우선 심정 정리부터 하고 방침이 선 다음에 떠나도 늦지 않을 테니 말일세. 더욱이 나한테 피해 줄까 봐 떠나려는 건 무엇보다도 용렬한 생각이니 그러지 않기 바라네. 내가 여기 처음 왔을 때만 해도 다섯 가구가 화전 부쳐 먹고 있었는데 이제 나 혼자 남아서 적적하긴 해도 남의 눈 걱정할 일은 없네. 게다가 이제 며칠 지나면 십이월 아닌가. 눈 쌓이기 전에 밥값으로 내 일도 좀 도와주고 가게나."

　"감사합니다, 어르신. 허락해주신다면 염치 불고하고 그리하겠습니다."

　"감사는 무슨…… 내가 고마워할 일이래도. 그리고 여기 있는 동안은 자네는 꼼짝없이 허운악이라는 사실도 잊지 말게."

"예, 어르신!"

"자네 고구마술 먹어봤는가? 여기선 그나마도 금덩이보다 귀하지."

"마셔본 적이 없습니다."

정달은 윗목에 있는 탁자를 끌어당겨 앞에 놓고 주발에 술을 따랐다.

"자, 한 잔 쭉 마셔보게."

평우는 정달이 내미는 술 한 사발을 쭉 들이켰다.

"어르신, 제가 한 잔 올리겠습니다."

정달은 받은 술잔을 단숨에 비우고 다시 평우에게 건넸다.

"자, 한 잔 더 들게. 자기감정을 자신도 잘 모를 때는 술이 명확하게 가르쳐주지. 지금의 자네 같은 경우에 말이야."

평우는 연거푸 몇 잔을 마신 후 정달의 권유대로 자리에 누웠다. 어느 순간, 채봉이 소복을 입은 채 어머니 옆에 앉아 울고 있고, 기환도 흰 두루마기를 입고 있는 모습이 보였다.

그가 채봉을 부르며 다가가 어깨를 안자 고개를 휙 돌렸다. 자신을 바라보는 채봉의 얼굴빛이 시커멨다. 눈은 푹 파여 있고 주름진 입술은 파르르 떨리고 있었다.

"아니, 여보! 당신 얼굴이 왜 이려?"

몸서리를 치면서 불쾌감을 떨쳐내려고 팔다리를 흔들었지만 채봉의 괴이하고 검은 얼굴은 좀처럼 사라지지 않았다. 그는 꿈도 아니고 현실도 아닌 환상에 점점 견디기 힘든 고통 속으로 빠져들어 갔다. 평우는 벌떡 일어나 비틀거리는 걸음으로 뛰쳐나갔다.

어두운 산속을 향해 한편으로는 도망치고 한편으로는 쫓아가듯 앞으로 달려갔다. 나뭇가지들이 부딪히고 앞을 가로막았으나 가는 길을 멈추지는 않았다. 그는 점점 더 빠른 속도로 미친 듯이 산길을 달렸다. 한참을 달려 길이 끊긴 절벽 앞에 섰을 때 그는 바위에 머리를 박으며 울부짖었다.

"여보! 기환아! 승희야! 기웅아! 그리고 아가야! 미안하다. 다음 세상에서 만나면 너희만을 위해서 살아가마. 약속한다! ……건강하게 씩씩하게 잘 살아라. 그리고 이 아비를 용서해라."

이마에서 번진 피가 얼굴을 타고 흘렀다. 그는 번개가 스치듯 울음을 멈추고 허리끈을 풀어 산 아래쪽으로 뻗은 굵은 나뭇가지에 단단히 매고 반대쪽 끝을 당겨 올가미를 만들어 목을 걸고 몸을 산 아래로 힘껏 띄웠다. 숨이 컥 막히는 고통과 동시에 발에 차인 돌이 구르는 소리와 나뭇가지가 낙엽을 떨어뜨리며 흔들리는 소리가 아득하게 들려왔다. 알 수 없는 상쾌함이 바람처럼 전신에 휘감긴다.

부드럽고 따뜻한 노인의 손이 평우의 이마를 짚었다.

"정신이 드는가? 참 묘하기도 하지. 자네가 목을 맨 자리가 바로 운악이가 죽은 자릴세. 깜깜한 밤에 가본 적도 없는 그 자리엔 어떻게 찾아갔을꼬? 귀신이 자네를 불렀구먼! 못된 놈 같으니라고……."

평우는 대답 없이 듣고만 있었다.

"아무리 그렇다 해도 소신이 분명한 사내가 그깟 허깨비 하나 못 이기고 죽을 길을 쫓아갔다는 말인가?"

정달이 웃음 반 야단 반으로 평우의 머릿속을 건드렸다.

"아무리 생각해도 이런 몸으로 남편 노릇도, 아비 노릇도, 삶의 보람을 찾을 수도 없을 것 같습니다. 남에게 고통만 주는 쓸모없는 목숨 살아서 뭘 하겠습니까."

정달이 평우의 따귀를 치면서 호통쳤다.

"예끼, 이 천하에 미련한 놈 같으니! 사내대장부가 그깟 알량한 이유로 부모와 처자를 연거푸 팽개치려 했다는 말이냐?"

평우의 눈가에서 눈물이 끊임없이 흘러내렸다. 정달이 다시 부드럽게 입을 열었다.

"그리고 이 안타까운 사람아! 인생을 너무 진지하게 살려고 하지 말게. 그러다 보면 그렇지 못한 자신을 결국 자학하는 결과를 만든다네. 조물주도 인간더러 그렇게 살라고 하진 않을 거야. 인생이란 그렇게 진지하게만 살아갈 수는 없는 법이니까 말이야."

"죄송합니다."

"그리고 죽어 썩으면 땅속에서 보람이 생긴다든가? 더군다나 자네의 목숨은 자네만의 것이 아니지 않은가?"

정달은 따뜻한 손바닥으로 평우의 눈물을 닦아주며 말을 이었다.

"내 야단은 쳤지만 자네 마음을 모르는 바는 아니네. 어쨌건 자네는 자신을 두 번 죽인 셈이니 이제 그만 마음의 짐이며 자존심일랑 다 내려놓고, 그저 화전이나 일구면서 살아가다가 언제든 기회가 왔을 때 다시 자네의 본모습을 찾아 나서면 되지 않겠는가?"

평우의 눈에 또다시 눈물이 가득 차올랐다.

"감정의 흐름이란 것은 그 실체를 자신도 모르는 법일세. 하지만 변하게 되면 언제 어떻게 해서 변했는지 자신도 모르는 사이에 저절로 변하기도 하는 것이네."

"어르신……."

"언젠가는 스스로 알아서 사라질 육신의 명을 그만 괴롭히고 그때까지 나랑 같이 한번 견디어보세나!"

＊＊＊

산속의 겨울은 춥고 길었으나 정달의 움막은 따뜻한 활기를 띠었고 전에 없던 웃음소리가 들리기도 했다.

"운악아, 너는 민중을 위해 살아가기로 했다는 놈이 민중의 힘든 일에는 아주 젬병이 아니냐."

겨울 땔감을 준비하면서 비지땀을 흘리는 평우를 보고 정달이 웃음을 참지 못했다.

"정미소에서 쌀가마도 날라보고 주장에서 막걸리 통도 날라봤는데 나무는 안 잘라봤습니다."

"일이란 것이 내가 아니어도 할 사람이 있을 때 도와주는 것보다 내가 안 하면 누구 하나 대신 해줄 사람이 없을 때가 훨씬 힘들고 고달프지."

"예, 아버님 말씀이 맞습니다."

"화전 부쳐 먹고 살려면 겨울 땔감 준비가 큰 일거리다. 한겨울에 꽁꽁 언 산으로 나무하러 갈 수도 없지 않겠느냐?"

"화전 일이 이 정도로 힘이 드는지는 몰랐습니다, 아버님."

"이건 힘든 일에 속하지도 않는다. 내년 봄에 새 밭 이루려면 나무 잘라내고, 뽑고, 태우고, 돌멩이 치우고, 고랑 내고, 물 길어 나르고 해야 하는데, 한숨 쉴 새도 없다. 지금 한가할 때 푹 쉬면서 힘을 모아둬야 해."

"알겠습니다. 두고 보십시오. 제가 이래 봬도 근력은 만만치 않은 편입니다. 우리 집사람을 업고 언덕배기를 달린 적도……."

평우는 말을 하다 말았고 정달도 못 들은 척 넘어갔다.

"그래, 팔을 보니까 깡다구는 있어 보이는구나. 내년 봄에 힘 좀 써 보아라."

정달이 주름진 얼굴에 빙그레 웃음을 지었다.

"걱정 붙들어 매십시오."

"먼저 내려가 아침 지을 테니까 마무리하고 내려와라."

"예, 아버님!"

태양은 어느덧 능선을 넘어와 이불 속처럼 따뜻한 햇볕으로 언 땅 위에서 반짝거리는 하얀 서리를 녹이고 있었다.

* * *

"그게 무슨 소리야? 시신이 부족하다니?"

대대장이 벌떡 일어서서 고개를 앞으로 쭉 내밀어 중대장의 얼굴을 들여다봤다.

"총 이십 구 중에 가족이 수습한 시신이 열다섯 구고 다섯 구가 남아야 하는데 현재 네 구밖에 없습니다."

"그게 말이 되나? 없어진 건 누구야?"

대대장이 눈을 부릅뜨며 언성을 높였다.

"부패가 심하고 사진도 없어서 찾아낼 수가 없습니다."

"옷에 죄수 번호가 있을 거 아냐!"

"한복에 번호표가 없는 사람이 셋입니다."

"이런, 하는 짓들 하고는! 그럼 미확인이 넷인데 그중 하나는 없어졌다는 말이야?"

"그렇습니다."

"미확인 시신은 어떻게 했어?"

"따로 보관할 수가 없어 그대로 매장했습니다."

"무슨 일을 그따위로 해? 너 영창 가고 싶어?"

중대장은 열중쉬어 자세에서 차렷 자세로 바꿔 고개를 똑바로 했다.

"그걸 언제 알았어?"

"삼 일 전입니다. 미수습된 시신 명단을 확인하다 알았습니다."

"그걸 왜 이제 말해, 이 새끼야! 당장에 없어진 시신을 찾으러 가족이 왔다가 들고 일어나면 어떻게 할 거야?"

"아무리 확인하려고 해도 안 되어서 이제 보고 드립니다."

"가족이 인수했는데 기록이 누락된 거 아냐?"

"그럴 가능성은 없습니다."

"그렇다면 사형수 한 놈이 도망이라도 쳤다는 말이야?"

"확인 사살 후 곧바로 매장해서 그건 절대로 불가능합니다."

"미확인 인적 사항 가지고 와봐!"

네 사람의 인적 사항은 지중선 32세 전라북도 부안군, 박기옥 46세 전라북도 남원, 최금석 35세 전라북도 전주, 김길수 31세 전라북도 군산이었다.

"처형 일자가 언제야?"

"11월 14일입니다."

"미확인 시신 셋은 당장에 꺼내고 군의관 데리고 와!"

"군의관은 어디서 데려옵니까?"

"……군의관 데려오지 말고 조용히 의사 하나 데려와!"

"의사 데려와도 신원 확인은 아마 어려울 겁니다. 알아볼 수 없을 정도로 부패가 심합니다."

"이 새끼야, 그럼 어쩔 거야? 그날 사살한 사수들 명단도 가져와 봐. 그리고 미수습자 가족을 먼저 조사해봐. 시신을 수습하지 않은 이유가 뭔지."

"검찰 쪽에는 어떻게 할까요?"

"미리 말 꺼내지는 마!"

"경찰에 수사 협조를 의뢰할까요?"

"너 지금 생각이 있어, 없어? 그걸 경찰에게 수사 의뢰한다는 게 말이 돼? 당장 의사나 빨리 알아봐!"

"예, 알겠습니다."

"소란 떨지 말고 조용히, 무슨 말인지 알겠어?"

며칠 후 헌병대 중대장이 다시 대대장을 찾아왔다.

"어떻게 됐어?"

"의사가 잘 모르겠다고는 하지만 나이로 볼 때 없어진 게 지중선 아니면 김길수 같다고 합니다."

"가족들은 만나봤어?"

"예! 지중선은 아예 가족이 없었습니다. 그리고 김길수는 노모가 군산에서 사는데 노망이 들었는지 아들이 죽었다고 해도 신경도 안 씁니다. 연락 온 거 같지도 않고요."

"그래도 계속 신경 써봐! 아 그리고…… 혹시 모르니까 시신 수습해간 자 중에서도 사형수가 30세 전후인 자가 있으면 거기도 알아보도록 해!"

"찾아갔으면 이미 매장을 했을 텐데요."

"낌새를 살펴보라는 거야, 이 새끼야!"

편지

채봉이 대청마루에서 뒤꿈치를 높이고 뒷마당과 장독대 뒤 대나무 숲을 번갈아 바라보면서 평우와 함께 부르던 노래를 흥얼흥얼 부르고 있었다. 동쪽 하늘에서는 붉은 해가 떠올라 채봉학당을 환하게 비추고 있고 평우가 만든 무궁화 울타리에는 고만고만한 온갖 새들이 모여 한겨울의 추위를 쪼아내듯 부지런히 움직이며 짹짹거린다. 채봉은 '나물 캐는 처녀' 노래가 끝났는데도 마치 봄을 기다리기라도 하는 것처럼 처음부터 다시 부르기 시작했다. 마당으로 내려와 서성이면서도 눈길은 여전히 뒷산을 향했다. 기환이 눈을 비비며 방문을 열고 나왔다.

"어미니, 뭐 혀? 또 노래혀?"

"기환이 일어났어? 왜, 어머니 노래하는 거 듣기 싫어?"

채봉은 재빨리 표정을 바꿔 웃으며 마루로 올라섰다.

"아니. 아버지 보고 싶어서 노래허는 거지?"

"승희야, 기웅아! 일어나라! 씻고 밥 먹어야지!"

기웅이가 잠이 덜 깬 얼굴로 마루로 걸어나왔다.

"어이구, 우리 웅이가 먼저 일어났어?"

기웅은 채봉의 무릎에 앉아 얼굴을 만지며 두 눈을 빤히 들여다봤다. 채봉이 빙긋이 웃어주고 기웅이를 한 손으로 안은 채 마루 끝에 있는 세숫대야를 들고 토방으로 내려섰다. 그때 대나무가 바람에 흔들리며 소리를 내자 그녀는 다시 고개를 흘긋 돌려 바라봤다. 기웅은 여전히 채봉의 얼굴에서 눈을 떼지 않았다.

채봉은 기웅이 세수를 시킨 후 홍남에게 건네주고 다시 대나무 숲을 살피다가 마당 끝 무궁화 울타리로 다가섰다. 왼편 저 멀리 하얀 구름이 무리 지어 떠 있는 하늘 아래 마이산이 유난히 가깝게 보였다. 검은 먹으로 말의 두 귀를 그려놓은 듯한 봉우리 사이에 활짝 웃고 있는 평우의 모습이 보이다가 햇빛 속으로 사라졌다.

"어르신 안녕하시지요?"

상백이 아침상을 물리고 마당으로 나오려고 신발을 신고 있는데 손님이 찾아왔다. 면사무소에 다니는 유병주다.

그는 면장이 되려고 애를 썼지만 뜻을 이루지 못하고 부면장이라는 애매한 직책으로 근무하고 있다. 먼 인척뻘이긴 하나 서로 왕래를 하는 집안은 아니었으며, 과거 상백이 고생하던 시절에 나이가 서너 살 많은 그의 아버지 유준상과 잠시 동업을 하다가 셈이 바르지 못해 헤어진 적이 있었다. 그 후 상백은 유준상이 홀로 성공한 자신을 시샘하며 은근히 악평을 한다는 말을 적지 않게 들은 터라 겉으로 표를 내지는 않았지만 별로 가깝게 지내지는 않았다.

"유 주사가 어쩐 일이신가, 우리 집엘 다 오고?"

"그간 찾아뵙지도 못허고 해서 인사도 드릴 겸 들렀습니다."

상백은 유병주가 눈알을 돌려 뭔가 살피고 있다는 것을 순간적으로 알아차렸다.

"인사는 무슨……. 아버님은 무탈하신가?"

"예, 그렇습니다. 댁내에 두루 무고허시지요?"

"우리야 뭐 장사하는 사람들이 다 그렇지, 별일이 뭐 있남?"

"별말씀 다 허십니다. 사업이시지요. 그것도 만만치 않은 규모로 큰……."

유병주가 말끝을 흐리자 상백이 짜증을 참으면서 물었다.

"뭐 특별한 용무라도 있는가? 있으면 말허게나."

"다름이 아니라 연말까지 호적 일제 정리 기간인디요. 어머님 호적은 정리허셨는디, 기환 아버지 호적을 어떻게 허실지 몰라서 여쭤보려던 참입니다."

그가 안달이 나서 헛기침을 두세 번 하고 자리를 고쳐 앉았다. 상백은 입을 꾹 다물고 있다가 물을 한 모금 마셨다.

"기환 애비? 우리 평우 말인가? 사망 신고가 늦어지면 그 일로 자네가 문책을 받을 일인가?"

유병주의 흔들리는 눈을 바라보면서 상백은 느리고 힘이 담긴 말투로 물었다.

"그건 아닙니다만……."

그는 또 말끝을 흐렸다.

"죽은 놈 애비가 신청허지 않아서 그렇다는 사유를 달아 자네가 직권으로 처리허든지! 어험!"

"저어, 그때 시신은 찾어오셨지요? 잘 묻어줬는감요?"

"이 사람아! 그럼 내 자식인디, 무덤도 안 해줬을까 봐?"

"아니, 그런 게 아니라⋯⋯."

"즈 어미 곁에 잘 묻어줬네."

"저는 그저 가족 같은 심정으로 여쭤봤을 뿐입니다. 얼마나 상심이 크셨습니까."

그는 이마의 땀을 닦으면서 죽어가는 목소리로 겨우 대답했다.

"어떤 놈이 처형당혀서 죽은 자식 빨리 호적 정리혀 달라고 혀?"

상백은 교자상을 탁! 치면서 소리쳤다. 그가 움찔해서 한마디 대꾸도 못 하고 있는데 상백이 한마디 더 했다.

"어느 놈이 시켜 그러는 건지, 자네가 충성하자고 한 건지 내 그건 모르겠네만, 다시는 내 앞에서 그런 말 꺼내지 말게. 인자 일 다 봤으면 돌아가게!"

상백의 목소리가 다시 천둥소리처럼 유병주를 내리쳤다.

* * *

경찰서에서 새어나갔는지, 면사무소에서 누가 어떻게 알고 여기저기 쉬쉬하며 뿌려댔는지 남평우에 관한 소문은 온 마을에 퍼졌다. 채봉학당 학생들도 장터 사람들도 평우 이야기를 귓속말로 주고받았다.

어느 날 저녁 재명이 원우를 찾아왔다. 주장 일이 한창 바쁜 시간이고 사무실이 붐벼서 둘은 장터 안쪽의 금수식당으로 들어갔다. 장날이 아닌 평일에도 손님이 꽤 많은 식당이다. 원우가 재명과 함께 홀에 막 들어서는데 술을 마시고 있던 몇몇 사람들 입에서 원우 자신의 이름이 언급되는 소리가 얼핏 들렸다. 모두 다 서로 알고 있는 얼굴들이었다. 원우는 사람들이 당황하며 입을 다물어버리자 웃음을 띠긴 했지만 수상쩍다는 듯이 물었다.

"무슨 얘기들을 하고 있었어? 내 이름이 나오는 것 같던데?"

그러면서 주장 문간채 근처에서 약방을 하는 주헌창을 쳐다봤다. 평우의 친구이자 마령병원 의사 김순형의 작은 처남이기도 한 그는 침통한 얼굴로 대꾸했다.

"별거 아녀요. 어쩌다가 평우 얘기가 나오게 되어서요."

일순간 표정이 굳어진 원우가 입을 꽉 다물었다.

"다들 친구잖여요."

우체국장 동생이자 완주 농약포 사장인 강영춘이 원우의 표정을 살피면서 우울한 얼굴로 말을 덧붙였다.

"입상한 사진 한 장 때문에 몰렸담서요? 어떻게 그런 일이 있을 수 있어요?"

학교 선생이면서 언젠가 평우와 싸워 다치게 한 적이 있는 친구 강남길이 두 눈이 벌겋게 충혈된 상태로 말했다.

"형님, 기별이라도 해주셨으면 조문이라도 갔을 텐데요."

"나는 지금 첨 들었어요, 형님……."

헌창과 영춘이 울먹였다.

"날벼락을 맞은 거여. 우리 평우 억울혀서 내가 미치겠다!"

원우도 목이 멘 소리로 한마디 했다.

"그러게요. 아버님이랑 모두 마음이 오죽허시겠어요."

"그 바람에 어머님까지 그렇게 되셨는데, 세상에 이렇게 원통한 일이 어디 있대요."

"평우는 천성적으로 죄지을 아가 아닌데, 어떻게 그런 덤터기를 씌운대요?"

모두가 눈시울을 붉히며 안타까워했다.

"다들 고맙네. 언젠가 밝혀지겠지."

"이미 죽었는데 밝혀지면 뭐 혀요?"

"그려도 안 밝혀지는 것보담은 낫잖여?"

"그야 그렇지. 정말 개자식들여요!"

영춘의 목소리가 높아지자 식당 안에 있는 사람들의 시선이 그들에게 멎었다.

"일행이 계셔서 식사도 못 권하겠네요."

헌창이 주위를 흘깃 살피다가 영춘의 말을 끊었다.

"아니, 내가 있으면 불편하지. 편하게들 식사하게!"

두 사람은 그들과 인사를 나누고 홀 뒤쪽으로 돌아서 따로 떨어져 있는 외진 방으로 들어갔다. 재명은 탁자를 마주하고 앉자마자 원우의 눈을 정면으로 바라보면서 그의 손을 움켜쥐었다.

"친구들도 내용을 알고 있네?"

"응. 알 만한 사람들은 다 알고 쉬쉬하기도 허고 그려."

"그럴 테지. 안 믿는 놈도 있을 테고."

"그나저나 미안허네, 재명이."

"뭔 말여? 내가 내용을 다 아는데 미안하다는 말을 뭐 하러 혀?"

"어쨌거나 자네 동생 데려다가 이 지경을 만들었는데 그럼 안 미안혀?"

"그게 문제가 아니고 우리 어디 조용한 데 가서 얘기 좀 허세."

재명이 갑자기 문 쪽을 살피더니 목소리를 낮췄다.

"우리 집으로 갈까?"

원우도 재명의 얼굴을 살피며 속삭였다.

"아니, 집 말고."

"그럼 우선 식사허고 주장 뒤에 내가 쉬는 방으로 가지."

"그게 좋겠구먼."

말없이 식사를 마친 두 사람은 주장 뒤편 텃밭 끄트머리에 있는 방으로 들어갔다. 일부러 주장 정문을 사용하지 않고 골목으로 들어가 따로 나 있는 뒷문을 통했다.

"무슨 중대한 얘기라도 있는가?"

"억울하게 죽으면 죽어도 눈을 못 감는다는 말 들어봤나?"

"무슨 말인데?"

"그거랑은 좀 다르지만…… 평우의 억울함을 하늘이 알아."

"어떻게?"

재명이 원우의 눈을 보다가 귀에 입을 바짝 대고, "평우가 살아 있네." 하고 속삭였다.

"자네도 알아?"

"그럼 자네도 알고 있었어?"

둘은 서로 놀라 눈을 동그랗게 떴다.

"알고는 있지만 현재 확실히 살아 있는지 어쩐지는 정확히 몰러."

"자네, 그 얘기 누구한테 들었어?"

"필구라고 알지?"

"알고말고. 김제 사는 아잖여? 채봉이가 공부도 가르쳐주고…….

그런데 자네는 그 아를 어떻게 알고?"

"여길 왔었어. 평우 집에."

"갸가 여길 왔었다고? 언제?"

"어머니 장례 치르기 전날……."

"무슨 일로?"

"평우 살아 있다는 말 전하러 왔었어."

원우는 그간의 일을 자세히 설명했다. 그의 말을 다 들은 재명은 무릎을 탁, 치고 연거푸 고개를 끄덕였다.

"아니, 어떻게 그런 일이 다 있지?"

"정말 기적 같은 일이 벌어진 거여."

"그게 그렇게 된 거구나. 그렇게 된 거였어."

재명은 탄성을 질렀다.

"그럼 자네가 들은 얘기는 또 다른 얘기여?"

"나는 지금 현재를 얘기허는 거여."

"지금 현재 얘기라고? 지금 살아 있는 것이 확실혀?"

원우의 눈이 똥그래지면서 목소리가 떨렸다.

"응, 확실혀."

"어떻게 알아?"

재명은 안주머니에서 뭔가를 꺼냈다. 그가 주머니에서 꺼낸 빛바랜 창호지를 펼치기 전에 원우는 이미 평우의 필체를 발견했다. 정갈함이 돋보이면서도 보기 좋게 조화를 이루고 있는 평우의 글씨는 일찍부터 그를 아는 모든 사람이 알아주는 명필이었는데, 접힌 창호지 중앙에 세로로 쓰인 '아버님 전 상서'는 분명 그의 필체였다. 원우는 왈칵 눈물을 쏟으면서 떨리는 손으로 재명이 건네주는 편지를 받았다.

아버님! 어머님!

불효자 평우 인사드립니다.

저는 기적과 같은 도움으로 목숨을 부지하여, 지금 이곳 산속에서 화전을 일궈 생계를 유지하고 계시는 한 고마우신 어르신의 집에서 기거하고 있습니다.

현재 저 자신이 살아 있다는 사실 외에 현실을 풀어나갈 어떠한 방안도 서 있지 못합니다만, 이만큼의 행운은 하늘이 정한 또 다른 이유가 있기 때문일 거라는 생각으로 다음 운명을 기다리고 있습니다. 못난 저로 인해 부모님의 가슴에 얼마나 큰 멍이 드셨을까를 생각하면 당장이라도 죽어 자유로운 혼백으로나마 달려가 불효를 사죄하고 위로해드리고 싶은 마음 간절하오나, 저로 인해 맺어진 모든 인과를 생각할 때 그 또한 온당치 못하다는 생각으로 이렇게 서신으로나마 사죄 말씀을 드립니다.

또한 오로지 가정만이 삶의 목적이고 보람이며 의미인 집사람의 성품을 생각할 때 견딜 수 없는 죄책감이 밀려옵니다. 따뜻한 보살핌을 간청 드립니다.

그리고 형님! 행여 저로 인해 형님들께 좋지 않은 일이 생기지나 않을까 염려됩니다. 부디 평정을 잃지 않으시기 바랍니다. 지금은 이곳 운장산 자락에 있습니다만 봄이 되면 더 안전한 곳을 찾아 떠날 것입니다. 남의 눈이 염려되어 서로 간의 왕래를 삼가야 할 것 같으며, 기회가 닿는 대로 추후 다시 연락드리겠습니다. 부디 강건하시기 바랍니다.

평우 올림

추신. 사망 신고는 필히 해주시기 바랍니다.

마지막 '평우 올림'을 읽을 때 고정된 시선 밖으로 눈물이 연거푸 방울져 떨어졌다. 원우는 바쁘게 한 번 훑어 읽고 다시 천천히 읽은 다음 눈물을 훔치면서 물었다.

"자네가 이걸 어떻게 받았어?"

"남 서방이 편지에 적은 그 노인이 아버님 계신 공장으로 가지고 왔어."

"그려? 그럼 지금 있는 곳이 어디라고 혀? 또 다른 소식은 없어?"

원우는 애가 타는 듯 재명의 얼굴에서 눈을 떼지 못했다.

"지금은 운장산에 있는데 이제 곧 옮길 거라더군. 화전 부쳐 먹은 지가 오래돼서 자리를 바꿔야 한다는데 아직 갈 곳을 정하진 못했다는 거여. 좀 더 위쪽으로 간다는 거 같아."

"평우는 정말 괜찮대?"

"응. 그런가 봐."

"그 노인분 성함이라도 알아뒀어? 옮겨도 평우를 데리고 간다는 거지?"

"몇 번을 물어도 평우 걱정은 하지 말라더라고. 사례하려 했지만 이름도 말 안 해주고 돈도 받지 않았어."

"정말 은인이시구먼. 평우의 억울함을 하늘도 알고 있는 거 같네."

"그 노인 말이 다른 사람으로 확실히 자리 잡을 때까지 연락하지 않는 게 좋겠다는구먼. 내가 평우헌테 주라면서 억지로 돈을 주긴 했네."

"고맙네, 재명이!"

원우가 다시 울먹이며 재명의 양손을 꽉 쥐었다.

"그런데 평우 사망 신고는 했어?"

"아니. 평우가 살아 있을지도 모르니까 아버님이 망설이셔서……."

"평우 말대로 바로 허는 게 좋을 듯하네."

원우는 재명이 돌아가고 한참이나 더 시간을 보낸 다음 별다른 일이 없음을 확인한 후 편지를 상백에게 전했으며, 상백은 직접 채봉을 찾아가 읽고 나서 바로 아궁이에 집어넣도록 당부했다.

서글픈 출산

하늘이 맑아지자 밤사이 하얀 눈에 뒤덮인 칠곡산이 한발 앞으로 성큼 다가와 있다. 상수리나무집에도 지붕이며 장독대에 하얀 눈이 소복하게 내려앉았다. 눈 내린 겨울 아침은 차가운 공기만 맴돌 뿐 바람 한 점 없이 맑고 화창했다. 온 세상을 하얗게 덮은 눈이 햇빛을 받아 채봉의 눈을 부시게 했다.

"어머니, 인자 뒷산에 안 가?"

"응, 인자 안 가도 돼."

"왜? 전에는 맨날맨날 갔잖여. 아침에도 가고 낮에도 가고 또 저녁때도 가고."

"눈이 많이 쌓였잖여."

이때 대문 열리는 소리가 나더니 홍남이가 소리쳤다.

"언니! 큰아저씨 오셨어라우."

"아주버님, 어서 오셔요. 날씨 추운데……."

"그냥 한번 들러봤구만요. 애들은 잘 있나 해서요."

원우는 반기는 아이들의 머리를 쓰다듬으면서 상백의 당부도 있고 해서 자주 들여다보려고 했는데도 그렇지 못했다고만 할 뿐 별다른 말이 없다. 채봉이 먼저 이제 평우 일로 조바심내지 않고 있다는 말로 그를 편하게 해주고는 방으로 안내해 따뜻한 대추차를 권하면서 생각한 것을 얘기했다.

"제가 무슨 방법을 써서라도 그이를 만나고 싶기도 하지만 그건 안 될 것 같습니다."

"그야 물론이지요. 몸도 무겁고."

"이건 제 생각인데요. 그이한테 사람을 보내주었으면 합니다."

"사람을요?"

"그 사람이 공산당을 싫어하지만 그래도 북으로 넘어가면 그이를 죽이려 들진 않을 테니까 안내원을 보내주면 어떨까 해서요."

"북으로요?"

뜻밖의 말을 들은 원우가 멍한 눈으로 채봉을 응시하고 있다가 한참이 지나서야 입을 열었다.

"요즘은 왕래가 쉽지 않아서 가기도 수월찮고 한번 가면 다시는 못 올 수도 있을 텐데요."

"일단 아버님을 뵙고 상의드리면 어떨까요?"

원우에게서 미리 채봉의 뜻을 전해 들은 상백이 눈물을 글썽이며 그녀의 말을 다 듣고 입을 열었다.

"그리되믄 평생 니 남편을 못 만날 수도 있을 텐디 그려도 괜찮겄냐?"

"그 사람이 자유로운 몸으로 살아가기는 게 더 중요해서 드리는 말씀입니다."

"아가!"

상백의 뜨끈한 눈물이 손등의 주름을 타고 맞잡은 채봉의 손으로 흘렀다.

"니 생각이 그렇다는 말이지?"

상백이 간신히 감정을 억누른 채 고개를 들고 반쯤 감은 눈으로 채봉에게 말했다.

"예, 아버님."

"이 시애비가 어린 니 생각만큼도 쫓아가지 못했구나."

"제가 오빠를 다시 한번 만나서 그 어르신 계신 화전을 좀 더 파악해보고 오겠습니다."

"그럼 그려라. 안내헐 사람은 내가 찾아보마. 헌디 정말 조심허고 또 조심혀야 헌다. 너도 알지?"

"예, 그려야지요."

"그리고 사돈은 큰아랑 같이 만나는 것이 어떻겄냐. 내가 별도로 인사드릴 일도 시키고 헸응게."

"그렇게 하겠습니다."

"아 참! 그리고 이거 받거라."

상백은 문갑에서 봉투 두 개를 꺼내 채봉에게 건네주면서 차분한 목소리로 설명했다.

"내가 평우 몫으로 전주에 집을 하나 장만했는디 우선 세를 줬다. 이건 세 준 보증금이니께 받아두고 월세는 니 앞으로 보내줄 것이니까 살림에 보태 쓰거라. 나중에 내줄 보증금은 따로 준비해뒀으니 갚을 빚으로 부담 갖지 말고 말여."

"감사합니다, 아버님."

"배 속에 아는 언제쯤 출산할 듯싶으냐?"

"이제 곧 산달입니다."

"힘든 일 허지 말고 마음 걱정도 잊고 편안히 지내거라. 말같이 쉽 진 않겠지만 그리 노력허거라, 어이?"

"예, 그럴게요."

"그리고 우리 다 함께 힘을 내자. 일이 잘만 되믄 니 남편도 저쪽에 갔다가 세상 좋아진 담에 올 수도 있을 거 아녀? 내가 그때까지……."

상백이 말을 마치지 못하고 갑자기 목이 잠겼다. 채봉도 소리 없 이 눈물을 흘렸다. 상백이 침을 꿀꺽 삼키고 얼굴을 비빈 다음 다가 와 채봉의 등을 다독이면서 울먹이는 소리로 말을 이었다.

"곱고 착하게만 자란 니 팔자가 왜 이렇게 기구허단 말이냐. 너를 데려온 내가 정말이지 미안허고 후회되는구나."

"아닙니다. 저는 한 번도 후회해본 적이 없습니다. 다 제 팔자라고 생각합니다. 그리고 저는 어떤 일이 있어도 그이를 두 번 죽게 하진 않겠습니다."

채봉은 다짐이라도 하듯 힘주어 말했다.

"안다. 니 마음 내가 왜 모르겠냐."

그때 밖에서 심정수가 조심스럽게 부르는 소리가 들렸다.

"어르신, 누가 찾아오셨는디요."

"누구신지는 몰라도 내 몸이 불편허니까 다음에 오시라 허게."

잠시 후 심정수가 다시 돌아왔다.

"전주에서 왔는디 잠깐이면 된다고 합니다. 이미 여기 들어와 계 시구만요."

심정수는 그자가 앞에 와 있다는 말에 힘을 주었다.

"남상백 씨!"

상백이 문을 열려고 몸을 돌리는데 짜증스럽게 부르는 거칠고 낯선 사내의 목소리가 들렸다.

"누구쇼?"

상백이 문을 열지 않은 채로 대꾸했다.

"남평우 어디 있습니까? 문 열어보세요!"

"뭐라고요? 남평우요? 여보쇼, 지금 누굴 놀리시오?"

상백이 채봉과 눈을 마주친 다음 후다닥 문을 열어젖혔다.

"다 알고 왔습니다."

사내는 다짜고짜 방 안으로 들어와 여기저기 살펴봤다.

"거, 말 한번 잘하시는구면. 알고 온 사람이 그래, 죽은 사람을 찾어?"

"숨겨주면 영감님도 함께 처벌당합니다."

"숨겨요? 죽은 사람 말하는 거요, 산 사람을 말하는 거요? 시방 누구헌티 염장 지르러 온 거요?"

"남평우 정말 안 왔어요? 윤채봉이는 어디 있습니까?"

사내는 채봉을 흘낏 보면서 물었다.

"이자가 그런디, 남의 며느리 이름을 그렇게 막 불러도 되는 거요?"

"윤채봉한테 윤채봉이라는데 뭐가 잘못되었어요?"

"제가 윤채봉인데 왜 찾으시지요?"

"당신, 왜 집 놔두고 여기 와 있습니까?"

"엎어지면 코 닿는 곳에 사는 며느리가 시집에 인사도 못 옵니까?"

"남평우한테 연락 없었어요?"

"이게 도대체 무슨 말이셔요? 죽은 애 아버지를 왜 찾아요? 정말 죽은 게 아녀요?"

채봉이 멈칫거리다가 사내의 팔을 잡고 매달렸다.

"이거 놔요! 왜 매달리고 이려?"

"사실대로 말만 해주세요. 방금 어디 숨겼느냐고 물었잖아요. 정말 죽지 않았어요?"

채봉은 사내의 점퍼를 잡아 흔들면서 다그쳤다.

"이거 놓으라니까 왜 이러는 거야? 이 여자 미쳤어?"

거칠게 밀치는 사내의 손에 채봉이 넘어졌다. 순간 상백이 벌떡 일어서서 날렵하게 사내의 뺨을 후려쳤다.

"미친 건 니놈이 미쳐놓고 얻다 대고 행패냐. 이 사람 배부른 거 안 보여?"

"이 영감탱이가 누굴 쳐? 내가 언제 밀쳐요, 밀치긴! 저 혼자 넘어진 거지."

사내가 손을 들어 같이 싸울 태세를 취하다가 넘어진 채봉을 쳐다보고 고개를 돌렸다.

"뭐라고? 니놈의 정체가 도대체 뭐냐? 죽은 사람 숨겼다고 미친 소릴 허질 않나, 임산부를 밀어 쓰러뜨리질 않나? 가자, 이놈아! 어서 니놈 상관한테 가자!"

"밀친 건 아니지만, 아무튼 넘어지게 된 건 미안합니다."

상백이 멱살을 잡아 흔들자 사내는 슬쩍 꽁무니를 뺐다.

"미안허다믄 다야?"

"죄송합니다, 어르신. 정보가 뭔가 잘못된 것 같습니다."

사내가 태도를 바꿔 대답하고는 바로 나가려고 했다.

"아저씨! 가르쳐주고 가셔요. 우리 기환 아버지가 정말 살아 있는 거여요?"

"정보가 잘못된 것 같다고 말했잖아요!"

사내가 엉거주춤하다가 휙 돌아서 방을 나갔다.

"아저씨, 그냥 가면 어떡해요? 뭐가 어떻게 된 건지 말을 해주고 가야 할 것 아녀요, 말을!"

채봉이 다시 다그치며 묻자 사내는 발길을 멈추고 다시 물었다.

"그때 가져온 시신이 남평우 확실히 맞아요?"

"아니, 이놈이? 지금 내 자식 두 번 죽이려 드는 거여?"

"확실했느냐고요!"

"그려, 이놈아! 니놈이 자식 가슴에 묻은 내 속을 후벼파는구나. 그리고 지 서방 보내고 출산을 오늘내일허고 있는 아헌티 지금 뭔 소릴 지껄이는 거여? 어잉?"

"남편 사망 신고는 했어요?"

사내의 태도는 처음과는 확연히 달랐다.

"했지요. 그럼 귀신 만들어 그냥 놔둬요?"

"언제 했습니까?"

"엊그제요."

"왜 이제야 했습니까?"

"아니, 그래도 이놈이……. 시방 아 속을 뒤집어놓는 거여? 죽고 싶어도 새끼들 땜시 죽지도 못허고 살고 있는 판국에 왜 염장질을 혀?"

"알겠습니다. 뭔가 착오가 있었나 봅니다."

사내가 돌아간 다음 상백이 작은 목소리로 속삭였다.

"에미야, 정말 조심해야 쓰겄다."

"예, 아버님. 다행인 건 그이가 오늘 현재까지 살아 있다는 사실이고 현재 저쪽에서는 아무것도 정확하게 아는 바가 없다는 겁니다."

"그러게 말이다."

"그이가 살아 있고 대충이라도 어디에 있는지 알고 있는 건 우리뿐이잖아요."

"그렇구나. 그나저나 너 넘어진 건 괜찮은 거냐?"

"예, 일부러 넘어진 척했습니다."

"짜아식! 별것도 아닌 놈이 넘겨짚어 볼라고 온 거구만!"

"서둘러 전주에 다녀와야겠습니다."

"심 씨! 가서 큰애비 좀 오라 허게!"

상백은 큰아들 원우가 채봉과 함께 전주에 다녀온 후 운장산에 들어가 평우를 찾아 북쪽으로 데려다줄 안내원으로 처이모의 아들 장한길을 선택했다. 그는 원래 평양과 만주를 오가며 장사를 했는데 여의치 않아 한때 개성에서 막일한 적도 있어 삼팔선 인근 지리를 잘 알고 있었다. 또한 처가댁 식구인 데다가 성품도 믿을 만하고 최근 몇 사람인가를 북쪽으로 안내해주고 적지 않은 사례를 받은 적도 있다고 들었다.

상백의 설명을 다 들은 한길은 눈물을 글썽이며 흔쾌히 수락했다.

"알겠구만요, 형님. 그 노인이 말한 운장산 자락을 다 뒤져서라도 꼭 찾아 이북까지 안전하게 안내허겠구만요."

"그려, 고맙네. 내 자네만 믿겠네."

"염려 마셔라우. 내가 죽는 한이 있더라도 꼭 잘 안내허고 돌아오겠습니다."

한길은 상백에게 다짐까지 곁들였다. 그가 출발한 후 상백과 채봉에게는 이제 일을 마치고 돌아온 장한길로부터 소식을 듣는 일만 남게 되었다. 그로부터 얼마 지나지 않아 채봉은 넷째 아이 강희(剛姬)를 낳았다.

* * *

평우는 정달이 자신의 편지를 가지고 태섭의 제지공장에 다녀온 이후 가족에 대한 그리움을 떨치려고 애썼다. 큰 소리로 웃기도 하고 새소리와 바람 소리에 맞춰 노래를 부르기도 했다. 산 생활은 특별히 불편한 것이 없었으며 사람이 찾아오는 일도 없었다.

어느덧 햇볕이 잘 드는 곳에서부터 눈이 서서히 녹기 시작했다. 나무들도 얼었던 땅속의 물을 힘껏 빨아올려 생기를 되찾아 나갔다. 정달은 봄이 되면 어차피 새로 화전 일굴 땅을 찾아 운장산을 떠나려 했지만 평우를 위해 가능한 한 빨리 전주에서 좀 더 멀리 떨어진 산속으로 들어갈 계획을 세웠다.

운장산을 떠나기 전 허운악의 시신을 묻고 장례를 치르기로 한 날이다.

"운악아! 어서 가자. 먼저 간 운악이를 오늘같이 좋은 날 잘 보내줘야 할 거 아니냐."

정달이 마당에서 망태기와 호미를 들고 평우를 불렀다.

능선을 넘자 거센 바람 소리와 함께 기다란 멍석을 말아 굴리듯 낙엽이 줄을 지어 구르고 있었다. 허운악의 시신은 그냥 지나치는 사람이라면 도저히 상상할 수 없는 곳에 있었다.

계곡 옆 산등성이에 있는 바위 뒤의 오른편 아래로 몇 발자국 내려갔더니 파란 이끼와 바위 송이가 잔뜩 붙어 있는 두 개의 바위가 나타났다. 그 사이에 바깥쪽을 향해 뻗어난 커다란 낙엽송 한 그루가 시꺼먼 고목이 되어 부러진 채 사람 키 두 배 정도 높이로 솟아 있었다. 고목의 밑 부분은 얼핏 한 줄기로 보였지만 가까이 다가가서 자세히 보니 같은 굵기의 줄기 둘이 사람 하나가 몸을 움츠리면 들어갈 만한 사이를 두고 겹쳐 올라가 있었다.

그 뒤편의 검은 동굴은 마치 그 사이를 메우고 있는 나무 밑둥치의 연속으로 보이도록 착시현상을 일으켰다. 동굴 안은 생각보다 아늑했으며 그다지 깊지도 어둡지도 않고 끝부분 조금 못 미친 왼편 바위 틈새로 세 가닥의 빛이 들어와 각기 다른 곳을 비추고 있었다. 그중 두 가닥은 건조한 벽면을, 다른 한 가닥은 반짝이는 둥근 물체를 비췄다.

정달을 따라 바짝 다가가 허리를 굽혀 둥근 물체를 들여다본 평우는 질겁하고 뒤로 물러섰다. 둥근 물체는 분명 이미 해골이 된 시신의 머리 부분이었으며, 위쪽으로 약간 쭈글쭈글하지만 빛을 반사하고 있는 눈동자가 또렷이 박혀 있었다. 정달이 말한 것처럼 세상을 좀 더 보지 못한 게 한이 되어 썩지 않고 남아 있는 검은 동자는 이제라도 소리 없이 좌우로 움직일 것만 같았다.

"운악아, 애비 왔다. 이제 너도 편히 쉬고 싶지?"

정달은 살아 있는 사람을 대하듯 자연스럽고 다정하게 말한 다음 망태기에 운악의 유골을 조심스럽게 담았다. 그러고는 집으로 가져와서 이름을 적어 넣어 같이 태운 후 재를 싼 보자기를 양지바른 곳에 묻었다.

"운악아, 이제 억울한 거 다 잊고 편하게 쉬어라. 이 사람이 네 몫까지 살아줄 거고만.”

운악의 무덤에 고구마술을 뿌리는 정달의 눈이 붉게 물들었다.

‘편히 쉬십시오. 아버님은 제가 잘 모시겠습니다. 그리고 남평우도 당신과 함께 묻겠습니다.’

평우는 정달과 함께 고구마술을 한 잔 가득히 따라 마시면서 상백에게 사죄했다.

‘아버님! 제가 살기 위해 오늘 이 시간 아버님의 자식을 죽였습니다. 저를 용서하지 마십시오.’

멀리 보이는 산봉우리에서 그들을 말없이 지켜보고 있던 태양은 잠시 이별을 알린 뒤 옅은 황혼을 뿌리고 능선 뒤로 사라졌다.

제6장

죄와 벌

그럼 그쪽을 향해 입을 있는 힘껏 크게 벌려봐. 그런
다음 저 나뭇잎 사이로 반짝이는 햇빛을 나와 함께 삼켜!
자, 지금!

여맹위원장

1950년 6월 25일 새벽, 북한 공산군이 남북군사분계선이던 삼팔선 전역에 걸쳐 불법 남침을 했다. 물밀 듯이 남으로 내려와 서울을 점령한 북한군은 대전을 지나 7월 21일에는 전주를 점령했고 진안, 임실, 남원 일대에도 속속들이 밀고 들어갔다. 모든 관공서 깃봉에는 태극기 대신 빨간 인공기가 게양되었고, 일부 주민들은 누가 나눠줬는지 모를 수기를 들고 나가 흔들기도 했다. 인민군은 연이어 인민 해방을 외치면서 동요하지 말고 생업에 종사할 것을 확성기로 알리며 지프차와 군용 트럭 등으로 길거리를 누비고 다녔다.

정임은 산판 사고에 이어 재중이가 죽고 난 후 재명을 억지로 전주에 내려와 살도록 했으나 얼마 전부터 재규까지 내려와 있도록 했다. 난리 통에 가족이 가까운 곳에 있기를 바라는 마음도 물론이지만, 제지공장 일을 도우며 부쩍 심약해지는 태섭을 자주 찾아보도록 하기 위해서였다. 큰아늘 재덕은 사업상 자리를 비울 수 없다고 우겨 그대로 서울에 있었다. 며칠 동안 두려움에 떨며 문을 걸어 잠근 채 집 안에만 있던 정임이 작심하고 금산사를 찾았다.

"스님!"

불공을 마친 정임이 배웅 차 따라나선 스님을 불렀다.

"예에, 보살님."

스님이 말끝을 늘어뜨리며 대답했다.

구름 한 점 없는 칠월의 파란 하늘에서 한여름의 뜨거운 햇살이 쏟아진다. 무성한 초록색 단풍잎을 헤치고 내려온 한 줄기의 빛이 수심에 찬 그녀의 얼굴과 굳게 다문 입술 언저리에 비스듬한 세로줄을 그으며 흔들거렸다. 적막한 절 길 곁에서 어쩌다 오가는 사람의 옷깃을 스치며 참견하던 개나리가 멈춰 선 스님의 옷깃에 긴 가지 하나를 턱 걸치자, 죽어라고 울어대던 참매미가 소리를 뚝 그치고 행인들의 말에 귀를 기울였다.

"제가 전생에 무슨 죄를 지었을까요?"

정임이 솟구치는 서러움을 삼키고 물었다.

"어찌 그리 생각하시는지요?"

오늘따라 말수가 적은 주지승 일파가 딴전을 부리듯 차분한 음성으로 되물었다.

정임은 오랜 세월 자신이 올 수 없을 때는 탁발 스님이나 금산댁을 통해서라도 시주를 빠뜨리지 않았으며, 일파 또한 정임의 집안에 무슨 일이 있을 때마다 온갖 하소연을 다 들어왔었다. 그녀는 잠시 망설이다가 불만스레 말했다.

"그렇지 않고서야 영감 일 하며 자식들 모두가 어쩌면 그렇게 하나같이 운이 나쁠 수가 있습니까."

"나무 관세음보살!"

일파는 여전히 딴전을 부렸다. 정임은 돌아서서 말아 쥔 무명 손수건으로 눈물을 훔쳤다.

"대답을 안 해주시니까 섭섭허기 그지없고 할 말을 찾지 못허겠습니다."

"미천한 중이 아직도 세상살이에 얽매이다 보니 때론 저도 보살님처럼 부처님이 야속하게 느껴질 때가 있습니다."

"스님 생각에는 우리 영감은 그렇다 치고 제 자식들의 운이 좋다고 보십니까?"

"인생에 운이 좋고 나쁘고가 어디 있습니까. 다 본인 마음에 따라 정해지는 것을요."

정임은 고개를 돌려 자식 하나는 자살해 죽고 또 하나는 눈이 이상한 새끼를 낳고, 또 다른 아들은 멀쩡하던 사업이 광복 후 기울어가고, 딸년은 둘인데 큰애는 시집간 지 십수 년이 지나도록 자식 하나 못 낳은 데다, 작은애는 서른도 되지 않아 자식 넷을 데리고 과부가 되어버렸는데 그것도 본인이 정한 거냐고 항의하듯 물었다.

"사람이란 영악하기 그지없어 만물 중의 으뜸이라 하지요. 얼마나 영악스러우면 지 운명도 스스로 골라 살겠습니까."

"지금 우리 자식들이 스스로 고른 운대로 살아가고 있다는 말씀입니까?"

"그렇습니다. 그런데도 중생들은 그 이치를 깨닫지 못하고 이미 정해진 운 타령을 하고 있습지요. 나무 관세음보살!"

"그게 무슨 말씀이신지 저는 도저히 이해할 수도 없고 믿기지도 않습니다."

"이미 가장 좋은 운을 골라 살면서도 더 좋은 쪽만 생각하고 자신을 괴롭힌다는 말씀입니다. 나무 관세음보살!"

일파가 말하고 있는 동안에도 멀리서 총성이 드물게 들려왔지만 그는 아랑곳하지 않았다.

"제가 소견이 좁아 스님의 말씀을 다는 이해하지 못했지만 인자부터는 이만큼이라도 살아가고 있는 것을 부처님 은공이라 여기면서 살겠습니다. 부디 더는 무슨 일이 일어나지 않도록 기원해 주셔요."

"그리하겠습니다. 나무 관세음보살!"

"그런디요, 스님! 인자는 세상이 바뀌어갖고 공산당 나라가 되았다믄서요?"

"그러게나 말입니다."

"사실은 그 일 땜시도 불안혀서 오늘 스님을 찾아뵀는디요."

"말씀하시지요."

"앞으로는 어떻게 살아가야 헐까요? 노무자가 신고만 허믄 돈 많은 부자나 회사 사장들은 다 잡아다 가두고 죽이고 한다는 게 사실입니까?"

"소승도 소문은 들었습니다만 보살님 댁은 이제껏 베풀면서 살아왔고, 공산당으로 몰려 처형된 사위도 있지 않습니까."

"사위는 왜지요, 스님?"

정임이 긴장하면서 되물었다.

"혹여라도 악덕 지주로 몰아 덮어씌우려 들면 말입니다."

"예, 무슨 말씀이신지 알겠습니다."

"어쨌거나 아드님들도 매사에 언행 조심하시고 함부로 나서지 않는 것이 좋을 듯합니다. 세상은 장마철에 흘러가는 흙탕물처럼 열

번이고 백 번이고 바뀌고 또 바뀌는 법이니까요."

"그리 당부허겄습니다."

"그럼 살펴 가십시오. 나무 관세음보살!"

정임은 돌아가는 길에 평우를 처음 만나 함께 비를 피하고 수건을 건네받았던 뽕나무 밑에서 잠시 더위를 피했다. 모든 일이 생생하게 떠올라 주마등처럼 스쳐 지나갔다.

버스 안에서 시간 가는 줄 모르고 이런저런 생각에 잠겨 있는 동안 차가 전주 시내에 들어섰다. 정임이 내릴 채비를 하면서 역 앞을 지나고 도청 사거리를 지나 배차장에 가까워질 무렵 무심코 창밖을 바라보았다. 군복을 입은 군인들이 한 남자를 묶어 거칠게 끌고 가고 있었다. 뒤이어 또 다른 사람이 끌려가는 모습도 보였다. 그녀는 뭐라 말할 수 없는 불길한 예감으로 가슴이 오싹했다.

* * *

금산사에 다녀온 다음 날, 정임은 자식들에게 어제 본 끌려가던 사람들 얘기도 하고 일파 스님이 말한 대로 세상은 변하고 또 변할 것이니 매사 조심하라는 당부를 하기 위해 재규를 집으로 오라고 했다. 그런데 재명이 몸이 좋지 않아 누워 있다는 말을 듣고 무거운 마음으로 다리 건너 영생당 한약방을 찾았다.

"몸살이니까 한 사나흘 쉬면서 약 건너지 말고 드시면 좋아질 거구만요."

한약방 임 선생이 약봉지를 들고 나왔다.

"감기가 뭔지도 모르고 자랐었는디 웬 몸살인지 모르겄어요."

“핑계 삼아 좀 쉬기도 허고 몸에 좋은 보약도 먹는다 생각허셔요. 인삼도 6년근 좋은 놈으로만 골라 듬뿍 넣었으니까 감기 떨어져도 계속 들게 허시구요.”

“보약도 원, 맘이 편혀야 약이 되지요.”

“누가 아니랍니까. 불안해서 일이 손에 잡히지가 않아요.”

“선생님! 인민군인지 해방군인지는 누굴 그렇게 잡아간대요? 어저께도 보니까 멀쩡헌 사람을 굴비 엮듯이 묶어서 잡아가던디요?”

“착취당했다고 투서만 하면 잡아간다느만요. 악덕 반동인지 뭔지 혀가지고…… 어르신은 별일 없으시지요?”

임 선생이 목소리를 낮춰서 물었다.

“우리 영감이 왜요?”

정임은 걱정해본 적도 없다는 듯이 두 눈을 크게 뜨고 물었다.

“아니, 그냥 여쭤봤어요. 잡혀가는 사람이 모두 부자들이라고 혀서요.”

“아무리 그려도 그렇지, 우리 영감이 뭘 어쨌다고요?”

“어르신이 동네 유지시니까 조심허시라고 그냥 말씀드린 겁니다.”

“그 뜻이야 지가 왜 모르겠어요.”

한약방을 나와 이런저런 생각을 하며 다리를 건너 큰길로 접어드는 순간, 정임은 자기 눈을 의심할 만큼 소스라치게 놀랐다. 다리가 후들후들 떨려왔다. 바로 눈앞에 어제 금산사에 다녀오면서 버스 창문 밖으로 본 모습과 같은 군인들 대여섯 명이 모시 한복을 입은 풍채 좋은 노인 한 사람과 양복바지에 노타이 차림의 젊은 남자 둘을 오랏줄에 묶어 앞세운 채 총부리를 대고 끌고 가고 있었는데, 분명 자신의 남편과 아들들이었다.

남편은 아들들을 연신 바라보면서 무슨 말을 하고 있었고, 재명은 군인들을 향해 항의하고 있는 듯했다. 그녀는 고무신이 벗겨지는 줄도 모르고 군인에게 달려들어 총 든 팔을 비틀면서 소리 질렀다. 약봉지가 바닥에 떨어져 약재가 쏟아져 나왔다.

"이 천벌을 받을 놈들아! 니놈들은 부모 형제도 없냐? 당장에 이 줄 풀어라, 이놈들아!"

"아주머니 미쳤소?"

"미치긴 누가 미쳐? 죄 없는 사람들 잡아가는 니놈들이 미쳤지!"

"당신 누구요?"

"이 사람은 내 남편이고 저 애들은 내 아들들이다, 이놈들아. 이 사람들이 무슨 죄를 지었다고 잡아간단 말이냐. 죄가 있다면 나도 같이 잡아가거라. 내 말 안 들리느냐 말이다! 어서 이 줄 풀어라, 이 놈들아!"

"죄 없으면 이내 나올 테니 그리 알고 저리 비키시오!"

"못 간다, 이놈들아!"

정임이 목이 터져라, 울부짖으면서 매달리자 계급이 높아 보이는 군인의 얼굴이 점점 험악해져 가는데 여차하면 같이 잡아갈 태세로 큰소리를 쳤다.

"정말 이렇게 해방군을 방해할 기요?"

"임자, 집에 가 있어. 별일 없을 테니."

줄에 묶여 걸어가면서 항의를 하던 태섭이 정임을 안심시키면서 연거푸 턱을 들어 가만히 있으라는 신호를 보냈다.

"어머니, 그렇게 하셔요."

재명도 정임을 향해 돌아서면서 말하자 군인이 총부리로 등을 찌르듯 밀었다. 언제 왔는지 재규까지 함께 끌려가고 있었는데, 항의하면서도 모두 겁먹은 표정이었다.

정임은 불현듯 일파의 말을 떠올리면서 미친 듯이 집으로 달려갔다. 마당을 지나 안채로 뛰어들어가서 마령 사돈댁 주장으로 전화를 걸었다. 전화를 받은 사람이 원우임을 확인하고는 다짜고짜 먼저 말을 꺼냈다.

"사돈, 안녕하십니까? 저 기환이 외할미입니다. 기환 에미더러 급한 일이 있으니 빨리 연락하라고 좀 해주십시오."

"무슨 급한 일이십니까?"

"다름이 아니라 기환이 외할아버지하고 외삼촌들까지 몽땅 인민군들이 잡아갔습니다. 이를 어쩌면 좋지요, 사돈?"

"예? 언제 그런 일이 있었습니까? 무슨 일로요?"

"방금 막 끌고 갔는디 왜 그런지 그걸 지가 어떻게 알겠습니까."

"제수씨가 지금 집에 있는지 모르겠는데 아무튼 빨리 가보겠습니다. 그런데 제수씨 문제도 있는가요?"

"그것이 아니라 기환 애비 일도 있고 혀서, 갸가 나서면 뭔가 길이 있지 않을까 혀서요. 안 그럴까요?"

"무슨 말씀이신지 알겠습니다. 빨리 가보겠습니다."

* * *

원우가 전화기를 놓자마자 자전거를 타고 헐떡이면서 상수리나무 집으로 향했다. 채봉은 그때 며칠 전부터 군당 부위원장을 맡게 된 최찬식에게 여맹위원장 추천을 재차 거절하고 집에 막 들어온 참이었다. 한 손으로는 버선을 잡아 빼고 다른 한 손으로는 울어 젖히고 있는 강희를 끌어다가 안아주려 하고 있었다.

"언니, 주장 큰아저씨 오셨어라우."

마당에서 기웅이 세수를 시키며 콧물 자국을 닦아주고 있던 홍남이가 대청마루를 향해 호들갑스럽게 전했다. 아이들이 우르르 뛰쳐나와 먼저 인사를 했다.

"그래, 싸우지 않고 잘 있었지? 어머니 말씀 잘 듣고?"

"아주버님, 어서 올라오세요."

채봉이 재빨리 마루 끝으로 나와 위원회 일로 이것저것 상의하고 싶어 그러잖아도 찾아가려고 했었다면서 반색을 했다.

"제수씨, 전주 외할머님께서 전화하셨습니다."

원우가 토방에 선 채로 용건부터 꺼냈다.

"어머니가 무슨 일로 아주버님께 전화를 다 허셨어요?"

채봉은 깜짝 놀라면서 벗어 던졌던 버선을 끌어왔다.

"사돈 어르신과 기환이 외삼촌 둘을 인민군들이 잡아갔다고 합니다."

"아버지와 오빠들을요? 왜요?"

"뻔하지 않습니까. 악덕 지주 운운했겠지요."

채봉은 마루에 털썩 주저앉아 정신 나간 사람처럼 허공을 바라보다가 들릴 듯 말 듯 중얼거렸다.

"엊그제 군당위원회에서 즉결처단이라는 얘길 들은 적이 있는데……."

채봉의 낯빛이 창백해지고 어찌할 바를 모르며 당황해하자 원우가 걱정스레 뭔가 예상되는 일이 있는가를 물었다. 채봉은 대답 대신 서둘러 나갈 채비를 했다.

"아주버님, 저 군청에 다시 가봐야겠습니다."

"예, 나랑 같이 가시지요."

채봉은 자전거 뒤에 몸을 실었다. 군청에 차린 군당위원회에 도착하자마자 출입문을 지나 아까 다녀간 이층 부위원장실까지 한달음에 들어갔다.

"어! 윤 동무 다시 오셨습니까? 남원우 동무도 함께 오셨구만요."

"부위원장님, 아까 추천하신 건은 정식으로 받아들이겠습니다."

"아, 윤 동무! 마음을 바꾸셨어요? 제가 그 일로 방금도 질책을 들었는데……. 생각 잘하셨습니다. 이게 결국 다 우리 군민을 위한 거 아니겠습니까. 서로 힘을 합쳐 잘 한번 해봅시다. 그리고 참! 남 동무께서는 위원장 동무와 얘기가 잘되고 있습니까?"

"시간을 가지고 좀 더 생각해보기로 했습니다."

원우가 채봉을 흘낏 바라본 후 짧게 대답했다.

"재무부장 자리 그거 아무에게나 맡기는 자리 아닙니다. 잘 생각해보십시오."

원우가 뭔가 말을 하려는 듯하다가 입을 다물자 최찬식이 채봉을 슬쩍 쳐다본 후 말을 이었다.

"……아무튼 그 일이야 뭐 위원장 동무허고 풀어나가실 일이니까 제가 왈가왈부허지는 않겠습니다."

"그런데 부위원장님, 제가 무슨 일이든 협조할 테니 그 대신 제 부탁을 하나 꼭 들어주셔야겠습니다."

채봉이 최찬식의 눈을 똑바로 바라보면서 말했다.

"무슨 일인데요? 제가 할 수 있는 일이라면 뭐든 힘이 되어드리겠습니다."

"전주에 계신 저희 아버지와 오빠들이 끌려간 것 같습니다."

"무슨 일로요?"

"이유도 없이 끌려간 것이 뭔가 착오가 있는 것 같습니다."

최찬식은 여러 차례 고개를 크게 끄덕이더니 난처한 기색이 역력했다.

"지금 바로 서둘러서 알아봐 주시면 안 될까요?"

"글쎄요. 그건 그쪽 시당위원회나 아니면 도당위원회에서 하는 일이라……. 일단 제가 위원장 동무와 함께 그쪽 위원회에 전화를 한번 해보겠습니다."

채봉은 최찬식이 위원장실에 가고 없는 동안 원우에게 물었다.

"저희 어머니가 다른 말씀은 없으시던가요?"

그녀의 바짝 마른 입술이 파르르 떨렸다.

"예, 급하니까 빨리 연락하라는 말씀만 허시고 끊으셨습니다."

채봉이 안절부절못하고 있는 동안 부위원장이 난색을 띤 얼굴로 채봉 쪽으로 다시 왔다.

"채봉 동무, 이건 제 선에서 해결될 문제가 아닌 것 같습니다. 미안합니다."

"그럼 누구한테 얘기해야 할까요?"

"혹시 전주 쪽에 누구 알 만한 사람 없습니까?"

"누굴 찾아가야지요?"

"그쪽 위원장이나 아니면 위원 중 누구라도……."

"제가 잘 모르는데요. 혹 위원분들 명단이라도 있습니까?"

"잠시 기다려보십시오."

최찬식은 자기 자리로 가 조직도를 펼치면서 채봉에게 다가오라고 손짓을 했다.

"이 중에서 혹 낯익은 이름이 있나 찾아보십시오."

"제가 어디 사회생활을 했어야지요."

채봉이 명단을 아무리 들여다봐도 생소한 사람들 이름뿐이었다. 원우에게 눈짓을 하려는 순간, 중간 아래쪽 이름 하나가 눈에 들어왔다. 채봉의 눈이 반짝거렸다.

"누구 아는 분을 찾으셨습니까?"

"예, 여기 권학순 선전부장님은 전에 법원 앞에서 변호사 하시던 분 아니신가요?"

"맞을 겁니다. 아시는 분입니까?"

"우리 기환 아버지하고 일본 유학 동문이고 아주 돈독한 사이였습니다."

"선전부장이라면 그리 어려운 일이 아닐 수도 있습니다."

"부위원장님! 제가 당장 해야 할 일이 뭐지요?"

"먼저 위원들과 함께 인민 해방군에게 전달할 위문품을 만드는 겁니다."

"알겠습니다. 그렇다면 지금 바로 전주를 먼저 다녀오겠습니다."

채봉은 숨 돌릴 틈도 없이 배차장으로 달려가 막 떠나려는 버스에 올라탔다.

권학순

　도청에는 태극기 대신 인공기가 펄럭였고 마당에는 탱크와 군용 트럭들이 줄을 맞춰 서 있었다. 흡사 전쟁터 같은 느낌을 주기도 했으나 인민위원회 사무실을 묻자 생각보다 친절하게 안내해주었다. 선전부장 사무실은 이층 복도 오른쪽 첫 번째 방이었다.

　"변호사님, 안녕하셔요?"

　"아니, 기환 어머니! 그러잖아도 조만간 내가 찾아뵈려고 했었는데, 제가 여기 있는 건 어떻게 아셨어요?"

　권학순이 얼른 일어나 채봉의 손을 잡으면서 반가워했다.

　"차차 말씀드리겠습니다. 이렇게 다시 만나 뵙게 되는 것이 꿈만 같아요."

　"저도 그렇습니다. 그간 어떻게 보내셨어요? 평우를 생각하면 지금도 가슴이 미어집니다. 천벌을 받을 놈들……."

　학순은 잠시 말을 멈췄다.

"그때 저희 때문에 많은 고역을 치르셨지요?"

"아, 그건 아닙니다. 모르셔서 그렇지 그건 제 일 때문이었습니다. 그건 그렇고 양가 부모님은 다 무고하신가요?"

학순이 채봉의 표정을 살피면서 물었다.

"그 일 때문에 급히 찾아뵙게 되었습니다."

"무슨 일인데요?"

그는 긴장하는 기색을 숨기지 못했다.

"저희 아버지와 오빠들이 끌려갔습니다."

"언제요?"

"오늘 아침에요."

"오늘 아침이라고요? 그런데 왜 이제 아셨어요?"

"연락을 받고 눈앞이 캄캄했었는데……."

"지금이 몇 시지요?"

"네 시 십오 분 전인데요."

"빨리 가시지요."

채봉이 벽에 걸린 시계를 보고 대답하자 학순은 일순간 심각한 안색으로 바뀌더니 이런저런 말이 채 끝나기도 전에 앞장서 계단을 내려가서 빠른 걸음으로 큰길을 건넜다. 채봉은 학순을 따라 인민재판이 열리고 있는 남서국민학교 뒤 공터로 달려갔다. 지나가는 사람들이 그들이 달리는 모습을 의아하게 바라봤다.

오후 네 시부터 시작된 인민재판은 북한 보위부 소속 소좌 한 명과 보위부원, 자진하여 북한군에 입대한 자위대장, 따발총을 든 인민군 대여섯 명, 그리고 그들이 지명한 몇몇 인사들로 구성되어 있었다.

　말로만 듣던 인민재판이 이곳에서 처음으로 열리는 중이었는데, 끌려온 사람들은 모두 열여섯 명이었다. 진행 과정에 피의자의 해명 시간은 전혀 주어지지 않은 채 보위부원 한 사람이 서류철을 뒤지며 누군가가 밀고한 내용을 토대로 죄상을 읽어 내려갔다. 그다음 소좌가 어떻게 하면 좋겠는가를 묻고 누군가가 "처단하시오!" 하고 재청하면 그대로 다른 한쪽으로 끌려가 운전석과 호송 칸이 구분된 호송차에 태워졌다.

　학순과 채봉은 잠시 재판 과정을 지켜봤다. 윤태섭의 죄목은 산판을 하면서 무고한 인민을 죽게 만들고 악덕 지주 노릇을 하여 인민을 착취했다는 것이었다. 윤재명은 제지공장 및 메리야스공장을 경영하면서 인민을 혹사하고 임금을 착취하는 악행을 일삼았다는 죄였다. 재규 역시 아버지를 도와 공장을 경영하며 인민을 착취했다는 죄명을 뒤집어썼다. 태섭과 재명은 다른 사람들과 함께 호송차에 태워졌고 재규는 자술서를 쓴 다음 다시 심판하기로 판결이 났다.

　"다음 반동 데려오시오!"

　"소좌 동무! 나 전주시당 선전부장 권학순이오."

　학순이 큰 목소리로 끼어들자 모두 그를 바라봤다. 김응수 소좌는 언짢은 표정으로 고개를 돌렸다.

　"아까 오시는 걸 보고 이미 알고 있었습네다. 무슨 일이십네까, 선전부장 동무?"

　"차에 태운 사람은 지금 어디로 데려가는 겁니까?"

　김응수 소좌는 다소 난색을 띠며 인민재판과 관계되는 일이라면 그건 순전히 자신의 소관 일이라 말할 것이 못 되고, 다른 일이라면 지금은 보다시피 처형 관계로 바쁘니까 다음에 얘기하자고 했다. 학순은 얼굴을 벌겋게 물들이며 처형이라는 게 무슨 뜻이냐고 따졌다.

"다 아시면서 뭘 물으십네까? 본보기 처형을 즉시 집행하라는 상부의 특별 지시입네다."

"본보기 대상이 누굽니까?"

"누구긴 누굽네까? 차에 실린 저 반동들이지요."

"정식 재판을 하러 데려가는 게 아니라 즉시 총살을 하러 데려간다는 얘기요?"

"아, 선전부장 동무! 어째 그리 답답하십네까? 본보기라 하지 않았습네까?"

"본보기로 사람을 죽인다 이겁니까?"

권학순이 김응수 쪽으로 바짝 다가가 차에 태워진 사람들과 그를 번갈아 쳐다보면서 힘을 주어 물었다. 학순의 목에 굵은 핏줄이 파닥거리고 있었다.

"죽이긴 뭐에 죽입네까? 처형이지. 지금 바쁘니끼니 나중에 얘기하시라우요."

"그럴 수는 없소! 나도 인민을 위해 일허기로 약속허고 인민위원회 일을 수락한 사람으로서 당위원장님헌테 확인 좀 해봐야겠소."

"지금 그럴 시간이 없어요. 저쪽에서도 사람이 대기 중이라 늦어도 여섯 시까지는 도착시켜야 한단 말이오!"

"어디로요?"

"어디긴 어디요? 처형장이라니끼니."

그 순간 학순은 보위부 소좌의 권총집에서 잽싸게 권총을 잡아 빼소좌에게 겨눴다.

“이건 재판이 아니라 학살이오. 나도 위원의 한 사람으로서 이대로 지나칠 수가 없소!”

“동무 미쳤소? 이건 부장 동무의 권한이 아니란 말이외다. 이 자리에 모인 인민들의 권리지. 그리고 동무 지금 무슨 짓을 하고 있는 줄이나 아시오? 내 없었던 일로 할 테니끼니 그 총 당장 이리 내고 돌아가시오.”

“우리가 인민위원회를 만든 건 어려운 사람들을 돕고 잘못된 일을 바로잡자는 거지, 모두가 내 민족인데 이렇게 사람을 마구잡이로 죽이자는 게 아니오. 당장 이 사람들을 풀어주지 않으면 당신 죽고 나 죽을 테니 맘대로 하시오.”

“내도 그리는 못 하갔소.”

학순은 방아쇠에 손가락을 넣으면서 총구를 그의 이마에 대고 다른 군인들 앞으로 향하게 했다.

“나는 전주시당 선전부장 권학순이오. 보위부 소좌가 지금 중대한 실수를 저지르고 있어서 내가 이러는 것이니, 그리들 알고 이 사람을 살리려면 지금 당장 저 무고한 사람들을 풀어주시오.”

그래도 다들 총을 들고 눈치만 살필 뿐 아무도 움직이지 않았다. 탕! 하고 학순이 공포를 한 발 쏘았다.

“너 이 반동 새끼 정말 미쳤구나야, 쌍!”

소좌가 총구에 밀려 고개를 수그린 채 소리쳤다.

“그냥 이대로 죽을 거요?”

학순은 다시 총으로 소좌의 이마를 밀었다.

“하라는 대로 하라우!”

소좌가 씩씩대면서 명령하자 군인들은 그제야 트럭 문을 열어 차에 탄 사람들을 내리게 했다.

"여러분! 아무 생각, 아무 소리 말고 빨리 어딘가로 피신하시오. 어서요!"

학순이 외치자 그들은 서로 묶은 줄을 풀어주고 손에 땀을 쥐며 가슴 졸이고 서 있던 가족들과 함께 뒤도 돌아보지 않고 그 자리에서 빠져나갔다.

"이 반동 새끼!"

끌려왔던 사람들이 모두 흩어져 피신하자 소좌의 고개가 들어올려지고 군인들의 자세가 약간 흐트러졌다.

"모든 군인은 총을 내려놓고 차에 타도록 하시오."

학순이 외쳤으나 소좌는 명령하지 않았고 군인들은 여전히 눈치만 살피고 있었다. 학순은 다시 한번 공포를 쐈다.

"총 내려놓고 차에 타라는 말 안 들리나?"

"그리하라우!"

군인들은 그제야 총을 놔두고 차에 올라탔으며 학순은 호송 칸 뒷문을 잠근 다음 소좌를 운전석에 태웠다.

"일단 도청으로 갑시다."

학순이 소좌의 이마에 총구를 들이밀었다. 차는 검은 연기를 뿜으면서 자리를 떠났다. 총부리에 턱이 겨냥된 채 운전을 하던 김응수 소좌가 차를 몰면서 말했다.

"당신 이러고도 살아날 것 같소? 어디로 갈 거이가?"

"시당위원장실로 갑시다. 아무 소리 말고 운전이나 하시오."

"시당위원장실이라고? 어처구니가 없구만 이거……."

그때였다. 차가 주택가를 지나 도청 사거리 길로 접어드는데, 지게를 진 남자가 갑자기 앞에 나타나 차 옆으로 스쳐 지나가는 듯하더니 오른쪽 바퀴에 치였다. 남자는 그 자리에 쓰러지고 차는 급정거를 했다. 학순이 재빨리 차에서 내려 그를 부축해 안았다. 그 순간 보위부 김응수 소좌가 함께 뛰어내리면서 학순을 덮쳐 권총을 빼앗으려 했다. 실랑이를 벌이는 동안 한 발의 총성이 들렸고 어느 틈엔지 총은 김응수의 손에 쥐어져 있었다.

"이 종간나 새끼! 너는 이제 죽었다!"

소좌는 총구를 학순의 정수리에 꽉 찍어대고 호송 칸 문을 열면서 군인들에게 소리쳤다.

"이 새끼 빨리 묶지 않고 뭘 하는 기가?"

"나를 시당위원장실에 데려다주시오."

학순은 꺾이지 않고 외쳤다.

"시당위원장님이 너 같은 놈을 뭐 하러 만나시갔어? 너는 내 손으로 죽이고 말갔어!"

소좌가 어금니를 깨물며 큰소리를 쳤다. 군인들이 자신을 묶으려 하자 학순은 총부리를 무시하고 도청 정문 쪽으로 달렸다.

탕 탕 탕!

소좌는 그를 향해 세 발의 권총을 발사했으며, 학순은 허리를 구부린 채 몇 발자국을 걸어가다 쓰러졌다.

* * *

채봉은 아버지와 두 오빠를 데리고 서둘러 자리를 빠져나와 급한 대로 채봉의 선배 언니가 사는 완산동 정자나무집으로 향했다.

"형님! 형님!"

"누구세요?"

오던 길을 살피며 조심스럽게 문을 두드리자 안에서 여인의 굵은 목소리가 들리고 곧이어 대문이 열렸다.

"이게 누군가, 채봉이 아닌가?"

고녀 선배인 그녀는 평소 친언니 이상으로 채봉을 아껴주었으며 와세다대학 정치외교학과를 수석으로 졸업할 만큼 수재였는데, 남편이 광복 이듬해 북조선임시인민위원회 위원으로 선출된 직후 간암으로 사망하고 말았다. 그 후 그녀는 자식이 없어 들이게 된 양아들에게 모든 재산을 물려주고 친정이 있는 전주로 내려와 이곳 정자나무집에서 홀로 살고 있었으며, 채봉이 평우와 함께 전주에 왔다가 인사를 시킨 적도 있었다. 한눈에 봐도 기품이 보이는 인상이다.

"예, 형님. 접니다. 아버지랑 오빠들여요."

"아니, 이게 어쩐 일이십니까? 아버님도 오시고 윤 사장님 두 분도 함께 오셨군요. 어서 들어오세요. 집이 누추합니다.

"이거 실례가 많습니다."

"별말씀을 다 하십니다. 그냥 딸자식 하나 더 있다, 생각하셔도 됩니다."

"형님, 저……."

"무슨 얘기든 일단 들어가서 하자."

채봉의 표정과 엉거주춤하는 일행을 쳐다본 순실은 발 빠르게 그들을 방으로 안내했다.

"아이고, 이 사람! 얼굴이 말이 아니구먼."

채봉이 따라 들어가면서 뭔가 말을 하려 들자 순실은 얼른 말문을 막고 일행을 방으로 안내한 다음 큰길에 나와 주변을 살피고 대문을 걸어 잠갔다. 채봉으로부터 자초지종을 대충 들은 그녀는 눈을 지그시 감았다 뜨고를 반복하면서 고개를 연신 끄덕이는데 표정이 진지하기가 이를 데 없었다.

"아버님, 얼마나 놀라셨습니까. 두 분 사장님도 정말이지 죽음의 문턱을 넘었다가 되돌아오셨습니다. 여긴 안심하셔도 괜찮을 겁니다."

순실이 다시 나가 신발을 모두 치운 다음, 사진이 담긴 액자를 마루 중앙 잘 보이는 곳에 걸었다. 김일성과 함께 찍은 남편의 사진이었다. 그런 후에 마실 물과 과일을 쟁반에 담아 들어와 일행에게 권하면서 밝은 얼굴로 모두를 안심시켰다.

"이젠 죽었구나, 하고 생각했었습니다."

재명이 떨리는 마음을 진정시키려 물을 들이켰다.

"이거 정말 큰 은혜를 입었습니다."

태섭의 음성도 떨리고 있었다.

"은혜라니 당치 않으십니다. 길 가는 낯선 사람이라도 죽음을 피해 들어왔으면 숨겨줬을 것입니다."

"형님, 정말 고마워요."

온종일 제정신이 아니었던 채봉은 눈물이 묻은 손으로 순실의 팔을 붙잡았다.

"동생 마음고생이 얼마나 심했겠누, 응? 이 몹쓸 세상은 모다 큰 나라 놈들 욕심 때문에 발단이 된 거 아니갔나?"

순실이 채봉의 손을 어루만졌다.

"그나저나 그 사람은 어찌 됐을까요? 정말 대단한 분이시던데."

재규가 채봉을 슬쩍 보면서 순실에게 권학순의 이야기를 조심스럽게 꺼냈다.

"살아남기는 불가능하죠. 이 전시에 말입니다."

순실이 눈을 꼭 감았다가 한숨을 토해내면서 말했고 채봉은 금세 두 눈이 벌겋게 충혈되었다.

"그럴까요, 형님?"

채봉의 질문에 태섭과 재명, 재규 모두 순실의 눈을 바라봤다.

"그분도 각오하고 선택하셨을 터인데 정말 고개가 절로 숙여지는 분입니다. 친구를 보면 사람을 안다고…… 평우 동생도 분명 열 번 스무 번 그렇게 했을 겁니다."

순실이 손수건으로 눈물을 훔쳤다.

"으음, 아까 그 변호사님은 결국 우릴 살리고 대신 죽음을 선택한 거 아니겠습니까. 안 그려?"

태섭의 말에 재명과 재규도 눈물을 글썽이며 고개를 끄덕였다. 채봉은 그 순간, 남편이 과거 자신을 살리고 대신 죽은 친구로 인해 그의 인생관이 바뀌고 일생을 숙제하는 기분으로 살아가게 되었다며 자신을 이해시키고자 애를 썼던 일이 불현듯 떠올랐다.

"이념보다는 민족이라는 교훈을 남기셨습니다."

"정말 훌륭한 인재를 우리가 저세상으로 보냈구먼."

태섭이 큰 숨을 들이쉬며 말했다.

그때 누군가 대문을 쾅쾅! 두드리며 "문 여시오!" 하는 소리가 들려 모두가 깜짝 놀랐다. 이어서 군인들이 여기저기 뛰어다니는 소리도 들려왔다.

"걱정하시지 말고 잠시 들어가 계시지요."

순실은 안방 아랫목 벽 위쪽의 다락문을 열어 일행을 들어가게 하고, 방문을 열어둔 채 밖으로 나갔다. 채봉은 캄캄한 다락방에서 도저히 정상적인 호흡을 할 수가 없었다. 심장의 고동 소리가 밖으로 새나갈 것 같아 불안에 떨었으며, 전신에 땀이 흐르면서도 온몸이 후들후들 떨려왔다. 아버지와 오빠들의 손을 꽉 쥐고 온 신경을 곤두세워 밖에서 나는 소리에 귀를 기울였다.

"뉘시오?"

"빨리 열지 않고 뭐 하는 기요?"

"남의 집 문을 열라는 사람들이 어째 이리 무례하노?"

"여기 혹시 수상한 자들 숨겨두지 않았소? 바로 말하지 않으면 경칠 줄 아시오."

문을 열기가 무섭게 들이닥친 소좌가 말했다.

"소좌 동무가 책임자요?"

김웅수는 그딴 걸 묻는 당신은 누구냐는 듯 대답도 하지 않고 콧방귀를 뀌었다.

"나는 인민위원회 강정국 위원의 안사람이외다."

김웅수는 순간 고개를 들고 마루에 걸린, 김일성이 임명장을 수여하고 있는 사진을 보고 차렷 자세와 함께 힘찬 거수경례를 했다.

"대의원 동무 댁이십네까?"

"그러외다."

"아, 근처에서 인민재판 중에 도망친 자들이 있어서 급한 나머지 결례를 범했습네다. 죄송합네다. 무례를 용서하십시오."

"어떻게 그런 일이 다 벌어지오? 방문이 열렸으니 들어가 봐도 좋소."

"아, 아닙네다. 이미 확인됐습네다."

"하기야 여긴 내가 계속 마루에 앉아 있있으니……."

"안녕히 계십시오. 악질 반동들이 눈에 뵈는 거이 없을 것입네다. 문단속 잘하시기 바랍네다."

"고맙소!"

"천만의 말씀입네다. 저희는 이만 돌아가겠습네다."

김웅수는 다시 손끝이 떨리는 거수경례를 한 후 조심스럽게 대문을 닫고 나가 다음 집의 대문을 두드렸다. 순실은 일부러 한참이 지난 후에야 대문의 빗장을 걸었다. 그러고는 그들의 소리가 멀어지는 것까지 확인한 다음 다락문을 열고 모두 나오라는 손짓을 했다.

"형님, 어쩜 그렇게 태연하실 수가 있으세요?"

밖으로 나온 채봉이 아직 진정되지 않은 음성으로 물었다.

"안 그럼, 우리 집에 내가 숨겨됐소, 하는 꼴을 보여야 하나?"

순실이 아무렇지도 않은 듯 웃어젖혔다.

"그런데 아까 방문은 왜 열어놓고 나갔어요?"

"이 사람아, 열어놔야 만약에 찾아도 방은 말고 다른 곳을 찾을 것 아닌가?"

"그러신 줄은 알지만 저라면 그렇게 못 했을 거여요."

태섭은 여전히 혼란스러운 듯 침통한 얼굴이었다.

"으음, 내가 여태 인생을 헛산 것 같습니다. 정말 감사헙니다."

한동안 모두가 말이 없었고 한참 만에 채봉이 입을 열었다.

"형님, 이제 김일성의 나라가 될까요?"

"그게 그리 쉽게 되갔나? 미국 아들도 가만히 있지만은 않을 기라."

가야산 움막

서산 가야산 자락의 크고 작은 봉우리들이 드높고 맑은 하늘을 향해 선명하게 모습을 드러내고 있다. 작년 봄 평우는 허정달을 따라 이곳 가야산 중턱으로 자리를 옮겨 화전을 일궈나가기 시작했다. 작으나마 햇볕이 드는 구릉지에 밭농사도 조금 지을 수 있고, 화전에서 이백 미터 정도 떨어진 언덕 위에 그런대로 먹고 자고 생활할 수 있는 빈 굴피집까지 한 채 있어서 식솔 없는 성인 두 사람이 살아가기에는 안성맞춤이었다.

허정달과 함께 그곳에 자리를 잡은 지 어느덧 일 년 반이 되었다. 평우는 가족에 대한 그리움과 걱정이 한순간도 머릿속에서 떠나지 않았으나 정달을 생각해 일절 언급하지 않았다. 내색하지 않는 건 정달도 마찬가지였다.

"편히 주무셨어요?"

마당에서 고구마를 포대에 담고 있던 평우가 방문을 밀치며 나오는 정달을 향해 활짝 웃음을 띠었다.

"너는 잠도 안 자냐? 젊은 놈이 노인네보다도 잠이 적으니 원!"

"저도 방금 일어났습니다."

"야, 이놈아! 방금 일어난 게 나지, 왜 너냐?"

"죄송합니다. 듣고 보니 아버님 말씀이 맞습니다."

평우는 연신 웃어가며 대답했다. 이곳에 처음 왔을 때는 사람 구경을 한 적이 없어 조심스럽게 접근하던 굴뚝새들이 언제부터인지 아침이면 토방까지 넘어와서 기다리고 있다가 정달이 손바닥을 펼치자마자 훌쩍 뛰어올라 먹이를 쪼았다.

"그런데 아버님, 뭐 걱정거리라도 있으십니까?"

"엊그제 만난 심마니들 말에 의하면 전쟁이 난 건 사실인 것 같더구나. 지금 산 아래에서는 인민군이 쳐들어왔다, 국군이 쳐들어왔다, 정신이 하나도 없다더라."

"예, 대포 소리를 들어보면 그런 거 같습니다."

"그럼, 이제 어떻게 되는 거냐?"

정달이 손바닥에 남은 좁쌀을 마당에 뿌리면서 일어섰다.

"전쟁으로 이념을 통합할 수는 없는 노릇인데, 가장 심한 악수를 두고 만 셈이지요. 결국, 고난을 겪는 건 국민 아니겠습니까."

"다 즈놈들 욕심으로 백성을 사지로 모는 거 아니냐."

"정부라는 것은 태어나는 순간부터 국민보다 자신을 먼저 지키는 괴물이 되게 마련입니다."

"그러게나 말이다."

"저도 물론입니다만 아버님도 조심하셔야 합니다."

"알겠다. 내 걱정은 할 거 없다. 노인네한테 무슨 일이 있겠느냐."

두 사람은 한동안 서로를 걱정하는 말로 티격태격하다가 정달이 재차 어디 멀리 나가지 말라고 당부했다. 평우는 알겠다고 하면서도 자신을 마치 물가에서 노는 어린애 취급한다면서 툴툴거렸다.

"내사, 말은 어떻게 하든지 간에 너를 지키고 너한테 힘이 되어주는 것을 사는 보람으로 여기다 보니 잔소리가 많아진 거 같다."

"아버님 마음 제가 잘 알고 있습니다. 꼭 그렇게 하겠습니다."

"그래, 정말 고맙구나."

"그게 어떻게 아버님이 고맙다고 하실 말씀입니까? 제가 드릴 말씀이지요."

"야, 이놈아! 그냥 그런 줄 알면 되는 걸 가지고 뭘 그리 또 따지느냐?"

"시시콜콜 따지기로는 아버님이 더 하지 않습니까."

정달의 호통에도 평우가 지지 않고 끝까지 대답하면서 둘이 한바탕 웃어젖히는 바람에 새들이 놀라 파드닥 날아올랐다.

"저, 실례 좀 허겠습니다."

아침상을 물리고 정달과 평우가 이런저런 얘기를 나누고 있을 때였다. 인기척과 함께 낯선 사람의 소리가 가야산 숲속의 바람 소리를 가로막았다. 정달 부자는 흠칫 놀라며 내방객을 동시에 바라봤다. 쉰 살은 족히 넘어 보이는 허름한 남자가 등에 봇짐과 짚신을 둘러멘 채 머리에는 낡아서 해진 밀짚모자를 쓰고, 손에는 지팡이를 들고 있었다.

"길을 잃었소?"

정달이 흔연한 척 물었다.

"근처에 혹시 화전 하는 노인 양반 한 분허고 젊은 사람 하나 살고 있는 집 모르신가요?"

복장이나 말투로 보아 뭔가 염탐하러 온 건 아닌 게 분명했다.

"우릴 찾고 있는 거요?"

정달의 말에 내방객이 모자를 벗었다. 순간 눈이 마주친 그와 평우는 동시에 깜짝 놀라 입을 다물지 못했다. 평우가 먼저 소리쳤다.

"오수 아저씨!"

그러면서 뛰쳐나가 장한길의 양손을 잡았다.

"이게 누구야? 자네 평우 조카 아닌가."

"아저씨! 아저씨가 어떻게 여길 오셨어요?"

"이 사람아! 그간 얼마나 고생이 많았는가. 내가 지금 꿈을 꾸는 건 아니겠지?"

"예. 제가 평우가 맞구만요, 아저씨!"

"조카! 내가 자넬 찾아 집 떠난 지 일 년 반이 넘었다네."

한길은 눈물범벅이 된 얼굴을 치켜들고 다시 평우를 얼싸안았다.

"아버님, 어머님은 다 무고허신가요? 형님이랑 우리 집사람도……."

평우는 숨 가쁘게 가족의 안부를 물었다. 집사람 말을 꺼낼 때는 목이 메어 더는 말을 잇지 못했다.

"다들 잘 있고말고. 형님이 지금 자네와 내가 만난 걸 알면 얼마나 좋아허시겠는가. 형님! 제가 평우 조카를 인제사 만났구만요!"

다시 한번 평우의 얼굴과 차림새를 살피던 한길이 눈물을 닦으면서 안도의 숨을 내쉬다가 정달을 바라보며 정중하게 인사를 했다.

"어르신 말씀은 잘 들었습니다. 우리 상백 형님께서 어르신을 뵙게 되면 본인 대신 엎드려 절을 올리고 저승에서라도 꼭 찾아뵙고 감사 인사를 드리겠다고 전허라 허셨습니다. 절 받으십시오!"

"원, 이럴 수가 있나! 절은 무슨……. 아닙니다, 아닙니다. 그 지경에 어느 인간이 나처럼 안 했겠습니까. 이리 올라오셔서 앉으십시오."

한길이 막무가내로 넙죽 엎드려 절을 하자 정달도 함께 엎드렸다.

"원, 백씨도 고집이 대단하십니다."

"아닙니다. 상백 형님이라면 백 번을 혀도 그리허셨을 겁니다."

"그나저나 어떻게 여기까지 찾아오셨습니까?"

"처음에 운장산에 있다고 혀서 운장산 자락을 다 뒤졌습니다. 거그를 언제 떴는가?"

한길은 정달에게 말하다가 평우를 돌아보며 물었다.

"작년 봄에 이쪽으로 왔어요."

"그랬고만. 떠나고 나서 내가 갔었는갑네. 여하튼 그동안 장터 약재상에게 묻고 심마니에게 묻고 화전민헌테 묻고 신령님에게 빌고 하면서 산이란 산은 다 헤맸습니다. 이제 보니까 작년에 여기까지 왔었는디 못 찾고 갔구만요."

"고생 많이 하셨습니다."

"오늘 여기까지 올라오실 때는 별일 없으셨나요?"

평우가 물었다.

"저 아래 상가리 마을에서 하루 묵었는디, 엊저녁에는 인민군들이 진을 치고 있다가 오늘 아침에 보니까 밤새 총소리도 없이 국군들이 정렬을 허고 모여 있더구만. 나야 노인네라고 상관도 안 허길래 잘됐다 싶어 지름길로 올라왔는디, 오다 보니까 산속에 인민군들이 또 저쪽으로 넘어가는 것이 보이고, 그 아래쪽에서 군인들이 쫓고 있는 것 같더구먼. ……여긴 별일 없었는가?"

"별일 없었습니다."

"시장허실 터인데 누추하지만 어서 안으로 드시지요. 남의 눈도 그렇고……. 운악아, 어서 모시고 들어가 천천히 얘기 나눠라. 난 그동안 먹을 것 좀 준비하겠다."

"운악이요?"

"예, 이 아이가 운악이가 된 사연은 들어가서 들으시지요."

평우의 얘길 다 들은 한길은 거듭해서 정달에게 감사의 뜻을 표했다. 그러고는 연옥에 관한 이야기는 차마 하지 못하고 서둘러 다른 얘기로 화제를 이어갔다. 평우는 채봉과 아이들의 소식을 듣는 내내 두 눈을 벌겋게 물들인 채 눈물을 훔치느라 고개를 들지 못했다. 채봉이 먼저 생각하고 상백이 동의한 일이라며 북쪽으로 넘어가는 것이 어떻겠냐는 말을 들었을 때는 말도 안 된다며 펑펑 울었다. 함께 눈시울을 적시고 있던 한길이 등을 어루만졌다.

"북쪽으로 넘어갈 생각은 없다는 얘기지?"

"다시 죽는 한이 있어도 더는 도망가지 않겠습니다."

* * *

한길이 돌아간 후 평우는 애써 쾌활한 표정을 짓느라 노력했다. 정달은 벽에 매달아둔 말린 약재 꾸러미와 바구니에 담아 선반에 올려놓았던 버섯을 보자기에 옮겨 싸다가 잠시 멍하니 마당 끝을 내려다보았다.

"일찍 떠나시려고요?"

정달의 차림새를 보고 평우가 흠칫 놀라며 물었다.

"서산 장은 빨리 끝나서 지금 서둘러 갈란다."

"아침 드셔야죠. 잠깐만 기다리세요, 아버님!"

"뇌물 쓸 것 없다. 니가 말한 면도칼하고 비누는 안 잊고 사올 테니까."

정달의 말에 평우가 웃음을 터뜨리면서 조금이라도 들라고 재차 권했지만 그는 끝내 사양했다.

"그럼 주먹밥을 몇 개 만들까요?"

"그럴 것 없다. 어제 감자 삶아 놓은 거 몇 알 싸가지고 가면서 먹으마. 아침은 너나 좀 많이 먹어라."

"아무래도 오늘 저 짐 다 가지고 가시기가 너무 무거우실 것 같은데요. 저랑 같이 가실까요?"

"너도 이제 간뎅이가 많이 부었구나. 그럴 필요 없다. 우엉이랑 칡은 다음에 가져가고 버섯하고 약재만 가지고 나갈란다."

평우는 좋아하면서 정달을 거들어 꾸러미를 마저 꾸렸다. 정달은 한길이 말해준 내용 외에도 다른 곳의 전쟁 상황이 어떤지 알아보고 오겠다고 계획을 설명했다.

"아버님, 오늘은 제가 사잇고개까지 배웅해드리겠습니다."

"아니다. 그러다가 돌아오는 길 못 찾아서 경찰서로 들어가면 어쩔라고?"

정달이 껄껄 웃으며 꾸러미를 메고 길을 나섰다.

"그러면 송낙바위까지라도 가겠습니다."

"그러자꾸나. 아 참, 그리고 운악아! 니 신분증 어디 있는지 알지? 갑자기 어느 놈이 나타날지 모르는 일 아니냐."

"알겠습니다. 아버님도 조심해서 다녀오십시오."

평우가 송낙바위 곁에 서서 정달이 내려가는 뒷모습을 지켜본 후 집을 향해 조금 걸어갔을 때였다. 익숙한 길이라 가벼운 걸음으로 능선을 향해 올라가는데, 몇 발자국 앞 낮은 풀더미 속에서 푸드덕! 하고 꿩이 날아가는 소리가 났다. 평소처럼 별다른 생각 없이 고개를 돌려 바라봤는데 그가 가고 있는 길 위쪽으로 절벽바위 바로 밑에서 군인 복장을 한 낯선 두 사람이 나뭇가지를 잡고 가파른 길을 빠져나오고 있었다. 그들을 본 순간, 평우가 몸을 구부려 작은 바위 밑으로 숨으려 했으나 이미 상대가 본 다음이었다.

"서시오! 움직이면 쏠 거요. 상급 병사 동무! 여기 사람이 있소!"

그는 평우에게 총을 겨눠 세운 후 앞서가는 동료를 불렀다. 둘 다 비교적 젊은 인민군이었다.

"누구십니까?"

평우가 엉거주춤 손을 들면서 물었다.

"그렇게 말하는 동무는 뉘기요? 예서 뭐 하고 있는 기요?"

"나는 요 아래에서 화전 하면서 먹고사는 사람입니다만."

둘 중 나이가 조금 더 들어 보이는 병사가 자신이 밟은 돌이 굴러가면서 소리를 내자 흠칫 놀라며 총을 바짝 들이댔다.

"그럼 집도 있소? 움직이지 말고 손 든 채로 대답하기요."

행동과 달리 그의 말투는 순박한 농부 같은 느낌을 주었다.

"있지요."

"먹을 거도 좀 있소?"

젊은 병사가 상급 병사의 눈치를 잠깐 살피면서 물었다.

"밥은 아니어도 허기를 메울 수는 있으니 같이 갑시다."

"앞장서시오! 허튼짓하지 말고 천천히 가시오!"

그들은 눈빛을 반짝였다. 입안에서 꼴깍하며 침을 삼키는 소리가 들리는 듯했다.

"그런 걱정 안 해도 됩니다. 팔 아플 텐데 총 겨누지 말고 따라오시지요."

"잔말 말고 조용히 가기나 하시오."

두 사람은 주위를 살피면서 평우의 뒤를 따랐다. 가는 도중에 양쪽 바위 중간에 깊이가 십 미터 이상 되는 널찍한 바위로 유도해 먼저 건너 기다리는 척하다가 도망칠 수도 있어 보였으나 그리하지 않았다. 집이 가까워지자 굴뚝새들이 낯선 발소리를 듣고 후드득 떼를 지어 날아갔다.

"집엔 아무도 없소?"

"없으니 안심하시오."

두 사람은 긴장하면서 집 주위며 방 안 여기저기를 살펴본 후 마루에 걸터앉았다.

"먹을거리는 뭐이 있다 했소?"

평우는 부엌으로 들어가 찐 옥수수와 감자 몇 알을 있는 대로 다 가지고 나왔다. 두 사람은 총을 마루에 걸쳐 세워놓고 정달이 평우를 생각해 일부러 남겨둔 감자와 옥수수를 순식간에 다 먹은 다음 물 한 대접을 비우더니 입맛을 다시며 다시 물었다.

"뭐 좀 더 없소?"

"잠시만 기다리시오. 빨리 쪄올 테니까."

평우가 서둘러 다시 쪄낸 감자를 먹으면서 그중 나이가 조금 더 들어 보이는 사람이 평우의 위아래를 유심히 바라봤다.

"동무 혹시 공무원 아니오?"

"산에서 화전 하는 공무원이 있소? 난 그저 화전 일구는 농부요."

"얼굴이나 말하는 거이 왠지 화전꾼 같지가 않소. 이리 잠깐 오시오!"

평우가 다가가자 나이가 조금 더 들어 보이는 상급 병사가 칡넝쿨을 꼬아 만든 빨랫줄을 휙 낚아채서 그를 마당 모퉁이 나무 기둥에 묶었다.

"이거 왜 이러시오?"

평우가 불쾌감을 드러냈다.

"미안합니다만 이러고 잠시만 계시오. 우리가 간 다음에 누군가 지나가는 사람한테 풀어 달라 하고 말이오."

"동무! 이렇게까지 하지 않아도 되지 않갔습네까? 고맙게 대해줬는데."

젊은 병사가 평우의 눈을 피하면서 상급 병사 쪽을 향해 고개를 돌리고 말했다.

"사람 속마음은 모르는 거요. 우리가 자리를 뜨자마자 바로 코앞에 있는 국군 아새끼들한테 냅다 소리 질러 대며 달려갈지 모르는 일 아니오."

나무 기둥에 묶여 착잡한 심정으로 그들을 보고 있던 평우는 깜짝 놀랐다. 인민군 한 사람은 마루에 앉아 앞을 바라보며 정신없이 감자를 먹고 나이 든 쪽은 평우를 묶은 다음 다시 마루에 걸터앉아 고개를 숙인 채 열심히 감자 껍질을 까는데, 바로 옆 황토벽 모퉁이에 있는 나무 절구통 뒤에서 아까 배웅을 받으며 떠난 정달이 낫을 치켜들어 당장이라도 내리칠 자세를 취하고 있는 것이었다.

평우가 자신도 모르게 벌어진 입을 다물고 놀란 눈빛을 재빨리 감추면서 반대편으로 고개를 돌리고 있을 때였다.

"웬 놈들이냐?"

정달이 잽싸게 모퉁이를 돌아 나와 마루에 걸터앉은 인민군의 목 언저리를 겨냥하고 물었다. 감자 껍질을 까던 인민군이 총을 집어 들려고 몸을 비틀었다. 그 순간 정달은 낫으로 그의 목을 내리찍고 집으려던 총을 토방 아래로 걷어찼다.

"허…… 헉!"

낫에 찍힌 인민군은 목을 붙잡으면서 소리도 지르지 못하고 쓰러 졌다. 마루에 앉아 있던 젊은 인민군은 피를 펑펑 쏟으며 쓰러져 있 는 동료와 정달이 치켜든 낫을 번갈아 올려다보면서 파랗게 질린 채 양손을 높이 치켜들고 애원했다.

"사, 살려주십시오!"

정달은 낫을 치켜든 채 다른 한 손으로는 총 두 자루의 끈을 몰아 쥔 다음 뒷걸음질로 평우에게 접근하여 묶여 있던 줄을 끊었다. 그 러곤 다시 젊은 군인에게 다가가 그의 두 눈을 노려봤다. 평우는 재 빨리 다가와 쓰러진 인민군을 살폈지만 이미 숨이 끊어진 듯했다.

"아버님, 그 사람은 아무 잘못도 없습니다."

"먹을거리를 내준 사람에게 고맙다고 절은 못할망정 나무에 묶어 둔 놈들이 짐승이지 어디 사람이냐?"

"저를 묶어둔 것은 불안해서지 해치려는 의도는 없었습니다. 제 발 그 낫을 내려놓으시고 그 젊은 사람은 그냥 보내주시지요."

"잘못했습니다!"

젊은 군인은 손이 발이 되도록 빌고 또 빌었다.

"이놈을 그냥 보내주면 인민군들 몰고 와서 우릴 죽이려 들지 않 겠느냐?"

정달은 눈을 부릅뜨고 있었지만 치켜든 낫은 이미 그의 팔에서 바닥을 향해 늘어졌다.

"그럴 위험이 있다는 이유로 그 사람을 미리 해쳐서는 안 됩니다. 그건 정부가 저를 처형한 것과 같은 행위입니다."

평우는 다시 젊은 인민군 곁으로 다가가 정달을 바라보았다. 평우의 말투는 단호했고 엄숙하기까지 했다.

"저희는 지금 남조선 군인들에게 쫓겨 도망가다가 낙오된 사람들입네다. 도망가기 바쁜데 무슨 딴짓을 하겠습네까?"

젊은 인민군이 울먹이며 애원했다.

"남쪽 군인들은 어디에 있소?"

평우가 부드럽게 물었다.

"우리가 넘어온 요 산 너머에 있을 겝니다."

"아버님, 이 사람은 군인들에게 잡히기 전에 빨리 보내주시지요."

"니 생각대로 해라."

"젊은이, 부대는 찾아갈 수 있겠소?"

"예, 감사합네다. 찾아갈 수 있습네다."

"그러면 저기 남은 거 싸가지고 가려던 길로 빨리 가시오. 이 사람은 내가 알아서 묻어줄 테니."

"예, 알겠습네다."

"단, 총은 가지고 가지 마시오. 사용할 일이 있어서도 안 되고."

젊은 병사는 수없이 고개를 숙이며 인사를 하고 아래쪽으로 달아났다. 정달 부자는 죽은 인민군을 집 건너편 언덕 위 철쭉나무 옆에 총과 함께 묻어주고 남은 총 하나는 계곡 언덕 중간 바위 사이에 깊숙이 끼워 넣은 다음 낙엽과 나뭇가지로 덮었다. 급한 일을 처리한

두 사람이 계곡에서 잠시 숨을 돌리고 있는 동안, 정달은 쉼 없이 눈물을 닦고 있었다.

"내가 끝내 자식 같은 사람을 죽이고 말았구나!"

"만약 아버님이 그리하지 않으셨더라면 우리 둘 다 그렇게 되었을 겁니다. 너무 언짢아 마십시오."

"어쨌거나 나는 천벌 받을 짓을 한 것이다."

"다 이 못난 자식 구하자고 그리하신 것 아닙니까."

"그놈들이 너를 묶어놓지만 않았어도……."

"저 때문에 눈에 보이는 것이 없었던 아버님 마음을 제가 다 압니다. 이제 잊으시지요. 그런데 가시다가 어떻게 되돌아오시게 되었습니까?"

"너하고 헤어져 조금 내려가다가 고개를 돌려 너를 봤는데 능선을 타고 가는 게 보이더구나. 그래서 혹여 니가 돌아볼지도 모르겠다 싶어 손을 흔들어봤는데, 너는 손을 위로 들고 가고 이어서 총을 든 인민군이 너를 앞세워 내려가고 있지 뭐냐. 그래서 만사 제치고 달려와 기회를 엿보고 있었던 게지. 그런데 잠시 후 이리 뛰고 저리 뛰면서 정성껏 음식을 마련해준 너를 나무에 묶을 때, 내 눈에서 천불이 났다. 그때 이미 죽일 계획을 세웠는지도 모르겠다."

"아, 그렇게 된 것이구먼요. 그런데 약속하신 제 비누와 면도칼은 어떻게 하시려고요?"

평우가 갑자기 일어나더니 정색을 하고 정달을 다그쳤다.

"그래서 지금 다시 떠날 참이다. 허, 그놈 참!"

"이번에 또 빈손으로 되돌아오시면 안 됩니다."

평우가 크게 웃으며 말했다.

"그건 그렇고, 운악아! 내가 느 아저씨 앞에서도 말했지만 곰곰이 생각해보니까 상당히 일리가 있는 말이더라. 지금이 어쩌면 니가 저들과 합류해서 자유의 몸이 될 기회 아니겠냐."

"아닙니다. 아저씨한테도 말했듯이 절대로 떠나지 않겠습니다."

"나를 두고 혼자 떠나기가 불쌍해서걸랑 접어두거라."

"떠나는 제가 불쌍하면 불쌍했지, 어째 편안히 계신 아버님이 불쌍합니까?"

"운악아, 농담하지 말고 말해보아라. 떠나지 않겠다는 이유가 뭔지."

"제가 진짜 공산당이어서 처형당한 것이 아니지 않습니까. 그리고 여기에는 두 분 아버님을 포함해서 제 모든 가족이 있습니다. 그것이 제가 살아도 여기서 살고 죽어도 여기서 죽어야 하는 가장 큰 이유입니다. 그리고 단지 목숨을 부지하기 위해 저쪽에 가담하는 것은 제 신념에 맞지도 않고요."

"그럼 이대로 산속에서 살아가겠다는 얘기냐?"

"당장은 그렇습니다."

"니가 산 생활에 아예 재미를 붙인 게로구나."

"가족들이 견딜 수 없이 궁금하고 걱정되지만 지금 제가 나타나는 건 모두를 더욱더 곤경에 빠뜨리는 일밖에 안 될 것입니다. 그리고 집사람은 어떤 경우에도 침착하고 지혜롭게 대처할 거로 믿고 있습니다."

"아이들이 이제 넷이 되었을 거 아니냐."

적막한 산속에 구슬픈 소쩍새 소리가 울려 퍼졌다. 평우는 산 생활을 시작한 이래 처음으로, 정달의 어깨에 기대어 가장 길고 슬프게 울면서 하늘에 그려진 채봉과 네 아이의 뛰어노는 모습을 바라봤다.

역(逆)피난

"동무는 도대체 인민 해방을 위해 일하는 거요, 빈민 해방을 위해 일하는 거요?"

조직부장 노기택은 일부러 엄한 표정을 지어 보이며 물었다. 그는 타지에서 와 영농조합장을 하던 사람으로 상백과도 내왕이 있었던 인물이다. 최근 상부로부터 인민을 착취하고 괴롭혀온 악질 반동 명단을 아무도 모르게 제출하라는 지시를 받고 채봉에게 넌지시 떠넘겨놓은 상태였다.

"무슨 말씀이세요? 조직부장 동무 농담도 잘하셔요. 저도 나름대로 열심히 과업을 수행하고 있습니다."

"지정된 과업은 잘하시는 거 압니다. 특히 불우인민돕기 운동은 말이죠. 하지만 내가 누차에 걸쳐 말했던 건은 아직도 감감무소식 아닙니까?"

"조직부장 동무도 잘 아시는 대로 우리 진안군은 남의 원한을 사서 부자 된 사람은 없잖아요."

채봉이 난감한 표정으로 노기택을 바라봤다.

"나도 다 생각이 있어서 윤 동무에게 부탁한 건데, 굳이 그렇다면 하는 수 없지요. 그런데 만약에 말이오. 누군가가 동무의 시아버지라도 지목하는 날에는 어찌할 거요? 그때 가서 나한테 서운한 생각은 하지 않기요."

"저희 아버님을요?"

채봉은 단번에 얼굴빛이 바뀌어 상백은 자신이 고생하면서 살아왔기에 여태껏 어려운 사람을 보면 도우며 살았지, 남에게 원한을 사거나 손가락질 받을 일을 해본 적이 없다는 것을 세상이 다 알고 있다고 힘주어 말했다. 채봉의 격렬한 반박에 노기택은 그거야 자신도 잘 알지만 염려 안 해도 된다는 확신을 해서는 안 된다며 슬그머니 꽁지를 내렸다.

"아무튼 알겠소. 명단 일은 다른 쪽으로 알아볼 테니 주어진 과업이나 성실히 하시오."

"고맙습니다, 조직부장 동무! 저는 동무가 우리 진안군 인민들을 많이 보호하고 계시다는 걸 잘 알고 있습니다."

채봉은 표정을 바꿔 부드러운 얼굴로 노기택을 치켜세웠다.

"아 참, 무슨 그런 소리를 다 하십니까? 그리고 동무의 시아주버니 되는 남원우 동무도 금명간 결정하지 않으면 안 되는데 빨리 정하라 전해주시오."

채봉은 무거운 마음으로 원우가 있는 남주장을 찾아갔다. 주장은 여전히 배달 자전거로 북새통을 이루고 있었다. 저쪽에서 채봉을 본 공 씨가 반색을 하며 맞이했다.

"기환 어머니, 어쩐 일이시당가요?"

"아저씨, 안녕하셔요? 큰아주버님 좀 뵈려고요."

"아침에 전주로 볼일 보러 가셔서 아직 안 돌아왔는디요."

공 씨의 말을 듣고도 다른 생각으로 정신이 팔린 채봉은 멍하니 서 있기만 했다. 그러다가 막 돌아서는데 코앞에 원우가 나타나는 바람에 소스라치게 놀랐다. 원우는 채봉이 놀라는 모습을 보고 앞장서 주장 뒤쪽에 있는 별채로 들어갔다.

"제수씨 얼굴이 영 안 좋아 보이셔요. 무슨 일이라도 있어요?"

원우가 먼저 걱정스러운 얼굴을 하고 나지막하게 물었다.

"아주버님, 앞으로 세상이 어떻게 되어갈까요?"

"나도 그것이 걱정되어서 전주에 좀 다녀왔는데 들은 얘기로는 미국이 가만히 있을 리가 없어서 지금 이 상태는 얼마 못 갈 거라고 얘기들 하더구먼요."

"저도 실은 아버님 일이 염려되어서 찾아왔습니다."

"악덕 지주 찾아낸다고 설쳐대는 것 때문에요? 나도 그 일 때문에 걱정이 이만저만이 아닙니다. 하지만 어떤 일이 있어도 내가 아버님은 지킬 테니까 너무 염려 마세요."

"저들이 하라는 일을 허시게요?"

"그걸 수락해서 안전하다면 잠깐 못 헐 거 뭐 있습니까."

"……오수 아저씨는 아직도 연락이 없으세요?"

채봉이 멈칫거리다가 물었다.

"예, 아직 소식 없습니다."

"일 년 반이 넘었는데 무슨 일이라도 없는지 너무 걱정되어서요."

원우는 만약 지금 같은 상황에 북으로 넘어간다면 보다 수월할 것이라며 채봉을 안심시키다가 화제를 바꿨다.

"그나저나 사돈 어르신은 지금 어떻게 하고 계셔요?"

"재명 오빠랑 같이 선배 언니 집에 잘 계셔요. 그 형님 집이 제일 안전할 거 같아서요."

"참말로 고마운 분이시네요."

"기환 아버지가 넘어가지 못하고 세상이 다시 바뀌면 앞으로 어떻게 될지 걱정이에요, 아주버님."

"평우 일은 당초 말한 대로 오수 아저씨가 만나서 잘 해결할 거로 믿으세요. 살아 있는 한 언젠가 다시 내려올 거라 여기면서요."

그러면서 원우는 채봉의 여맹위원장 일도 하고 싶어 한 일이 아니라는 걸 세상이 다 아니까 그 또한 너무 걱정하지 말라고 했다.

이후 채봉은 상백을 위해서라도 눈에 띄게 여맹위원회 일에 열성을 다했다. 위원으로 추천해 함께 일을 돕고 있는 일성네랑 남원댁은 신바람이 났다.

"채봉 선생님, 아니 위원장 동무! 나는 공부혈 때보다 시방이 더 좋은디요."

"그거이 다 채봉 위원장 동무 덕인 줄이나 알아 이것아. 배급 쌀 띵겨먹지 말고."

일성댁이 낄낄대며 말하자 남원댁도 나서서 한마디 했다.

"지난번에야 일성 아버지가 배급 돌려주고 쪼까 남은 거 놔뒀다가 그렇게 된 거지 뭐."

남원댁이 눈을 슬쩍 흘기며 웃었다.

"일하다 보면 본의 아니게 그럴 수도 있지요. 그리고 나는 두 사람이 열심히 도와줘서 남한테 욕 안 먹고 해나가고 있는 거여요."

"그게 어디 우리 덕인가요? 따지고 보면 채봉 위원장이 자기 독에서 꺼낸 곡석이 더 많잖여요. 그래서 그런 거지."

"그거야, 위원장 아닐 때는 안 그랬나, 뭐? 기환 아버지가 있었으면 더 혔을 것이고만. 우리 일성 아버지는 지금도 그 냥반 말만 나오면 눈물이 그렁그렁혀."

일성네가 맞장구치다가 채봉의 얼굴을 보고 움찔했다.

* * *

군청 꼭대기에는 인공기가 바람에 펄럭였고, 앞마당의 감나무는 씨알이 굵어지면서 가지가 축 늘어졌다. 아이들은 작년에 입었던 추석 옷을 다시 입어보면서 뽐내고 다녔다. 채봉은 이 일 저 일로 하루하루가 좌불안석이었다. 어느 날 보위부 이하림 소좌가 급히 채봉을 찾아왔다.

"윤 동무! 동무도 빨리 간단히 짐 챙겨 출발할 준비를 하시라우요."

일본 유학파로 평우 일을 어느 정도 알고 있으며 평소에도 채봉에게 특히 친절하고 아이들을 귀여워한 그가 일부러 채봉을 찾아와 귀띔을 해주었다. 며칠 전부터 대포 소리가 점점 가까워지더니 이젠 거의 화약 냄새까지 바람에 날려 오는 듯했다.

"어디로요? 저는 북으로 가지는 않을 겁니다."

"북으로 가자는 얘기가 아닙네다. 안내하는 우리 부대를 따라 잠시 피해 있다가시리 해방군이 다시 쳐내려올 때 함께 돌아와야디요."

"꼭 피해 있어야 헐까요?"

"아, 그걸 말이라고 합네까? 저놈들이 윤 동무를 가만 놔두갔시오? 인민군 부대 이웃에만 살았어도 잡아다 죽일 거고만."

"아이들은요?"

"곧 돌아올 테니 애들일랑 어디 잠시 맡겨두고 가는 거이 좋을 기요. 어차피 떠날 거 서두르시라우요."

"알겠습니다. 소좌 동무는 어느 쪽으로 가셔요?"

"나는 부대를 이끌고 산속 지름길로 해서 북쪽으로 갑네다. 아무튼, 몸조심하시오."

이하림 소좌가 떠난 후 어찌할지 몰라 서성대고 있는데 원우가 숨을 몰아쉬며 들어왔다.

"제수씨, 다른 부역자들을 따라 떠나야겠어요. 선발대들은 이미 떠난 모양이더라고요."

"조금 전 이하림 소좌도 같은 말을 하던데, 우리가 무슨 죄를 지었다고 떠나야 해요?"

"국군이 다시 들어오면서 전주에서만도 수백 명의 민간인이 인민군을 도운 죄로 치안대헌테 즉결 처형되었답니다."

"국군이 들어왔는데 남쪽 민간인들을 그렇게 헌다는 게 믿어지지 않아요."

원우는 보고 따라 하는 보복 처형이라 변명이고 뭐고 눈에 뵈는 게 없고 세상이 완전히 미쳐 돌아가고 있다며 어서 빨리 떠날 준비를 하라고 성화였다. 아이들은 자신이 데리고 갔다가 정순의 집에 맡기겠다고 했다.

"아주버님은요?"

"나는 재무부장 일을 거절하는 대신 어차피 뺏길 쌀 삼십 가마를 기증한 것뿐인데요. 그거 가지고 어쩌지는 않을 겁니다. 그리고 아버님을 혼자 두고 떠날 수도 없고요. 죽든 살든 운명이다 여겨야지요."

"그러셔도 괜찮을까요?"

"내 걱정은 말고 어서 서두르세요. 야들은 내가 지금 데리고 갈 테니까요. 기환아, 승희야, 기웅아! 어서 옷 입고 나와라. 큰아버지랑 고모 집에 가자."

"싫어, 싫어! 나 어머니랑 같이 갈 거여."

낌새가 이상했는지 평소에 떼를 쓰지 않던 기환이가 울면서 매달리자 승희와 기웅이도 같이 가겠다고 악을 쓰며 울어댔다. 채봉이 표정을 굳히고 눈을 치켜뜨며 야단을 쳤다. 기환이는 눈물을 삼키면서 조용해졌으나 기웅과 승희는 막무가내였다. 아이들은 큰아버지를 따라가지 않으려고 감나무 뒤에 숨었고, 강희도 떨어지지 않으려고 채봉의 어깨에 매달렸다.

"아주버님, 야들도 함께 데려가야겠어요."

"넷을 다요?"

"기웅아, 너 성이랑 같이 걸을 수 있지? 기환이랑 승희도 웅이 잘 데리고 갈 거고?"

아이들의 표정이 금세 밝아지면서 고개를 끄덕이더니 채봉의 곁으로 우르르 모여들었다.

"어머니 빨리 가서 할아버지에게 인사드리고 올 테니까 니들은 여기 있어. 홍남아, 애들 옷 좀 될 수 있는 대로 많이 껴입혀줘라!"

상백은 마당에 나와 서성대고 있다가 바쁘게 들어오는 채봉의 손을 덥석 잡았다.

"내 걱정은 쪼까도 허지 말고 부디 건강허니 잠시 피혔다가 오너라. 난리는 피허고 보는 게 상책이니께."

"그럼 아버님, 잠시 집 비우고 피해 있겠습니다. 부디 몸 건강히 지내십시오!"

* * *

채봉은 패물 주머니는 보자기에 싸서 배에 감고, 아이들에게는 옷을 두껍게 껴입힌 다음 길을 나섰다. 제일 뒤꽁무니에서 이십여 명의 인민군과 삼십여 명의 역피난민을 따라 사흘 밤낮을 걸으면서 장수 팔공산을 지나 덕유산 방향으로 강행군을 했다.

강희를 업은 채봉은 한 손에는 보따리를 들고 또 다른 손은 작은 보따리를 든 승희를 잡았다. 기환과 기웅은 서로 손을 잡은 채 뒤를 따라왔다. 기웅은 옷을 너무 껴입어 걷기 힘들어하면서 걷다 뛰고, 뛰다 넘어지고를 반복했다. 그러면서도 채봉과 기환의 뒤를 죽어라 쫓아왔다. 얼마나 넘어졌는지 이마와 콧등과 볼에는 흙이 묻은 채 말라비틀어져 있었다. 조금 앞서가던 기환이 기웅이를 기다릴 때마다 신경질을 냈다.

"승희야, 보따리 나 주고 니가 기웅이 손잡고 와라. 그리고 기환이 너는 동생이랑 같이 와야지 그렇게 혼자 오면 돼?"

보다 못한 채봉이 승희가 들고 있던 보따리를 다시 받아들었다.

"기웅이란 놈 그냥 떼어놓고 가."

"그런 말이 어딨어. 동생을 챙겨야지."

기환은 화가 잔뜩 난 얼굴로 기다리고 있다가 낚아채듯 기웅의 손을 잡았다. 일행이 잠시 쉬게 되었을 때 채봉은 주먹밥 일곱 개와 빨치산들이 사이다병 수류탄을 터트려 잡은 물고기 찌개를 냄비에 담아 들고 왔다. 주먹밥을 받아 쥔 기웅은 기환과 승희가 눈총을 줘도 아랑곳하지 않고 씹지도 않은 채 허겁지겁 넘긴 다음, 두 번째 먹을 때는 찌개와 함께 물을 한 대접이나 비워가면서 배를 빵빵하게 채웠다.

빨치산이 남덕유 부근의 산자락 끝 어느 빈 마을에 잠시 머물고 있을 때였다. 바위 뒤에서 망을 보고 있던 사람이, 마을로 올라오고 있는 수십 명의 군인을 보고는 사람들을 향해 소리쳤다.

"동무들! 빨리 피하시오!"

그는 피난민과 반대편에 있는 산 쪽으로 도망쳤다. 그를 먼저 본 군인들이 그를 향해 달려갔다.

"저기 위쪽이다!"

탕! 탕 탕 탕!

도망가던 사람의 옷이 삽시간에 구멍투성이가 되어 몸뚱이가 도랑으로 굴러떨어졌다. 그 덕분에 잠깐이나마 시간을 번 빨치산들은 교전을 벌이면서 산 쪽으로 달아났고, 군인들은 이 집 저 집 수색하며 올라오고 있었다. 미처 빨치산을 쫓아갈 수 없었던 채봉은 올라오는 군인들을 울타리 틈으로 내려다본 후에, 기환과 기웅을 부엌으로 데려가 헛간 쪽에 앉혀 삼태기로 덮고 승희는 벽장 속 이불 뒤에 엎드려 있게 했다. 채봉은 숨을 곳을 찾지 못해 서성대다가 다급한 나머지 강희를 안고 변소에 들어가 귀퉁이에 그냥 앉아 있었다.

삼태기 안에 쪼그려 앉은 기웅은 무서워 어금니를 들썩거리다가 자신을 한쪽 팔로 어깨동무하듯이 안고 있는 기환을 살짝 꼬집었나.

"성! 나 오줌 마려."

"참아!"

"못 참겄어. 나올라 그려."

"그냥 싸!"

"옷에?"

기환은 짧게 대답하고 움츠린 채 숨을 죽였고, 기웅은 하라는 대로 했다. 오줌이 삼태기 밑으로 새어 나와 아궁이 쪽으로 흘러갔다. 군인들이 부엌을 빠르게 지나 산 쪽으로 뛰어올라가는 소리가 들렸다.

채봉이 온몸을 부들부들 떨자 품에 안긴 강희가 까르륵대며 웃었다. 질겁한 채봉이 강희의 입을 손바닥으로 막는 순간 변소 문짝이 활짝 열렸다. 군인 한 사람이 들어오는 빛을 막고 문 한가운데 장승처럼 선 채 채봉을 향해 총을 겨눴다. 채봉은 공포에 질린 눈으로 군인을 올려다봤다. 석양을 등지고 있는 군인의 검은 형체가 동작을 멈추고 그대로 서 있었다.

'아!'

죽음을 기다리는 그녀의 볼에 두 줄기 눈물이 주르륵 흘러내렸다. 총을 겨누고 있던 군인은 채봉과 강희를 번갈아 쳐다보다가 변소 문을 쾅 닫고 일행들을 향해 달려가며 소리쳤다.

"다 도망갔다! 산 위로 올라간다!"

잠시 후 마을엔 빨치산도 군인도 없이 텅 비어 채봉의 가족만 덩그러니 남았다. 채봉은 보따리와 아이들을 다시 챙겨 빨치산들에게서 미리 들은 방향으로 길을 나섰다. 강희를 업고 한 손에 보따리를 든 채봉은 다른 한 손으로 승희와 기웅이를 번갈아 잡으며 걸음을 재촉했다. 기웅이는 점점 더 걷기 힘들어했고 그럴 때마다 기환이가 신경질을 부리며 동생을 구박했다.

"기환아! 너는 동생 잘 데리고 가야지, 그렇게 구박허면 돼?"

"다 가고 우리만 남았잖여."

"기환아, 웅이 데리고 가기 힘들어도 손 꼭 잡고 가야 혀. 알지?"

"어머니, 기웅이 때문에 우리 다 죽으면 어떡혀?"

지휘자인 오만구 상사는 언제나 뒤늦게 도착한 채봉의 가족을 잊지 않고 챙겨주었다. 다시 일행이 먼저 출발하게 되자 일부러 찾아와 말해줬다.

"채봉 동무! 서둘러 따라오시오. 산길은 갑자기 깜깜해집네다. 이제 곧 더 어두워져서 뒤떨어지면 영 못 찾습네다."

채봉은 그때마다 강희를 추켜올리면서 걸음을 서둘렀으나 얼마 가지 않아 다시 뒤떨어지곤 했다. 기환이는 자신이 잡은 작대기 끝을 기웅에게 잡도록 하고 바쁘게 채봉을 쫓아왔다.

모퉁이에서 다시 한 모퉁이를 도는데 어느덧 길이 캄캄하고 어두워져서 조금 전까지 멀리 보이던 일행이 전혀 보이지 않았다. 채봉은 눈을 크게 뜨고 사방을 두리번거렸다. 그때였다. 그리 멀지 않은 산속에서 수백 발도 넘는 총소리가 바로 옆에서 쏘는 것처럼 울려댔고, 앞서가던 일행들의 신음 소리가 곳곳에서 들려왔다. 채봉은 가던 길을 멈추고 주저앉아 숨을 죽였다.

"어머니, 누가 쏘는 총소리여?"

"어머니, 무서워!"

채봉과 아이들은 강둑 옆 풀숲에 들어가서 둥글게 어깨동무를 한 채 고개를 파묻고 부들부들 떨었다. 승희가 떨고 있는 기웅이의 팔을 꼬옥 잡았다.

탕 탕 탕! 타당! 탕! 탕!

꽤 오랫동안 총소리가 반복해서 울리다가 다시 몇 발의 총소리가 이어지고는 이내 조용해졌다. 앞서가던 모두가 사살된 것이다. 채봉은 한동안 그 자리에서 꼼짝도 하지 않았다. 풀벌레 소리가 여기저기서 잔치라도 하듯 들려왔다. 조심스럽게 고개를 들고 사방을 살폈으나 주변은 먹물처럼 어두워 아무것도 보이지 않았다.

채봉은 아이들을 데리고 다시 걷기 시작했다. 사방은 바로 눈앞도 볼 수 없을 만큼 어두운 데다 가을 추위가 뼛속으로 스며들었다. 아이들은 물론 채봉도 이를 맞부딪치며 떨었다. 기웅이는 여러 차례 논에 빠지는 바람에 입고 있던 바지가 가랑이를 지나 배꼽 위까지 젖어 올라왔다.

"어머니, 나 추워!"

"나도 추워!"

다시 길을 바꿔 지금까지 가고 있던 반대 방향으로 한참을 되돌아가 사람 사는 집을 찾던 채봉은 멀리 가물거리는 불빛 하나를 발견하고 그쪽을 향해 온 힘을 다해 걸었다. 아무리 가도 가까워지지 않던 불빛이 드디어 가까워지고, 싸리문 안쪽으로 불 켜진 방이 보였다. 다행히 마을에서 꽤 떨어진 산 밑 외딴집이었다.

"어머니, 왜 이렇게 왔다 갔다 혀?"

기환이가 덜덜 떨면서 채봉을 향해 고개를 들어 물었다.

"길을 모르니까 그렇지. 조용히 따라와!"

채봉은 집 앞에 도착해 한참 동안 주변을 살폈다.

"계세요?"

아무 대답이 없어 다시 한번 더 불렀다. 잠시 후 방문이 열렸다.

"누구세요?"

"아주머니, 밤늦게 미안합니다."

"누구신디요?"

"설천 가다가 길을 잘못 들었는데요. 아이들 때문에 하루 묵을 수 없을까 해서요."

여자는 대답 대신 채봉과 아이들을 살펴보느라 정신이 없다.

"보답은 하겠습니다. 저기 이거⋯⋯."

은수저 한 벌을 받은 아주머니가 표정을 바꾸면서 싸리문을 열어 줬다.

"방에 불을 안 넣어서 추울 것인디."

"괜찮습니다. 감사합니다."

"감사합니다."

기웅이도 따라서 인사를 꾸뻑했다. 안채와 따로 떨어져 있는 작은 방은 문이 앞에 하나 뒤쪽으로 하나 두 개가 나 있었는데 보기보다 훈훈하고 방바닥도 그다지 차갑지 않았다.

"고맙습니다."

방에 들어간 채봉이 거듭 인사를 했다.

"고맙습니다."

기웅이도 따라서 인사를 하자 기환이가 흘겨봤다.

"얘는 몇 살이어요?"

채봉 대신 기웅이가 끼어들어 네 살이라고 대답했다.

"설천은 왜 가는디요, 이 밤중에?"

"친정에 급한 일이 있어서⋯⋯."

"이불이 이거밖에 없어서 어쩌지요?"

"괜찮습니다. 애들인데 뭐, 같이 덮으면 됩니다."

"저녁들은 먹었소?"

채봉이 대답을 못 하고 머뭇거리자 아주머니는 잠시 후 밥과 국, 김치를 넣어주었다. 채봉이 고마워하면서 고개를 숙여 다시 한번 인사하자 기웅이는 이번에도 따라서 인사했다. 아주머니가 나간 후 아이들이 젖은 옷을 벗어 던지고 숟가락을 들고 채봉의 허락을 기다렸다.

"어서 먹어라."

아이들은 눈 깜짝할 사이에 밥그릇을 다 비웠고 잠시 후 아주머니가 지짐이 두 장을 더 넣어주었다.

"기웅아, 천천히 먹어라. 너만 먹냐?"

"이게 누님 거여?"

기웅이 입을 삐죽 내밀었다.

"그럼 니 거냐?"

기환이가 눈을 흘겨대며 기웅이를 나무랐다.

"안 먹어!"

뽀로통해진 기웅이가 갑자기 숟가락을 내동댕이쳤는데 승희 앞니에 맞아 이가 반 정도 부러졌다.

"아야!"

승희가 울음을 터뜨리자 미안해진 기웅이도 따라 울었다. 기웅이가 한참을 더 울다 먼저 잠이 들었고 채봉도 깜박 잠들었다. 잠결에 어떤 남자의 목소리가 들렸는데 늦게 들어온 그 집 주인이라 생각하고 쏟아지는 잠 속에 빠져들었다.

시간이 얼마나 지났을까? 채봉이 뭔가의 기척에 눈을 뜨고 문틈으로 밖을 바라봤다. 울타리 밖 논 저쪽에 불빛이 보였다 안 보였다 하면서 이쪽을 향해 점점 가깝게 다가오고 있었다.

"기환아, 승희야, 기웅아! 얼른 일어나라."

채봉은 부리나케 강희를 둘러업고 보따리를 찬 후 아직 잠에서 깨지 않은 아이들의 손을 잡고 뒷문으로 나섰다. 어제저녁에는 없던 달도 떠 있고 별도 보였다. 무작정 도망쳐 가다 보니까 논 한가운데로 들어가고 있었다. 다행히 논이 어느 정도 말라 있어 깊이 빠지지는 않는데, 기웅이는 신발이 자꾸 벗겨져 손에 들고 맨발로 걸었다.

"어머니, 어디 가?"

채봉이 쉿! 하면서 손가락을 입에 댔다.

서둘러 가다가 발을 멈추고 고개를 돌려 아까 묵었던 집을 바라봤다. 순경인지 마을 사람인지 몰라도 서너 명의 사람들이 집 주위를 둘러보다 채봉이 가고 있는 반대쪽으로 뛰어가는 모습이 보였다. 채봉은 달빛이 비춰주는 산을 향해 조심조심 걸음을 옮겼다. 산은 보기보다 가깝고 높지도 않아 조금 가다 보니 능선이 바로 위에 자리 잡고 있었다.

"어머니, 조금만 쉬었다 가면 안 돼? 나 숨을 못 쉬겠어."

"기웅아, 조금만 더 참고 가자. 힘들면 바지 껴입은 거 하나 벗어서 들고 가라."

채봉은 아이들을 데리고 걸음을 재촉해 능선을 넘었다. 쉬지 않고 한참을 가다 보니 하늘엔 몇 개의 별을 남겨두고 달은 어느새 사라지고 없었다. 이윽고 저 멀리 건너편 능선 위로 둥그런 태양이 어둠을 헤치고 막 자태를 드러내기 시작했다. 채봉은 며칠 전 변소에서

자신에게 총부리를 겨눴다가 그냥 돌아간 군인을 생각하면서 자신
도 모르게 다정하게 웃고 있는 평우의 모습을 붉은 태양 안에 그려
넣고 한참 동안 바라봤다.

'기환 아버지! 어디엔가 살아 있는 거 맞지요? 나도 절대로 죽지
않고 꼭 살아 있을 테니까 언제든 우리 만나는 그날까지 꼭 살아 있
기로 약속해요. 알았지요?'

채봉의 볼에는 눈물이 하염없이 흘렀다.

"어머니, 우리 인자 잘 도망 왔는데 왜 울어?"

"어머니가 왜 울겠어. 우리 기웅이가 이렇게 씩씩헌데. 어디 발 좀
보자."

태양은 어느덧 먼 능선을 훌쩍 뛰어올라 채봉의 가족을 따뜻하게
비춰주고 있었다.

* * *

산속을 벗어나 마을로 내려온 채봉은 도민증을 일부러 물에 적시
고 약간의 흙을 묻혀 주소지며 이름을 잘 알아보지 못하도록 만들었
다. 그 후 다행히도 난리를 피했다가 올라오는 피난민 틈에 낄 수가
있었고, 대전에 도착하자마자 대열에서 빠져나왔다. 여인숙을 오래
빌리면 수상할 것 같아 우선 중앙시장 뒤편에 조그만 방을 하나 세
얻어 살면서 역 앞 금정식당이라는 국밥집에서 허드렛일을 하게 되
었다.

"어머니, 우리 인자 여기서 살어?"

"산으로 도망 안 가도 괜찮여?"

"쉬잇! 인자부터는 그런 말 허면 안 돼."

기웅이가 재빨리 자신의 주먹으로 입을 막고 채봉을 바라봤다.

"잘 들어. 우리는 대구로 피난 갔다가 돌아가는 길에 아버지가 돌아가셔서 임시로 여기서 사는 거여. 알았지?"

"아버지 돌아가셨어?"

"살아 계시는데 이거 비밀이여. 명심혀!"

"그러면, 그 말만 비밀로 허면 여기서 살 수 있어?"

오십 대 중반의 식당 주인아주머니는 광복 직후 해주에서 내려오다가 남편이 돌림병에 걸려 죽고 혼자 살고 있었는데, 인정 많고 손도 크고 음식 맛 좋다고 소문이 자자해 식당은 언제나 손님들로 북적댔다.

"아주마이는 일을 많이 해봤수?"

식당 주인이 식탁을 훔치고 있는 채봉을 물끄러미 바라보다 웃으면서 물었다.

"집에서 살림만 했었지요, 뭐."

"내 며칠 안 겪어봤지만 어쩜 그렇게 눈썰미가 있어? 너불거리지도 않고시리. 자세한 건 내 묻지 않겠지만 국밥집에서 일하긴 아까운 사람이구만."

"큰 집안일을 좀 해봤어요. 국밥집 일할 사람이 따로 있나요? 다 사람이 하는 일인데요."

"말도 참 예쁘게도 하누만! 내래 욕심 같아선 오래 붙들고 싶지만 그렇게 될 것 같지는 않고."

"감사합니다. 하는 날까진 열심히 할게요."

"그리고 내 또 얘기지만 얼라들은 가슴패기 조이지 말고 예 와서 밥 먹도록 할 거고만! 눈치 보지 말고 세 끼니건 네 끼니건 양껏 먹이라우. 내, 그것 땜에 일한 삯 적게 주지는 않을 테니끼니."

"정말 고맙습니다."

"고맙긴, 난리통에 한솥밥 먹으면서 그것도 못 하겠나."

송낙바위

채봉이 식당에서 일을 시작한 지 일주일 정도 지난 어느 날, 식사 때가 지나고 비교적 한산한 시간에 등짐 지고 밀짚모자를 쓴 중년 남자 한 사람이 들어왔다.

"아주머니, 여기 순대 듬뿍 올려서 국밥 한 그릇 주쇼!"

중년 남자는 등짐을 풀어 내려놓고 자리에 앉아 무심코 식당을 둘러보다 채봉과 우연히 눈이 마주치자 소스라치게 놀랐다.

"아니, 조카댁!"

"아저씨! 오수 아저씨 아니세요?"

국밥 그릇을 내려놓던 채봉은 쟁반을 떨어뜨릴 만큼 놀라면서 두 눈을 동그랗게 떴다.

"아니, 조카댁이 여기에 어쩐 일로……."

장한길이 얼른 식당을 두리번거리다가 채봉을 보며 물었다.

"아주마이 아는 분인 모양입네. 손님은 내가 볼 테니 뒤쪽 방에 들어가서 얘기해요."

채봉과 한길이 깜짝 놀라면서 눈치를 살피는 것을 본 식당 주인이
자리를 마련해주었다. 부엌 뒤 작은방으로 국밥 그릇을 들고 들어간
채봉은 쟁반을 내려놓은 다음 한길의 손을 움켜잡았다.

"아저씨, 그 사람 만나셨어요?"

"그래, 만났어."

"만났다고요?"

한길의 손을 잡은 채봉의 손가락이 파르르 떨리고 눈에는 금세 눈
물이 가득 고였다.

"조카댁 마음고생이 심혔고만. 헌디 여기는 어떻게 오게 되얐어?"

"……건강해요?"

채봉은 고개를 숙이고 눈물을 닦으면서 물었다.

"건강하게 잘 있고, 저쪽으로 넘어가지는 않겠다는구면."

한길이 문밖을 바라본 다음 귓속말을 하자 채봉은 벌겋게 충혈된
눈으로 그를 바라보며 물었다.

"앞으로 어떻게 할 계획이래요?"

"지금으로서는 아무런 계획도 세울 수 없다면서 그냥 이대로 좀
있겠다 허더라고."

"그 노인 어른하고 같이 있어요?"

"응. 아주 인품이 훌륭하신 분이여."

"있는 곳이 어디여요? 국밥 드셔요. 드시면서 말씀해주셔요."

"충청도 서산 근처에 있는 산속에 있더라고."

"언제 만났어요? 그리고 아저씬 여기 어떻게 오신 것이어요?"

"며칠 되얐어. 거그서 하룻밤 자고 야그도 많이 했구면. 시방 돌아

가는 길인디 기차 타기 전에 밥 한술 먹고 갈라고 왔더니만. 참 세상에! 여그서 조카댁을 만나다니……."

한길은 채봉을 만난 사실이 믿기지 않는다는 듯이 고개를 끊임없이 위아래로 흔들었다. 그리고 평우를 만난 이야기를 자세히 들려주었다. 그런 다음 간단하게나마 채봉에게서 그동안의 사연을 듣고 나서는 연신 눈물을 닦았다.

"전쟁통에 그런 일이 다 있었어? 조카댁이 애들 데리고 정말 고생이 많았구먼. 어떻게 이럴 수가 있나 그래."

채봉이 한동안 입을 꽉 다물고 있다가 큰 숨을 쉬면서 말했다.

"아저씨, 기환 아버지 있는 데 다시 갈 수 있어요? 제가 지금 그 사람을 꼭 만나야겠어요."

"시방 말여?"

"예, 아저씨!"

"생각을 잘 혀봐, 조카댁. 예서 서산까지는 한참을 가야 허고, 거기는 아직도 국군과 빨치산이 밤낮으로 밀고 밀리는 지역이라 위험허기 짝이 없는 곳여. 조카댁이 찾아가기에는 산세가 험한 곳이기도 허고 말여."

"지금 만나보지 않으면 영영 못 볼 것만 같아요."

"기환이랑 애들은 어디 있어?"

"요 뒤에 방을 얻어 살고 있어요. 만약에 제가 잘못되면 시집에 좀 데려다주세요. 아저씨, 가주실 거죠?"

한길은 잠시 채봉을 바라보기만 했다. 그녀가 다시 입을 열었다.

"아저씨 부탁해요. 기환 아버지를 오늘 당장 만나보지 않으면 제가 먼저 죽을 것만 같아서 그래요."

채봉의 두 눈에서 끝없이 눈물이 흐르고 있었다.

"알았어. 진정혀. 어서 서둘러보자고. 참, 그리고 가는 길에 검문도 있을 거인디 괜찮겄어?"

"예, 저 준비할게요. 고마워요, 아저씨!"

채봉은 말을 끝내기가 무섭게 주인아주머니에게 양해를 구하고 한길을 식당에서 잠시 기다리게 하고는 집으로 달려갔다. 아이들은 일찍 들어온 채봉을 반기면서도 의아하게 바라봤다.

"기환아, 승희야! 어머니 어디 좀 다녀올 거니까 동생들 잘 보고 있다가 이따 늦게 식당 손님 없을 때 가서 밥 먹고 와. 알았지?"

"응, 어디 가?"

채봉은 다음에 말해주겠다고 하고 서둘러 문밖으로 나가다가 되돌아와 약간의 돈과 함께 종이에 전화번호를 적어 기환에게 주었다.

"만약에 어머니가 사흘 이상 지나도 안 오면 이거 외할머니 집 전화번호니까 식당 아주머니한테 전화 좀 걸어달라고 혀."

"그려갖고?"

기환이 놀란 눈으로 채봉을 바라보며 물었다.

"외할머니 집에 가서 기다리고 있으면 어머니가 갈게."

채봉과 한길은 곧바로 대전역으로 달려가 막 출발하려는 서울행 기차를 탔다. 기차가 천안역에 도착할 때까지 두 사람은 한마디 말도 하지 않았다. 천안에 도착하자마자 배차장으로 달려갔다. 서산행 버스 시간은 사십 분가량 남아 있었다.

"아주머니, 여기 가까운 장터가 어디여요?"

채봉이 마을 사람인 듯한 아주머니에게 물었다.

"요 앞 골목으로 들어가믄 바로 코앞이여유."

서둘러 뛰어가는 채봉에게 한길이 빨리 와야 한다고 소리쳤다. 채봉은 소고기 닷 근하고 양념거리를 넉넉히 사 들고 와서 버스에 올라탔다. 자리는 이미 만석이었고 채봉은 운전석 옆 엔진 덮개에 자리를 잡고 앉았다. 출발 직전 철모를 깊이 내려쓴 헌병이 버스에 올라타 휙 둘러보다가 채봉을 보고 살짝 윙크하면서 다시 고개를 세워 거수경례하고 내렸다.

서산 해미에 도착했을 때는 해가 서쪽으로 기울고 있었다. 한길과 채봉이 차부 밖으로 나와 방향을 정하느라 잠시 서성이고 있는데, 맞은편 지서 문 앞에 서 있던 순경 한 사람과 군인 한 사람이 두 사람을 빤히 바라보았다.

"조카댁, 곧 어두워질 거인디 어디서 하루 묵고 내일 새벽에 떠나는 것이 낫지 않을까?"

"아녀요. 전 계속 갈 수 있어요. 아저씨가 찾아가실 수만 있다면요."

순경이 빠른 걸음으로 그들에게 다가왔다.

"실례합니다. 신분증 좀 보여주십시오!"

"아 예, 여기 있구만요."

"아저씨와 아주머니는 무슨 관곕니까?"

신분증을 받아 들여다보던 순경이 고개를 들고 두 사람을 번갈아 쳐다보았다.

"조카며느리구만요."

"그런데 지금 어디 가시려고요?"

"조카댁 친정아버지가 몸이 안 좋으셔서 오늘내일허시는디 친정어머니가 일락사에서 불공을 드리고 계시다는구먼요. 조카댁이 어머니 모시러 간다는디, 이 난리통에 아녀자 혼자 위험허담서 형님이 같이 가보라고 했구만요."

"아! 일락사요? 거기 좋은 곳이지요."

의심하는 기색은 추호도 없이 그 먼 진안에서 어떻게 여기까지 왔느냐며 딱한 표정까지 지었다.

"저는 원래 홍성 사람이여유. 어머니가 예전부터 일락사에 다녔었구유."

채봉이 일부러 충청도 사투리로 말했다.

"예에, 나도 어머니 모시고 간혹 갑니다. 마음먹고 가다 보면 그렇게 먼 곳도 아니지요."

"그러셔유? 효자시네유."

"아니 뭐…… 그런데 조심하세요. 이 난리통에 가다가 빨치산이라도 만나면 어쩌려고요."

"지금 그런 거 따질 심정이 아니어서유."

"이해합니다. 잠깐 우리 지서에 좀 들어갔다 가시지요."

채봉이 멈칫거리자 순경은 바빠서 그러느냐고 물은 다음 혼자 안으로 들어갔다가 손전등 하나를 들고 나왔다.

"아주머니 효심을 봐서 손전등 하나 드릴 테니까 가지고 가셔요. 날 어두워지면 필요할 테니까요."

"갈 적에는 이쪽으로 안 갈 수도 있는데요."

채봉이 선뜻 받지 못하고 사양하자 순경은 해맑게 웃어 보이면서 이쪽으로 가면 돌려주고, 길이 다르면 다음에 언제든 지나는 일이 있을 때 갖다 주면 된다고 말하고는 어서 가라는 손짓을 했다.

"조심해서 올라가세요! 아버님이 쾌차하시길 빕니다."

산길로 접어들자 날이 어두워지기 시작했다. 손전등은 되레 남의 눈에 띄어 위험할 수도 있다는 생각에 사용하지 않기로 했다. 바로 옆에서 부엉이가 푸드덕 날아가거나 노루가 껑충껑충 뛰어 달아날 때마다 채봉이 질겁하고 한길의 옆으로 바짝 다가갔지만 지쳐 보이지는 않았다.

"산을 처음 올라가는 사람이 어떻게 나보다 기운이 더 나는 것 같어."

잠시 숨을 돌릴 때 한길이 말했다.

"아이들 넷 데리고 산을 넘을 때보다는 수월한 편이어요."

"하긴 그렇기도 허겄구먼."

밤하늘엔 빨갛게 달아오른 숯불 가루를 뿌려놓은 것처럼 수많은 별이 다정하게 반짝거렸고, 잔잔한 구름 몇 뭉치를 끌고 다니는 달빛도 은은하게 산속을 비추고 있었다.

"조카댁, 무섭지 않어?"

"처음에는 무섭기도 했는데 생각보다 어둡지도 않고 기환 아버지가 기다리고 있다고 생각허니까 아무렇지도 않아요."

"그렇기도 허겄지만 조카댁도 참 대단혀."

"아직도 한참 가야 해요, 아저씨?"

"얼마 안 남었어. 여기가 사잇고개고, 이 산 능선만 지나가면 송낙바위라는 큰 바위가 나오는디 조카가 있는 곳이 바로 그 너머여. 계속 갈 수 있겄어?"

"예, 아저씨. 어서 가요!"

* * *

사잇고개를 넘어 다시 한 시간가량 올라가 우뚝 솟은 송낙바위를 지나서 한참을 더 걸었다. 숨을 몰아쉬면서 평우가 있다는 곳에 이르러 아래쪽을 내려다본 두 사람은 질겁하며 나무 뒤에 주저앉아 고개를 움츠리고 숨었다. 집 앞마당에 불길이 사람 키보다 큰 모닥불을 양쪽에 피워놓고 인민군들이 모여 있었다. 가운데에는 지휘관으로 보이는 사람이 누군지 모를 세 사람을 꿇어앉히고 뭔가를 추궁하고 있는 모습이 보였다.

채봉은 한길의 뒤를 따라 사람들의 얼굴이 보이고 소리가 들리는 곳까지 조심조심 접근해가면서 혹시나 있을지 모를 평우의 모습을 찾았지만, 무릎을 꿇고 앉아 있는 세 사람의 뒷모습만 보이고 얼굴은 보이지 않았다. 그녀는 눈을 똥그랗게 뜨고 귀를 쫑긋 세웠다.

"병사 동무! 함께 있던 상급 병사 동무의 목을 낫으로 찍어 죽인 반동이 뉘요?"

"저 노인입네다."

"저 반동은 여러 말 할 거 없이 지금 즉시 처형하시오!"

말이 떨어지자 인민군 몇 사람이 마당 옆으로 노인을 데려가 무릎을 꿇리고 사격 자세를 취했다.

"야, 이놈들아! 니놈들은 죽는 사람에게 마지막으로 할 말이 없느냐고 묻지도 않냐?"

누구도 예상하지 못한 쩌렁쩌렁한 고함소리가 산골에 울려 퍼지자 모두 깜짝 놀라 일제히 그를 바라봤다. 숨어서 이 광경을 보고 있던 채봉도 순간 뭔가 북받치는 심정에 자신도 모르게 눈물이 왈칵 쏟아졌다.

"말하게 한 다음 처형하시오!"

처형을 지시한 지휘관의 말이 떨어지자 모두 숨을 죽여 노인의 다음 말을 기다렸다.

"내가 죽는 건 지극히 온당하다. 앞날이 창창한 젊은이를 죽이고 어찌 살기를 바라겠느냐. 오히려 평생 끌고 갈 뻔한 죄책감을 너희가 끝내주어 고마운 생각이 들기도 한다. 죽은 젊은이에게 용서를 구하는 마음이야 당연하지만, 굳이 변명하자면 그때 바로 죽게 돼 있는 내 자식을 생각할 때 눈에 보이는 게 없었다. 그러나 이 순간에 내가 정작 하고 싶은 이야기는……."

마당에서는 모닥불 타는 소리가 타닥타닥 들렸다. 노인은 눈을 감고 숨을 깊게 들이마신 다음 말을 이었다.

"이 나라가 언제부터 서로 총부리를 겨눠야 하는 두 나라였느냐. 백 년 전이냐, 천 년 전이냐? 바로 엊그제까지 함께 독립운동을 하고 광복을 기뻐하던 같은 민족끼리 갑자기 적이 되어 서로를 개돼지보다 쉽게 죽이도록 만든 장본인이 도대체 어느 놈이며, 그렇게 해서 전쟁에 이긴들 무슨 의미가 있겠느냐? 부모 자식과 형제를 잃은 국민의 상처는 어떻게 할 것이고, 후손에게 무엇을 안겨줄 수 있다는 말이냐!"

정달의 목소리는 여전히 쩌렁쩌렁했으나 언제부터인지 울음이 섞여 있었다.

"부디 민족을 서로 죽이는 전쟁을 하루빨리 중단하고 이제부터라도 어느 미친 영웅을 위한 정부나, 정부를 위한 정부가 아닌…… 진정으로 국민을 위한 정부를 만들어나가라고 전해주기 바란다."

말이 끝나자 정달은 스스로 돌아앉으면서 등 뒤에 있는 평우에게 손을 흔들었다.

탕! 탕!

"아버니임!"

두 발의 총성으로 정달은 그 자리에 쓰러졌으며 평우는 앉은 자세에서 꼼짝도 하지 않은 채 절규했다. 잠시 깊은숨을 내뱉으면서 침통한 얼굴을 하고 있던 지휘관은 재판을 계속했다.

"당신은 저 사람의 아들이오?"

"그렇소."

"병사 동무! 저 사람은 뭘 하고 있었소?"

"상급 병사 동무와 저에게 먹을 것을 주고 저를 풀어줬습네다."

"총은 누가 뺏어갔소?"

"상급 병사가 죽은 다음 저 사람이 노인한테 사정해서 저를 풀어줬는데, 가는 동안 누구에게도 총을 사용하면 안 되니끼니 놓고 가라 했습네다."

"그래서 자발적으로 놓고 갔다 그 말이오?"

"그렇습네다."

"총을 놓고 달아나면 처형된다는 것을 알고는 있소?"

"예, 알고 있습네다."

"총은 어디 있소?"

그가 평우에게 고개를 돌려 물었다.

"하나는 죽은 병사와 함께 저 나무 옆에 묻어주고, 또 하나는 바로 옆 계곡 언덕배기 중간 바위 속에 넣고 나뭇가지로 덮어뒀소."

"가서 찾아보시오!"

인민군들이 달려가 삽시간에 따발총 두 자루를 찾아왔다.

"총을 뺏긴 병사 동무와 해방군의 총을 뺏은 저 반동도 함께 처형하시오!"

채봉이 침을 꼴깍 삼키면서 바라보니 먼저 자리에서 일으켜 세워져 나뭇가지 사이로 보이는 그 사람은 분명 남편 평우였다. 이어 인민군 병사도 일으켜 세워져 조금 전 노인을 사살한 그 인민군들이 다시 둘을 끌고 가려는 순간이었다.

"잠깐만요!"

몸을 숨기고 있던 채봉이 튕기듯 앞으로 달려가며 소리쳤다.

"여성 동무는 뉘요?"

지휘관이 깜짝 놀라 물었다.

"아니, 여보!"

평우는 믿을 수 없다는 듯 채봉을 바라보았다.

"알아보면 곧 알게 될 일이지만 나는 진안군 여맹위원장을 하다가 국군을 피해 피난을 가는 중이고, 이 사람은 나의 남편이오. 남쪽 정부 수립 직후 공산당을 지원한다 하여 억울하게 처형당할 뻔하다가 처형장에서 구사일생으로 살아나 이곳에 숨어 사는 중인데, 이제 다시 인민군이 나타나 구해주기는커녕 되레 반동으로 처형한다는 것이 말이 되는 소린가요?"

"남쪽 아새끼들한테 처형당하려다가 도망쳐왔소?"

채봉의 말에 지휘관이 돌아보며 묻자 평우는 모든 것을 체념한 듯 그렇다고 무뚝뚝하게 대답했다.

"그리고 조금 전 병사 동무의 얘길 들어보면 이 사람이 노인께 사정해서 살려 보낸 거고 이제 총도 찾았으면 된 거 아닌가요?"

채봉이 지휘관의 눈을 보며 또박또박 말했다.

"이 병사를 왜 보내줬소?"

"국군이 들이닥치면 바로 잡힐 것 같아 빨리 도망가라 했소."

"총은 왜 뺏었소?"

지휘관의 음성이 부드러워졌다.

"저 사람이 총을 건네받는 순간 나를 해칠지 모른다는 걱정 때문에, 아버님이 보내주지 않을지도 모른다는 생각이 들었기 때문이오."

"여성 동무는 진안에서 여맹위원장을 했던 거이 사실이오?"

"그렇습니다."

"그 말을 어떻게 믿소?"

"믿을 수 없으면 아닌 것이 되나요?"

채봉이 즉시 되물었다.

"그건 아니오. 하지만 증거가 될 만한 말을 해보시오."

"당초엔 피난 갈 생각을 하지 않았는데 지역 부대장이던 이하림 소좌가 빨리 피신했다가 해방군이 내려오면 다시 만나자고 했습니다. 그래서 인민군을 따라다니다 아이들이 넷이나 되는 바람에 혼자 낙오되어 이렇게 된 것입니다."

"내가 큰 실수를 저지를 뻔하디 않았소. 동무 예 앉으시지요. 나는 김명길 중위입네다. 여성 동무가 말한 이하림 소좌를 보필한 적도 있습네다."

지휘관이 일어서서 평우를 정중하게 맞이했다.

"남평우라고 합니다."

"그간 고생이 많으셨습네다. 앞으로 인민을 위해 큰일을 하실 분인데 이제 우리와 함께 행동하시면 어떻겠습네까? 강요는 안 하겠습네다만……."

지휘관이 평우의 대답을 기다리며 표정을 살폈다.

"나는 조금 전 아버지로 모시던 분이 사살되는 것을 지켜본 사람으로서, 마음 같아서는 당신을 쏴 죽이고 싶은 심정이오. 그런데 저승에서 돌아온 남편을 찾아온 아내가 이 자리에 와 있고 아직 만나지 못한 네 명의 자식들이 있습니다. 또한, 지금의 나는 인민을 위해 뭔가를 할 기력도 의욕도 없는 상태입니다. 내가 함께 행동하지 못하는 것을 이해 바라오.”

“아닙네다. 동무의 뜻대로 하십시오. 이거 어쩌면 좋습네까? 아버님을 처형한 건 불가피한 상황인 것을 이해해주시기 바랍네다. 그리고 부디 몸조심해서 꼭 살아 계시다가, 조금 전 아버님의 말씀대로 전쟁이 좋게 중단되거나 민족이 모두 해방된 후 다시 만날 수 있기를 바라겠습네다.”

“이해해주셔서 고맙습니다.”

“그리고 날이 새면 아마 남쪽 국군들이 이쪽을 통과할 것 같으니끼니 조심하시라우요.”

***

지휘관이 인민군을 인솔해 자리를 떠난 다음, 평우는 정달을 잃은 슬픔과 채봉을 만난 기쁨에 큰 소리로 울부짖었다.

“여보, 이게 어떻게 된 거여? 여길 어떻게 오고……. 미안해, 정말 미안해.”

“그런 말이 어디 있어요. 당신이 잘못헌 게 아니잖아요.”

“그동안 당신 얼마나 힘들었겠어.”

평우는 채봉의 얼굴을 감싸 안은 채 울었다. 채봉도 평우의 등을 어루만지며 흐느꼈다. 두 사람은 손을 놓고 서로 얼굴을 바라보다가 다시 끌어안았고 이들을 지켜보고 있던 한길도 눈물을 흘렸다.

"아이들은 다 잘 있어?"

"예, 막내 강희까지요."

"강희?"

"예, 우리 막내 엄청 씩씩해요."

"여보, 내가 당신헌테 어떻게 사죄를 해야 헌단 말이오."

"기환 아버지. 우리 다신 그런 말 않기로 해요. 우리의 운명을 왜 당신이 사죄해요. 이렇게 살아 있어 줘서 정말 고마워요. 정말요."

"저쪽에 돌아가신 아버님을 함께 뵈러 갑시다."

평우가 눈물을 닦으며 쉰 목소리로 채봉에게 말했다.

"아버님요? 당신을 구해주신 어르신이잖아요."

"그래, 아버님이오. 정말 훌륭하신 어르신인데, 다 나 때문이오."

정달의 시신을 부여안고 평우가 다시 소리 높여 울었다. 채봉도 한길도 통곡을 했다.

"조카! 우리 은인이신 어르신이 이렇게 돌아가시다니……. 이 무슨 기막힌 일이 다 있단 말여. 어르신!"

세 사람은 모닥불을 살리고, 굴뚝새들이 아침이면 정달을 기다리며 지저귀던 울타리 앞에 정성껏 시신을 묻어 장례를 치렀다. 평우와 채봉은 눈물을 삼키며 큰절을 올렸다. 그날 밤 그들은 채봉이 준비해간 음식을 곁들여 일생에서 가장 길고도 짧은 밤을 지새우며 그동안 서로에게 있었던 일들에 대해 울고 웃고 안도의 한숨을 내쉬면서 이야기했다.

어느덧 동쪽 하늘이 붉게 물들어오기 시작했다. 세 사람은 움막을 나와 능선까지 걸어나왔다. 송낙바위 앞에 다다르자 말이 없던 평우가 채봉의 손을 꼭 쥐었다.

"여보, 이제 어서 내려가. 아이들이 기다리잖아. 국군도 올라올 거고."

"당신 꼭 살아 있어야 해요. 예?"

"알았어. 어서 내려가."

"기환 아버지! 여기 이대로 그냥 서 있어요."

채봉은 애써 밝은 표정을 지었다.

"미안해, 여보! 때가 되면 반드시 당신과 아이들 앞에 나타날 테니까, 모든 걸 운에 맡기고 부디…… 부디 마음 편하게 있어. 아이들 씩씩하고 올바르게 키워주고."

"나는 믿고 있어요. 우리는 반드시 다시 만나 행복하게 살게 될 거라고요."

"그려, 꼭 그렇게 될 거여. 나도 그렇게 믿고 있어. 그리고 아저씨, 정말 감사합니다. 아저씨 은혜는 제가 죽는다 해도 잊지 않겠습니다."

"내가 뭘 헌 게 있나? 조카를 안전허게 안내도 못 혔는디……."

"아닙니다. 아저씨가 아니었으면 저나 집사람이나 한을 품고 죽을 뻔했습니다. 이제 꼭 살아야 할 이유도 생기고 힘도 생겼습니다."

"그렇게 말혀주니께 정말 고맙네, 조카!"

"이제 집사람을 안전하게 대전까지 데려다만 주시면 아무것도 더 바라지 않겠습니다."

"그거사 당연헌 일이지. 아무튼 꼭 살아서 다시 만나기 바라겠네. 부디 몸조심허게."

채봉은 눈물을 흘리면서도 어제보다 표정이 한결 밝았다. 평우는 내려가는 그녀가 보이지 않을 때까지 송낙바위 곁에서 또 하나의 작은 바위가 되어 우뚝 선 채 움직일 줄을 몰랐다. 태양은 어느덧 능선 위를 붉게 물들이며 힘차게 떠올라 있었다.

탕! 타당!

멀리서 흐릿한 총소리가 들려왔다. 채봉은 가던 걸음을 멈추고 주저앉아 머리를 무릎 사이에 묻고 몸부림쳤다.

"아저씨, 저 아무래도 이대로 못 갈 것 같아요. 어쩌지요?"

채봉은 거의 실신할 것처럼 숨을 몰아쉬었다.

"이해혀, 조카댁. 오죽허겠어."

한길도 눈물이 그렁그렁했다. 쭈그려 앉아 울던 채봉이 벌떡 일어서 평우에게로 달려갔다. 평우도 달려왔다.

"기환 아버지! 이대로 나 혼자서는 못 가겠어요. 나는 하나님도 천사도 아녀요. 당신의 어머니도 아니고요. 나 혼자서 네 아이 다 키울 수도 없어요."

채봉이 엉엉 소리 내어 울었다.

"미안해……."

"미안하다는 말 듣고 싶지 않아요. 그 말은 안 허기로 했잖아요."

"알았어, 알았어."

평우도 눈물을 삼키며 흐느꼈다.

"기환 아버지, 약속해줘요. 이게 끝이 아니라고. 나는 당신과 이렇게 추억이나 만들자고 결혼한 게 아니라고요."

채봉은 평우의 품에 매달려 울부짖었다. 평우도 채봉을 더욱 힘차게 끌어안았다.

"그래, 나도 마찬가지여. 나도 이대로 당신 혼자 가게는 못 하겠어. 하지만 내가 함께 가는 건 당신을 더 위험하게 만들 뿐이여."

"나보다도 당신이 더 위험하잖아요. 어쩌면 좋아요, 기환 아버지! 죽든 살든 함께 있고 싶어도, 그럼 또 아이들은 어떻게 해요."

탕! 타당!

총소리가 아까보다 더 가깝게 들려왔다.

"여보, 내가 약속할게. 꼭 살아서 당신헌테 진 빚을 갚을 테니까, 내 말을 믿고 어서 가."

"당장 군인들 들이닥치면 당신은 허운악인 거 잊지 말아요. 정신 차려서 잘할 수 있지요?"

"그려, 잘할게. 어서 조심해서 가."

"꼭 살아야 해요. 그럴 거지요?"

"그러엄, 살아 있고말고. 여보 잠깐! 저 태양을 봐! 보여?"

"예, 보여요."

"그럼 그쪽을 향해 입을 있는 힘껏 크게 벌려봐. 그런 다음 저 나뭇잎 사이로 반짝이는 햇빛을 나와 함께 삼켜! 자, 지금!"

"그렇게 했어요."

"이제 됐어. 우리는 저 해가 잠들지 않고 다시 떠오르는 한 함께 살아 있는 거여. 맞지?"

"예, 맞아요."

"그러니까 이제 울지 말고 씩씩하게 살아가야 해! 그럴 거지?"

"당신도요!"

가야산 정상을 수정처럼 반짝이게 만든 햇빛이 송낙바위와 푸른 소나무를 비켜 채봉의 머리칼에서 반짝였다.

2권에서 계속

되살아난 역사와 살아남는 힘

윤혜준(연세대학교 영어영문학과 교수)

『태양의 그늘』은 참으로 놀라운 장편소설이다. 소설을 이제껏 쓴 적 없는 이가 이렇듯 촘촘하고 생생하게 인물과 이야기를 구현해 놓은 것은 대단한 업적이 아닐 수 없다.

게다가 이 작품은 역사소설이다. 역사소설은 그냥 쓸 수 있는 것이 아니다. 배경이 되는 시대에 대한 공부와 감정이입이 없이는 만들어낼 수 없다는 것이 역사소설이라는 예술장르의 사뭇 까다로운 규칙이다. 역사소설 쓰기가 쉽지 않다 보니 좋은 역사소설을 만나기는 쉽지 않다. 대부분 소설가들은 작가 본인이 살아온 경험이나 주변 인물들을 재료로 삼아 오늘날 독자들의 관심을 끌 법한 이야기를 만드는 데 익숙하다. 그러다 보니 날로 한국소설의 이야깃거리는 초라해지고 있다.

최근에 이런저런 이유로 유명해진 작품들만 보더라도 정작 이야깃거리는 극히 빈약하거나 심지어 기괴하기까지 하지 않던가. 『태양의 그늘』의 이야기는 어느 정도 각색이 된 점도 있으리라고 추정되지만, 작가가 밝히고 있듯이, 실제 경험, 실제 역사에서 추출한 이야기들이기에, '현실보다 더 생생한' 우리 민족의 고난과 고행을 그대로 담고 있기에, 강렬하고 또한 감동적이다.

이 작품의 미덕은 탄탄한 서사구조에서만 찾을 수 있는 것은 아니다. 독자들이 책을 펼치고 읽기 시작하면서 다시 놓지 못하게 하는 힘은 인용부호 속에 담겨 있다. 전주, 김제 지역의 점잖고 정갈하면서도 정감 넘치는 방언으로 구성된 인물들의 대화는 이 작품의 가장 큰 매력이라고 해도 과언이 아니다. 사실 『태양의 그늘』은 사고사, 자살, 타살, 처형, 전투 등 폭력적인 사건들이 작품 사방에 널려 있기에 독자들에게 부담을 줄 수도 있는 내용이긴 하다. 그러나 인물들이 주고받는 전북 말씨, 그 말씨 자체에 담겨있는 믿음과 인정, 인간성과 생명력은 이 소설의 어두운 그림자, '태양의 그늘'을 화사한 무지개로 바꿔놓는다. 그리고 무엇보다도 두 주인공의 사랑에 절절히 녹아들어간 대화는 사랑의 의미가 무엇인지 몸으로 보여준다. 사랑은 끝없이 이어지는 정겨운 대화, 나와 남의 지속적인 사귐이기에, 이 작품은 멋진 사랑 이야기이기도 하다.

『태양의 그늘』에서 우리에게 인물들을 소개하고 안내해주는 서술자의 역할도 적절한 자리에서 절제된 몫만큼 구현되었다. 서술자는 본인의 말은 아끼고 인물들에게 최대한 발언권을 주는 겸허한 자세를 견지하고 있다. 그러면서도 상당히 오랜 기간에 펼쳐 전개되는, 또한 상당히 많은 사람들이 연루된 복잡한 이야기를 리듬감 있게 이어가며 한 국면에서 다음 국면으로 독자를 차분히 안내한다. 또한 서술자의 언어가 인물들의 언어와 적당히 거리를 유지하면서도 근본적으로 같은 인정과 믿음, 애정과 배려를 공유하기에, 작품 전체의 문체적인 통일성이 늘 일정 수준으로 유지되고 있다. 소위 '문장'을 중시하는 한국문단이나 평단의 통상적인 잣대로 재단해도 다른 유명 작가들의 작품에 비해 크게 뒤질 게 없다.

그러나 이 소설을 읽으며 지속적으로 떠올린 모습들은, 적어도 지금 이 글을 쓰고 있는 사람에게는, 일제말기와 광복, 한국전쟁의 소용돌이 속에서 산산이 찢겨진 채, 또한 동시에 그 역경에도 불구하고 기적같이 살아남아 오늘날 대한민국을 건설하는 데 일조하신 나의 부모님과 조부모님들이다. 작가는 이 소설의 이야기가 젊은 시절 "전북 진안에 있는 한 할머니 댁"에 머무르면서 그 할머니의 이야기를 듣고 할머니가 꺼내 보여준 오래된 사진들을 보았던 경험에 기반을 두었다고 밝히고 있다. 우리 모두 그러한 이야기와 빛바랜 사진들의 이야기를 듣고 전수받고 크지 않았던가. 휴전, 분단 체제이긴 하지만, 전쟁의 고통을 모른 채 살아온 지가 벌써 60년이 넘었다. 분단의 고통과 폐해는 아직도 우리 곁에 그대로 남아 있고, 무엇보다도 북한 동포들에게 그것은 현재진행형임을 생각할 때, 이 소설은 단지 옛이야기를 다시 들려주는 역사소설이 아니라, 바로 오늘날 지금도 이어지는 우리 모두의 이야기가 아닌가.

『태양의 그늘』이라는 따뜻하면서도 감동적인 이야기를 성공적으로 완성한 작가에게 큰 박수를 보낸다.

두 달간 이어진 가슴 아픈 이야기

젊은 시절, 한때 출구 없는 삶의 소용돌이에 빠져 잠시 세상살이를 벗어나고 싶었던 적이 있었다. 지인의 소개로 전북 진안에 있는 한 할머니 댁에 머무르면서 세상에서 숨은 것처럼 혼자 조용히 은둔 생활을 할 때다. 할머니는 말씀이 없으신 편이었지만 눈썰미가 대단하시고 내 심정을 꿰뚫어 보시는 듯했다.

어느 날 할머니께서 빛바랜 사진첩을 들고나오시더니 내 앞에 내미셨다. 오래된 흑백사진과 함께 군데군데 멋들어진 펜글씨가 적혀 있었는데, 낡았지만 지식인이면서 부유하게 산 사람들 사진이라는 것을 느낄 수 있었다. 하얀 가운을 입은 남학생들의 실험실 실습 사진, 아리따우면서도 기품이 있는 아가씨의 사진, 긴 대나무의자에 누워서 책을 읽는 사진, 광복 전인 듯한데 하얀 드레스를 입은 신식 결혼식 사진 등등.

펜글씨 중 어떤 시 구절에 눈이 가 무슨 뜻이냐고 여쭤보았더니,

그때부터 할머니의 긴 이야기는 시작되었다. 할머니의 결코 지워질 수 없는 생생한 과거 이야기는 그 자체만으로 역사가 되고 소설이 되어 있었다. 그 깊은 아픔을 민족애라는 사랑으로 승화시켜 살아오신 그분들의 삶에 진심으로 고개가 숙여졌다. 그렇게 두 달 동안 할머니의 긴 이야기를 들으면서 나 홀로 하는 숨바꼭질이 새삼 부끄러워졌다.

마음을 다잡고 돌아와 바로 글을 쓰기 시작했다. 학창시절부터 글 읽기와 쓰기를 좋아했던 나는 할머니의 파란만장한 생애를 소설화하여 세상에 남김으로써 못다 푼 한을 풀어드리고 싶었다. 감정대로의 글을 자제하고 이야기의 흐름에 일관성을 유지하기 위해 먼저 제목을 정해보았다. 주인공인 두 분의 긍정적이고 아름다운 성품을 지켜나가기 위해 처음에 정한 제목은 「태양은 잠들지 않는다」였다. 장편소설이 될 수밖에 없는 이야기를 써나가면서, 그분들의 아름다운 본질을 훼손해서도 안 되고 흥미와 읽을거리를 외면해서도 안 된다는 숙제를 안고 대장정에 올랐다.

그렇게 초고를 완성해놓고 다른 세상살이에 뛰어들었다. 너무 바쁘게 살아온 나머지 문학소녀를 꿈꾸었던 시절을 까마득하게 잊은 채. 그러다가 몇 년 전 우연히 할머니와의 약속을 상기하며 초고를 꺼내 보게 되었고 다시 소설 속에 빠져들었다. 나 자신의 기량과 식견에 안타까움을 절실히 느꼈으나 글 속에 담아보고자 한 뭔가가 실현되었다고 자평할 때까지 반복해서 수정과 재작업을 거쳐 이를 극복하려고 노력했다. 물론 중도에 이와 같은 계획이 과욕이 아닐까 하는 의구심에 빠진 적도 한두 번이 아니었으나, 시작부터 지켜보고 있던 남편의 격려 속에 초심을 유지해나갈 수가 있었다. 그렇게 다시 글을 쓰는 내내 소설 속 등장인물들이 내 주변에 살아 숨 쉬는 것 같았다. 그들의 아픔과 안타까움에 가슴이 아려왔고 그들과 열띤 토론을 할 때는 흥분을 감추지 못했다.

이 책은 분명 소설이다. 그러나 주인공의 정신세계나 당시 우리 민족 모두가 겪은 아픔에 따른 다양한 감정의 본류(本流)는 결코 가상일 수 없다고 확신한다. 주인공 채봉과 평우가 가지고 있는 정신적인 과제―민족을 위한 삶―가 과연 인간의 본성인 이기적 욕구를 소설에서처럼 앞설 수 있겠느냐고 우려하는 사람도 있었으며, 주인공의 아버지인 상백이 일개 백성의 한 사람이자 공권력의 피해자로서 죽음을 앞두고 그와 같은 거시적인 태도로 의연하게 삶을 마감할 수 있느냐는 이견을 제시한 이도 있었다.

그때마다 그와 같은 느낌을 제압하고도 남을 만한 강한 메시지, 즉 할머니로부터 받은 뜨거운 감동과 감명이 있었기에, 주변의 우려는 소설에서 피력하지 못한 표현의 미숙함에서 비롯된 것이지 엄밀한 분석은 아닐 거라 여기며 보다 공감도 높은 전개를 위해 노력했다. 소설을 쓰는 작가의 몫인 자유로운 선택과 흐름도 십분 활용하면서 말이다.

한국전쟁 시절의 소설이라면 너무나 뻔한 배경에 뻔한 이야기인데 누가 일부러 책을 사서 읽겠느냐고, 차라리 좀 더 환상적인 가상을 담아서 통일된 우리나라를 배경으로 하는 것이 어떻겠냐고 조언을 해준 분도 있었다. 그러나 그것은 아마도 할머니와 내가 마음으로 주고받은 무언의 약속과 취지를 충분히 설명하지 못해서일 것이다.

이제 초고인 「태양은 잠들지 않는다」가 3권으로 된 『태양의 그늘』로 단장을 해 세상에 나왔다. 할머니는 비록 안 계시지만 당신과의 약속을 지키게 되어 가슴이 벅차오른다.

소설에서의 현실성을 높이기 위한 자문 요청에 바쁘신 중에도 기꺼이 응해주신 연세대학교 윤혜준 교수님과 이학배 교수님, 동작경희병원장이신 안승준 박사님, 김·장 법률사무소 지익상 변호사님께 머리 숙여 감사드린다. 또한 내가 태어나기도 전인 시대 상황에 대해 시도 때도 없이 귀찮게 물어봐도 기억을 되살려가며 언제나 자세히 얘기를 해주신 나의 어머니 임순희 여사께 사랑을 전하며, 『태양의 그늘』이 세상에 나올 수 있도록 도와주신 출판사 관계자 여러분께 진심으로 감사드린다.

살아 있다는 것은 아름다운 것이며 누군가를 사랑한다는 것은 더욱 아름다운 것이라고 칠월의 푸르름이 외치고 있다.

2015년 7월
박종휘

감사를 깨닫게 해주는 글쓰기

처음 『태양의 그늘』을 출간하고 독자들의 많은 사랑을 받으면서 참으로 행복했다. 소설을 쓰는 동안 작품 속 인물들과 한마음이 되어 울고 웃었고 출간 후엔 독자들의 뜨거운 관심에 가슴이 벅차오를 때가 많았다. 우리나라 역사를 바탕으로 하다 보니 학교에서 자유학기제 수업으로 채택하고 독서토론회, 시화전, 감상문 쓰기, 작품 속 장소 여행하기 등의 행사를 할 때는 초청을 받아 같이 참여하면서 이제껏 느껴보지 못한 행복감을 맛보았다. 이 자리를 빌려 학교 선생님들과 학생들에게 깊은 감사의 마음을 전한다.

그러면서도 항상 마음 한구석에 독자들께 미안한 마음이 떠나지 않았었다. 처음 낸 책이다 보니 아무래도 흡족하지 않았던 것 같다. 세 권이나 되는 책을 구입하고 읽어주고 아낌없는 응원을 보내주신 독자들께 뭐라 감사를 드려야 할지 모르겠다. 그 사랑과 응원에 힘입어 이번에 완성도를 높여 개정판을 내게 되어 감회가 새롭다. 도

공이 돌을 정성스레 다듬듯이 한 문장 한 문장 손질하면서 새로운 작품으로 탄생시키고자 노력했다.

인간은 본시 선량하고 더불어 행복해지고 싶어 하며 사람 속에 있어 비로소 사람답게 살아갈 수 있다. 그런 평범한 사람들이 역사의 비극에 휘말려 악인이 되고 적이 되는 모순을 받아들이기가 힘들었다. 자료 속에서 재조명된 우리의 과거는 너무나 아프고 슬픈 역사였다. 그런 시대를 살아내야 했던 이들이 가슴 시리도록 가련했지만, 아픈 역사에 고뇌하고 갈등하면서도 결국 극복해냈고 후손들에게 희망을 준 우리의 선조들이 자랑스럽고 존경스럽다. 짧은 소견으로 『태양의 그늘』은 일제강점기와 한국전쟁을 근간으로 한 비극에 그치지 않고 재심까지 다루면서 오늘날의 대한민국이 있게 한 저력을 엿볼 수 있지 않나 싶다.

문학을 가까이 할 수 있는 삶이라 참으로 감사하고 행복하다. 글을 쓰다 보니 무심코 지나쳤던 일들도 얼마나 소중한 것인지, 인생이 얼마나 아름다운 것인지를 깨닫게 되었다. 윤채봉의 삶을 애틋하게 바라봐주신 기존 독자들께 무한한 감사를 드리며 작가가 되기까지의 여정에 관계된 모든 분께 머리 숙여 감사드린다. 훌륭한 해설로 더욱 빛을 발하는 작품으로 만들어주신 이승하 교수님께 깊은 감사를 드리고 새로운 작품으로 탄생시켜 준 아르테 관계자분들께도 마음 깊이 고마움을 전한다.

탈고 후 어머니가 혼자 사시는 고향에 내려와 잠시 여유를 가지는 이 순간이 얼마나 감사한지, 들뜬 기분을 조용히 만끽해본다. 맑게

갠 하늘에 밤송이가 열리고 잎사귀 뒤에 숨어 있던 감이 주홍 얼굴을 드러내며 그동안 수고했다고 속삭이고 있다.

2022년 가을날
박종휘

인물 소개

권학순   남평우의 동경 유학 시절 친구. 전주에서 변호사로 활동하다가 북한군 점령기에 인민위원회 선전부장 직을 맡게 된다.

김상식   전주지방법원장의 아들이자 기웅의 친구. 기웅을 위해 아버지에게 도움을 청한다.

김연옥   상백의 부인. 막내아들 평우의 처형 소식에 비통함을 견디지 못하고 불행한 선택을 한다.

김용화   서산경찰서 해미지서 경장. 우연히 평우의 신분을 알게 되지만 그의 애국심과 억울함을 알고 도움을 준다. 평우가 변호사로 활동할 때는 사무장이 된다.

김응선   평우 재심 사건의 변호사. 평우를 객관적이고 냉정한 잣대로 평가해 채봉을 절망에 빠뜨린다.

남근우   남상백의 셋째아들. 미국으로 건너가 이승만을 돕다가 대통령이 된 후 그의 가슴에 총을 겨눈다.

남기준   남원우의 첫 번째 부인이 낳은 큰아들. 작은아버지인 남평우와 숙모 채봉을 잘 따랐으며 정의감이 투철하고 다혈질이다.

남상백   자수성가한 인물로 마령에서 정미소와 주장을 운영한다. 전쟁으로 온 가족이 수난을 당하지만, 조국을 원망하면서 살아가지 말라는 유언을 남기고 세상을 떠난다.

남원우 상백의 맏아들. 일본 유학을 마치고 귀국해 한평생 아버지를 지키고 보필하면서 산다.

남정순 남상백의 맏딸. 혼인을 하지 않고 신앙생활에만 전념하면서 사는 마령교회의 장로이다.

남철우 남상백의 둘째아들. 일본에서 공부를 마친 대학교수이지만 연좌제로 인한 수난을 당한다.

남평우 남상백의 막내아들이자 윤채봉의 남편. 사진작가로 활동하다가 여순사건에 연루되었다는 누명을 쓰고 처형장으로 끌려간다.

박영민 재중의 부인인 박영희의 큰언니이자 청수탕 주인. 채봉을 어려서부터 귀여워했다.

박영찬 영민의 동생. 채봉의 아이들을 마령에 데려다주고 채봉에게 시댁의 소식을 전해준다.

백해송 이순실의 친척 동생. 월남 후 해방촌에 살던 중 요주의 인물로 지목되자 희망원으로 피신한다.

오상순 조선문학가동맹 회원으로 활동하다가 전북애향사진동호인의 모임인 배달산하의 회장이 된다.

우경석 육군 정보국에서 김창룡의 휘하로 근무하다가 전주로 좌천되어 평우를 신문한다.

유병주 상백이 젊은 시절 그의 아버지와 동업하다 헤어진 후 가깝게 지내지는 않는 먼 인척. 후에 면장이 되어 평우의 신분 조사 시 유리한 증언을 해준다.

윤옥봉 윤태섭의 큰딸. 공주로 시집가 평범하게 살아가는데 아이를 낳지 못해 채봉의 아이들에게 정을 쏟는다.

윤재규 윤태섭의 셋째아들. 독자적인 사업을 하다가 한국전쟁이 발발하자 태섭을 지키기 위해 전주로 내려온다.

윤재덕 윤태섭의 맏아들. 서울에서 지물공장을 운영하며 안정된 삶을 살아간다.

윤재명 윤태섭의 둘째아들. 서울과 만주를 오가며 사업을 하다가 동생 재중의 불행한 사고 후 전주로 내려와 태섭을 돕는다.

윤재중 윤태섭의 막내아들. 전주에서 제지공장을 운영하다 광복 후 정국의 혼란으로 인해 어려움을 겪는다.

윤채봉 윤태섭의 막내딸. 남편인 평우가 위기에 처해 가정을 돌보지 못하게 되자 혼자 네 아이를 키우면서 강인한 모습을 보여준다.

윤태섭 김제의 부농. 악덕 지주로 신고 되어 아들 재명, 재규와 함께 인민 군에게 끌려가 즉결 심판을 받는다.

이국헌 윤옥봉의 남편. 만주에서 독립운동을 하다가 팔에 부상을 입고 귀 국해 옥봉과 결혼한다.

이순실 북조선임시인민위원회 위원이던 남편의 사망 후 친정이 있는 전 주에 내려와 혼자 살고 있다가 희망원의 원장 직을 수락한다.

이준영 근우가 경무대에 근무할 당시의 의전실장이며 나중에 일본으로 파견된다. 평우의 재심을 위해 보이지 않게 노력한다.

장한길 김연옥의 조카. 오수 장 씨로 통하기도 하며 신의가 있고 책임감 이 강하다. 상백을 정성으로 받들고 위한다.

장현준 채봉과 평우의 신분에 의구심을 품고 추적하는 공안부 검사.

정혜령 대호건설 집안의 딸. 동생 정이석의 가정교사인 기환과 나중에 들 어온 기웅과도 친하게 지내면서 따뜻한 마음을 보여준다.

조필구 채봉의 별당학교에서 공부를 했던 학생. 군에 자원입대하여 하사 관 생활을 하던 중 처형장 사수로 차출된다.

최수영 대한생명 수원지사장. 부인과 딸이 세상을 떠난 후 방탕한 생활을 하다가 막다른 골목에 이르자 평우와 채봉의 약점을 알고 협박한다.

최정임 윤태섭의 부인. 집안 대소사를 주로 금산사 주지승 일파 스님과 상의한다.

하가일 전주도립병원 내과 의사. 채봉의 결핵 치료를 담당한다.

한인순 원우가 재혼한 부인. 딸 셋과 아들 하나를 낳는다.

함춘식 남상백의 친구. 집에 불이 나 부인과 두 아들이 죽은 후 집을 비운 자신의 다리가 원수라며 스스로 앉은뱅이를 만들어 평생 깔판을 끌고 다닌다.

함춘호 함춘식의 동생. 춘식의 집에 숨어 있는 원우를 검거해 형을 극단적인 절망감에 빠뜨린다.

허운악 허정달의 아들. 학문과 예술 활동을 하다가 건물에서 떨어지는 미심쩍은 사고로 바보가 된다. 아버지 정달과 운장산에서 살던 중 밤나무에 목을 매어 목숨을 끊는다.

허정달 화전을 일구며 혼자 사는 노인. 죽은 아들과 같은 신념을 가진 평우를 자식으로 여기며 살아간다.

주요 인물 계보

부부 ×
자녀 ↓

남상백 일가

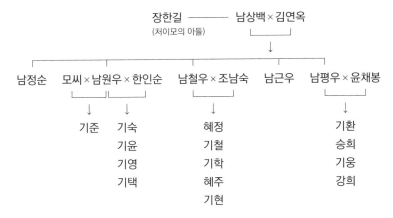

장한길 ——— 남상백 × 김연옥
(처이모의 아들)

남정순　모씨 × 남원우 × 한인순　남철우 × 조남숙　남근우　남평우 × 윤채봉

기준　기숙　　　　　혜정　　　　　　　　기환
　　　기윤　　　　　기철　　　　　　　　승희
　　　기영　　　　　기학　　　　　　　　기웅
　　　기택　　　　　혜주　　　　　　　　강희
　　　　　　　　　　기현

윤태섭 일가

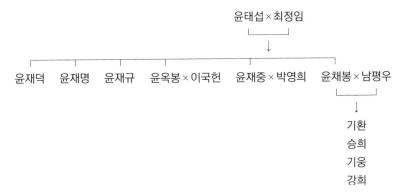

윤태섭 × 최정임

윤재덕　윤재명　윤재규　윤옥봉 × 이국헌　윤재중 × 박영희　윤채봉 × 남평우

기환
승희
기웅
강희

태양의 그늘 1

1판 1쇄 인쇄 2022년 12월 9일
1판 1쇄 발행 2022년 12월 16일

지은이 박종휘
펴낸이 김영곤
펴낸곳 (주)북이십일 아르테

TF팀 이사 신승철
TF팀 이종배
출판마케팅영업본부장 민안기
마케팅1팀 배상현 한경화 김신우 강효원
출판영업팀 최명열 김다운
제작팀 이영민 권경민
진행·디자인 다함미디어 | 함성주 유예지

출판등록 2000년 5월 6일 제406-2003-061호
주소 (10881) 경기도 파주시 회동길 201(문발동)
대표전화 031-955-2100 **팩스** 031-955-2151 **이메일** book21@book21.co.kr

ISBN 978-89-509-9074-9 04810
      978-89-509-9071-8 (세트)

© 박종휘, 2022

(주)북이십일 경계를 허무는 콘텐츠 리더

21세기북스 채널에서 도서 정보와 다양한 영상자료, 이벤트를 만나세요!
페이스북 facebook.com/jiinpill21 포스트 post.naver.com/21c_editors
인스타그램 instagram.com/jiinpill21 홈페이지 www.book21.com
유튜브 youtube.com/book21pub

· 책값은 뒤표지에 있습니다.
· 이 책 내용의 일부 또는 전부를 재사용하려면 반드시 (주)북이십일의 동의를 얻어야 합니다.
· 잘못 만들어진 책은 구입하신 서점에서 교환해드립니다.